# BOSTON BOYS 3

## A PRÓXIMA CENA

Giulia Paim

ubook 

| | |
|---|---|
| REVISÃO | Sarah Simoni |
| PROJETO GRÁFICO ORIGINAL | Laboratório Secreto |
| CAPA E DIAGRAMAÇÃO | Gisele Baptista de Oliveira |
| ADAPTAÇÃO DE CAPA E MIOLO | Bruno Santos |
| IMAGEM DE CAPA | Freepik.com |

Dados Internacionais de Catalogação na Publicação (CIP)
(Câmara Brasileira do Livro, SP, Brasil)

Paim, Giulia
Boston boys 3 : a próxima cena / Giulia Paim. -- Rio de Janeiro : Ubook Editora, 2019.

ISBN 978-85-9556-200-4

1. Boston Boys - Literatura infantojuvenil 2. Ficção - Literatura infanto-juvenil 3. Literatura infantojuvenil I. Título.

20-32454 CDD-028.5

**Ubook Editora S.A**
Av. das Américas, 500, Bloco 12, Salas 303/304,
Barra da Tijuca, Rio de Janeiro/RJ.
Cep.: 22.640-100
Tel.: (21) 3570-8150

# PRÓLOGO

**É sempre triste quando uma série** que a gente gosta muito acaba. Aquela que acompanhamos desde o início, amamos e odiamos os personagens, os vimos crescer e amadurecer e que de alguma forma causaram um impacto na nossa vida. Há aquela série com o final mais previsível de todos, aquela outra cujo desfecho te surpreende — e isso pode ser bom ou ruim — e a pior de todas: a que é cancelada do dia para a noite sem nem te dar a chance de se despedir. Que te deixa sozinho com suas dúvidas e especulações sobre como a história poderia ter se desenvolvido e desaparece, sem mais nem menos. E você acha que se importam com o que você, mero espectador, sente ao ter algo assim tirado tão violentamente de você? Não estão nem aí.

Mas será que, no fundo, bem lá no fundo mesmo, você já não tinha uma ideia de que o final estava próximo? Talvez por achar que a trama já não era a mesma de antes, ou porque ela acabou criando mais perguntas do que respostas... ou porque os próprios personagens já não se encaixavam mais tão bem naquele ambiente? Acontece, não é? Talvez tenha acabado simplesmente porque tinha que acabar. Quando isso acontece, nós temos uma escolha. Podemos voltar para a primeira temporada e fingir que nada de ruim aconteceu, que não sabemos o destino que a história vai ter, ou podemos trocar de canal, abrir uma nova aba no computador ou até trocar o DVD e procurar por uma série nova. Vai que a gente encontra uma que era tão boa quanto, ou até melhor?

Às vezes, alguns términos, por mais dolorosos que sejam, têm um propósito no final das contas. Aquela série que você não perdia um episódio todas as sextas-feiras acompanhada de pizza e sorvete te fez muito feliz, eu sei, mas não podia ser eterna. Há muita coisa no mundo além disso que nos faz bem. A melhor série do planeta pode estar te esperando para ser assistida a qualquer momento e você mal sabe. Mas uma hora nós descobrimos isso.

Um final pode acabar sendo um começo.

# 1
# SÁBADO, 12 DE OUTUBRO

**Eu não tinha palavras para descrever** o que havia acabado de acontecer. Nem acreditava que de fato estava acontecendo! Lá estava eu, descalça, no meio da festa de casamento de Lilly e Paul, em um gazebo de vidro, sob as estrelas, e Mason McDougal estava me beijando.

*Mason McDougal estava me beijando.*

Demorou para cair a ficha. Parecia um sonho. Não iria estranhar se começasse a ver elefantes voando e unicórnios cavalgando por aí. A Ronnie de um ano atrás com certeza iria me dar um belo tapa ao descobrir que seu primeiro beijo seria com o astro de TV implicante e mimado da série que ela detestava. Minha mente dava voltas e mais voltas. Pensei no quanto eu havia mudado desde que nos conhecemos. Eu era toda quadrada e fechada para tudo que saía fora da minha zona de conforto, e achava que jamais mudaria minha opinião sobre Mason, nunca lhe daria uma chance. E agora olha só onde eu estava.

As mãos de Mason subiram delicadamente pelas minhas costas e chegaram em meu rosto, acariciando minhas bochechas e me puxando para ainda mais perto do que eu já estava. Não sei se o fato de ser meu primeiro beijo influenciava alguma coisa no meu julgamento, mas caramba... Ele beijava *muito* bem! Tá aí, esse podia ser um dos motivos pelo qual seu apelido na série era "O Conquistador". Argh, que péssimo. Tinha esquecido o quanto esse nome era brega.

Enquanto estávamos lá, grudados, parecia que o tempo congelara. Não tinha nenhuma festa, nem família ou amigos que me tirariam de lá. Bem, isso era o que eu inocentemente pensava. Esqueci completamente o fato de que havia uma pessoa que conhecia aquela fazenda como a palma de sua mão, e que iria notar a falta de Mason na pista de dança e nos arredores.

Afastamos nossos rostos apenas alguns centímetros, mas continuamos com os olhos cravados um no outro. Infelizmente, não deu para aproveitar mais aquele momento, porque ouvimos passos na grama e nas folhas secas perto do gazebo. Sem pensar direito, empurrei Mason para longe de mim e ele, entendendo o recado, se apoiou em uma das paredes, fazendo parecer que estávamos apenas jogando conversa fora. Teria sido um bom plano se fosse melhor executado, mas falhamos epicamente. Meu cabelo estava todo amarrotado e meu rosto da cor de um caminhão de bombeiros, e eu conseguia ver, de onde eu estava, a marca do meu batom nos lábios de Mason.

— Ah, vocês estão aí! — disse nosso intruso e mais novo padrasto de Mason, Paul. — Ronnie, sua mãe estava te procurando.

Morrendo de vergonha por ele ter nos visto daquele jeito, calcei meus sapatos novamente e tentei desesperadamente ajeitar meu cabelo.

— Claro! Já estávamos de saída! — falei, atrapalhada, e Mason concordou com a cabeça.

— Têm certeza? Posso voltar depois e...

— *Temos* — Mason e eu respondemos em uníssono.

— Ok, vamos, então. E hã, filho... — Paul olhou para Mason. — Você está com... — Ele levou o próprio dedo até o canto da boca, indicando o local onde a mancha de batom estava visível.

— Ah! — Mason esfregou a mão no local para limpar, e tentou se explicar, se exaltando um pouco. — F-foram os doces de cereja que eu comi! E o vinho!

Paul deu risada. Que vontade de enfiar a cabeça na terra.

Tentando de todos os jeitos fazer meu rosto voltar a sua cor original — e falhando —, voltei com os dois para o local da festa e me deparei com um mar de mulheres reunidas, dando risinhos e gritinhos, todas viradas para Lilly, a noiva, que subira ao palco que ficava na pista de dança, de costas. O DJ, muito esperto, resolveu começar a tocar *Single ladies*, da Beyoncé, nesse momento.

— Ih, hora do buquê. Vai querer ir lá? — foi a primeira coisa que Mason falou diretamente para mim depois de ter me beijado.

Aquela cena me fez lembrar o sonho bizarro que tive no voo para a Califórnia. Nele, Lilly jogava o buquê e eu era a "sortuda" que conseguia pegá-lo, e como mágica, na minha vez de me casar, ela aparecia dizendo que Mason havia estragado seu casamento. Ah, Daniel também estava lá, e atirava em Mason, bem no estilo novela mexicana. Eu definitivamente tinha que parar de tomar os remédios de dormir de mamãe. Só de pensar naquilo de novo senti até um calafrio.

— Eu? De jeito nenh...

— Ronnie! — Uma Susan Adams esbaforida, suada, com o cabelo bagunçado de tanto dançar e quase derrubando o drink que segurava, apareceu na nossa frente e agarrou meu braço. — Você apareceu! Vem, vem! Vamos lá tentar pegar o buquê!

— Mãe... — Num misto de susto e vergonha alheia, tentei soltar sua mão de mim, mas mesmo em seu estado "pós-drink" ela continuava mais forte do que eu. — Não, obrigada.

— Ah, vamos! — Ela fez beicinho. — Vai ser divertido! Não quer um namorado? Um marido? Um pai para seus futuros filhinhos?

Tentei pedir ajuda a Mason com o olhar, mas o idiota se controlava para não soltar uma gargalhada.

— Não quero não — respondi.

— Não quer?! — Ela arregalou os olhos, depois direcionou--os a Mason, que estava consideravelmente perto de mim. — Ah, já entendi... — Ela deu um risinho. — Não precisa mais procurar, não é?

Mason parou de prender o riso e pareceu engasgar com a própria saliva. Abri um sorriso de nervoso e segurei a mão dela:

— Pensando bem, me deu uma vontade de ir lá! Vamos, vamos! — Empurrei-a até o mar de mulheres, que gritavam "joga! Joga!" e se concentravam para dar o salto certo.

Que decadência. Estava cercada por mulheres de meia-idade solteironas, acreditando que pegar o buquê da noiva iria magicamente resolver seus problemas de carência. Olhei para trás, Mason continuava no mesmo lugar, agora de braços cruzados e rindo da nossa situação, e Mary e Ryan sentados logo atrás, na nossa mesa. Estranhei o fato de não ter visto duas pessoas específicas.

— Mãe, você viu Karen e Henry?

Mamãe olhou em volta, mas já estava mais para lá do que para cá para responder de verdade a minha pergunta.

— Eles devem estar por aí...

Disso eu já sabia, porque vi com meus próprios olhos quando Henry, irritado com as reclamações mimadas e mal-agradecidas de Karen, saiu da nossa mesa soltando fogo pelas ventas, e ela, querendo se desculpar, foi atrás dele, deixando os saltos que machucavam seus pés para trás. O que será que tinha acontecido? Será que conseguiram se acertar? Eu não sabia dizer ao certo quanto tempo Mason e eu ficamos fora da festa porque... bem, era óbvio o porquê, não é?

— Ih, ela vai jogar! — mamãe disse, animada. — Se prepara, filha!

Revirei os olhos e voltei a olhar para Lilly, que agora dizia:

— Três... dois... UM!

E a multidão se atirou no local onde o buquê foi arremessado como tubarões famintos atrás de um peixe. E pobre peixe. Do jeito que as solteironas estavam violentas, o buquê nessa hora já estava partido em milhares de pedacinhos.

Depois de alguns segundos de luta, uma a uma foi saindo e desistindo de pegar o prêmio, até que só sobrou uma. Seu cabelo estava em pé, o vestido todo amarrotado e o drink fora pelos ares, mas em seu rosto, um grande sorriso estampado.

*Não acredito*, pensei, batendo na testa.

— Adams é a vencedora! — Mamãe ergueu o buquê todo despedaçado para o alto, como um troféu.

— Parabéns... — Bati palmas, morrendo de vergonha alheia.

— Obrigada. Agora, querida, me dê licença que acho que o poder desse buquê já fez efeito. — Ela apontou com a cabeça para um bonitão perto do bar, que erguera sua taça para ela.

Assenti com a cabeça e dei passos rápidos para longe dela, não querendo imaginar o que aconteceria em seguida. Voltei para nossa mesa, onde Mason se sentara e se juntara a Mary e Ryan.

— Está viva? — Mary perguntou, me olhando de cima a baixo.

— Mais ou menos. — Sentei-me na cadeira vazia ao lado de Mason. — Pelo menos mamãe conseguiu o que queria.

— É... Mas sempre pensei que ela um dia se casaria com o Marshall — ela comentou, apoiando os cotovelos na mesa.

— Marshall? — Mason perguntou, erguendo uma sobrancelha. — Tipo... o diretor de *Boston Boys*? Esse Marshall?

— É! Vão dizer que não achavam também?

Mason, Ryan e eu paramos para pensar um pouco naquilo. Marshall até que tinha seu charme, apesar da séria dificuldade de pentear o cabelo e deixar a barba apresentável em momentos importantes. Boa pessoa ele era, e tinha mais ou menos a idade de mamãe. Ele conseguia ser tão apaixonado pelo programa quanto ela, e de certa forma também via os meninos como filhos. E foi ele que insistiu para que o programa continuasse com ela como produtora, mesmo com tantos sacrifícios. Pensando bem, a suposição de Mary fazia bastante sentido. Mas mesmo assim... jamais considerei aquela possibilidade. Até porque passei meses achando que ele era gay. Aliás, ainda desconfiava um pouco.

— Mas ele não é casado e tem filhos? — Mason perguntou.

— Divorciado, eu acho — Ryan respondeu. — E que eu saiba tem um filho só. Ele foi até visitar o estúdio uma vez, lembra? Quando a gente ainda gravava em Los Angeles.

— Ah, é verdade! — Mason concordou, se lembrando. — Foi ele que tentou dar cerveja para a gente, não é?

Arregalei os olhos. Retiro o que pensei sobre Marshall e mamãe darem certo. Uma pessoa que deixa o filho oferecer bebidas alcoólicas para moleques de catorze anos não é exatamente um marido ideal!

De repente, antes que eu conseguisse repreender os dois por acharem graça daquilo, uma rosa branca caiu em cima do meu colo, me dando um susto. Olhei na direção de onde ela viera, e vi minha mãe parada ao meu lado.

— O quê...? — perguntei, confusa, pegando a rosa na mão.

— Esqueci de te dar sua parte do buquê. Sabe, para dar sorte. — Ela olhou para Mason depois voltou a olhar para mim, e deu uma piscadela. — Divirtam-se! — E voltou para o bar.

Ryan e Mary nos encararam, confusos. Mason se fez de desentendido e fingiu não entender o que havia acabado de acontecer. Céus, eu ia matar aquela mulher!

Como percebi que Mary estava prestes a perguntar o que diabos havia sido aquilo, levantei rapidamente e dei uma desculpa qualquer para fugir dali:

— Preciso ir ao banheiro. — E só não consegui entrar naquela casa na velocidade da luz porque ainda estava com aqueles malditos saltos.

Virei o rosto para trás para garantir que não fora seguida enquanto andava, e acabei trombando com alguém que também não estava olhando por onde ia.

— Ai! — Esfreguei o braço onde levei a pancada.

— Nossa, me desculpe, eu...! Ah, é só você — ela falou, ajeitando o vestido.

— Aceito suas desculpas, Karen. — Revirei os olhos, depois reparei em uma coisa incrível: ela estava mais baixa do que eu. Pela primeira vez na vida, caramba! Olhei para baixo e lá estavam os pés dela, descalços, com as unhas pintadas de vinho. Finalmente, a primeira coisa boa que me aconteceu por causa dos saltos altos.

Pensei que ela daria uma respostinha nojenta e seguiria seu caminho, mas ela apenas desviou o olhar, parecendo um pouco perturbada.

— Está tudo bem? — perguntei.

— Tudo perfeito — ela respondeu, de uma maneira nem um pouco convincente. Para quem sabia mentir tão bem quanto ela, definitivamente algo estava errado.

— Tem certeza?

— Tenho! — Ela ficou um pouco impaciente. — Por que não estaria?

— Porque você está há mais de um minuto encarando o além.

Ela não disse nada.

— Tem alguma coisa a ver com o que aconteceu mais cedo? Você brigou com Henry?

— Não é da sua conta — ela cuspiu as palavras.

Mesmo naquele estado frágil, Karen ainda era o doce de pessoa de sempre. Aff, estava quase me arrependendo de tentar ajudá-la. Mas alguma coisa em seu olhar perdido me deixou interessada.

— Não, não é. Só estava tentando ajudar.

E pela primeira vez, seus grandes olhos verdes se encontraram com os meus.

— Por que você se importa?

Honestamente? Não sabia ao certo. Talvez porque estava com as emoções à flor da pele por ter acabado de beijar Mason e por ter fugido antes que a notícia se espalhasse, ou porque desde que conversara com Henry e percebera que ele havia se tornado mais maduro, a relação dele com Karen começara a me intrigar.

— Porque somos... amigas?

O tom de dúvida que deixei na frase não foi intencional, mas eu realmente não sabia o que exatamente Karen e eu éramos.

Ela respirou fundo e ficou sem dizer nada por alguns segundos. Depois, olhou para trás — provavelmente na direção de onde ela viera — e voltou-se para mim.

— Aqui não é o melhor lugar para falar. Me siga. — Sem esperar minha resposta, ela passou por mim e deu passos rápidos até as escadas.

— Mas... não é falta de educação subir para os quartos no meio da festa?

Karen bufou.

— Quer saber o que aconteceu ou não?!

Sem pensar duas vezes, fui atrás dela. A curiosidade me corroía por dentro. Tentei identificar o que tinha atrás da porta por onde Karen saíra, mas ela estava fechada. Só daquele jeito mesmo eu saberia a resposta.

*Ah... ninguém vai notar a minha ausência durante esse tempo, vai?*

Mas logo em seguida pensei em Mason, em seus lábios quentes, suas mãos carinhosas e seu perfume delicioso. Era com ele que eu queria estar. Queria que Paul não tivesse nos interrompido naquele gazebo. Mas ao mesmo tempo queria saber a história de Karen. Bem, quanto antes eu subisse, mais rápido ela me contaria e mais rápido eu poderia voltar para Mason.

Corri até ela e chegamos ao nosso quarto.

— Antes de qualquer coisa... — Ela apontou o dedo para mim de um jeito ameaçador — se você contar para *qualquer pessoa* o que eu vou te dizer, eu juro que te mato da maneira mais dolorosa possível.

— Ok... — Ergui as mãos na altura dos ombros. — Não vou contar, prometo.

— Isso inclui a sua amiguinha chata.

— Não vou contar para Jenny.

Karen olhou por trás do meu ombro e fechou a porta do quarto.

— Agora me fala, Karen, o que aconteceu nessa festa que te deixou tão estranha assim?

Ela mordeu os lábios, e seus olhos cheios de preocupação encararam o fundo da minha alma.

— Ronnie... Eu fiz uma coisa que não deveria ter feito.

# 2

**— O que... você fez?** — perguntei para Karen, intrigada.

Karen evitava ao máximo fazer contato visual comigo. Estava completamente atordoada. Roía a unha do dedo mindinho — e olha que para ela destruir o esmalte que havia passado há menos de um dia, devia estar *muito* nervosa — e não conseguia parar quieta em pé.

— Hã... Ok, deixa eu explicar. Agora há pouco, Henry e eu tivemos um... pequeno desentendimento na mesa. Ele ficou com raiva por eu estar reclamando da viagem, me chamou de mal-agradecida, enfim... Foi um grosso.

— Eu estava lá, Karen. Lembro disso.

— Estava? — ela perguntou, confusa. — Não lembro de você lá.

Dei um sorriso falso e deixei que ela continuasse sua história sem soltar nenhum comentário irônico. Cada vez que eu acreditava que tinha importância na vida das pessoas, vinha a Karen e me dava um belo corte. Mas enfim.

— Esquece. Pode continuar.

— Tá. Depois que Henry deu seu showzinho escandaloso e saiu batendo o pé de volta para a casa, fui atrás dele.

*Engraçado você falar de showzinhos escandalosos*, pensei, mas me controlei para não falar nada.

— No início ele nem queria falar comigo, mandou eu ir embora e tudo o mais. Eu estava com raiva, mas ao mesmo tempo meio que percebi que não devia ter dito aquilo na frente dele. — Ela cruzou os braços. — Foi realmente legal da parte dele ter me convidado.

Olha, ela já estava tendo um progresso. Karen Sammuel percebendo que está errada é um acontecimento mais raro do que o dia 30 de fevereiro.

— Só que ele continuou sendo grosso e idiota comigo! — ela bufou. — E começou a gritar um monte de coisas para mim!

— O que ele gritou? — perguntei, intrigada. Caramba, a única vez que eu me lembro de ver Henry tão irritado foi no dia em que descobriu que Mason quase aceitou a proposta de deixar os Boston Boys, daquele produtor picareta, Stephen Podolack.

Karen engrossou a voz para tentar imitá-lo:

— "Você é uma mimada, egoísta e vai morrer sozinha se continuar a ser assim, achando que todo mundo deve fazer as suas vontades. Você sempre dá um jeito de afastar todos a sua volta. Daqui a pouco não vai sobrar ninguém que te aguente!"

Arregalei os olhos. Entendo que Henry devia estar de saco cheio por aguentar Karen reclamando a viagem inteira... Mas dizer aquilo já era pesado demais.

— E o que você respondeu?!

Comecei a imaginar que ela jogou um objeto tipo um abajur na cabeça dele, ou pelo menos lhe deu um belo soco na cara. Mas quando ela levantou os olhos para mim, reparei numa coisa que não havia reparado antes. Seu rímel. Bem no cantinho do olho, estava um pouco borrado.

Karen chorou. Henry a fizera chorar.

Isso era algo que eu jamais imaginei que veria na vida.

— Nada — ela disse, com a voz fraca. — Poderia ter dito um monte de coisas, mas estava chocada demais com as palavras dele. Como eu queria que essa droga de maquiagem fosse à prova d'água... — E como se ela tivesse lido meus pensamentos, limpou o borrado do olho.

Pois é, ela realmente havia chorado.

— Para não dizer que não disse nada, a única coisa que eu consegui perguntar, com um nó desse tamanho na garganta — ela simbolizou algo grande com o indicador e o polegar —, era se ele me odiava.

Meu coração se apertou um pouco. Eu entendia o ponto dela. Os dois, por mais que vivessem se alfinetando, estavam sempre juntos. Eram amigos. Imagine ouvir de uma pessoa que você confia, que você vai morrer sozinha.

Mas logo lembrei que fora exatamente o que eu disse para Mason na época em que ele e Daniel se estranharam, logo no início. Não explodi como Henry, mas deixei o mesmo aviso. Pelo menos Mason aprendeu a lição. Será que com Karen seria diferente?

— Pelo jeito que ele estava falando, comecei a achar que, no fundo, nós nunca fomos amigos de verdade. E não aguentei e comecei a chorar. Na frente dele, argh! — Ela cobriu o rosto com as mãos.

— Te entendo. Não gosto de chorar na frente dos outros também. — Toquei seu ombro.

Ela respirou fundo, se ajeitou e continuou a contar a história:

— Já estava imaginando o pior, mas de repente ele desfez a carranca. Deve ter percebido que me machucou. E eu fiquei magoada, de verdade.

— Ele pediu desculpas?

— Não, mas fez mais do que isso. Falou: "é claro que eu não te odeio. Você é uma das minhas melhores amigas. Posso ter exagerado um pouco no que eu disse. Não estou pedindo pra você mudar quem você é, mas mude algumas atitudes". — Ela começou a ruborizar. — "Eu gosto de você. Muito. E não quero que a gente se afaste por besteira. Podemos quase nos matar de vez em quando, mas não sei o que faria sem você."

Deixei escapar um suspiro ao ouvir aquilo. Nossa! Que mudança drástica, não? Pelo menos ele mudou de ruim para bom, errado seria se fosse o contrário.

— E por fim, ele perguntou se eu, numa boa, poderia pensar no que ele falou e rever algumas atitudes.

— E você disse que sim, né?

Ela olhou para o chão.

— Hã... não.

— Não? — perguntei, confusa. — Ué! Fez sentido o que ele perguntou... O que você respondeu, então?

Nesse momento, suas bochechas ficaram da cor de seu cabelo.

— Eu o beijei.

Quase perdi o equilíbrio e tropecei nos saltos altos.

Oh meu Deus.

Oh. Meu. Deus.

Karen... e Henry!

— VOCÊ O BEIJOU?!

— Shhhh! — Ela tapou minha boca. — Ficou maluca?! Não é para ninguém saber!

— Desculpe, me exaltei... É porque, bem... Não esperava por isso!

— E eu muito menos! — Ela se sentou na cama. — Argh! Não sei o que deu em mim na hora! Não estava pensando direito!

— Ah, Karen, que exagero. Foi só um beijo. Depois você se afastou, não foi?

Ela mordeu os lábios.

— É... sim. Foi bem rápido, aliás. Me afastei assim que percebi o que estava fazendo. O problema foi depois. Quando foi a vez dele de me puxar e me beijar de volta.

Pensando bem, não tinha como ter sido um beijo rápido. O tempo que os dois passaram juntos foi o mesmo que Mason e eu passamos, no gazebo. Então esse segundo beijo foi mais demorado...

Me controlei para não dar um gritinho. Até tapei a própria boca para ele não sair.

— Pare de sorrir! — Karen estava com tanta vergonha que não conseguia olhar nos meus olhos.

— Desculpe. — Tentei, sem sucesso, desfazer o sorriso. — Mas, Karen, não é o fim do mundo!

— É claro que é! Primeiro de tudo, ele tem namorada!

Oh. Era verdade. Por um momento havia esquecido de Nikki, a garota tímida de *Boston Academy*, que estava saindo com Henry há um tempo.

— Ele a pediu em namoro? — Estranho, não vi isso em nenhuma de suas redes sociais. Henry não era do tipo que escondia seu relacionamento dos fãs.

— Não oficializou para o mundo, mas sim, ele mesmo me contou! Até pediu alguns conselhos a Ryan e a mim sobre como pedir!

Bem, agora dava para entender seu conflito. Beijar alguém compromissado não é uma atitude muito ética. Tanto da parte de Karen quando da de Henry.

— E ainda tem mais, mesmo se ele não estivesse... Imagine, Ronnie! Eu e Henry! Henry e eu! É estranho!

— O que tem de estranho?

— Ah, sei lá! Eu nunca imaginei que fosse sentir algo assim por ele como naquela hora!

— Own...

— Para, Ronnie! É sério! E se não desse certo? E se terminássemos de um jeito horrível? Imagine ter que ver praticamente todos os dias a pessoa que é um lembrete constante de um relacionamento que acabou mal?

Precisei sentar por um momento. Meu sorriso se esvaiu. Aquilo me deixou preocupada. Mas ela estava certa. E se não desse certo entre Mason e eu? Ele morava na minha casa! Imagine o inferno que seria encontrá-lo todos os dias, o tempo todo, depois disso! E se ficasse tão insuportável a ponto de ele ter que se mudar, e eu nunca mais vê-lo?!

— Você está bem? — ela perguntou, estranhando minha súbita mudança de animada para preocupada.

— Estou, só, hã... preocupada com essa sua situação.

Karen se encostou na parede e encarou o teto.

— Ai, ai... Olha só, um beijo, estragando tudo! — Ela colocou o travesseiro no rosto e sua voz saiu abafada — Por que as coisas não podiam ser mais simples?

O que eu ia fazer agora? Não podia simplesmente fingir que nada havia acontecido entre Mason e eu. Não queria isso! Queria voltar e ficar com ele, do jeitinho que estávamos antes de Lilly jogar o buquê! Poderia dar certo entre nós... Ou poderia não dar.

— É... — respondi, com incerteza, olhando para a porta, imaginando o que Mason estaria fazendo. — Também queria saber.

Depois de mais um tempo conversando sobre a angústia de Karen, deixei-a no quarto retocando a maquiagem e o cabelo, que estavam bem bagunçados. Voltei para a nossa mesa, com pensamentos ainda inquietos, mas encontrei-a vazia. O primeiro que vi foi Henry, na fila do bufê. Estava curiosa para saber como ele estava em relação ao que acabara de acontecer, mas pensei melhor e resolvi não me intrometer e lhe dar um pouco de espaço.

Corri os olhos pela pista de dança, e depois de alguns segundos procurando, avistei Mason, Mary, Ryan e as mães dançando *Twist and shout*, dos Beatles. Lilly me viu em pé ao lado da mesa, e fez sinal para que eu me juntasse a eles.

Eu estava em dúvida porque ao mesmo tempo que amava aquela música e ela era uma das poucas que eu realmente tinha vontade de dançar, ainda pensava no que Karen falara sobre tentar namorar alguém com quem você convive diariamente.

Mas não tive muito tempo, nem escolha, sobre o que fazer. Mason, ao ver o sinal que Lilly fizera, correu até mim e me puxou até onde eles estavam dançando. Segurou minhas mãos e começou a fazer o movimento da coreografia com os pés. Ele parecia tão feliz, tão animado! Ele não estava pensando se nós daríamos certo ou não, e quais seriam as consequências disso. Naquele momento, ele só queria dançar com a garota que tinha beijado. Só queria aproveitar o resto da festa comigo.

Seu olhar era tão despreocupado que me fez perceber que talvez estivesse sofrendo muito por antecedência. Eu realmente precisava me preocupar com aquilo tanto assim? Não podia simplesmente me divertir e dançar com a pessoa com quem eu mais queria estar junto?

E foi o que eu fiz. Tirei a Ronnie-ultra-preocupada-com-tudo da tomada e resolvi deixar as coisas seguirem seu próprio ritmo.

E acabei me divertindo muito. Mason me rodopiava de um lado para o outro, como as danças de casais dos anos cinquenta, e eu cantava animadamente a letra enquanto dançava com todo mundo.

Pelo menos consegui curtir meu último momento com Mason antes que as coisas começassem a desmoronar, a partir do dia em que chegamos em Boston.

# 3

**No dia seguinte ao casamento,** acordamos por volta das nove e comemos de café da manhã todos aqueles docinhos deliciosos que haviam sobrado da festa. E sobrou para caramba. Também, o casamento foi da Lilly, não esperava um racionamento de comida.

E claro que também, por ser a casa de Lilly — quer dizer, sua casa de campo —, era óbvio que não podia faltar uma bebida específica na mesa.

— Mãe — Mason chamou e estendeu seu copo —, põe um pouco dessa limonada para mim?

— Claro, meu anjo. — Ela esticou a mão para pegar a jarra, mas não alcançou, então cutucou a pessoa que estava mais próxima dela. — Ronnie, querida, pode botar para ele já que está mais perto?

Não sei se aquilo foi de propósito ou foi realmente coincidência — porque eu estava, de fato, em frente à jarra —, mas alguma coisa dentro do meu corpo deu pane e senti o sangue subindo até minhas bochechas.

— Ronnie? — ela chamou de novo.

— Hã? — Voltei à realidade. — Claro, claro, eu boto.

Mason direcionou o copo para mim, e meu rosto queimou de novo. As palavras de Ryan sobre o motivo pelo qual Mason só pedia limonada para mim reverberavam nos meus ouvidos e não iam embora. E não iriam mesmo, ainda mais depois do que aconteceu na festa. Ai, logo agora?! Eu não ia conseguir disfarçar nem um pouquinho?

Acabou que, no meu surto de pânico e vergonha, acabei transbordando um pouco o líquido para fora do copo.

— Desculpe, Lilly! — Me apressei para pegar um guardanapo e limpar.

— "Desculpe, Lilly"? Que tal "Desculpe, Mason"? — ele falou, lambendo os dedos. — Me melecou todo.

— Eu hein... — Mary comentou. — Como se você não fizesse isso todo dia... Bebeu, por acaso?

— Nem me fale em bebida — mamãe falou do outro lado da mesa, esfregando as têmporas. — Por favor, nunca mais me deixem tomar Martini.

Mason riu, depois voltou para a limonada. Me admirava a capacidade daquele moleque de agir naturalmente, mesmo depois de tantas coisas terem acontecido. Por um lado, isso era bom, as pessoas não iriam desconfiar tanto... Mas por outro, eu acabei saindo como a louca da história.

Mas os recém-casados estavam tão nas nuvens que nem se importaram com a limonada escorrendo na toalha de mesa. Menos mal.

Não conseguimos ficar por mais tempo em Napa Valley, porque tínhamos que arrumar as coisas — e nos arrumar também — para pegar o voo para Boston. Pois é, adeus final de semana do casamento de conto de fadas, olá realidade chata.

Se bem que é maldade da minha parte chamar a realidade de chata, porque bem... minha relação com Mason com certeza não seria mais a mesma. A de Karen e Henry também, e pelo mesmo motivo. Eu só desejava que as coisas ocorressem bem, nos dois casos.

Lilly e Paul nos levaram até o aeroporto, onde nos despedimos. Antes de embarcarmos, Lilly abraçou o filho no estilo mamãe-ursa de sempre e disse "eu te amo" umas cinquenta vezes. Mason foi mais contido, só falou que a amava de volta umas cinco. Mas era bom vê-los com as pazes feitas outra vez.

Percebi, ao entrar no avião, que ele era bem menor do que o da ida. Era organizado em três fileiras, cada uma com duas poltronas em vez de três. Já que fui uma das primeiras a guardar minha mala, sentei no banco da janela da esquerda. Meu olhar encontrou o de Mason, que estava na fileira da frente, fechando o compartimento de bagagem. Como se um tivesse lido os pensamentos do outro, ele deu um sorrisinho e se aproximou da cadeira vazia ao meu lado...

..., mas de repente uma ruiva maluca correu e sentou antes dele.

— Karen... — Mason falou, surpreso. — Hã... Seu lugar é aí? — ele deu um risinho falso.

*Não é, tira ela daqui! Pode sentar, vem!*, minha vontade era gritar aquilo para o avião inteiro ouvir.

— Não, mas eu quero sentar aqui — ela respondeu.

Mason estava tão confuso quanto eu. Aliás, mentira. Eu meio que tinha uma ideia do motivo pelo qual ela quis ficar do meu lado. Mesmo assim... A crise de relacionamento não podia esperar até chegarmos em Boston?

— Ronnie é minha amiga. — Ela assentiu com a cabeça e segurou minha mão.

Ele ergueu uma sobrancelha. Abri a boca para explicar, mas ela foi mais rápida:

— Olha ali, tem um lugar vazio ao lado do Henry! Você podia sentar lá com ele, que tal? — Ela sorriu e apontou para as poltronas do lado oposto da fileira, à direita.

— Hã... Tá bom. — Ainda sem entender nada, ele desistiu de tentar convencer Karen e se sentou ao lado do amigo.

Karen esperou Mason sair de vista para desabar na cadeira e começar a choramingar:

— Eu não consegui dormir nada ontem! Olha só para isso! — Ela apontou para as bolsas debaixo dos olhos, que eu acho que era para serem olheiras. Estavam tão cobertas de maquiagem que eu sinceramente não notei nenhuma diferença.

— Percebi. — Porque consegui dormir razoavelmente bem na noite anterior. Karen não me chutou na cama que estávamos dividindo tanto como normalmente fazia durante seu sono.

— Você chegou a conversar com o Henry depois de ontem? — perguntei.

— Claro que não! — Ela abaixou um pouco o tom de voz. — O que eu iria dizer?

— Hã... — Pensei um pouco, mas não me veio nada à cabeça. — Não sei, mas uma hora vocês vão ter que falar sobre isso, né? Ou você vai evitar a pessoa que você gosta para sempre?

Karen fez uma careta.

— A pessoa que eu *gosto*? — ela falou essa última palavra com uma pitada de desdém. — Em que momento da nossa conversa eu sequer mencionei que gostava dele?

Ergui uma sobrancelha.

— Vai me dizer que não gosta dele, Karen? Olhe só para você! É a pessoa mais confiante que eu conheço, se garante até mais que o Mason, e está aí, toda vermelha e nervosa. De onde eu venho, isso tem um nome.

Envergonhada e com raiva, ela cobriu as bochechas.

— É que... o avião está quente! E você não pode falar nada, está vermelha também!

E foi só nesse momento que eu percebi que só mencionar o nome de Mason me fez o sangue subir ao rosto.

— Tem razão, está quente mesmo. — Dei um risinho falso. — Mas de qualquer forma, eu acho que vocês deveriam conversar.

— Ronnie, não tenho nada a dizer para ele. — Ela ficou séria. — O que quer que eu faça? Peça desculpas? Ligue para a namoradinha dele e diga o que aconteceu?

— Claro que não. — Já bastava uma pessoa deprimida por ter sido traída nessa viagem. Ryan estava em um modo de depressão profunda desde que entrara no avião. Acho que finalmente a ficha havia caído para ele que, quando chegasse, não voltaria com os braços abertos para a namorada. Nem a presença de Mary conseguiu alegrá-lo. — Mas é o único jeito de vocês se entenderem e resolverem o que vão fazer.

— Eu já sei o que ele vai fazer. — Ela cruzou os braços e bufou. — Vai falar que prefere que sejamos apenas bons amigos e fingir que isso nunca aconteceu, aí vai voltar para Boston para sua namoradinha bonitinha e ser feliz para sempre.

*Em que momento da nossa conversa eu sequer mencionei que gostava dele?*, ela perguntara. Bem, foi exatamente nesse momento. Agora.

— Você não sabe disso. Você mesma falou que ele te puxou de volta para o beijo!

Acabei me exaltando e falei essa última frase um pouco alto demais. Karen me deu um belo beliscão por causa disso, e de repente uma cabecinha pequena surgiu atrás de nós.

— O que vocês estão falando de beijo aí?

— Mary! — falei, atrapalhada. — Não é nada não...

— É sim! Me conta, vai! Tá muito chato ficar aqui...

Olhei para trás e entendi o que ela estava dizendo. Ryan estava ao lado dela com o capuz do moletom cobrindo metade de seu rosto, fones enormes no ouvido e cantando baixinho e melancólico a música *Hello*, da Adele.

— Engraçado, ontem na festa ele parecia tão tranquilo... — comentei.

— É, porque ele tinha tomado algumas tacinhas de champanhe. Hoje bateu não só a bad, mas uma ressaca leve também.

Torci o nariz. É, de fato Ryan não parecia a melhor pessoa para se viajar ao lado durante seis horas.

— Me conta a fofoca, por favorzinho! — ela pediu.

Troquei um olhar preocupado com Karen. Ela com certeza iria me estrangular com as unhas se eu contasse para alguém sobre ela e Henry. Mas como ela era uma boa mentirosa — quando era conveniente —, pensou em uma história:

— Não é nada demais, Mary. É só que a Ronnie nunca beijou um menino na vida, e veio me pedir dicas de como fazer.

Arregalei os olhos. Claro que para não queimar o filme dela, ela quis queimar o meu.

— Eca! — Mary falou, enojada. — Deixa pra lá — e voltou para seu assento, de braços cruzados.

Karen deu uma espiada no banco de trás e comentou:

— É esquisito, não? Ryan assim, sendo traído...

Espiei também no espaço entre as poltronas o pobre rapaz com uma cara de sofrimento, ainda murmurando a melodia da música.

— Pois é. — Assenti com a cabeça. — Até ele, que é famoso e tem milhares de garotas aos pés dele.

Ela não disse nada, continuou observando discretamente, parecendo se perder nos próprios pensamentos. Minha mente deu uma viajada também, e acabei pensando alto:

— Deve ser horrível se sentir assim. Ter tudo e ao mesmo tempo nada ser o suficiente, porque no fundo tudo o que ele queria era uma pessoa que não quer mais ele.

Karen se afastou da poltrona e virou o rosto para o outro lado do avião.

— Segure a minha bolsa — ela disse, do nada.

— Hã?

E nesse momento, Karen se levantou do assento e jogou sua bolsa Fendi — que tinha um pequeno chaveiro de brilhantes no formato de um "K" — no meu colo.

— Por favor, não me diga que isso tudo é porque você só vai ao banheiro — falei.

— Não... — Ela respirou fundo. — Vou falar com ele.

Abri um enorme sorriso.

— Não faça essa cara! — ela disse, incomodada. — Não vou me declarar nem nada do tipo! Vamos só conversar calmamente e esclarecer essa história toda. Aí depois eu decido o que fazer.

— Claro, claro. — Dei um risinho. Estava amando essa Karen "acho que estou apaixonada mas não sei bem o que fazer". E no fundo, torcia para que as coisas dessem certo para os dois. Tudo bem que até ontem à noite jamais conseguiria imaginá-los como um casalzinho, mas agora... sei lá, parecia fazer sentido.

Além do mais, eu tinha outro motivo para estar alegre. Se Karen iria se sentar ao lado de Henry, a pessoa que estava do lado dele teria que sentar comigo, pelo menos enquanto eles conversassem.

— Eu espero que esse lugar não tenha ficado vago porque você passou piolho para a cadeira.

Levantei o rosto e, involuntariamente, meu sorriso cresceu ainda mais ao ver aqueles olhos azul-piscina se encontrando com os meus.

— Sabe que eu até gostaria que isso fosse verdade, só para ver você desesperado coçando a cabeça e destruindo o penteado? — Dei língua para ele.

Mason riu e se sentou ao meu lado. Abri a boca para falar, mas nenhum som saiu dela. Acabei focando os pensamentos tanto para que Mason só sentasse comigo que, quando ele sentou, não sabia o que dizer.

E o que eu diria? Não sabia como se conversava como uma pessoa depois de tê-la beijado, nunca havia feito aquilo antes! Se tinha alguém que deveria começar um assunto, esse alguém era ele.

Acabei focando tanto no problema de Karen que nem pensara no que Mason e eu seríamos daqui para frente. Para dizer que não pensei totalmente, imaginei um cenário caótico onde tudo dava errado e ele acabava se mudando por não suportar a convivência diária comigo. Será que ele estava pensando nessa possibilidade também, por isso não disse nada? Ai, esse meu lado "mensageira do apocalipse"...

Depois de uns dez segundos de silêncio constrangedor, Mason acabou optando por um assunto mais seguro. Acho que, assim como eu, ele também precisava de um tempinho para absorver toda essa situação:

— Henry e Karen, né? Quem diria?

— Você soube? — perguntei, ligeiramente aliviada por ele quebrar o gelo.

— Claro, estava falando com ele agora sobre isso. — Ele olhou para os lados, garantindo que não estavam nos ouvindo, e falou, num tom de voz baixo. — E sobre isso, Henry me pediu um favor, na verdade, falou para eu pedir um favor a você. Acho até besteira falar isso, mas ele insistiu, então prefiro falar logo.

Aquilo me deixou curiosa. Um favor para mim? Mas onde eu entrava naquela história, além de ser o confessionário de Karen e toda a sua confusão?

— Ele não quer que você conte o que aconteceu para ninguém... — Ele hesitou um pouco, depois continuou. — Principalmente para o Daniel.

Ergui uma sobrancelha. Daniel? Aquilo não fazia sentido nenhum!

— Hã, não pretendia contar para ninguém, não... — falei, perdida. — Mas, por curiosidade, porque esse foco específico nele?

— Ora, porque ele é amigo da Nikki. Se isso chegar nos ouvidos dele, ela com certeza vai ficar sabendo.

— Ué... Mas ela vai ficar sabendo, de um jeito ou de outro, né?

Agora era a vez de Mason parecer confuso.

— E por que ela teria que saber?

— Porque o Henry vai terminar com ela, óbvio.

— Hã... Não vai não.

Pisquei duas vezes.

— Mas... ele gosta da Karen, não gosta? Nós não ouvimos a mesma história?

— Ah, Ronnie… Tá, eles se beijaram, mas não quer dizer que aconteça mais nada além disso.

Ouvir aquilo me deixou um tanto incomodada. Não só em relação a Henry e Karen, mas a eu e Mason também. Será que aquilo era uma indireta dele dizendo que mais nada iria acontecer entre a gente?

— Ele acabou de começar um relacionamento sério, coisa que ele não tem há muito, *muito* tempo, e vai trocar isso por um momento que nem sabe direito o que foi? Por uma pessoa que ele nem sabe se gosta mesmo dele?

Precisei de alguns segundos para me recompor e retrucar:

— Mas… Ela gosta dele!

— Gosta mesmo? Ela te contou isso, com todas as letras? — Ele cruzou os braços.

— Não, mas eu sei disso, está na cara! E pelo que ela me contou do beijo, é recíproco!

Sei que não devia estar me exaltando tanto e nem metendo tanto o nariz na vida dos outros, mas a atitude de Mason estava me deixando inconformada.

— Ronnie… — Ele suspirou. — Deixa eu te contar uma coisa. A vida não é um conto de fadas, nem um filme de Hollywood em que um beijo resolve tudo e todos vivem felizes para sempre. Era uma festa, muita gente animada, música, champanhe… Às vezes as pessoas fazem algumas coisas só por impulso mesmo.

— Você realmente acha isso? — perguntei, deixando clara minha decepção.

— Acho, ué. Não tem nada demais.

Podia ser a minha falta de experiência no assunto falando mais alto, mas ouvir Mason falando disso de um jeito tão banal estava me incomodando de verdade.

— Mas... Quem faz isso? Sabe, beijar alguém só por impulso, depois não querer que aconteça mais nada?

— Todo mundo faz! Eu mesmo faço. Festas são lugares para você beijar por impulso mesmo! Ou você acha que as festas estão cheias de pessoas doidas para namorar?

Aquelas palavras formaram um enorme nó na minha garganta. Então era exatamente o que eu estava pensando. Nossa, eu era uma sonsa mesmo, achando que teria uma chance de as coisas darem certo entre nós. Mason de certa forma tinha razão. Não era um filme, era a vida real. Por mais que a minha definição de "vida real" não fosse lá tão normal, o garoto popular e amado por todos não iria ficar com a garota que não faz parte de seu mundo. E por que ficaria, não é? Ela não conseguiria oferecer o glamour que ele precisava ter na vida.

— Ok, entendi — falei, seca, e virei o rosto para o outro lado.

— O que foi? — Ele me cutucou, mas não me movi. — Ah, Ronnie, desencana disso. Deixa eles se resolverem.

— Eu vou deixar, não falo mais nada — respondi, no mesmo tom.

— Então porque ficou emburrada?

Argh. Agora ele estava se fazendo de idiota, só para me deixar ainda mais irritada.

— Mason, não quero conversar. Vamos esperar eles terminarem de discutir o que têm que discutir, depois você volta para o lado do Henry, ok?

— Nossa... — Ele bufou. — É sério isso? Eu tô aqui falando numa boa e você resolve ficar com raiva só porque está tomando as dores de alguém que nem sua amiga é?

Não aguentei mais. Virei de volta para olhar para ele, e respondi de um jeito bem mal-criado:

— É, é isso mesmo! Um beijo pode não importar nada para você, mas importa para mim! E se você não percebe isso, então... vamos esquecer desse final de semana!

Mason franziu a testa.

— Do que você está falando?

Dei um riso sarcástico. Eu provavelmente poderia ter respondido mais delicadamente, mas só de pensar o quanto foi inútil bancar a garotinha apaixonada e sonhar estupidamente com o futuro com Mason, só consegui cuspir marimbondos:

— Você é grandinho, acho que seu cérebro tem capacidade de entender isso.

Mason cruzou os braços, sério.

— Quer saber? Não vou discutir isso com você agora. Quando você estiver mais calminha, me procura.

— Tá bom, espera sentado então! — E dei-lhe um empurrão para fora. Não tão forte, não era a minha intenção que ele caísse. Só queria que ele saísse do meu lado, porque cada segundo olhando em seus olhos me dava uma dor no peito.

Ele não escondeu seu incômodo e resolveu se levantar.

— Quando quiser conversar feito uma pessoa civilizada, sabe onde fica meu quarto lá em casa. — Dito isso, ele cruzou o avião e foi sentar-se no seu lugar, já que Karen estava se levantando também.

Que droga de viagem de volta. E estava indo tão bem! Eu era uma idiota mesmo. Devia ter enfiado esse sentimento que começara a crescer por ele goela abaixo e nunca o ter beijado.

Karen se sentou silenciosa ao meu lado. Não disse uma palavra. Seu rosto não tinha um músculo se movendo, ela estava completamente séria. Não sei se era impressão, mas de relance, parecia que seus olhos estavam vermelhos.

Oh-oh.

— Karen... — perguntei, hesitante. — Você quer falar sobre...?

— *Não* — ela respondeu, a língua afiada feito uma faca.

E ela nem precisava falar para eu entender que Henry escolhera, de fato, a namorada.

*Nossa. Que dia difícil para se gostar de alguém*, pensei, depois resolvi não falar mais nada, porque Karen pegou o celular e resolveu se isolar do mundo. Claramente, ela não queria papo. Achei melhor respeitar sua decisão. Eu mesma também não estava a fim de conversar.

Não queria conversar, não queria ir para o quarto estúpido de Mason, não queria fazer nada. Só chegar em casa e dormir. Tentei fixar na minha mente que, assim que eu voltasse para Boston, as coisas ficariam melhores.

Mas elas só pioraram. E muito.

# 4

— **Daniel... Ele...** foi o único que ainda não acordou!

Foi o que Jenny disse quando me ligou, assim que chegamos em Boston. Quase tendo um ataque de pânico, ela me contou que sofrera um acidente de carro junto com Reyna, namorada de Sabrina, e Daniel, que provavelmente estava dirigindo. Não tive nem tempo de entrar no táxi e voltar para casa antes de receber essa notícia. Só de imaginá-lo machucado e inconsciente naquela cama de hospital, tinha vontade de gritar. Mas eu precisava nem que fosse de um fio de esperança para acreditar que tudo ficaria bem, e não conseguiria aquilo se desmoronasse ali e agora.

Obviamente foi uma decisão unânime do grupo de ir direto do aeroporto para o hospital, que não ficava tão longe. Fazia muito tempo que eu não ia a um hospital, muito mesmo. Que eu me lembrasse, a última vez foi quando tinha uns onze anos, e fui tratar a tenebrosa infecção urinária que me fazia ir ao banheiro de cinco em cinco minutos. Só isso. Não tive a chance de visitar minha mãe no hospital quando a antiga equipe de produção de *Boston Boys* se envolvera no incêndio em Los Angeles — porque, bem, aconteceu em Los Angeles e eu estava do outro lado do país com Mary —, e nem consegui visitar meu pai quando ele se acidentou porque... ele nem chegou ao hospital.

Mamãe deu nossos dados na recepção para que pudéssemos entrar. Assim que a recepcionista deu as informações sobre o quarto de Daniel, só não disparei até lá porque uma enfermeira que estava no corredor ordenou que fôssemos andando, para não criar confusão.

— 115, 117, 119... 121! — falei, parando em frente à porta e dando seis batidas rápidas nela.

A porta logo depois se abriu, e encontrei Jenny com uma cara ruim, mas não tanto quanto imaginei. Ela estava com um band-aid com estampa de zebra na testa e no cotovelo direito, olheiras no rosto e um semblante cansado. Conhecendo o instinto protetor e maternal de Jenny e considerando que ela tinha uma quedinha — talvez uma quedona — por Daniel, tinha certeza que ela ficara do seu lado durante todo aquele tempo.

Aliviada por me ver ali, ela me deu um forte abraço. Sabia que estava tudo bem com ela e com Reyna, mas era um grande alívio poder vê-la com meus próprios olhos.

— Ele acordou e já até conversou com a gente um tempo atrás — ela disse, agora mais calma do que estava quando me ligou. — Desculpe fazer parecer que o pior ia acontecer, é que estava nervosa e...

— Não se preocupe. — Dei um sorriso, agora mais tranquila. Me imaginei no lugar de Jenny e com certeza teria pirado assim como ela. — Que bom que estão bem. — Segurei sua mão com delicadeza.

Jenny olhou todo o grupo que veio direto de Napa Valley por trás do meu ombro e disse:

— Acho que não vai caber esse povo todo aqui. — Ela virou de costas. — Se importam se trocarmos um pouco com eles?

E nesse momento percebi que o quarto já estava relativamente cheio. Havia um sofá ao lado da cama de Daniel, onde estavam sentados seus pais e Noah — que abriu um sorriso ao avistar Mary atrás de mim — e duas poltronas perto da porta, onde estavam Sabrina e Reyna.

Cumprimentei os pais de Daniel, que concordaram em deixar o grupo número dois assumir a visita do quarto, e depois dei um abraço em Sabrina.

— Esse era o último lugar que imaginei que vocês iriam se conhecer, mas enfim… — Sabrina deu um risinho. — Ronnie, Reyna. Reyna, Ronnie.

— É um prazer. — Apertei a mão da menina. Ela era muito bonita, ainda mais do que nas fotos que via nas redes sociais de Sabrina. Seus cabelos pretos ondulados desciam até seus quadris, suas sobrancelhas eram grossas e certinhas, e sua pele negra não tinha uma imperfeição, tirando os pequenos hematomas em seu braço direito pelo que acontecera. Mesmo depois de sofrer um acidente de carro, parecia que saíra de uma passarela. Parecia que toda a força da batida foi para cima de Daniel. Aliás, não parecia, estava bem óbvio.

— O prazer é meu, Ronnie. — Ela sorriu, e me abraçou também.

Depois das apresentações, pude finalmente ver a pessoa que quase me fez ter um infarto no caminho do aeroporto ao hospital. Daniel estava deitado naquela cama cuja parte de cima tinha uma inclinação de quarenta e cinco graus, e com os olhos fechados, mas com o semblante calmo. Sua testa estava com uma marca roxa do lado direito, seu rosto tinha alguns cortes, e o pulso esquerdo envolto em ataduras. Os machucados não pareciam pesados, mas só de ele ser o único que precisou ficar na cama do hospital, realmente foi premiado com toda a força do acidente para cima dele.

Estava feliz com o que Jenny dissera, sobre ele já ter acordado. Era um ótimo sinal. E seu peito subia e descia em um ritmo normal, o que contribuiu para me deixar mais tranquila.

— Como isso aconteceu? — perguntei.

— Um bêbado não nos viu e enfiou o carro em cima da gente — Reyna respondeu.

— Eu vi o estado do carro. Foi tenso — Sabrina disse, estremecendo. — *Gracias a Dios* pelos airbags.

Que horror. E o pior era que esse tipo de coisa não dá para se prever. Nunca se sabe quando um louco vai pegar o volante e sair por aí dirigindo. Esse era um dos motivos de eu não querer aprender a dirigir tão cedo.

— Vou te pagar um sorvetão depois dessa, você merece — comentei baixinho, fazendo carinho em sua mão que não estava machucada.

E de repente, senti o polegar de Daniel se movendo de um lado para o outro, em cima da minha mão. Um grande peso saiu das minhas costas. Já era bom saber que ele estava bem, e aquilo era um sinal de que logo, logo ele iria acordar outra vez. Se é que já não estava acordado.

— Ronnie, dê um espacinho — mamãe disse, me puxando de leve e contra a minha vontade de lá. Eu sabia que os outros também queriam vê-lo, então concordei e me afastei.

Me sentei no sofá e cinco segundos depois me arrependi de ter feito aquilo. Fiquei entre Henry e Karen, cuja aura de tensão era tão grande que dava quase para cortar com uma faca. Ela digitava freneticamente mensagens de texto em seu celular, mas volta e meia lançava uns olhares cheios de ódio para cima dele. Ele, por sua vez, conseguia sentir o peso desses olhares e tentava se ajeitar no sofá sem olhar para o lado, como se não estivesse se importando.

— Hã... acho que vou avisar que ele pode acordar. — Me levantei, sem graça, e apertei o botão vermelho perto da porta que tinha o desenho minimalista de dois pequenos enfermeiros.

Feito isso, me virei para a outra porta, a do banheiro, mas ela estava trancada. Encostei ao lado esperando ele ficar vago, e a última pessoa que eu gostaria de ver no momento abriu a porta.

— A descarga está meio ruim, então... aperte umas três vezes — Mason disse, frio como gelo e sem olhar para a minha cara.

— Ok. — Também não olhei para ele, e mesmo sendo falta de educação, meu orgulho me impediu de agradecê-lo por essa informação útil.

Tranquei a porta do pequeno banheiro do quarto e fiquei por um tempo olhando meu reflexo no espelho da parede. Meu cabelo estava com alguns nós por eu ter tentado me ajeitar na poltrona desconfortável do avião, meus lábios secos por eu ter arrancado o gloss com raiva depois da discussão com Mason, e meus olhos fundos. Suspirei. Só fazia dois dias que eu olhara para meu reflexo no espelho do salão de beleza, toda arrumada, e me senti bonita de verdade. Bonita o suficiente para pessoas como Mason repararem em mim. Foi a primeira vez que senti que poderia ter um daqueles momentos dos filmes clichês de comédia romântica. E tanta coisa aconteceu em tão pouco tempo.

Mas não adiantava ficar remoendo aquele final de semana feliz que não iria voltar. Aliás, era egoísta da minha parte ficar pensando em mim quando meu melhor amigo tinha acabado de se acidentar. Precisava estar lá para ele. A dor de cotovelo poderia esperar um pouco.

Dei as três descargas e, realmente, só na última que funcionou. Era quase um ritual para chamar a loira do banheiro. Ajeitei o cabelo depois de lavar as mãos e abri a porta, mas tive uma surpresa. O quarto agora estava vazio. Não havia uma alma viva, exceto, claro, Daniel — que seria difícil ter levantado e saído correndo de lá no tempo que fiquei no banheiro — e a enfermeira.

— Hã... — Olhei em volta sem saber ao certo o que fazer.

— Ah, não se preocupe — a enfermeira disse, em um tom amigável. — Só pedi para que saíssem um pouco para eu dar uma olhada nele. O quarto estava muito cheio.

— Entendi. — Sem graça, andei até o sofá e peguei meu casaco que deixara pendurado no braço. — Já vou sair.

Mas antes que pudesse dar meia-volta e seguir em direção à porta, ouvi uma voz baixa porém clara dizendo:

— E o meu sorvete?

Meu queixo quase caiu. Me virei para a cama e lá estava Daniel, com os olhos esmeralda bem abertos e um meio sorriso.

Não contive a alegria e abracei-o, ignorando o pedido de "cuidado!" que a enfermeira soltou.

— Desculpe, desculpe! — Soltei-o logo em seguida, imaginando a dor que aquilo poderia ter lhe causado.

— Não faça isso, ele ainda está sensível — a enfermeira repreendeu.

— Faz sim, nem doeu... só um pouquinho — Daniel respondeu, rindo de leve.

Pelo menos uma coisa havia dado certo, Daniel estava bem. Ver aquele sorriso começou a melhorar meu humor.

— Ok, eu não faço. Mas... hã... Posso ficar aqui? Prometo que não atrapalho.

— É, deixa ela ficar, Theresa. Por favorzinho. — Ele piscou os olhos três vezes.

— Hm... — Ela não parecia muito contente com aquele pedido.

— Vou até me afastar. — Dei dois passos para trás e ergui as mãos na altura dos ombros, mostrando que não tentaria abraçá-lo outra vez.

— Está bem, mas fique aí — ela disse, séria, e segurou o pulso quebrado de Daniel com delicadeza.

Fiz uma careta só de imaginar o quando aquilo deveria ter doído, mas ao mesmo tempo fiquei aliviada que não desencadeou nada muito sério. Assumi que, pelo roxo na testa, ele batera com a cabeça e por isso ficou um tempo inconsciente.

— Como está se sentindo? — perguntei para ele, que colocou o corpo para frente para que Theresa pudesse examinar melhor seus reflexos e machucados.

— Poderia estar melhor. Mas até que melhorei bastante. Na primeira vez que acordei, minha cabeça estava explodindo. Mas quando vi que Jenny e Reyna não se machucaram, fiquei mais tranquilo e a dor diminuiu um pouco.

— É, você foi premiado. — Cruzei os braços.

Aliás, ainda estava me perguntando por que aqueles três estavam em um carro juntos, sendo que, pelo que eu sabia, Jenny mal sabia da existência de Reyna e ainda achava que Sabrina queria ficar com Daniel para ela, mas enfim. Aquele não era o melhor momento para perguntar.

— Como foi o final de semana? — ele perguntou.

Hum, como eu começaria a explicar o que foi esse final de semana...?

— Bom. Depois ruim. Depois muito bom, depois ruim de novo. — Basicamente, era aquilo.

— Uau. Deixa eu adivinhar... — ele falou, irônico. — Isso envolve o McDougal?

Mordi os lábios.

— Mais ou menos.

— Quer falar sobre isso?

— Nem um pouco. — Suspirei.

Theresa terminou de examiná-lo e se levantou.

— Daniel, quer que eu chame seus amigos de volta?

— Sim, por favor. Aliás… — Ele ergueu seu braço bom. — Espera uns… dez minutinhos. Aí chama eles.

— Ok… — Ela deu de ombros e fechou a porta do quarto.

Aproveitei que ela saiu e não iria mais me dar bronca, para me aproximar novamente.

— Tem certeza que não quer falar sobre isso? — Daniel insistiu. — Admito que fiquei curioso.

Na verdade, o que eu mais queria era gritar tudo que estava entalado na minha garganta, sobre como eu criei uma enorme expectativa sobre Mason e como ele foi insensível, mas mesmo com raiva sabia que seria uma péssima ideia desabafar sobre aquilo com Daniel.

— Tenho. Quero esquecer mesmo — falei, murchando.

— Tudo bem. Ei… — Ele levantou a mão com a palma virada para cima. — Se precisar de qualquer coisa, eu tô aqui. Só não falo que vou correndo porque… bem, está meio óbvio, né? — Ele riu.

Ri também e segurei sua mão.

— Eu sei. Obrigada.

— Disponha, Sherlock. — Ele deu uma piscadela. — É o

mínimo que eu posso fazer. Só de você ter aparecido aqui, já me sinto bem melhor.

— Ah, não diga isso — falei, enrubescendo. — Jenny, Sabrina, Reyna e sua família ficaram o tempo todo com você, esperando você acordar.

— Eu sei, e com certeza isso ajudou muito. — Ele moveu o polegar pelas costas da minha mão, assim como fizera quando entrei no quarto. — Mas estou feliz por você ter vindo. Fiquei me sentindo péssimo por toda aquela história da Sabrina e como eu te tratei depois… — Ele franziu o cenho. — Você estava arrependida de verdade e mesmo assim eu te dei as costas. Desculpe.

Daniel se referia à nossa briga por toda a minha crise de ciúmes com seu namoro faz-de-conta com Sabrina. Depois ela me explicou que fora obrigada a fazer aquilo por causa da mãe maluca, que também era diretora do seu programa e não aprovava seu namoro com uma menina. Quer dizer, não foi bem uma briga porque foi mais unilateral. Daniel ficou furioso e passou um bom tempo sem querer falar comigo. E com razão.

— Não se desculpe, você tinha todo o direito de ficar chateado. Eu tratei sua amiga de um modo horrível.

E tratei mesmo. Pedi para Piper que expusesse seu maior segredo para todo mundo. Mas, por sorte, o pior não aconteceu. E considerando todas as fotos de Sabrina nas redes sociais com Reyna, e como ela e eu volta e meia conversávamos por mensagens e até mesmo pelo Facebook, já tínhamos resolvido tudo.

— Tudo bem. Estamos numa boa, então?

— Com certeza — assenti com a cabeça.

— É que esse acidente me fez pensar em um monte de coisas, sabe?

— Sei. Acho que é normal pensar em coisas não resolvidas quando se corre risco de vida — disse isso pois tinha uma noção de como ele poderia estar se sentindo. Já fui assaltada com Mary e mamãe em Nova York, e naquele momento que tive uma arma apontada para mim, minha mente deu voltas e voltas.

— Ia me arrepender para toda a eternidade se morresse e não fizesse as pazes com você.

— Ai, Daniel, nem diga uma coisa dessas. — Senti um calafrio. — Se bem que... Quando Jenny me ligou e contou sobre o acidente, pensei o mesmo. Ainda mais porque já perdi alguém assim e não iria suportar perder novamente. — Senti um nó na garganta e uma vontade súbita de chorar, mas controlei-a e a engoli de volta.

— Você não vai me perder. Nunca. — Ele esticou a mão por trás do meu pescoço e me puxou para um abraço.

Eu pensava que era um abraço. Mas quando percebi que ele direcionou meu rosto para o dele e que nossos lábios quase se tocaram, me afastei.

— Daniel, hã... — Minhas bochechas coraram. — Você tomou um monte de remédio. Não deve estar pensando direito...

— Eu estou consciente, Ronnie. Mais do que nunca — ele respondeu, sério. — E depois de tudo o que aconteceu comigo, decidi que não quero perder mais nenhuma oportunidade.

Meu coração acelerou. O que havia dado nele para soltar isso, e logo agora? Foi resultado da reflexão quase-morte? Claro que, ao longo do tempo que o conheci, pensei várias vezes em algo acontecendo entre nós, mas... nunca pensei que, de fato, iria acontecer!

E aquele era o pior momento possível. Estava chateada por causa de Mason, me sentindo mal por ter dado péssimos conselhos a Karen e enchê-la de esperança, e ainda preocupada com a saúde de Daniel. Meus nervos estavam à flor da pele. Falei para Daniel que ele não deveria estar pensando direito, mas no final das contas, quem não estava cem por cento podendo tomar decisões racionais era eu!

Mas pensando bem… Mason e eu não iríamos dar certo. Ele disse que o que passamos não foi nada demais. Será que aquilo era a forma do destino me presentear com uma nova chance, assim como Daniel dissera? Será que Daniel era a pessoa certa para me fazer feliz?

— Daniel, agora não é o melhor momento para…

— Você gosta de mim, Ronnie — ele me cortou. — Eu sei que você ficou com raiva de Sabrina porque ficou com ciúmes de mim. No fundo, você também sabe.

A voz de Daniel soava como o canto de uma sereia. Meu cérebro dava voltas.

— Isso… não está certo. — Minha respiração ficou ofegante.

— Se é isso mesmo que você pensa, então me afaste.

Novamente, sua mão não machucada puxou levemente minha nuca — fazendo os pelos dela se arrepiarem — e ele me beijou. Não me deixou contestar, nem nada. Aquilo me imobilizou completamente.

E eu não o afastei.

# 5

**Não dava para acreditar** no que eu estava fazendo.

Há dois dias eu ainda me perguntava como seria beijar alguém, e agora, em um intervalo de tempo tão pequeno, já havia beijado duas pessoas.

Mas isso não era uma coisa boa. Quer dizer… por um lado era, porque eram duas pessoas de quem eu gostava de verdade e que me faziam sentir bem, mas mesmo assim… aquilo não estava certo. Ou estava? Não sabia dizer.

Daniel obviamente não exagerou nem nada, porque um de seus pulsos estava quebrado e sua cabeça não podia se mover muito por causa do machucado. Mas de qualquer forma, sua mão direita ficou acariciando meu rosto e cabelo, depois ele entrelaçou os dedos com os meus. Com minha mão livre, toquei suas bochechas e depois subi para seus cabelos. Não sei se o suor neles era por minha causa ou dos machucados, ou dos dois.

Uma parte de mim não queria parar de beijá-lo, pois tinha certeza de que ele fora sincero quando disse que eu nunca iria perdê-lo. E nem sei quantas vezes já se passara pela minha cabeça que ele era a pessoa certa para mim, por tantas coisas que tínhamos em comum, por termos tanta sintonia, por ele ser sempre tão carinhoso e se importar tanto comigo...

Mas a outra parte gritava na minha cabeça para que eu parasse. Que aquilo era errado. Que eu tinha acabado de beijar Mason, e que ainda nem havíamos conversado direito sobre a noite do casamento. Que minha melhor amiga estava interessada em Daniel e, mesmo não me falando com todas as palavras, estava bem óbvio.

Esse conflito interno estava dando um nó na minha cabeça. Tudo que eu precisava fazer era simples, era só afastá-lo. Ele estava sem forças para impedir que eu o fizesse, e mesmo que estivesse cem por cento saudável, não iria me forçar a fazer nada.

Então por que eu não conseguia parar?!

Mesmo não querendo totalmente, arranjei os colhões para me afastar, um pouco ofegante — porque bem, mesmo sendo curto foi meio... hã, intenso, e porque meu coração batia tão rápido que parecia que eu tinha corrido uma maratona.

Não sabia o que dizer. Daniel tampouco. Como você começa a explicar todas as dúvidas na sua cabeça — que tem coisas pessoais para caramba — para a pessoa que você nem sabe ao certo como se sente em relação a ela?

— Daniel... isso não está certo.

— Por que não? — ele perguntou, franzindo a testa.

— Porque não é tão simples como você pensa... tem pessoas envolvidas que...

Mas de repente, mesmo sem ouvir nada, tive a súbita sensação de que não estávamos sozinhos naquele quarto de hospital. Minha intuição me fez olhar para a porta, que agora não estava mais fechada como Theresa deixara.

— Estou interrompendo? — foi o que a voz na entrada do quarto com um leve sotaque em espanhol disse, fazendo meu sangue gelar.

Lá estava ela, apoiada na porta aberta, de braços cruzados, muito bem arrumada e maquiada, com um sorriso no canto dos lábios.

Elena Viattora.

— Elena? — Daniel perguntou, erguendo o pescoço, porque de onde eu estava, bloqueava sua visão para o outro lado do quarto.

Com os olhos vidrados nos olhos castanhos dela, tive que me apoiar na cama para não me desequilibrar. Era óbvio que ela tinha visto aquilo. E era óbvio que tinha esperado acabar para que percebêssemos que ela estava ali, já que não era exatamente a pessoa mais decente do mundo.

— Me desculpem. Depois eu volto.

Ela girou nos calcanhares e começou a se afastar da porta. Sem pensar duas vezes, disparei até ela e segurei a manga de seu sobretudo vermelho.

— Senhora Viattora... — falei, com o estômago revirado. — Por favor... por favor não conte a ninguém.

— Contar? Ronnie, por que acha que eu faria isso? — Ela deu um sorriso mostrando os dentes perfeitamente brancos. — Acha mesmo que sou uma pessoa tão ruim?

*Na verdade... sim*, pensei. Afinal, aquela era a mesma mulher que obrigou a filha a se jogar para cima de um cara por quem ela não tinha o mínimo interesse só pela própria imagem, xingou minha mãe das piores coisas e nos fez fazer uma competição que quase custou minha amizade com Daniel. Então, é... não era muito fã dela.

— N-não, eu... — Nem falar direito eu conseguia, só de pensar que a qualquer minuto Mason, Jenny e os outros estariam de volta.

— Tudo bem, minha querida. Você não é a única a pensar assim. Minha própria filha pensa isso de mim também, você sabia?

Uma gota de suor escorreu pelas minhas costas.

— Fiquei sabendo que ela estava aqui nesse hospital pela mãe de Daniel. Minha filha que eu amo tanto, que sempre protegi e dei tudo de melhor, não fala comigo há mais de um mês sobre nada que não seja relacionado a *Boston Academy*. Mal fica em casa.

Arregalei os olhos. Uau. Sabrina havia realmente enfrentado a mãe horrível. Meu Deus, Elena deveria estar explodindo de raiva. E talvez ela não tivesse feito isso se… *eu* não tivesse a aconselhado naquele dia em que ela me contou sobre Reyna.

Oh, meu Deus. Se Elena já estivesse sabendo disso, iria cortar minha cabeça fora. Me expor, depois cortar minha cabeça.

— Ronnie? O que está acontecendo?! — ouvi a voz de Daniel gritando do quarto.

Elena ignorou aquilo, e continuou falando, com o mesmo semblante estranhamente calmo:

— Ele é um rapaz tão amável, não? Tão talentoso… deve ter ficado tão feliz por você corresponder aos sentimentos dele…

Minha garganta ficou seca.

— Eu… hã…

— Oh, você não corresponde? Bem, quem sou eu para me meter, certo? — Ela deu um risinho. — Pobrezinho, ficaria arrasado se descobrisse que não é correspondido e que saiu da série em um tempo tão curto.

Espera… ela disse o que eu achava que ela tinha dito?

— O quê…?

— Sabe… — Ela se apoiou na parede. — Tem coisas que eu não consigo controlar, como o beijo de dois adolescentes, ou até mesmo como minha filha se sente em relação a mim. — Ela suspirou. — Mas tem outras que eu consigo. O emprego de Daniel é uma delas.

Engoli em seco. O suor agora escorria pelo meu rosto.

— Você... não faria isso, faria?

— Não sei, Ronnie... Se coloque no meu lugar por um momento. Imagsine que você construiu uma coisa com tanto esforço, tanto trabalho... escolheu as pessoas certas... e vê isso quase indo por água abaixo por causa de uma menininha ingênua que nem pensa nas consequências das suas ações.

Ela sabia. Não sei como, mas ela sabia que era por minha causa que Sabrina não falava mais com ela. Eu estava ferrada. E aparentemente, Daniel também.

— O que quer que eu faça? Eu faço qualquer coisa. Mas por favor, não tire a série dele. Ele se esforçou tanto para ter uma chance...

— Vamos ver... Daniel e Sabrina estavam ótimos juntos, com a série e comigo. Foi só uma certa pessoa aparecer, e, bem, veja só o que aconteceu. Se tirarmos o denominador comum, acho que temos uma solução, não acha?

Me senti uma formiguinha depois de ouvir aquelas coisas. Como eu iria enfrentar aquela mulher louca? Normalmente já não sou de discutir com ninguém, ainda mais com quem tinha algo para me chantagear!

— Eu vou me afastar — falei, com um nó na garganta.

— Muito bem. Viu como não é difícil? — Ela sorriu. — E eu acredito em você. Mas é sempre bom ter uma garantia, não é? — ela pegou o telefone que tinha uma foto do exato momento em que Daniel e eu nos beijamos.

Não consegui dizer mais nada. Meu corpo travou. Que tipo de pessoa tinha coragem de fazer uma coisa dessas? Uma adulta, mãe, arranjando intriga com uma adolescente?! Envolvendo gente que não tinha nada a ver com as loucuras dela?! Sabia que ela era uma pessoa horrível, mas não imaginava que as coisas chegariam a esse ponto.

Eu queria gritar. Chamar a segurança. Chamar minha família. Olhar para o rosto moreno e bonito de Elena estava me dando ânsia de vômito. Mas sabia que não podia fazer nada. Era o sonho de Daniel, minha amizade com Jenny e qualquer chance de alguma coisa com Mason que estavam em jogo.

Acho que ela só parou de fazer todo esse terrorismo psicológico comigo porque ouviu a família de Daniel e todo o resto das pessoas vindo em direção ao nosso corredor. Guardou o celular na bolsa, acenou para mim e saiu andando na direção oposta.

— Ronnie! — Senti o abraço da minha melhor amiga, agora parecendo bem mais leve, me envolvendo. — A enfermeira disse que ele já está melhor!

— Hã? — ainda estava pensando no que acabara de acontecer, por isso não estava cem por cento eu mesma.

— Ele está melhor! Daqui a pouco já deve sair!

— Ah, sim. — Tentei dar o sorriso mais natural possível.

— E o que você está fazendo aí parada? Vamos entrar!

Pensei em como as coisas seriam comigo e com Daniel, daqui para frente. Prometera a Elena que me afastaria dele e de Sabrina. Não fazia ideia de como fazer aquilo. Mas pelo menos poderia aproveitar esse restinho de tempo que tinha com ele até o final desse dia.

*Foque nisso, Ronnie. Você não sabe quando vai conseguir vê-lo de novo.*

Com o coração apertado, camuflei toda essa crise que estava tendo por dentro com um sorriso despreocupado e fui com Jenny até o quarto.

# 6

**Na semana seguinte,** Daniel já estava em casa. Ainda estava de repouso por conta do acidente, mas já se sentia bem melhor. O machucado na testa estava mais leve e as dores no corpo já estavam menores. O que não tinha como evitar era o pulso quebrado, que só o tempo iria consertar, de fato. Por causa disso, o cronograma de gravações de *Boston Academy* teve que ser adiado e sofreu algumas pequenas alterações. Já que, bem, seria meio difícil tocar guitarra só com um braço, não é? Tudo bem que existem roqueiros profissionais que tocam com a língua ou com os dedos dos pés, mas Daniel, apesar de ser talentoso, não havia chegado exatamente nesse nível ainda.

Eu levei a ameaça de Elena extremamente a sério, afinal, sabia do que ela era capaz. Por mais que doesse, evitei ao máximo falar com Daniel, e o fato de nosso último contato físico ter sido um beijo interrompido por mim contribuiu para que as coisas ficassem estranhas o suficiente entre nós, a ponto de ele não fazer tanto esforço para falar comigo. Mas, claro, avisou por mensagem de texto que saíra do hospital e eu perguntei para ele como se sentia, e tal. Mas esses detalhes maiores que descrevi agora não fiquei sabendo por causa dele.

Como eu fiquei sabendo? Da mesma forma que já soube de vários podres de atores, produtores e diferentes pessoas do universo das bandas e séries de TV. Ela mesma, minha maior fonte de segredos, chantagens e esquisitices.

— Na segunda-feira ele vai voltar a gravar. Depois da visita ao médico, falou no telefone com Elena Viattora e vai pegar uma carona com os gêmeos até o estúdio — Piper disse, terminando de ler o que estava escrito em seu caderninho.

— Ah, que bom. Nem sei como te agradecer por isso, Piper.

— Eu sei. — Ela estendeu a mão para mim. — Anda, me dá o que combinamos.

— Ah, certo.

Sem graça, entreguei a ela a baqueta da bateria de Ryan, que peguei escondido naquela manhã do quarto da Mary enquanto ela tomava banho. Antes que você pense que eu sou uma insensível capaz de roubar um item tão especial, saiba que Ryan tem vários desses de reserva porque sempre os perde no estúdio, em shows ou porque minha irmã mais nova as furta, mesmo.

Depois de dar três beijinhos na baqueta e guardá-la na bolsa, Piper voltou para mim e falou:

— Daqui a pouco você não vai ter mais itens clandestinos dos meninos para me dar, Adams. Qual é a dificuldade de você simplesmente ir para a casa do roqueirinho simpático e descobrir você mesma como ele está?

Olhei para baixo, esperando que ela não fosse fazer aquela pergunta.

— É uma longa história.

— Duh, isso é obvio. — Ela colocou as mãos na cintura. — Mas por todos esses dias que eu fui seu pombo correio, mereço saber pelo menos uma parte da história, não acha?

— Mas você não foi paga com os objetos clandestinos?

— Sim, mas... — Ela mordeu os lábios, dedilhando em seu caderninho. — Estou curiosa. Pensei que a essa altura vocês dois já tivessem resolvido o problema de Sabrina Viattora. Já fazem o quê? Dois meses?

Passei a mão no cabelo, pensando em como poderia explicar aquilo sem dar muitos detalhes.

— Isso nós já resolvemos. Mas, hã... aconteceram outras coisas nesse meio tempo. Coisas da vida, sabe? Por enquanto acho melhor me manter afastada.

— Entendi. — Ela cruzou os braços, me olhando de cima a baixo. — Não sou uma de suas amiguinhas para você ficar contando segredos. Tudo bem. — Ela torceu o nariz.

Espera... será que por dentro desse escárnio todo... ela realmente se importava com o que estava acontecendo comigo? E queria me ajudar? Ela, Piper Longshock, que durante meses publicava mentiras descaradas e me retratava em seu blog como a vilã?

*Pff, claro que não. Você só pode estar delirando*, disse para mim mesma, percebendo o quão ridículo aquilo soava.

— Acredite, Piper, você não vai se importar. É drama meu. Juro. — Dei um sorrisinho amarelo.

— Não me importo mesmo — ela assentiu com a cabeça. — Mas vou te dar uma ajudinha, mesmo que você não esteja merecendo: Jenny Leopold, Sabrina Viattora e Reyna Valentine estiveram na casa dele hoje cedo.

Eu sabia daquilo. Depois de ter ignorado três ligações de Jenny, na quarta atendi e dei a desculpa de que não podia ir porque estava vendo coisas sobre as faculdades para as quais havia aplicado. O que não era totalmente mentira, já que realmente usei esse tempo para fazer isso. O ruim era que já era a segunda vez que eu dava aquela desculpa e a terceira vez que eu dizia que não podia ir até a casa de Daniel, então logo logo elas iriam começar a suspeitar, se é que já não estavam suspeitando.

Piper continuou:

— Então seja lá qual for a desculpa que você está inventando para não vê-las, é melhor ter um plano B, pois não vai colar por muito tempo.

Por ironia do destino, quando ela disse "muito tempo", quis dizer "zero tempo". Pois foi só ela guardar o caderninho na bolsa que meu celular vibrou com uma mensagem que dizia:

*Dá um tempo de Harvard agora porque em 5 minutos eu e as meninas estaremos aí. Espero que não tenha comido, porque estamos levando sorvete. Sem lactose, sem açúcar e sem gosto. Reclame com a Sabrina.*

*XO, J.*

— Ai, mas que... — Me controlei para não soltar o palavrão que quase escapou da minha boca.

— Melhor pensar rápido, Adams. — Ela me deu as costas e foi caminhando em direção à rua. — Uma hora a verdade vai transbordar de você.

Ótimo. Até a stalker psicopata estava me dando lição de moral. Ok, eu até merecia por não contar a verdade para minha melhor amiga, mas não queria magoá-la. E sabia que ela ficaria extremamente magoada se descobrisse que eu havia beijado Daniel. Então, basicamente, além de evitar Sabrina e Daniel — como Elena mandou — havia ganhado de brinde ter que evitar minha melhor amiga, como consequência. Aliás, nem com Mason eu estava falando direito porque, além de me sentir culpada pelo que acontecera no hospital, estava assumindo que ele perdera o interesse em mim depois do casamento, e me sentia mal só de pensar nisso ou vê-lo. Então passei os últimos dias numa bolha de isolamento. Mas agora duas das três pessoas que eu não deveria ver estavam a cinco minutos da minha casa. O que eu iria fazer?!

Voltei para casa, passei por Mary, que assistia a um episódio de *The Walking Dead* na TV e disse, enquanto subia as escadas correndo:

— Se perguntarem, eu estou doente e não posso descer!

Eu sei, doença é uma das desculpas mais esfarrapadas que existem, mas foi a primeira coisa que me veio à cabeça. Mas bastou eu sentar na minha cama e ligar meu laptop por cinco minutos que ouvi três batidas na porta do quarto:

— Nem pense em fingir que não está aí, consigo ouvir o barulho de você digitando as teclas no computador. — Era claramente a voz de Jenny. O tom e o sotaque eram indiscutíveis.

— Hã... Desculpa, eu realmente não poss...

Mas antes que eu terminasse a frase, a porta se abriu e três adolescentes entraram animadas, gritando: Ronnieeeee!

— Ah... oi, meninas. — Dei um sorriso de nervoso, acenando.

— Depois de ficar uma semana sem ver sua melhor amiga, tudo o que você diz é "oi, meninas"? — Jenny disse, com as mãos na cintura. — Vem aqui, sua antissocial! — dito isso, se jogou em cima da minha cama e começou a fazer cócegas na minha barriga.

— Jenny, para! — falei, entre risadas. — Já entendi, desculpa! Aii! — Não conseguia me desprender dela, ela era muito mais forte que eu.

— Jenny, vai matar a menina assim! — Reyna comentou, rindo também.

— Só mais um pouco, para ela aprender a lição! — Ela segurou meus pés e começou a fazer cócegas neles também.

— Nos pés nãaaaaoooo! — Falei, ofegante.

— Ok, ok, já deu, não é, crianças? — Sabrina falou, em um tom mais alto, porém brincalhão, batendo palmas.

E finalmente ela me soltou. Levantei da cama, ajeitando o cabelo e as roupas que ficaram amarrotados graças ao ataque da leoa.

— Vê se não some mais assim, viu? — ela me deu língua.

— Tudo bem, foi mal — respondi, ainda recuperando o fôlego. — Mas, hã... O que vieram fazer aqui? Não que seja ruim terem vindo...

— Já que não conseguimos encontrar você na casa do Daniel, resolvemos vir para cá — Jenny respondeu, refazendo a trança no cabelo que se soltara com a confusão. — Eu te conheço, sei que você fica insana quando se trata de escola, faculdade e responsabilidades... por isso nós três concordamos que você precisa dar uma pausa e curtir um tempinho com a gente. — Ela deu uma piscadela.

— Já que é sábado, podemos fazer uma noite das garotas! — Sabrina falou, animada.

— Isso! Ver uns filmes, comer pipoca e sorvete sem-graça... — Reyna comentou, direcionando o olhar para Sabrina.

— Vai me agradecer por isso quando subir na balança, tá? — Sabrina deu língua para a namorada.

— Íamos convidar Mason também, mas já que ele saiu, é até melhor ficarmos só as meninas mesmo. Aliás, temos algumas novidades que queremos contar para você, e acho que você vai adorar! — Jenny disse, sorrindo. — E aí? Vamos?! — Ela segurou minhas mãos.

— Hã... — Olhei para meu computador, depois para cada uma das três.

Realmente, era muito legal da parte delas ir até minha casa e querer fazer algo comigo mesmo eu tendo me isolado como fiz. Mas por outro lado, prometera à Elena que ficaria longe de Sabrina, e a presença de Jenny só me fazia lembrar o que eu fizera, e me sentia mal por isso.

Mas que escolha eu tinha? Elas podiam ver que eu estava perfeitamente saudável, e a desculpa das faculdades não rolava mais. E, bem... Elena não iria ficar sabendo que Sabrina esteve aqui, certo? Não é como se Sabrina tivesse avisado nem nada do tipo. E eu realmente precisava de mais contato humano. Acho que faria bem para mim.

— Tudo bem.

As três comemoraram e descemos até a sala.

— Mary! — Jenny chamou sua atenção. — Podemos roubar a TV agora?

Mary olhou para nós, franzindo a testa.

— Vocês querem mesmo...?

— Sim! Deixa a gente ver aqui, vai! Dá para ver Netflix do seu laptop, não dá?

— Hmpf, tá bom. — De má vontade, ela levantou do sofá e entregou o controle para Jenny.

Me sentei no canto do sofá, ao lado de Jenny e as meninas.

— Então... — Reyna começou — Antes de escolhermos o filme, vamos falar para a Ronnie o que estávamos combinando?

— Sim! — Sabrina concordou — Ronnie, estávamos loucas para te contar!

Ergui uma sobrancelha, curiosa.

— O que é?

— Bem... — Jenny falou — São três coisas. A primeira é... — Ela fez uma pausa dramática, depois continuou — Você está olhando para a mais nova estagiária-assistente-de-produção-faz-tudo de *Boston Boys*!

Meu queixo caiu no chão.

— Jenny... você vai...trabalhar em *Boston Boys*?!

— Sim! Eu começo na segunda-feira! — Ela não conseguia mais conter a animação — Pedi para guardarem essa informação de você porque queria te contar eu mesma! E por enquanto será só por seis meses, mas mesmo assim... Não é o máximo?!

Mesmo que ela não pedisse, sabia que não iam me contar. Susan Adams não era do tipo que contava coisas importantes para mim sobre sua série. A última coisa que ela me contara de relevante e com uma certa antecedência — que fiquei até impressionada — foi que estava fechando uma turnê com os garotos por algumas cidades dos Estados Unidos em novembro. Então se Jenny começara a trabalhar com ela, provavelmente iria junto com eles. Nossa, agora dava para entender o quanto ela estava surtando. Não que me parecesse empolgante passar quase um mês com aqueles três durante vinte e quatro horas por dia, estressados, tensos e discutindo por qualquer coisa, como aconteceu naquele show antes das férias de verão.

— Uau, Jen, parabéns! — Estava realmente feliz por ela. Sabia que Jenny adorava esse universo da televisão, adorava minha mãe, os meninos e a série, então, realmente, não tinha emprego melhor que ela pudesse arrumar.

— Obrigada! Agora, Sabrina, conta a segunda novidade! — Jenny a cutucou.

— Ok! — Sabrina ergueu o corpo para frente, para me ver — Recentemente, nós gravamos um episódio de *Boston Academy* que se passa no Halloween. Fechamos um acordo com uma loja de fantasias e conseguimos alugar várias de graça. Conversamos com o dono da loja e ele deixou o aluguel se estender por mais tempo...

— Até o Halloween, para ser mais específica. — Reyna complementou.

— E queremos aproveitar isso e o fato de que o Daniel já vai estar melhor até lá para fazermos uma festa de Halloween! — Sabrina continuou. — Os gêmeos já ofereceram o terraço deles como espaço, podemos chamar um DJ, uma galera... até os Boston Boys podem ir!

— E todos fantasiados, claro! — Reyna falou. — O dia 31 cai em um sábado. Estamos fazendo a lista de convidados e podemos escolher nossas fantasias primeiro!

Antes que eu pudesse processar essa segunda novidade, Jenny já emendou a próxima:

— E a última novidade é algo bem especial que estamos pensando em fazer no feriado do Natal e Ano-Novo... prepare--se... — Ela batucou na mesa simulando um suspense — Tcharam! *Boston Boys* e *Boston Academy* se juntando em uma viagem com os fãs para a Inglaterra com direito a episódio especial em Londres!

Arregalei os olhos. Se a festa de Halloween já me deixava apreensiva por estar em contato com tantas pessoas que deveria evitar, imagina viajar com todos eles para o Reino Unido?!

— Estão... brincando, não é? — perguntei, atônita.

— Claro que não! — Reyna falou. — Imagina que incrível vai ser, Ronnie!

— Já está mais do que na hora de acabarmos com essa rivalidade boba, não acha? — Sabrina falou. — Isso vai ser ótimo para as duas séries! E além do mais, podemos aproveitar uns descontinhos que os pais da Jenny conseguem na agência de viagens.

— E eu aproveito para dar uma olhada nas faculdades de lá... e quem sabe te convenço a se mudar para lá comigo depois que acabarmos a escola! — Jenny segurou meu braço.

Jenny já havia mencionado que, mesmo aplicando para faculdades nos Estados Unidos, pensava em voltar para a Inglaterra e estudar lá, de preferência em Londres. Eu sabia que parte disso era porque ela realmente adorava seu país de origem, e a Inglaterra tinha excelentes faculdades, mas eu desconfiava também que esse desejo era de ter uma experiência de ensino parecida com Hogwarts. Mas enfim.

— Uau... — Ainda estava meio em choque com todas aquelas novidades que vieram de uma vez.

— E aí, Ronnie? Topa? Diz que sim, quase todo mundo já topou!

Não estava em posição de dizer não naquelas circunstâncias. Acabei respondendo sem pensar direito, mas depois podia arranjar um jeito de me esquivar daquilo:

— Claro, por que não? — Dei um sorrisinho.

— Oba! — As três comemoraram e demos um abraço em grupo.

— Vou te passar a lista de fantasias que você pode escolher — Sabrina disse, digitando em seu celular.

— E fale com a tia Suzie sobre a viagem para já podermos ver como escolheríamos os fãs que vão viajar com a gente, passagens, hotel e tudo o mais. Ai, vai ser tão legal! — Jenny me abraçou.

— Claro... — Abracei-a de volta, porém com o sorriso se esvaindo. — Vai sim.

Ok, a viagem com certeza seria mais difícil de evitar, mas pelo menos eu ainda tinha um pouco de tempo para pensar no que fazer. Mas a festa, se fosse realmente no dia 31, era já na semana seguinte! Eu precisava arranjar uma maneira de me afastar, pelo menos enquanto a ameaça de Elena estava tão recente. Não podia dizer que estava doente. Não podia dizer que estava ocupada procurando faculdades. Jenny não ia me deixar escapar tão facilmente de sua festa.

E foi só pensar em Jenny que me veio a ideia perfeita na cabeça.

Jenny ia começar a trabalhar em *Boston Boys*. Provavelmente iria ficar bastante ocupada. Conhecia minha mãe, tinha certeza que lhe daria *muito* trabalho. Além do mais, ela também iria conseguir um dinheirinho a mais para pagar a faculdade. E pensando nas faculdades que eu mais tinha interesse, os preços eram bem salgados.

*Eu vou arranjar um emprego.*

# 7

— **Mãe?** — Bati três vezes na porta do seu quarto e a abri. Entrei de fininho pois encontrei-a sentada em sua mesa, digitando freneticamente no computador enquanto falava ao telefone apoiado no ombro direito.

— Eu entendi, Marshall, mas não podemos fechar isso sem antes termos certeza. É da temporada que estamos falando! — ela fez uma pausa, ouvindo o que ele tinha a dizer. — Ora, então nós os mandamos escrever outro final — ela revirou os olhos. — Ok, eu mesma digo para eles que as estrelas dessa série são os meninos, não eles — ela assentiu com a cabeça. — Tem certeza? Tudo bem, me avise então. Até. — E desligou, dando um longo suspiro e virando-se para mim. — Roteiristas...

— É... roteiristas — concordei, mesmo sem ter certeza do que ela está falando. — Tudo bem por aí?

— Sim, quer dizer... — Ela girou em sua cadeira. — Estamos em um momento crucial para decidir algumas coisas. Mas depois te conto os detalhes.

*Ou não me conta, como sempre faz. Tudo bem*, pensei.

— Quer alguma coisa, filha?

— Bem... — Me sentei em sua cama, olhando para ela. — Quero sua ajuda.

— Para quê?

— Jenny me contou que vai começar a trabalhar em *Boston Boys*.

— Legal, não é? — Ela sorriu. — Acho que Jenny vai se sair muito bem.

— Também acho... Escuta... — Passei a mão no cabelo. — Estive pensando em umas coisas... Sobre os preços das faculdades, o fato de eu estar quase terminando a escola, sem ter feito nenhuma atividade...

— Sim...? — Ela ergueu uma sobrancelha, imaginando onde eu queria chegar com aquele papo.

— Decidi que quero arranjar um emprego. Não precisa ser nada muito grandioso, até porque não tenho nenhuma experiência.

Mamãe se sentou ao meu lado, com o sorriso maior ainda.

— Que ótimo, Ronnie! Acho uma ideia fantástica! Com o que tem vontade de trabalhar?

Aquilo era uma boa pergunta. Com o que eu gostaria de trabalhar? Analisei rapidamente as coisas que eu gostava de fazer: ler livros, assistir a séries e cozinhar. Não tinha nada contra estudar também. Em relação à faculdade, minha opção mais forte de preferência era Direito, mas isso eu nem sabia ao certo. Pensando bem, adolescentes da minha idade costumavam trabalhar em supermercados, lojas de roupas, barraquinhas de sorvete e outras variações. Mas nenhuma dessas opções me chamava muito a atenção.

— Hã... Não sei.

Mamãe riu de leve.

— É normal não saber. Procure na internet se algum lugar aqui perto está contratando. Ou dê uma volta pela cidade. Tenho certeza que em algum lugar precisam de funcionários.

É... Aquilo era um bom conselho. Agradeci a mamãe e fui voltar para meu quarto, mas antes de sair, me lembrei de algo que Jenny dissera e perguntei a ela:

— Só por curiosidade, esses empregos são temporários mesmo? Porque a Jenny disse que só ficaria na série por seis meses...

Mamãe mordeu os lábios.

— Depois te conto com mais detalhes, querida. Preciso voltar para a minha ligação. — Dito isso, colocou o celular no ouvido e deu meia-volta na cadeira do escritório.

Dei de ombros, saí do quarto e desci as escadas. Me sentei no sofá da sala, peguei meu laptop e pela primeira vez em muito tempo, entrei no Facebook por vontade própria. Com certeza lá haveria perfis de lugares contratando funcionários. Procurei a página da livraria do shopping do meu bairro. Para quem gosta de livros, trabalhar em uma livraria deve ser uma atividade interessante, não? Pelo menos quando não tivesse nada para fazer, poderia pegar alguns volumes emprestados para passar o tempo.

Infelizmente, rodei a página inteira e nem sinal de "procura-se vendedor". Busquei em todas as publicações, fotos, vídeos e nada. Suspirei.

*Bem...*, pensei. *Não é porque não tem nada on-line que eu não possa tentar off-line.*

Com esse pensamento, peguei meu celular e disquei o número de contato que aparecia na página da livraria. Depois de tocar duas vezes, uma voz feminina atendeu.

— Brattle Book Shop, boa tarde. Em que posso ajudar?

— Boa tarde. Eu gostaria de saber... hã...

Será que era só perguntar mesmo? Será que tinha uma pessoa específica que ficava encarregada de saber se a loja estava contratando? Eu nunca havia ligado para nenhum lugar pedindo esse tipo de informação, não sabia ao certo como prosseguir!

— Sim? — a voz perguntou.

*Ótimo, agora ela deve achar que eu sou uma idiota que mal sabe falar direito. Agora mesmo que não vão querer me contratar!*

— Vocês, por acaso, hã...

Oh, meu Deus. Precisava falar uma frase completa antes que a mulher desligasse achando que aquilo era um trote.

— Vocês estão contratando? Pessoas?

*Não, Ronnie. Eles contratam guaxinins, não pessoas. Sua tonta!*

Mas a mulher pareceu não se importar com a maneira estranha que eu perguntei, e respondeu logo em seguida:

— Infelizmente não estamos buscando novos funcionários no momento.

— Ah... — Tentei esconder minha frustração. Não foi muito eficaz. — Tudo bem, então. Desculpe incomodar. Tchau!

Desliguei o telefone, já não tão animada quanto antes. Mas não podia desistir. Era só a minha primeira tentativa. Algum lugar tinha que precisar de gente, certo?

Abri outra aba no navegador de internet e digitei "Empregos para adolescentes em Boston". Tudo bem, era bem abrangente e com certeza iria aparecer muita coisa nada a ver, mas pelo menos daria um bom panorama.

Enquanto passeava pelos sites, lia os pré-requisitos e esboçava um rascunho de currículo, escutei o barulho de chaves rodando na porta. Mason e Mary entraram em casa, ambos parecendo cansados e com o humor não muito bom. Os dois se jogaram no sofá ao meu lado e bufaram. Cheguei um pouco para o lado mais perto de Mary, porque ainda não estava conseguindo fingir que nada havia acontecido entre Mason e eu.

— Dia ruim? — perguntei, sem tirar os olhos da tela.

— Você não tem ideia. — Mary falou, jogando a cabeça para trás.

— Visitamos o Ryan para ver como ele estava, se queria sair da fossa, ver um pouco o ar livre... nada feito. Ele está ainda pior do que antes. Falou com Amy, teve uma briga feia... — Mason falou, franzindo a testa — Ele estava tão deprimido que passou essa *vibe* até para nós!

— Nossa... nem os cachorros alegram ele? — perguntei.

— Até os cachorros ficaram para baixo. Ronnie, você não está entendendo. — Mary segurou meus ombros. — Sabe no filme do Harry Potter, aqueles dementadores que sugam a felicidade das pessoas? É como ele está agora. Não quer fazer nada, fica de pijama o dia inteiro, comendo...

Meu Deus. Não estava fácil ser o Ryan naquele período. Logo ele, que era uma pessoa tão alegre. Devia ser realmente apaixonado pela namorada. Quer dizer, ex-namorada.

— Não tem nada mesmo que deixe ele um pouco mais feliz? Já tentaram chamá-lo, sei lá, para comer, ver um filme?

— Claro que já, ele não vai. — Mason respondeu.

— Então para alguma atividade diferente. Tipo... — Pensei um pouco, mas nada me veio à cabeça.

— Tipo isso? — Mary apontou para o anúncio na tela do meu computador que direcionava a um site chamado *Room Escape*.

— Room Escape? — perguntei. — O que é isso?

— É um daqueles jogos interativos em que um grupo precisa escapar da sala em uma hora. — Mary respondeu.

Ah, já tinha ouvido falar sobre aquilo, mas nunca havia ido. Volta e meia via fotos de pessoas nas redes sociais em jogos assim, comemorando que haviam saído da sala ou tristes porque não saíram a tempo.

— É tipo uma caça ao tesouro — ela continuou. — Tem pistas, enigmas, charadas, coisas escondidas... Tudo que leva a um jeito de você sair da sala.

— Enigmas e charadas? — Mason riu de leve. — Tá aí uma coisa que o Ryan não vai querer fazer.

Cliquei no anúncio e comecei a ver o site. Ok, aquilo parecia *muito legal*. Uma caça ao tesouro na vida real? Ter que decifrar pistas e charadas como os detetives dos livros?

— Talvez ele goste dessa — apontei para a área no site que mostrava todas as salas, e uma delas se chamava "Escape da cidade zumbi", onde a missão dos jogadores era arranjar uma maneira de fugir da sala e dos zumbis soltos nela ao mesmo tempo.

— Hm... — Mary analisou a descrição da sala. — Pode ser.

De repente, vi cinco palavrinhas no topo do site que fizeram meus olhos se encherem de brilho: *Estamos contratando monitores de salas*.

— Eu me ofereço a levá-lo, não precisam se preocupar! — Levantei o braço.

Mason e Mary se entreolharam. Confesso que não esperava a companhia dos dois, pois já deviam estar cheios de toda a depressão de Ryan. Para mim seria até melhor não ficar presa em um quarto com um grupo em que Mason fazia parte, apesar de ser um tanto estranho sair sozinha com Ryan. Na verdade, meu plano era nem falar com Ryan, ir direto ao *Room Escape* e depois inventar uma desculpa de que insisti para que ele fosse, mas ele não quis. Seria bem fácil de acreditar.

Mas o lado amigo dos dois falou mais alto nesse momento. Mesmo não querendo passar por todo aquele drama de novo, Mason e Mary disseram que iam comigo. Mesmo eu insistindo que não precisava, que eu podia levá-lo sozinha, não colou. De quebra, resolveram convidar Henry e Nikki também. Nossa, Karen iria adorar saber que tínhamos ido todos jogar um jogo de escapar sem convidá-la, mas levando a nova namorada de Henry.

— Só uma perguntinha... por que do nada esse interesse? — Mason perguntou, erguendo uma sobrancelha.

Ainda evitando olhar para ele, voltei a digitar meu currículo, agora com muito mais vontade. Que irônico, não? Ia me candidatar a uma vaga em um jogo onde você escapa porque realmente precisava escapar de algumas pessoas.

— Eu só... quero ver se consigo fugir de alguns zumbis.

À noite, pegamos uma carona com Nikki e Henry até a casa de Ryan — não a conhecia direito para gostar ou não dela, mas o fato de ela saber dirigir e ter um carro já a fez subir *muito* no meu conceito —, e com muita dificuldade conseguimos entrar no prédio. O porteiro interfonou para a casa dele umas cinco vezes, mas ninguém atendia. Mason e Mary tentaram ligar, e por volta da décima segunda tentativa, ele finalmente atendeu.

— Podem subir — o porteiro do prédio falou, secando uma gota de suor da testa com um paninho. Pobrezinho, devia estar querendo chamar a polícia para tirar de lá aqueles adolescentes insistentes.

Nem precisamos bater na porta de seu apartamento, porque não estava trancada. Mason foi na frente e virou a maçaneta. Me escondi atrás de Henry já imaginando que Pie, a golden retriever enorme e hiperativa de Ryan iria pular em cima da primeira pessoa que visse, mas depois a avistei deitada no pé do sofá, com uma cara de cansaço.

Uau. Então Mary realmente não estava exagerando quando disse que o estado depressivo de Ryan passara para seus cachorros também. Mozzarella, o vira-lata curioso que gostava de cheirar tudo o que encontrava pela frente, estava deitado em cima do sofá, de barriga para cima, sem mexer um músculo. Cookie, o buldogue que já era calmo e preguiçoso por natureza, roncava ao lado de Pie, mas alguma coisa naquela cara amassada e babona o fazia parecer ainda mais melancólico do que o normal.

E, claro, no centro de toda essa depressão estava Ryan, praticamente irreconhecível. O cabelo estava desgrenhado, a barba estava por fazer, ele vestia uma calça de moletom e uma blusa larga que pareciam não ser lavados há dias, seus dedos da mão direita estavam laranjas por conta do saco de Doritos que ele comia e seus olhos meio inchados — ele com certeza havia chorado — estavam vidrados na televisão ligada no canal Animal Planet, que mostrava um documentário sobre pinguins.

— Cara... — Henry disse, boquiaberto com o estado deplorável do amigo. — O que aconteceu com você...?

Ryan conteve um soluço e colocou a mão cheia de Doritos na boca. Ignorando a pergunta de Henry e ainda olhando para a televisão, comentou:

— Sabiam que pinguins costumam passar a vida inteira só com um parceiro? Depois de encontrarem seu par, se tornam fiéis para sempre... — ele suspirou, com os olhos marejados. — Por que os humanos não podem ser como os pinguins?

— Porque se fôssemos, teríamos que passar a vida inteira fugindo de focas assassinas. — Tentei descontrair o clima com um comentário "engraçado", mas não deu certo. Todos continuaram sérios, e Ryan permaneceu com sua cara de "quero morrer".

— Ryan... — Mary se meteu na frente da televisão. — Sabemos que você está sofrendo e o que a Amy fez foi horrível, mas você acha que vale a pena ficar assim por causa dela? Ela nem te merece!

Involuntariamente senti uma pontada de culpa ao ouvir aquilo. Pensei em Mason, Daniel e toda essa confusão de beijos que acontecera. Claro que nenhum dos dois era meu namorado, e o que eu fizera não foi tão horrível quanto o que fez a Amy, que traiu o namorado, mas ainda assim... Me sentia mal. Mesmo que Mason não gostasse de mim como eu achava que poderia gostar... Em menos de vinte e quatro horas depois de tê-lo beijado, estava beijando Daniel!

— Ela é uma egoísta que não se importa com seus sentimentos. — Mary continuou — Se realmente gostasse de você, não teria feito você passar por isso.

— Hã... — acabei interrompendo-a. — Não queria atrapalhar, mas... E se ela gostasse do Ryan *e* desse outro cara? E talvez não tivesse pensado direito nas consequências?

Mary, Ryan e Mason me encararam como se eu tivesse a bandeira nazista tatuada na testa.

— Ficou maluca, Ronnie? — Mary indagou. — Não se faz uma coisa dessas! Ela sabia muito bem o que estava fazendo!

— É que... Não estou defendendo nem nada, mas ela podia estar confusa, sabe? Quando você não sabe direito o que quer e de quem gosta, acaba cometendo alguns erros e...

Parei de falar, se não podia acabar me entregando. Olhei de relance para Henry, que olhava para seus sapatos com os dentes trincados. Aposto que ele estava se identificando com aquela história tanto quanto eu. Mais, até.

— Enfim... — Depois de uma pausa constrangedora, Mason resolveu continuar o discurso da minha irmã. — Nós já te falamos um monte de coisa, mas no final das contas você que decide o que quer fazer. Quer ficar chorando vendo um monte de pinguins se amando? Então faz isso. — Ele se sentou no sofá ao lado do amigo e fez carinho em Mozzarella. — Quer comer besteira até vomitar e ficar o dia inteiro com calça de moletom? Fica! —Ele olhou fundo nos olhos castanhos de Ryan. — Nós somos seus amigos e estamos aqui para te apoiar. Queremos seu bem. Você não precisa aceitar, mas temos uma proposta que talvez melhore essa sua situação.

— É... — Henry se aproximou também, incentivando. — Estamos aqui, juntos, porque sentimos sua falta, cara. Sentimos falta das nossas saídas, palhaçadas, zoeiras... Que tal dar uma pausa nessa fossa e tentar deixar a mente um pouquinho mais leve?

Ryan ficou alguns segundos em silêncio, depois perguntou, sem se mover:

— O que vocês estão pensando em fazer?

— Fugir de zumbis! — Mary falou, se animando. — Vamos ao Room Escape, na sala nova e superinterativa deles!

Ryan piscou duas vezes.

— O que é Room Escape?

— Tudo o que você precisa saber é que vamos tentar fugir de uma sala cheia de zumbis. Me diz que isso não é irado! — Henry respondeu.

— Por favor, vai com a gente! — Ela juntou as mãos. — Não vai ser tão divertido sem você lá.

— Claro que vai. — Ryan respondeu, desanimado. — Eu vou estragar o passeio, isso sim.

— Não! — Respondemos em uníssono.

— Ei, não pensa assim, cara. — Mason o envolveu com um braço. — Nós realmente queremos você lá! Aliás, só estamos indo por sua causa! E olha só, se você conseguir decifrar as pistas e enigmas para fugir de uma sala cheia de zumbis em uma hora, não é um término de relacionamento que vai te derrubar.

Depois de um minuto de absoluto silêncio, quase conseguia ouvir as engrenagens enferrujadas no cérebro de Ryan voltando a funcionar. Pela sua expressão, ele parecia estar pesando os prós e contras dessa decisão.

De repente, Henry fez algo que fez todos nós exclamarmos de surpresa: se levantou, ergueu a cabeça e estufou o peito, colocando as mãos na cintura.

— Levanta aí, faz essa pose comigo — ele disse, convicto.

Ninguém pareceu entender direito onde Henry queria chegar com aquilo, principalmente Ryan. Mason resolveu perguntar o que todos nós devíamos estar nos perguntando:

— Hã... qual foi a da pose?

— Se chama *Pose Mulher Maravilha* — Henry respondeu, ainda na mesma posição. — Minha tia viu isso no Discovery Home & Health uma vez, onde uma psicóloga dizia que essa pose recarrega as energias e aumenta a autoestima.

Eu e os outros demos risada. Era bem cômico ver aquele garoto fazendo uma pose de mulher forte e independente. Nos entreolhamos e parece que tivemos a mesma ideia. Agora dava para entender o que Henry pretendia com aquilo. Para dar um incentivo, fizemos todos a pose e ficamos assim por um tempinho. Até Nikki, que estava com vergonha de se expressar para tanta gente, entrou na onda. Por fim, Ryan se convenceu de levantar, e no momento em que estufou o peito e ergueu o rosto, algo pareceu mudar dentro dele. Quase consegui enxergar a onda de energia recarregada o atingindo.

— Vamos! Vamos fugir de zumbis! — Ryan disse, depois parou e cheirou a própria axila. — Primeiro um banho, depois fugimos de zumbis!

# 8

**De longe já era possível** avistar o prédio do Room Escape na rua. Era uma construção de três andares, toda envolta em vidro fosco preto, com um letreiro enorme que tinha o nome do local escrito em uma fonte que simulava sangue escorrendo em um vermelho vivo, e abaixo, desenhos minimalistas brancos de pessoas fugindo.

A primeira coisa que vimos ao entrar foi uma parede preta com o mesmo letreiro do lado de fora, só que em uma versão menor, e pessoas encostadas nela tirando fotos com plaquinhas que diziam "Escapamos!" ou "Foi quase...", fazendo poses divertidas. Ao nosso redor haviam seis portas, cada uma com uma figura específica, que determinava qual era a sala. Haviam dois monitores na recepção, um garoto e uma garota, vestindo camisetas pretas com o logo do Room Escape. Ela aparentava ter uns dezoito anos, e ele vinte e poucos. A garota falava com um grupo de cinco crianças que estava escolhendo em qual sala iria jogar, e o garoto, quando percebeu que entramos, veio falar conosco.

— Boa noite, pessoal! Sejam bem-vindos ao Room Escape — ele nos cumprimentou, sorridente. — Meu nome é Caleb. Em que posso ajudar?

— Boa noite — Mason respondeu. — Temos uma reserva para agora na sala "Escape da cidade zumbi".

Caleb fez sinal para que o acompanhássemos até o computador da recepção.

— A reserva está em qual nome?

— Mason McDougal.

Enquanto Caleb digitava no computador, percebi que o grupo das crianças que conversava com a monitora ao nosso lado agora tinha os olhos vidrados nos meninos. Uma menina baixinha e com cabelos ruivos cacheados cutucava a amiga animada, apontando para Mason.

— Temos fãs de *Boston Boys* aqui. — comentei.

Mason terminou de passar os dados para o monitor e acenou para as meninas. Elas deram risadinhas e acenaram de volta, sem-graça.

— Querem tirar fotos? — Henry fez sinal para que elas se aproximassem.

As três meninas do grupo, que deviam ter no máximo doze anos, se entreolharam por alguns segundos, depois assentiram com a cabeça e vieram até nós, com os celulares nas mãos. Os dois meninos a princípio ficaram tímidos, mas logo depois resolveram deixar a vergonha de lado e pediram fotos também. Caleb se ofereceu para tirar uma foto dos três com o grupo, que agora estava eufórico.

— Ryan, Ryan! — A ruivinha estendeu uma caneta e uma folha de caderno com um desenho do Snoopy para ele. — Pode me dar um autógrafo?

— Claro! — Ryan sorriu e se curvou um pouco para ficar mais próximo à altura dela. — Qual é o seu nome, Pequenin... — Ele hesitou um pouco e olhou de relance para Mary antes de completar a frase. — Pequena?

— Amy! — ela respondeu com um enorme sorriso.

*Oh-oh*, pensei, ao ver a animação de Ryan desaparecendo.

— Amy... — O lábio inferior dele tremeu. — Amy... — Ele deu uma fungada. — Eu conheci uma Amy. Ela... era tão linda... mais linda que um golfinho... e antes de conhecê-la nunca tinha visto nada mais lindo do que um golfinho. — E como uma criança, começou a soluçar, esquecendo que tinha uma pobre fã, assustada, que só queria seu autógrafo. Não satisfeito, ainda limpou as lágrimas no papel do Snoopy que ela lhe entregara.

— Ryan, se acalma... — Mason lhe deu alguns tapinhas nas costas, mas não adiantou. Ele se sentou no chão e enfiou a cabeça entre os joelhos e não quis sair de lá.

— O que eu fiz?! — a pequena Amy perguntou, preocupada.

— Não é o que você fez, é o que seus pais fizeram — Mary respondeu, suspirando, tentando acalmar o bebê chorão.

Percebendo que as crianças agora estavam muito ocupadas tentando melhorar o humor de Ryan e não iam mais prestar atenção na explicação das salas, Caleb resolveu falar comigo, que estava mais distante da confusão momentânea:

— Hã... Ele vai ficar bem?

— Sim, daqui a pouco passa — respondi, rezando para que estivesse certa.

Aproveitei que os outros estavam ocupados naquela cena de novela e resolvi falar sobre o motivo pelo qual eu realmente estava lá:

— Ah, eu vi no site que vocês estão contratando monitores e me interessei pela vaga. — Tirei um papel da bolsa e desdobrei-o. — Posso deixar meu currículo com você? Ou é melhor eu entregar para o dono daqui?

— Quer fazer parte do nosso time? Que legal! Pode deixar comigo mesmo, hã... — Ele leu meu nome no papel. — Veronica.

— Obrigada. E pode me chamar de Ronnie.

— Tudo bem, Ronnie. Já está com o dono agora.

Olhei para Caleb, confusa.

— Eu sou o dono dessa unidade. — Ele apontou para si mesmo, dando um sorrisinho.

— Oh, desculpe!

Que belo trabalho eu já estava fazendo tentando agradar um possível futuro chefe, não levando fé que ele seria o dono. Realmente, foi antiquado da minha parte pensar que o chefe de lá seria muito mais velho e não ter Caleb como primeira opção, só por causa da sua cara de garoto e dos dreads que desciam do seu couro cabeludo até quase seu bumbum. Por sorte, Caleb era simpático e não pareceu se importar. Não devia ser a primeira vez que faziam essa confusão.

Mas que legal que ele estava lá na recepção junto com a outra monitora recebendo os clientes e se oferecendo para ajudar, em vez de ficar distante em um escritório como eu imaginava que os chefes normalmente ficariam.

Com o canto do olho, percebi que Ryan estava se recompondo. Pelo menos já estava de pé e tinha secado as lágrimas.

— Desculpem por isso — ele disse, envergonhado.

— Não tem problema! — Caleb foi até ele. — Aceita um copo d'água?

— Aceito, obrigado.

E, novamente, ele mesmo foi até o bebedouro perto da recepção e entregou o copo a Ryan. Aquelas pequenas atitudes só me deixaram ainda mais com vontade de trabalhar lá.

— Ei, tive uma ideia — Caleb disse para nós. — A sala "Escape da cidade zumbi" é grande, e até dezesseis pessoas podem jogar. Se quiserem, podemos juntar os grupos e todos jogam juntos. O que acham?

As crianças, já alegres por terem tirado fotos e pego autógrafos com os garotos, agora quicavam em seus calcanhares. Todos do nosso grupo pareciam estar de acordo, menos Mary, que deu uma leve torcida no nariz.

— Mas eles são... mais novos.

Todos olhamos para ela, incrédulos.

— Mary, você tem exatamente a mesma idade que eles. Se bobear, é até mais nova — falei, cruzando os braços.

— Não sou! — Ela bateu o pé, enfezada.

— Ih, baixinha... — Mason apoiou o cotovelo na cabeça dela. — Acho que tem alguém com medo de perder o posto de mascote do grupo...

— Medo? — Ela o encarou de cima a baixo. — Até parece! Eu escapo antes deles fácil.

— Duvido! — um dos meninos do grupo falou.

Essa palavra era como uma faísca no paviozinho competitivo de Mary.

— Duvida? Então vamos jogar! — Ela se virou para Caleb, com fogo nos olhos. — Pode colocar todo mundo na sala!

Achando graça daquela situação, Caleb concordou e chamou a outra monitora.

— Vou deixar vocês agora com a Lana para explicar as regras. Se precisarem de qualquer coisa, estou por aqui. E Ronnie — ele me mostrou o papel que eu lhe entregara — Depois entramos em contato com você.

— Obrigada — falei.

Enquanto a monitora gordinha e com dois coques de cor violeta se apresentava e perguntava se algum de nós já havia jogado o Room Escape, Henry perguntou para mim, discretamente:

— Você deixou seu currículo com eles?

Assenti com a cabeça.

— Legal. Algum motivo especial?

Olhei de relance para Mason, que prestava atenção na explicação.

— Depois te conto. — E voltamos para ela.

— Bom, pessoal — Lana continuou. — Primeiro vamos às regras básicas. Não procurem pistas debaixo de nenhum objeto pesado nem em lugares onde não possam alcançar, pois elas não estão lá e isso põe em risco a segurança de vocês, além de poder danificar a sala. Segundo — ela fez o sinal de "2" com as mãos —, se em algum momento um de vocês quiser sair da sala antes do tempo, é só apertar o botão vermelho ao lado da porta, mas depois não vão poder retornar para a sala e o jogo vai continuar. E por último, essa sala é interativa, ou seja, vocês vão encontrar pessoas lá dentro que fazem parte da história. Mas não se preocupem, elas não vão encostar em vocês. Então também não ataquem eles, tudo bem? — Ela deu um risinho.

Depois que todos concordaram, Lana continuou:

— Agora vamos à história! — Ela se empolgou. Realmente, devia ser a parte mais divertida de explicar. — Vocês são os únicos habitantes dos Estados Unidos que sobreviveram a um terrível apocalipse zumbi.

Achava engraçado como esses desastres distópicos sempre aconteciam nos Estados Unidos. Como se aqui fosse tão especial. A maioria dos nossos habitantes sabe de cabeça mais combinações diferentes de Frapuccinos no Starbucks do que as capitais dos cinquenta estados.

— Vocês buscaram refúgio em uma fábrica de armas abandonada, mas tem um problema... — Lana continuou — os zumbis já sabem do seu paradeiro e estão indo em massa atacá-los.

Por enquanto todos estavam ok, com exceção de Nikki, que segurava com força a manga da camisa de Henry e cujos joelhos já estavam trêmulos.

— Vocês encontraram este rádio. — Lana pegou atrás do balcão da recepção um rádio simples — Que é o único meio de comunicação com o mundo exterior. Usem-no e as pistas que encontrarem pela fábrica para achar um jeito de escapar com segurança antes que os zumbis encontrem vocês. Quem gostaria de ficar com o rádio?

Antes que qualquer um pudesse se pronunciar, Mary deu um pulo e anunciou que queria ser a responsável. Felizmente, as outras crianças foram compreensivas. Capacidade que acho que minha irmãzinha não costuma ter muito.

Lana encerrou a explicação dizendo que se tivéssemos qualquer problema, era só chamar no rádio. Deu uma reforçada nos avisos de segurança e, depois que todos certificaram de que estavam prontos, abriu a sala, esperou todos entrarem e a fechou.

Silêncio.

A princípio estava tudo escuro, mas depois de passarmos por um pequeno corredor conseguimos ver luzes fracas à frente. O lugar realmente simulava uma fábrica abandonada. Tinha uma esteira parada, ferramentas espalhadas pelo chão e uma enorme caldeira no centro. No canto, havia uma bomba desativada toda enferrujada, assim como o resto dos aparelhos. Algumas correntes com ganchos na ponta caíam do teto, e as paredes cor de concreto eram malcuidadas, com pichações e pedaços faltando. Me senti em um dos episódios de *The Walking Dead*, que Mary gostava tanto de ver.

Era óbvio que aquilo era só o cenário de um jogo e que tudo era de mentira, mas confesso que dei um pequeno pulo de susto quando senti uma mão no meu ombro.

— Por favor, não faça isso aqui! — falei, colocando a mão no coração, que agora estava acelerado.

— Desculpe — Henry disse, dando um passo para trás. Ele olhou em volta e falou em um tom um pouco alto demais — Ronnie, você é boa com charadas, me ajuda aqui a decifrar esse enigma no pano que eu encontrei no chão.

Estranhando um pouco aquela atitude, olhei para a pista em vermelho — simulando sangue, eu suponho — no pano sujo que estava nas mãos de Henry. Não havia nada escrito, só uns quadrados rabiscados em ordem aleatória.

— Vamos ver se aqui mais perto da luz conseguimos ver. — Ele me direcionou até uma lâmpada pendurada que piscava na parede.

— Ok... — cochichei. — O que foi isso?

Henry olhou por trás do meu ombro. Depois de se certificar de que todos estavam procurando pistas pela sala, voltou para mim:

— Temos coisas para contar um para o outro.

Um calafrio subiu pela minha espinha. No fundo, eu já tinha uma ideia do que ele estava falando.

— Mason é meu melhor amigo e Karen é sua... hã... enfim. — Ele deu de ombros — E os dois contaram histórias pela metade. Nada mais justo do que nós dois inteirarmos com as nossas versões, certo?

Senti minhas bochechas se avermelhando. Por mais que fosse um pouco óbvio que Mason contaria para Henry que nos beijamos, ainda era estranho para mim que ele soubesse disso.

— Hã... — Toquei minhas bochechas com as costas das mãos para ver se elas voltavam à temperatura normal. — Sua namorada não vai achar estranho a gente aqui conversando? Aliás, por que resolveu falar disso agora?

Olhamos discretamente para Nikki, que ajudava duas das meninas do grupo de crianças a entender as pistas que encontraram em um livro velho.

— Porque isso está me remoendo por dentro e eu preciso tirar essa culpa de mim o mais rápido possível.

Ergui uma sobrancelha. Não sabia como Henry se sentiria menos culpado só de contar o que aconteceu, mas queria vê-lo tentar. Talvez pudesse me ajudar a me sentir menos culpada também por toda a história de Daniel.

— Ok. Me conta, então — falei, ainda olhando para o pano.

Henry suspirou.

— Eu não sei o que fazer. Comecei a namorar a Nikki alguns dias antes de irmos a Napa Valley e... não sei o que deu em mim naquele dia. — Ele ajeitou os óculos. — Foi a Karen que me beijou, mas... eu não parei. Eu quis mais. E por um tempo foi bom, muito bom. Mas eu não sou esse tipo de cara. Não quero sair por aí ficando com quem bem entender logo depois de ter assumido um compromisso.

É, definitivamente eu me via muito naquelas palavras. Claro que Mason não era meu namorado — que estranho pensar nisso — mas o que nós tínhamos não era uma coisa... simples. Não o suficiente para que fosse ok eu beijar outro cara no dia seguinte.

Comecei a imaginar as possíveis reações de Mason ao descobrir sobre meu beijo com Daniel. Ele poderia ficar uma fera, ficar triste, ou simplesmente não dar a mínima. Não tinha como saber.

— E você explicou isso para Karen? — perguntei.

— Mais ou menos. Para falar a verdade, não lembro direito o que falei. Mas meio que fingi que não foi nada demais. O que obviamente foi uma ideia idiota, porque Karen deixou bem claro que me odeia agora.

*Fingi que não foi nada demais*, como Mason fizera. Quer dizer, no caso dele poderia ser fingimento ou verdade. Nossas histórias eram parecidas, mas com algumas exceções.

— Então fale a verdade — respondi, com sinceridade. — Antes de tudo, vocês são amigos. Não acabe com uma amizade por causa disso.

— Eu quero contar, mas não é fácil... — Ele olhou para os sapatos all-star vermelhos. — Parece que... sei lá... uma parte minha...

— Não quer deixá-la ir? — completei. E automaticamente meus olhos correram para Mason, que colocara o rádio de Mary no ouvido, tentando escutar o que a monitora dizia.

Senti o olhar de Henry pousando em mim.

— É. Pode ser.

Suspirei. Quem diria que um dia eu teria tanto em comum com Henry Ezequiel Barnes.

— Então... — ele continuou. — E você e o Mr. Universo ali?

Voltei para o pano e ergui-o na minha frente, tentando esconder meu olhar um tanto indiscreto para Mason.

— Estava contando que você me respondesse. Entender a cabeça de Mason é mais difícil que entender essa charad... — De repente, parei o raciocínio. — Serum.

— O quê? — Henry perguntou, confuso.

— Isso forma a palavra *serum*! — falei, me referindo ao pano que, por coincidência, coloquei em uma posição onde uma palavra escondida se formava entre os quadrados aleatórios. — Pessoal, encontramos uma palavra aqui!

— De quantas letras? — uma das crianças perguntou.

— Cinco!

— Então venham aqui, pode abrir esse cadeado! — O garotinho de boné do grupo fez sinal para que nos aproximássemos. Ele apontava para um armário velho cuja porta estava trancada por um cadeado cuja combinação de, veja só, cinco letras, o abriria.

E não deu outra. Henry colocou *serum* no cadeado e a porta do armário se abriu. Dentro dele, haviam mais papéis, garrafas vazias, tubos de ensaio sujos e uma caixa com outro cadeado dentro.

Henry se aproximou do meu ouvido para continuarmos conversando, mas fomos logo interrompidos pelo mesmo garotinho de boné.

— O que vocês tanto cochicham aí? — E dito isso, outra menina curiosa veio até nós, prestando atenção.

Minhas narinas inflaram. Felizmente, Henry conseguiu pensar rápido.

— Nós estávamos falando sobre amigos nossos, Loni e Jason.

O menino ergueu uma sobrancelha e a menina piscou duas vezes. Os dois não se moveram. Acho que queriam mais informações sobre isso.

— Hã... Eles ficaram juntos em uma festa mas depois se separaram. Agora queremos saber se eles se gostam de verdade para ficarem juntos de novo. Jason não me contou muita coisa, mas a Loni... — senti seu olhar cravado em mim novamente — Contou para a Ronnie umas coisas.

— O que ela contou? — a menina, que tinha os olhos puxados e usava óculos, perguntou, interessada.

— Que... hã... — Senti uma gota de suor descendo pelas minhas costas. — Ela está confusa, mas que... ela tem medo de abrir o coração para Jason e acabar se machucando.

Uau. Não acreditava que realmente tinha falado aquilo. Henry ficou boquiaberto.

— O Jason gosta dela? — o menino perguntou.

— Eu sinceramente acho que sim. Mas como ele é muito orgulhoso, não consegue admitir. — Henry respondeu.

— Então fale para ele admitir! — a menina falou. — Pessoas que se gostam devem ficar juntas.

Senti meu coração se acelerando.

— Não é tão simples assim, sabem. Tem outro cara... o... Samuel, que confortou a Loni em um momento em que ela estava triste com Jason. E nesse tempo os dois ficaram juntos também.

Henry arregalou tanto os olhos com aquela revelação, que parecia que eles iam saltar das órbitas.

— E agora ela tem medo que o Jason descubra, por isso tem evitado ele ultimamente. — Olhei para baixo, envergonhada.

— Wow. — Henry não conseguiu segurar seu espanto.

— Então... O que acham que ela deveria fazer? — Dei um sorrisinho amarelo.

— Sei lá — o garoto respondeu com sinceridade, torcendo o nariz. — Gente mais velha é um bicho complicado viu. — E se virou para os papéis encontrados no armário.

— Eu acho... — a garotinha resolveu dar sua opinião. — Que ela deveria contar para ele o que sente. Mesmo que ele não sinta o mesmo, é melhor do que passar o resto da vida na dúvida, não é? — Ela sorriu. — E ela deveria falar com esse outro menino também. Ela tem que se resolver primeiro, depois falar com quem ela gosta.

Depois desse show de maturidade — coisa que eu estava precisando no momento — a menina se juntou ao amigo para tentar decifrar a charada dos papéis. Henry e eu ficamos lá quietos por alguns segundos, mas o grito que Mary deu nos fez acordar para a realidade:

— Seus inúteis, não fiquem parados e tentem descobrir a senha desse outro cadeado!

Sacudi a cabeça e peguei o baú. Enquanto testava diferentes combinações com palavras do mesmo campo semântico que *serum* — ou seja, soro — Henry perguntou, baixinho:

— Você beijou mesmo o Daniel?

Inspirei e expirei fundo, ainda com os olhos no cadeado.

— Não me julgue, por favor.

— Não vou. Sou a última pessoa da Terra que pode te julgar. Mas olha, eu concordo com o que ela falou.

— Mas... é complicado. — Franzi a testa.

— Ah, não é tão complicado assim...

É porque ele não sabia do resto da história. Não sabia que eu não podia falar com Daniel porque uma latina doida da cabeça estava me ameaçando e, pior, ameaçando Daniel também. Não podia contar para a minha melhor amiga porque iria magoá-la. Quanto menos gente soubesse daquela história, mais seguros nós ficaríamos. Pelo menos era o que eu achava.

— Henry, eu não posso fazer isso agora. Posso contar com você para ter certeza que eu não vou precisar ir para a festa de Halloween?

— Você não vai?

— Não posso ir. Todos vão estar lá. Não vou conseguir lidar ao mesmo tempo com eles. Principalmente com Mason e Daniel.

— Mas você não vê o Mason todo santo dia? — ele perguntou, confuso.

— É, mas consigo escapar disso me isolando no meu quarto. — Toquei seu braço. — Além do mais, se conseguir esse emprego, vou passar bem menos tempo em casa.

— Ah... — ele assentiu com a cabeça. — Então é por isso.

— Por favor, é só temporário. Só para eu resolver o nó que está na minha cabeça.

Ele pareceu desapontado, mas concordou.

— Ok, vou tentar. Mas promete que é temporário mesmo.

Eu esperava que essa situação com Elena fosse temporária mesmo, até... sei lá, que ela fosse presa ou algo do tipo.

— Obrigada. — Dei um sorriso triste. — Eu prometo.

— Certo. Agora vamos começar a jogar de verdade? — Ele deu um risinho, apontando para o cadeado.

— Sim! O que temos de pistas até agora? Mary? — Me virei na direção da minha irmã.

Mary, que analisava os papéis junto com a maioria do grupo, falou:

— Achamos um diário escrito falando sobre como os zumbis destruíram o planeta. Também aparecem uns números aleatórios nas páginas e esses símbolos esquisitos. — Ela me mostrou as páginas como ela descrevera, com números e desenhos aleatórios.

— Deve ter algo a ver com a cura para não se transformar em zumbi também — uma das crianças comentou. — No diário tem uma página rasgada que fala sobre cura.

— Precisamos primeiro entender o que são esses símbolos e números — Mason disse. — Ei, Ronnie. — Ele veio até mim com o diário na mão. — Você que é a mais nerd daqui. Sabe o que significam?

Uma parte de mim queria que Mason continuasse desse jeito natural como ele estava agindo, mas a outra parte queria muito saber se ele estava sendo tão natural quanto aparentava. Como se nada tivesse acontecido. Estranho.

— Não... — tentei responder com a mesma naturalidade. — Mas posso tentar entender.

— Legal. Faça a sua mágica. — Ele me entregou o diário, depois virou as costas e voltou para o baú trancado em cima da mesa.

— Ok... — Comecei a tentar encontrar uma explicação para a disposição dos números estar daquele jeito, mas não cheguei a nenhuma conclusão.

Me afastei um pouco e comecei a olhar em volta da sala para ver se encontrava algum sinal. Mas minha mente não estava mais funcionando cem por cento direito. Além de pensar no que Henry falara — sobre eu contar tudo para Mason e me resolver com ele e com Daniel —, agora a atitude de Mason estava me deixando intrigada. Estava tão imersa nos meus pensamentos que só percebi que Mason voltara para perto de mim quando já estava na minha frente.

— E aí, nada?

— Hã... — Dei mais uma rápida olhada no diário. — Não. Nada.

Ele cruzou os braços.

— Já deu uma olhada em volta?

— Já.

— Nas máquinas também?

— O que tem as máquinas? — Aquela atitude estava começando a me irritar. Será que só eu me importava com os sentimentos alheios? — Não é como se desse para tirá-las do chão.

Mason olhou por trás do meu ombro, depois passou direto por mim.

— Tudo bem — disse para mim mesma. — Continue agindo como se estivesse tudo norm...

— Ronnie, vem aqui! — Escutei a voz dele atrás de mim.

Espantada, dei meia-volta e caminhei até ele. Ele parara em frente à caldeira e segurava um pedaço de metal enferrujado que havia descolado dela. Apontou para onde o metal estava antes, que era em frente a um painel cheio de botões, onde em cada botão estava esculpido um símbolo do diário.

— Será que chegou o dia em que eu finalmente me tornei mais inteligente do que Veronica Adams? — Ele sorriu, orgulhoso.

— Só nos seus sonhos. — Me pus na frente dele e fui analisando a ordem que os símbolos apareciam nas páginas, para apertá-los no painel.

Enquanto fazia esse procedimento, Mason, ainda atrás de mim, comentou:

— Esse negócio de zumbi me lembrou uma coisa. Se você estiver pensando em ir na festa de Halloween de zumbi, esquece. Já vai ser a minha. Estou pensando até em colocar uma boca falsa com uns dentes caindo...

Não disse nada, continuei a apertar os botões. Eu não devia achar tão difícil dizer para ele que não iria à festa de Halloween, mas por algum motivo travei.

— O que acha? Vai ficar legal, né? — ele perguntou.

— Claro — respondi, sem tirar os olhos do painel e torcendo para que o assunto da festa se encerrasse ali.

Mas aí veio a famigerada pergunta:

— Vai fantasiada de quê?

*De mulher invisível*, quis responder, mas só consegui morder os lábios.

Por sorte, apertei o último botão antes de precisar pensar em uma resposta. Não precisei mais me preocupar com isso porque de repente, uma das portas da sala — a que não era de saída — se abriu, e quatro zumbis surgiram nela, gritando e se contorcendo, todos sujos de sangue falso e com uma maquiagem tão bem-feita que me deu calafrios. A única coisa que nos separava deles eram três toras de madeira pregadas na porta. Eles esticaram os braços sujos e em decomposição, e agiam como se estivessem tentando sair e nos pegar. Tive que repetir na minha cabeça três vezes "é só um jogo" para ver se a taquicardia diminuía.

Nikki, assim que viu a cena, não conseguiu controlar o berro que deu de pavor e correu para o canto mais distante da porta, puxando o namorado junto. O rádio na mão de Mary deu algumas chiadas, depois a voz de Lana — com um efeito que a deixava mais grave — disse: "Vocês têm quinze minutos. Se apressem".

# 9

**Depois do aviso de Lana** que nosso tempo estava acabando, ficou ainda mais difícil pensar em como decifrar as pistas que tínhamos para escapar da sala. Os zumbis gritando e tentando destruir as toras de madeira que nos separavam deles também não estavam ajudando muito.

— Henry, eu quero ir embora! — Nikki choramingava, com a cabeça enfiada na manga da camisa do namorado.

— Ai, que fresca!

Tomei um susto ao ouvir aquela voz. Por um minuto pensei realmente ter escutado Karen reclamando do medo excessivo de Nikki, mas depois percebi que aquilo não fazia o menor sentido, pelo simples fato de que Karen não estava lá. Deveria ter sido Mary ou alguma outra criança do nosso grupo. Nossa, que bizarro. Já estava tão acostumada com a presença dela conosco que cheguei a pensar por um minuto que ela estava lá.

— Ei, gente! — Dessa vez a voz era masculina, e disso eu tinha certeza. Era um dos garotos do grupo das crianças. — Eu encontrei isso aqui mais cedo. — Ele estendeu para nós uma lanterna pequena e roxa. — Não sei se vai adiantar, mas...

— Espera aí... — Mary segurou a lanterna e a ligou, e uma luz forte e azulada saiu de sua lâmpada. — É uma lanterna de luz negra!

E Mary saiu em disparada com a lanterna tentando achar alguma mensagem escondida pela sala. Enquanto isso, Mason comentou:

— Eu tô maluco ou essa zumbi mulher parece um pouco a Karen?

Ei, não é que era verdade? Parei por um instante para analisar a única zumbi mulher. Ela tinha tufos de cabelo ruivo espalhados pela cabeça podre, e seus trapos lembravam um vestido verde claro. Bem, se um dia o apocalipse zumbi acontecesse de verdade, já podia ter uma ideia de como Karen ficaria caso fosse mordida. Agora fazia sentido Nikki estar com tanto medo assim.

No entanto, foi a única conclusão que conseguimos chegar. Nada de acertar mais nenhuma pista. Mary, depois de rodar toda a sala, voltou para onde estávamos com um olhar decepcionado.

— Não tem nada escondido! Estamos ferrados!

Olhei para a televisão na parede perto da porta, cujo tempo só ia diminuindo, e agora marcava que só tínhamos sete minutos para sair da sala.

— Calma, gente! Nós vamos conseguir! — Mason falou, tentando estimular o pessoal. — Pensem no que fariam se fosse um apocalipse de verdade!

— Já pensamos em tudo o que faríamos, não tem mais nada para fazer! — Mary respondeu, se desesperando.

Eu não disse nada, porque também não tinha ideia de como continuar. A lanterna com certeza nos direcionaria até uma pista, mas eu vi Mary rodando cada canto da sala, e realmente não tinha nada escondido. Uma onda de pessimismo me atingiu, me fazendo pensar que, se eu não conseguisse sair da sala a tempo, a equipe do Room Escape jamais iria querer me contratar. Que funcionário qualificado não consegue sair da própria sala? Nem com a ajuda de um monte de gente? E a resposta estava debaixo dos nossos narizes e nós não conseguíamos vê-la. Que angústia!

O tempo só diminuía na televisão. A cada segundo que ia caindo, estava mais próxima de dizer adeus ao emprego que me ajudaria a me afastar dos meus problemas.

— Pessoal... podem me ouvir rapidinho? Eu queria dizer umas palavras — Ryan falou, chamando nossa atenção para ele.

— Aqui, agora?! — Henry perguntou, confuso.

— É. Eu senti uma coisa agora e preciso compartilhar com vocês. — Dito isso, ele pegou a lanterna de luz negra da mão de Mary e apontou para si mesmo.

— Por favor, que não sejam gases — Mason falou, dando uma risada. Dei-lhe uma cotovelada nas costelas, repreendendo-o. Não tinha a menor ideia do que Ryan iria dizer, mas ele parecia um tanto sério.

— Eu sei que isso é tudo de mentira, mas... — Ryan falou. — Se fosse um apocalipse zumbi de verdade e eu estivesse prestes a morrer, gostaria que fosse exatamente assim, com vocês. Esses dias eu fiquei bem mal por causa da Amy, e... — Ele coçou a cabeça, tentando achar as melhores palavras para continuar. — Percebi que, no final das contas, o que é pra sempre são nossas amizades. Então se um zumbi estivesse prestes a comer a cara de qualquer um de vocês, eu me jogaria na frente e deixaria ele me morder no lugar! Porque é isso que os amigos fazem. Obrigado por não desistirem de mim, mesmo eu sendo um chato chorão.

Nossa. Que experiência transcendental e epifânica. Aliás, que momento para se ter isso! Bem quando estávamos prestes a ser devorados pelos zumbis falsos, sendo um deles a pseudo-Karen. Por mais que tivesse sido um desabafo um pouco... estranho — com essa parte de comer a cara e tal —, foi de coração.

Mary foi a primeira a abraçá-lo, emocionada com o depoimento. Pareceu esquecer momentaneamente que nosso tempo estava quase acabando.

— Nunca vou desistir de você, Ryan! Nunquinha! Eu também deixaria um zumbi me morder no seu lugar!

Logo depois, Mason e Henry se entreolharam, sorriram e o abraçaram também.

— É isso mesmo, cara! — Mason falou — O que importa são as amizades. Somos irmãos, isso nunca vai mudar.

— Com certeza! — Henry concordou — Manos antes das... — ele pensou um pouco e olhou de relance para a namorada antes de completar o ditado popular com uma palavra ofensiva às mulheres. — Enrolações de relacionamentos! — Ele deu um risinho amarelo.

Revirei os olhos, mas ri depois daquele improviso. Pensando bem, será que seria tão ruim assim não conseguir aquele emprego? Quer dizer, havia tantas outras oportunidades que eu poderia correr atrás... E mesmo assim, será que a atitude certa era me afastar deles enquanto não achava um jeito de me livrar da Elena e da culpa que me corroía por dentro?

Pensei na festa de Halloween, na viagem que Jenny queria fazer para a Inglaterra, nas cartas que enviei para as faculdades... Aquilo que tínhamos estava tão perto de acabar... Eu não devia estar aproveitando mais esse pouco tempo que nos restava antes de cada um ir para um lado?

Mas de repente, antes que pudesse abraçar Ryan também, olhei na direção que a lanterna em seu braço estendido apontava. E foi a vez de uma luz acender na minha cabeça.

— Gente! Tem um número na testa dela!

Apontei para o número "13" que a lanterna de luz negra revelou na testa da zumbi-Karen e todos seguiram. Ryan, chocado que havia sido essencial para revelar a última pista, correu eufórico até mais perto dos zumbis e iluminou a testa de cada um. Uma das crianças foi até a porta e gritou para que Ryan dissesse em voz alta o que ele lia, para digitar o código no cadeado digital que a trancava.

— Ryan, rápido! — Mary gritou, apontando para a televisão, que marcava que tínhamos pouco mais de um minuto.

— Tá bem, tá bem! Coloca aí! A... 13... BF... 8!

O garotinho digitou rapidamente os números, mas nada da porta abrir.

— Não funcionou!

Desesperado, Ryan chegou mais perto dos zumbis, mas deu um pulo para trás quando um deles soltou um grunhido alto e quase o tocou com as mãos podres.

— Lê de novo, Ryan! Se concentra! — Henry falou, enquanto abraçava a namorada assustada.

— Vai, cara, você consegue! — Mason completou.

Ryan respirou fundo, falou algumas palavras baixinho para si mesmo — imagino que tenham sido as palavras motivacionais da tal psicóloga que o ensinou a *Pose Mulher Maravilha* — e chegou perto dos zumbis novamente. Colocou a lanterna quase encostando em suas testas e leu em voz alta:

— Letra A! Número 13! Letra B... não, espera! Letra R! R e F! — Estava explicando onde ele havia errado — E número 8! Vai!

Com o barulho dos segundos se esgotando para dar um pouco mais de pressão, o garoto digitou ainda mais rápido o código falado e apertou com toda a sua força o botão "entra". Faltando quase nada para o nosso tempo acabar, a porta da sala se abriu.

— Parabéns, pessoal! — Lana estava do outro lado, batendo palmas. — Vocês escaparam!

Sair daquela sala foi um alívio tão grande, que parecia mesmo que tínhamos escapado de sermos devorados por zumbis. O Room Escape estava de parabéns, que lugar mais realista! E o cronômetro na televisão com certeza contribuiu para a adrenalina.

No final das contas, foi ótimo que os meninos conseguiram convencer Ryan de levantar do sofá e participar do jogo com a gente. Ele agora estava com um sorriso radiante por ter nos ajudado a escapar. Parecia bem mais leve. Fiquei feliz por ele. E modéstia à parte, eu ajudei bastante também. Esperava que fosse o suficiente para que Caleb se interessasse por mim e quisesse me contratar.

Felizmente, Lana já me deu uma prévia da reação do chefe:

— Você é a Ronnie, não é? A que quer trabalhar aqui — ela me perguntou, em um tom de voz mais baixo.

Assenti com a cabeça algumas vezes. Lana deu um sorriso simpático.

— Você mandou bem lá. Fica de olho no seu e-mail nos próximos dias, tá bem?

Tentei conter ao máximo minha animação.

— Tá bem!

Dito isso, voltei para meus amigos comemorando nossa saída e se ajeitando em frente à parede da entrada para tirar a foto da vitória.

— Anda, Ronnie! — Mary me chamou para a foto — Só falta você!

Dei passos rápidos até a parede, segurei uma das plaquinhas escrita "Escapamos!" — Quase peguei a plaquinha que dizia "Eu fiz tudo", mas não seria justo com Ryan. Ele foi importantíssimo também —, e sorri para a foto. Sorri por ter conseguido sair e trabalhar em equipe, porque Ryan estava com o astral bem mais para cima, e porque talvez em breve eu conseguiria ficar menos tempo em casa remoendo meus problemas e dúvidas, e mais tempo no Room Escape.

*Por favor...* pensei, enquanto guardava a plaquinha no lugar. *Que eu consiga esse emprego.*

Sabe aquele ditado que diz que uma panela nunca vai ferver enquanto você continuar encarando-a? Era mais ou menos o que estava acontecendo comigo. Alguns dias haviam se passado desde o dia que fomos ao Room Escape, e nenhum e-mail deles chegou na minha caixa de entrada. E-mails de promoções de lojas, cupons de boates gratuitas e capítulos das novas fanfics de Piper, isso sim chegava aos montes. Tudo bem que as fanfics foram minha culpa, eu que selecionei a opção de receber uma notificação sempre que ela atualizasse um capítulo. Por favor, não me julgue.

Jenny já havia começado a trabalhar em *Boston Boys* e estava em êxtase. Quer dizer, quase em êxtase. Claro, estava adorando ficar pertinho daquele meio artístico — coisa que ela levava jeito —, mas mamãe não estava pegando nem um pouco leve com ela só por ela ser sua filha postiça. Pelo contrário. No seu primeiro dia, Jenny voltou para casa com os pés doendo de tanto correr de um lado para o outro obedecendo às ordens de mamãe, e no segundo, ela voltou ouvindo um zumbido irritante no ouvido esquerdo, por causa do microfone que estava ajeitando, que acabou dando vários ruídos agudos perto dela. Mas fora isso, estava adorando.

De quebra, esse novo emprego começou a mantê-la bastante ocupada, o que era bom e ruim ao mesmo tempo. Bom porque era mais tempo para eu me preparar psicologicamente para contar a ela sobre Mason — que eu já queria ter contado desde que chegamos à Boston — e Daniel — que foi o motivo de eu não ter contado nada. Mas era ruim também porque ela fazia falta. Depois de ter passado o verão inteiro longe dela, Jenny e eu passamos os últimos meses grudadas. Já estava sem falar com Daniel, ainda não estava cem por cento com Mason, e agora sem ela, me sentia bastante sozinha. Até Henry, com quem eu tinha criado mais intimidade, quando não estava na escola, estava no estúdio, e quando não estava no estúdio, ficava com a namorada.

Já que não adiantava ficar encarando e atualizando minha caixa de e-mails, resolvi fazer algo mais produtivo e importante para meu futuro: fui fazer uma visita ao campus da Boston University, uma das que eu havia aplicado para estudar. Tinha visto no início da semana que aconteceria uma visita a estudantes do ensino médio naquele dia, o que era perfeito.

Andei até a estação de metrô mais perto da minha casa e em quarenta minutos já estava no campus. Como era uma quarta-feira, estava cheio. Já tinha ido conhecer Harvard e o MIT em excursões que a escola fez com nossas famílias, mas não conseguira ver a BU. O Campus de Direito se localizava bem na frente do rio Charles, e era composto por dois prédios baixos e largos de cor cinza, cada um com uma torre pontuda na extremidade mais próxima da entrada.

Antes de entrar no campus, era possível avistar a bandeira dos Estados Unidos balançando ao vento, içada bem ao alto, e um enorme prédio de mais de quinze andares com grandes janelas de vidro que o rodeavam. Uma extensa área verde cobria o campus por fora e por dentro, e como estávamos no outono, todas as folhas já estavam amareladas e caindo, o que dava um charme ainda maior.

Comecei o tour junto com outros estudantes pelo lado de fora, onde vimos de perto os prédios onde são realizadas as aulas e a biblioteca. Os monitores contaram um pouco sobre a história da universidade, suas excelentes notas e os diferentes programas de Direito para os quais os alunos podiam aplicar. Por todo o lado eu via universitários usando a camisa vermelha da faculdade, cujo mascote era um Boston Terrier com cara de mau, mas fofo ao mesmo tempo. Vários deles estavam deitados nas sombras das árvores ou sentados na grama conversando, estudando ou mexendo no computador. Era uma área muito agradável. Quase conseguia me enxergar ali daqui a um ano.

Tivemos a primeira palestra dentro da Torre de Direito, como era chamado o grande prédio no centro da Universidade. Ele havia sido renovado recentemente, e por dentro era ainda mais charmoso. O primeiro piso era todo de vidro, o que deixava os raios de sol da tarde entrarem e o iluminarem. Subimos o primeiro andar e entramos na grande sala de palestras, onde o próprio reitor se apresentou e discursou sobre o que era ser um aluno da BU.

Eu tinha levado meu próprio caderno e caneta, mas entregaram a mim e aos outros estudantes um caderninho e lápis vermelhos com o logotipo da universidade. Recebemos também panfletos sobre as aulas, um mapa do campus e uma senha, que no final das palestras iria sortear uma camiseta.

No meio do discurso do reitor, enquanto ele falava sobre a importância de uma faculdade de Direito de excelência na sociedade atual, senti algo vibrando na minha bolsa que colocara no colo, e um som de "plim!" ecoou naquele canto da sala. Minha cara logo ficou vermelha quando percebi algumas pessoas olhando na minha direção, e me xinguei mentalmente por ter esquecido de tirar o som do celular. Não satisfeito, o celular resolveu apitar de novo, e mais gente se virou para ver o que era aquilo. Argh, que momento para o celular tocar, no meio de uma palestra da minha possível futura faculdade! Por sorte, o auditório era tão grande que o reitor não ouviu o barulho.

Tentei ser o mais discreta e rápida possível e abri a bolsa, pegando o celular para colocá-lo no silencioso. Assim que apertei o botão, a tela acendeu como de costume, mostrando as mensagens que havia recebido. A primeira era uma mensagem de Piper, que dizia: *Acabei de ver você na BU, Adams.* Não sei se era a convivência com ela ou se eu já tinha desistido de entendê--la, mas juro que aquilo não me surpreendeu tanto. Logo em seguida, li a notificação seguinte, e aí sim, senti meu coração dando um pulo.

Era um e-mail do Room Escape.

# 10

**Oh, *meu* Deus!**

Por dentro eu gritava e me contorcia para abrir aquele e-mail no celular, mas por fora eu continuava concentrada no reitor lá na frente. De vez em quando dava umas olhadas para o celular e pensava que a resposta que eu estava esperando desde o sábado estava ali, bem na minha frente. Será que eles tinham gostado do meu desempenho? Será que me imaginavam parte da equipe? Ou será que era uma daquelas mensagens padrão, do tipo: "Vamos guardar seu currículo para futuras oportunidades"?

Comecei a dedilhar no caderninho que recebera de cortesia. Cada vez mais as palavras do reitor entravam menos na minha cabeça e minha atenção se voltava mais para aquela telinha iluminada.

Olhei para os lados algumas vezes para ter certeza de que não seria notada por ninguém e aproximei a bolsa do rosto. Deslizei o dedo no ícone do e-mail e a tela se iluminou ainda mais. Enquanto ela carregava, senti uma cutucada de leve no ombro esquerdo. Virei para o lado e vi um garoto magrinho, moreno e de óculos me olhando com reprovação.

— Se quiser estudar aqui mesmo, deveria estar prestando atenção, e não mexendo no Facebook — ele disse, debochado.

Larguei o celular no mesmo instante, morrendo de vergonha. Depois de alguns segundos que me toquei que o garoto tinha sido extremamente rude.

— Bom, e... você também devia estar prestando atenção, hã... no reitor, não em mim.

Não foi uma resposta tão à altura quanto eu esperava, mas serviu para o moleque cruzar os braços, fazer uma cara de nojo e voltar a escutar a palestra. Mas depois daquilo, achei melhor deixar para conferir o celular ao final do evento, até porque se eu recebesse boas notícias, iria querer comemorar pelo menos com alguns pulinhos.

Depois de mais meia hora, as luzes no auditório se acenderam e fomos liberados. Como a próxima palestra que eu queria assistir ainda iria demorar um pouco para acontecer, aproveitei para visitar a biblioteca. Mas claro, antes disso, abri a bolsa e cliquei no ícone do e-mail do meu celular, o que poderia ter feito antes se não tivesse sido interrompida por um estudante antipático.

Tentando conter a excitação, comecei a ler:

*Olá, Ronnie!*

*Analisamos seu currículo e desempenho em uma de nossas salas, e gostaríamos de realizar uma entrevista com você amanhã, às 14h.*

*Por favor, confirme se você tem disponibilidade para esse horário. Caso não, podemos remarcar.*

*Um abraço,*

*Caleb*

Minha primeira reação foi o coração subir até a garganta. Depois, respirei fundo e consegui processar o que tinha acabado de ler, e procurei responder como uma profissional. Agradeci, fui bem cordial e confirmei a entrevista no dia seguinte. Assim que guardei o celular, a animação foi tão grande que não consegui evitar e dei alguns pulinhos de alegria. Tudo bem, não estava garantido que eu iria, de fato, trabalhar lá, eu poderia muito bem ser reprovada na entrevista, mas... já era alguma coisa, certo?

Com um enorme peso sendo tirado das costas, consegui relaxar e aproveitar mais o que eu tinha ao meu redor. Resolvi dar uma passeada pela biblioteca, lugar onde eu poderia passar bastante tempo durante minha vida universitária, caso passasse para a BU. Só de entrar pelas enormes portas de madeira, já conseguia sentir o conhecimento sendo atirado na minha cara. Centenas de prateleiras de madeira sobre as paredes brancas lotadas de livros rodeavam o andar. Um dos andares, na verdade. Não sabia ao certo quantos eram, mas sabia que era enorme, pela escada diagonal no meio do salão. Universitários transitavam por ela, estudavam ou estavam apenas lendo nos bancos de cor marrom próximos ao chão, então resolvi me juntar a eles. Caminhei até a sessão de Direito iniciante para ter uma ideia de onde começava.

Enquanto debatia mentalmente sobre qual livro pegar, tive uma sensação estranha. Sabe quando você sente que está sendo observado, mesmo sem ver? Pois é. Tive a leve percepção de que havia alguém atrás de mim, sem fazer um barulho, só me olhando enquanto eu escolhia os livros. Hesitante, virei a cabeça devagar para ter certeza, e dei de cara com um par de olhinhos azuis assustadores me encarando.

— Não vou nem perguntar — falei, e me virei novamente em direção à estante.

— Ei, dessa vez eu juro que não vim atrás de você, Adams — Piper respondeu, se aproximando da estante ao meu lado esquerdo. — Acredite ou não, é só uma grande coincidência mesmo.

Arqueei uma sobrancelha, incrédula.

— Ah, é?

— Para sua informação — ela cruzou os braços —, eu também tenho outros interesses que não são relacionados a você ou a *Boston Boys*. — Faculdade é uma delas.

Ainda estava achando difícil acreditar que nós nos encontramos pelo acaso na mesma hora e no mesmo lugar, mas por outro lado, não fazia sentido Piper ir atrás de mim quando eu estava tão longe de qualquer um dos garotos, e ainda mais vendo coisas relacionadas a universidades.

— Quer fazer Direito? — perguntei.

— Talvez. Ou Jornalismo, Medicina, Ciências, não me decidi ainda. Mas quero conhecer todas as opções.

Assenti com a cabeça. Não tinha muito mais o que dizer.

— Legal. Eu vou, hã... voltar a procurar aqui.

— Ok. — E ela virou as costas e começou a andar para o outro lado.

Eu, hein. Ela tinha me mandado mensagem dizendo que sabia que eu estava lá, me seguiu até a biblioteca só para que eu a visse, depois saiu andando? Era isso mesmo? Não ia pedir nada? Não tinha nenhuma informação relevante para me dar?

Droga. Não queria ir atrás dela, mas ao mesmo tempo queria. Piper era minha única fonte humana para saber novidades sobre Daniel, e já fazia um tempo que não tinha notícias dele.

— Piper? — falei, timidamente, e não tão alto para que não incomodasse as pessoas a minha volta.

Alguns segundos depois, ela estava de volta, com um sorriso travesso no rosto.

— Sabia que iria me chamar de volta.

Bufei.

— Bem... você tem... alguma coisa nova para me contar?

— Depende. — Ela me olhou de cima a baixo. — Você tem alguma coisa para me dar?

Tateei os bolsos e a bolsa. Porcaria. Normalmente eu pegava alguma coisa de pouco valor dos meninos e dava para ela na troca de informação, mas não tinha saído de casa esperando encontrá-la. A única coisa que eu poderia dar era dinheiro, mas aí já era demais, né?

— Que tal cinco comentários a mais nas suas fanfics? — dei um sorrisinho amarelo.

Ela pensou um pouco, depois respondeu:

— Está bem. Só porque você avaliou as últimas com cinco estrelas.

— E recomendei no site — completei. E fui sincera de verdade. Uma delas em especial, chamada *Johnsonlet e Barnetague* e que era uma releitura de *Romeu e Julieta*, mas com Henry e Ryan nos papéis principais, foi a minha favorita. Novamente, não me julgue.

— E recomendou no site. — Ela deu um risinho. — Mas então, vamos ao que interessa.

Antes que Piper pudesse começar a falar, ouvimos um barulho de alguém pigarreando do outro lado da prateleira. Estiquei o pescoço para ver quem era, e veja só: era o mesmo garoto chato que me mandou desligar o celular na palestra.

— Você não aprende, né? — ele disse, ríspido. — A biblioteca não é lugar para ficar fofocando. Assim como a palestra não é lugar para ficar no Facebook.

Abri a boca para dar uma réplica, pronta para explicar que primeiro, não estava no Facebook na palestra, e segundo, para ele parar de me encher o saco, mas Piper foi mais rápida do que eu:

— Também não é lugar para você se intrometer em um assunto importante, seu pretencioso metido! — E ela enfiou a cara no meio dos livros, fazendo o garoto se assustar e pular para trás. — Vou adorar tirar a sua vaga daqui ano que vem. Aí vamos ver quem ri por último. — E lançou um de seus olhares e sorrisos psicóticos para cima dele.

Por sorte, o garoto se assustou demais com a louca encarando-o e resolveu sair de lá. Suspirei, aliviada. Por via das dúvidas, preferi levar Piper até uma sessão da biblioteca mais vazia. Sentamos em um dos banquinhos perto da prateleira e ela começou a falar:

— As coisas não estão indo nada bem em *Boston Academy*. As gravações estão todas atrasadas, Sabrina e a mãe não estão se dando bem, e Daniel parece também não estar cem por cento.

Ouvir aquilo deixou meu coração apertado. Imaginei que Elena não deixaria as coisas fáceis para Daniel ou Sabrina depois de toda essa confusão. Argh, tudo o que eu queria era que ela os deixasse em paz. E pior, me matava não poder falar direito com eles sobre isso, principalmente com Daniel. Ele me fazia muita falta.

Piper contou com mais detalhes que Sabrina e Elena brigavam todos os dias que se encontravam. Sabrina ainda estava morando na casa de Reyna, e isso só contribuía para deixar a situação mais tensa entre as duas. Como ela sabia disso? Não sei, mas a quantidade de vezes que ela já entrara clandestinamente no nosso estúdio já deixava isso bem crível. Ela contou também que já vira Daniel e Sabrina conversando sobre pular fora da série, e que até Nikki e os gêmeos também não estavam em tanta sintonia com o programa. E olha que tinham acabado de gravar a primeira temporada. Por outro lado, todos pareciam bem animados com a tal viagem que Jenny estava programando para a Inglaterra no final do ano. Parecia que seria uma boa chance para promover melhor a série e agradar os fãs. Então, se a viagem de fato acontecesse, eu teria pouco mais de um mês para acertar todos os problemas que me rodeavam. Ufa.

— Agora mudando o assunto, mas nem tanto... — Piper sacou o celular da bolsa amarela de cruzar que usava. — Já viu o novo casal de solteiros que está bombando nos aplicativos de relacionamentos?

— Como é que é? — perguntei, intrigada. Esses aplicativos em que você curte ou não pessoas aleatórias on-line estavam em alta, inclusive já tinha ouvido relatos de encontros que Jenny teve por causa deles, e nunca davam em nada. Mas estava curiosa para ver quem Piper havia encontrado lá, apesar de já ter uma vaga ideia.

Piper me mostrou a tela do seu celular com dois *screenshots* na galeria de fotos. Ambos eram de perfis em um desses aplicativos de relacionamentos. Quando vi a primeira foto, fiquei surpresa no início, mas depois entendi perfeitamente.

— Dezessete anos, solteiro, adoro esportes e animais, inclusive tenho três cachorros em casa — li em voz alta a descrição do perfil. — Meu programa preferido é sair para comer. Também sou muito fã de viagens para lugares diferentes.

Toco bateria e tenho uma banda e um programa de TV chamado *Boston Boys*.

Engraçado como ele comentava sobre ser uma celebridade tão naturalmente, como se dissesse "minha cor preferida é verde". Imagino a quantidade de mensagens que já deveria ter recebido só de ter publicado o perfil nesse aplicativo.

Por mais que eu não achasse aquilo uma ideia tão boa assim, entendia o lado de Ryan. Ele ainda estava bem chateado com toda a situação de Amy, e provavelmente fizera aquilo para ver se conseguia esquecê-la mais rápido. Só que ele não se ligou que era um tanto quanto famoso e, convenhamos, dos três Boston Boys, o com mais qualidades namoráveis. Então era quase certo que praticamente toda garota que cruzasse com seu perfil no aplicativo teria um troço.

Mas a parte mais surpreendente nem foi essa. Foi quando Piper deslizou a tela e mostrou o segundo perfil no aplicativo. Esse não tinha nenhuma descrição sobre a pessoa, apenas três fotos, que por um momento me fizeram duvidar se era mesmo ela ou não. Mas era inconfundível. Olhos verdes brilhantes em um rosto sem nenhuma imperfeição, uma maquiagem impecável — e que parecia ter dado um trabalhão para fazer — longos cachos ruivos que desciam até onde a foto permitia e três looks chiques, arrumados e que caíam como uma luva.

Karen.

Uau. Quem diria que a rainha da formatura, a cria de Afrodite, a que era superior demais para todos os reles mortais, um dia se renderia ao bom e velho relacionamento on-line? Imaginei o quanto Jenny a zoaria se descobrisse isso. A Ronnie de alguns meses atrás até consideraria enviar isso para ela para ver o circo pegar fogo, e por todas as vezes que Karen aprontou comigo, mas a Ronnie atual se sentiria mal ao fazer isso. Não sabia ao certo o que era de Karen, não sabia se podia considerá-la minha amiga, mas ela confiou em mim e confidenciou algo que sei que foi difícil contar, e que eu era praticamente uma das únicas pessoas que saberia pelo lado dela.

A situação de Karen até se assemelhava um pouco com a de Ryan. Ambos haviam sofrido uma desilusão amorosa — a de Ryan fora muito mais forte, claro, mas sabia que Karen também estava chateada com o novo namoro de Henry —, ambos deviam estar se sentindo sozinhos, e provavelmente queriam experimentar conhecer pessoas novas de um jeito prático e fácil. E os dois ignoraram que eram famosos e que facilmente poderia aparecer algum fã maluco em seu quintal querendo combinar o perfil no aplicativo. Mas, enfim.

Eu sabia que Ryan estava tendo o apoio dos amigos nesse momento. Eu mesma estive com eles recentemente, e vi como foi bom que ele saísse de casa e se distraísse um pouco. Mas a Karen... realmente não sabia como ela estava lidando. Henry e Nikki já haviam oficializado em todas as redes sociais que estavam juntos, muitos fãs já haviam feito vídeos e colagens de fotos de como os dois eram um casal perfeito, e pelo que me contavam, Nikki volta e meia aparecia no estúdio para visitá-lo. Não sabia se aquele perfil de Karen no aplicativo era um sinal de que ela já tinha o esquecido e estava pronta para recomeçar, ou se era só uma maneira de fugir daquela realidade.

Imaginei como eu me sentiria se, do nada, Mason resolvesse namorar uma garota e encher suas redes sociais de fotos dos dois juntos. Bem, eu meio que tive um gostinho disso antes de descobrir a verdadeira história de Sabrina e Daniel, em níveis menores, claro. Mas com certeza me sentiria muito pior. E mais uma vez, lá estava eu me compadecendo por Karen.

— Piper — falei, devolvendo o celular para ela. — Você já viu a Karen sair com... outras meninas? Tipo, amigas dela?

— Karen Sammuel? Claro que já. — E ela nem precisou checar em seu celular ou seu bloquinho de anotações. — Quer dizer, cada dia a vejo com uma pessoa diferente, e nenhuma delas eu consigo lembrar o rosto. Por quê?

Passei a mão no cabelo, pensativa.

— Sei lá. Às vezes fico preocupada dela não ter, sabe... aquela pessoa com quem você pode contar em todas as horas. Aquela pessoa que a Christina Yang, em *Grey's Anatomy*, descreve como a pessoa que a ajudaria a esconder o corpo de alguém, caso cometesse um homicídio. Como eu tenho Jenny.

— Olha só, quem diria... — Piper deu uma risadinha. — Ronnie Adams e Karen Sammuel, melhores amigas?

— Vai com calma. — Ergui as mãos e dei um riso de nervoso. — Também não é assim.

— Entendi. Bem, é isso que tenho para te contar. — Ela se levantou do banquinho. — Não se esqueça dos meus comentários e recomendações. Ah, e boa sorte na entrevista amanhã.

— Como é que você sabe que eu...? — Mas depois me toquei de com quem estava falando. — Ah, esquece. Mas antes de você ir... só de curiosidade... — perguntei, com um sorriso amarelo. — Como você descobriu os perfis deles nesse aplicativo? Você tem... uma conta também? — Ergui uma sobrancelha. Já estava em uma fase de proximidade com Piper o suficiente para dar nem que fosse uma zoadinha nela em relação a esse aspecto.

— Tenho, claro — ela respondeu com naturalidade. — Foi assim que conheci meu namorado.

Assenti com a cabeça, mas depois de uns três segundos, processei o que havia acabado de ouvir.

*É O QUÊ?*

— Seu, hã... namorado? — perguntei. Vai que tinha uma coisa no meu ouvido e eu não tinha escutado direito.

— É — ela respondeu, na mesma calma. — Já estamos juntos há três meses.

Pisquei três vezes.

— Ele é mais velho e trabalha com programação em uma empresa enorme. É um gênio de computadores, mas não pense que por isso ele é um nerd esquisito. Ele é uma graça. Um dia apresento a você, Adams. — Ela olhou o relógio de pulso. — Tenho que ir para a minha palestra agora. Foi bom conversar com você, mas na próxima vez quero algo em troca com mais sustância. Tchauzinho! — Ela acenou e seguiu seu caminho até a escada.

Fiquei parada por um tempo tentando aceitar que Piper Longshock, a psicopata fã de *Boston Boys*, que veio até Boston só para segui-los, que volta e meia se escondia no meu quintal para ver o que eu e Mason estávamos fazendo, que escrevia fanfics estranhamente cativantes sobre os meninos se relacionando entre si... tinha um namorado. E Karen Sammuel estava sofrendo por um amor não correspondido e chegou ao ponto de colocar seu perfil em um aplicativo de relacionamentos.

Então tá, né? Quem sou eu para julgar o Universo?

— Eu sou perfeita para trabalhar aqui! Não... — Sacudi a cabeça. — Eu posso não ter experiência, mas se vocês me contratarem... eu adoro aprender! Argh, não.

Enquanto caminhava de onde o ônibus me deixara até a entrada do Room Escape, no dia seguinte da minha visita à

Universidade de Boston, fui repetindo para mim mesma o que eu falaria para impressionar Caleb e ele querer me contratar. Mamãe tinha me ajudado na noite anterior a me preparar, escolheu um conjunto de roupa social que era uma calça e terno pretos e uma blusa de seda branca de botões, bem simples, mas bem arrumada. Coloquei saltos baixos que, mesmo sendo quase inexistentes, acho que o nervosismo me fez tropeçar neles umas duas vezes, uma maquiagem bem natural e prendi o cabelo em um rabo de cavalo. Tinha a ligeira impressão de que estava indo arrumada demais para uma entrevista para ser monitora de um jogo de escapar, mas não queria fazer desfeita. Melhor arrumada demais do que de menos, certo?

Conferi meu relógio antes de entrar. Eram 13:47. Um bom horário para chegar, creio eu. Nem tão cedo nem tão tarde. Parei em frente à porta preta fosca do Room Escape, respirei fundo e procurei mentalizar que iria dar tudo certo.

Assim que entrei, fui recebida por Lana que, ao contrário do dia em que a conheci, agora usava o longo cabelo roxo solto. Nesse dia havia mais dois monitores na recepção com ela, que não estavam no dia anterior.

— Oi, Ronnie! Veio ver o Caleb, não é? — ela falou, vindo até mim com um sorriso.

— Olá. Isso aí. — Sorri também e cumprimentei-a. — Tenho a entrevista marcada para as duas.

— Tudo bem. Vou avisar a ele que você chegou. Fique à vontade. — Ela me direcionou até o sofá perto das portas de jogos à direita.

Agradeci e me sentei, ainda repetindo na minha cabeça que iria dar tudo certo. Não tinha como saber, porque Caleb podia muito bem estar entrevistando antes de mim uma pessoa mais velha, mais qualificada e com mais experiência. Mas também podia estar entrevistando uma pessoa esquisita, inconveniente e despreparada. Quem sabe?

Olhei para as portas à minha volta. A que estava logo na minha frente parecia uma pintura abstrata, cheia de rabiscos e respingos de tinta. A porta ao lado tinha instrumentos de cozinha, como talheres, panelas, frigideiras, e um fogão ilustrado. Depois se encontravam portas com fotos de caveiras empilhadas e um cassino. E olha que isso era só um lado. Imaginei o quão divertido seria jogar em cada uma daquelas salas. Ser monitora delas seria mais divertido ainda.

Enquanto analisava cada uma e imaginava quais seriam as histórias por trás delas, aqueles quinze minutos de espera passaram bem mais rápido do que pensei. Caleb apareceu pontualmente na recepção — vestindo uma calça jeans clara e uma camisa polo roxa, com os dreads presos em uma fita preta — e me convidou, amigavelmente, a subir até a sala de reunião. Me levantei, ajeitei a blusa social e subi as escadas atrás dele.

Entramos em uma sala que devia ter uns dez metros quadrados, com uma mesa retangular de vidro bem no centro, com cadeiras giratórias transparentes rodeando-a. Em vez de papel de parede, a sala era revestida de quadros brancos que iam do chão até o teto, e estava praticamente toda rabiscada com ideias das reuniões anteriores. Achei aquilo incrível. Fiquei tão maravilhada olhando aquelas anotações em caneta colorida que por um momento esqueci de me sentar.

— Ronnie, não precisa ficar nervosa — Caleb comentou, notando minha perna esquerda balançando freneticamente e meus olhos alternando entre olhar para ele, para as paredes e para a mesa. — Vamos só conversar um pouco. Tudo bem?

Assenti com a cabeça. Precisava me acalmar. Quanto mais nervosa, pior a imagem que eu iria passar para Caleb. Pelo menos sua simpatia me deixava um pouco mais confortável.

Primeiro quem falou foi ele. Ele explicou sobre como era a rotina de quem trabalhava no Room Escape, sobre os dias e horários e que eu podia adaptar de acordo com meu horário na escola. Depois foi a minha vez.

— Me conte um pouco sobre você. Onde estuda, o que pretende fazer na faculdade, o que faz nas horas vagas...

Contei para ele que estava no último ano da escola, que pretendia fazer Direito, sobre as cartas que enviei para as faculdades em todo o país, que sempre tirei boas notas, gostava muito de ler e assistir a séries de TV, e que Sherlock era a minha favorita. Enquanto falava, Caleb ia anotando tudo em um iPad, que no início ele dissera que era onde estava meu currículo escaneado.

Depois ele perguntou como era minha relação com a internet. Que tipo de sites eu acessava para passar o tempo. Contei sobre o portal de notícias on-line que eu via todos os dias, que não acessava quase nada as redes sociais — fiquei meio relutante em admitir esse fato, mas preferi dizer a verdade —, que usava muito o Netflix e sites de baixar filmes e séries, a Amazon e alguns fóruns de discussão de séries como Sherlock e Black Mirror.

Em seguida, veio aquele pedido clássico de listar qualidades boas e ruins. Nas boas disse que era responsável, aprendia rápido e sabia trabalhar em grupo. Nas ruins, comentei sobre minha timidez, minha pouca experiência no mercado de trabalho e minha dificuldade em me expressar, às vezes.

— Muito bem... agora me diga algo sobre você que é... incomum de se ver em outras pessoas.

Encarei-o um pouco surpresa com a pergunta.

— Pode ser algo físico, intelectual, um hobby... — ele completou. — O que lhe vem à cabeça?

Pensei um pouco. O que na minha vida podia ser considerado incomum? Estava bem óbvio, mas não sabia se esse era o tipo de resposta que ele iria gostar de ouvir.

— Por exemplo... sei lá, você pinta seu cabelo de uma cor diferente a cada mês. — Assumi que ele estava falando de Lana. — Você sabe falar... hum... grego. Você tem uma banda. Coisas assim.

*Você tem uma banda,* repeti na minha cabeça. Bem... o fato de conviver com uma devia contar então, certo?

— Bem, eu... — comecei. — Não tenho exatamente uma banda. Mas minha mãe é produtora de uma. E de seu programa de TV. Os *Boston Boys*, que estavam comigo na última vez que eu vim, sabe? Um deles, Mason, vive na minha casa há quase um ano. Hã, isso conta?

— Claro que conta! — ele disse, e apoiou o queixo na mão. — Você já deve ter passado um bocado com essa banda, não é? Volta e meia vejo anúncios deles na TV e na internet.

— Nossa, você não tem ideia. Já fugi de fãs malucas na garupa de uma moto, segurando um vestido de festa... — Comecei a me empolgar, afinal, era um assunto que eu sabia bem até demais — Já fui representada na TV por uma atriz dez vezes mais bonita que eu, já fui uma pseudo-figurante no Canadá porque queria muito esquiar, já salvei a banda de quase ir pelos ares algumas vezes e já até fiquei na frente de centenas de fãs para abrir o show deles. Ufa. — Passei a mão pela testa, simulando que estava limpando suor.

— Uau. — Os olhos pretos de Caleb brilharam. — Muito legal, Ronnie! E me diz uma coisa, você acha que tudo isso que você passou com os Boston Boys pode te ajudar a ser uma boa monitora no Room Escape?

Fiquei em dúvida por alguns segundos, mas depois concordei.

— Com certeza vai ajudar. Aprendi a controlar multidões histéricas, a pensar rápido para resolver os problemas dos garotos, me tornei uma pessoa mais tolerante e paciente — aturar Mason e suas manias durante quase um ano foi como um tratamento de choque — e pude ver de perto e participar da rotina de quem trabalha em um programa de TV.

Caleb voltou a anotar em seu iPad, mas ainda parecendo bastante interessado.

— Olha só, já está bem mais relaxada do que antes. — Ele ergueu o polegar em sinal de positivo e concordei, sorrindo. Quem diria que os três patetas iriam me ajudar a conseguir meu primeiro emprego?! — Agora o que eu quero saber, Ronnie, é o porquê de você querer trabalhar aqui com a gente.

A pergunta de um milhão de dólares. Essa eu havia treinado na minha cabeça e tinha várias respostas diferentes decoradas, mas alguma coisa em Caleb me dizia que era melhor eu falar naturalmente. Mais com o coração e menos com a cabeça, coisa que eu admito que cresceu bem mais desde que os Boston Boys entraram na minha vida.

— Eu acho que o Room Escape tem tudo a ver comigo. Eu me diverti bastante jogando e senti que trabalhar com isso deve ser uma delícia. Sempre fui meio cabeçuda, do tipo que de vez em quando pega uma revistinha de Sudoku e senta para resolver só por querer mesmo, sabe? — Apoiei os cotovelos na mesa. — Eu quero ajudar a minha mãe também com o que eu puder para pagar a minha faculdade, porque sei que elas são caras. Nunca trabalhei antes, mas eu tenho a sensação de que aqui eu vou me encaixar perfeitamente. Então meio que junta várias coisas. Eu podia arranjar um emprego em um supermercado, ou loja, ou restaurante, como a maioria das pessoas da minha idade faz. Mas aqui eu tenho certeza de que vou crescer, vou aprender, e me divertir horrores! Hã... acho que é isso. — Dei um risinho envergonhado.

A única parte que deixei de lado foi eu querer fugir de Mason, Daniel, Sabrina e Jenny, porque, no fundo, não era isso o que eu queria de verdade. Falar aquilo em voz alta me fez sentir uma hipócrita por estar lidando com a situação daquela maneira. Uma hora eu teria que contar para eles. Não podia deixar a chantagem de Elena ficar me assombrando. Se eu consegui escapar de uma sala cheia de zumbis que queriam me devorar — faz de conta, mas não vem ao caso — tinha que haver uma maneira de resolver aquilo e voltar a ser como era antes com meus amigos.

Caleb anotou mais algumas coisas no iPad, depois guardou-o em sua mochila que estava apoiada na cadeira.

— Muito bem. É isso. — Ele se levantou e estendeu a mão, e fiz o mesmo. — Obrigado por vir, Ronnie. A gente te dá uma resposta até sexta, tudo bem?

— Sexta, dia 30? — perguntei.

— Isso aí.

Era em três dias. Será que eles eram rápidos assim mesmo ou era aquele velho discurso de "vamos entrar em contato" e um mês depois resolvem mandar algo, se é que mandam?

Não, Caleb não era assim. Não o conhecia direito mas podia assumir que ele não era assim.

Agradeci várias vezes e me desculpei pelo nervosismo no início. Ele falou para eu não me preocupar e relaxar, pois tinha feito tudo o que podia. E era verdade. Saí da entrevista com uma sensação boa. Podia até não passar, mas realmente fui sincera e dei o meu melhor.

Desci as escadas devagar — lembra que eu fui de salto? — Acenei para Lana na recepção e andei em direção à saída. Mas antes de chegar lá, uma voz vinda de perto da porta com o cassino estampado me fez parar. Congelar, para ser mais exata. Nem precisei me virar para ver quem era. Eu já sabia só de ouvir:

— Está chique, hein, Sherlock.

# 11

**É, não tinha dúvidas** de que era ele. Além da voz ser inconfundível, só ele me chamava assim.

Não estava sabendo como reagir. Claro, eu tinha que virar e cumprimentá-lo, mas... não sabia o protocolo de como você vira e fala naturalmente com uma pessoa que você: 1. Beijou e depois saiu correndo; 2. Foi instruída a se afastar por essa pessoa correr o risco de ser demitida; 3. Você começou a desenvolver sentimentos por ela no verão, mas tanta coisa aconteceu depois disso que você concluiu que teria mais pontos negativos do que positivos. Por um breve momento pensei em me fazer de sonsa e sair andando para evitar o clima estranho, mas afastei esse pensamento logo em seguida, porque seria ridículo da minha parte.

— Daniel! — Me virei, com um sorriso amarelo.

— Ei, você. — Ele se aproximou, acenando.

— Ei, você — repeti, com vergonha. — Veio... hã... jogar? — perguntei, na esperança de que aquilo fosse apenas uma grande coincidência.

— Mais ou menos. Noah quer fazer o aniversário dela aqui, então vim ver qual sala ela deve gostar mais, e aproveitei para conhecer melhor o jogo.

Então foi mesmo uma grande coincidência? Não era possível. O destino não pode acertar tão em cheio assim. Ele podia ter escolhido qualquer hora, qualquer jogo de escapar, qualquer dia! E apareceu logo no dia em que eu ia fazer uma entrevista para trabalhar ali?!

— Isso e... ok, admito que fiquei sabendo que você faria uma entrevista aqui pela Jenny. — Ele deu um risinho sem graça. — Mas antes que você pense que eu sou que nem aquela maluca lá que volta e meia aparece no quintal da minha casa, saiba que era o único jeito de ter alguma notícia de você.

Meu coração deu uma pequena acelerada.

— Você e Jenny... acabaram ficando bem amigos, né?

— Sim, ela é o máximo! E foi muito legal da parte dela ter ficado comigo o tempo todo enquanto estive no hospital. Aliás, um comentário bobo: adoro o jeito como ela pronuncia meu nome. Sabe, carregando bem o "a", de "Daniel" — ele tentou imitar o sotaque britânico dela, mas quando percebeu que ficou esquisito, riu de si mesmo. — Mas enfim, estamos nos encontrando direto para conversar sobre a viagem para a Inglaterra e temos mil ideias. Já está sabendo?

Ai, caramba. Aquela viagem estava cada vez mais próxima de acontecer de verdade. Então eu precisava urgentemente resolver a minha vida antes disso. Talvez Daniel ter aparecido lá fosse um bom sinal. Eu ainda estava morrendo de vergonha por ter deixado as coisas com ele do jeito que deixei, mas aquela podia ser a oportunidade perfeita de consertar tudo. Será que eu conseguiria?

— Sim, sim. — Cocei o braço, olhando para o chão.

De repente, Daniel ficou sério.

— Ronnie, a gente pode conversar?

Eu sabia que esse era o propósito de ele ter aparecido lá, e era óbvio que ele ia sugerir isso em algum momento, não íamos ficar jogando só conversa fora. Uma hora tinha que ser sincera. Mesmo assim, ouvir aquela pergunta me deixou nervosa. Ansiosa.

— Acho que... a gente deveria conversar, sim.

— Beleza. — Ele andou comigo até a porta do Room Escape, e saímos. — Saí do estúdio agora há pouco e ainda não almocei. Estou faminto. Você já comeu?

Olhei para o meu relógio, que marcava 15:32.

— Há muito tempo, mas te acompanho. Podemos ir aonde você quiser.

Daniel assentiu com a cabeça e me guiou até o estacionamento atrás do Room Escape.

— Opa. — Ele disse, confuso, parando no meio do caminho. — Esqueci completamente. Não estou dirigindo. Força do hábito.

— Ah, claro. — Acabei nem reparando que ele ainda estava com o pulso enfaixado. Não teria como ele dirigir por um bom tempo ainda.

Seguimos em frente e descemos a rua até chegarmos a um centro comercial perto do quarteirão que tinha alguns restaurantes. Não opinei sobre onde iríamos, porque realmente já tinha almoçado, então ele decidiu sentar em um lugar de sanduíches.

— Mesmo depois que seu pulso ficar bom, você provavelmente vai ficar um bom tempo sem pegar o volante de novo, não? — perguntei, me sentando.

— Acho que sim. Reyna também.

Não entendi ao certo porque ele mencionara Reyna, já que era ele quem estava dirigindo o carro. Mas imaginei que devia ter sido uma experiência traumática para ela e Jenny também. Nem gostava de lembrar daquele assunto, para ser sincera.

— Quanto tempo seu carro vai ficar no conserto? — perguntei.

Daniel me encarou, confuso.

— Meu carro? Ele está na garagem da minha casa, ué.

E foi a minha vez de ficar perdida novamente.

— Mas ele não foi todo amassado por causa do acidente? Porque eu lembro de Sabrina falando que o estado dele era tenso e tudo o mais...

— Ah, sim. Mas não foi o meu carro.

Pisquei duas vezes.

— Reyna estava dirigindo, não eu. — ele explicou. — Estávamos indo até a casa da Sabrina para conversarmos sobre a viagem de Londres quando aconteceu. A batida veio do meu lado, do carona. Por isso acabei sendo o mais ferrado no impacto.

Ah, aquilo explicava bastante coisa. De repente, um pensamento horrível sobre o acidente me fez estremecer, mas logo tentei tirá-lo da cabeça.

— Carne, queijo prato e abacaxi, por favor. — Daniel pediu ao garçom que apareceu ao nosso lado perguntando o que queríamos. Fiz careta. Daniel adorava colocar comidas doces no meio de salgadas. Não entendia como ele conseguia gostar. — Tá fazendo essa cara só porque não consegue pensar fora da caixa e conhecer a delícia que é o abacaxi com queijo — ele provocou.

— Não, só porque é nojento mesmo.

Demos risada e Daniel me deu língua. Isso me provocou uma nostalgia. De quando éramos apenas bons amigos, antes de toda essa loucura acontecer. Se bem que as coisas foram doidas com Daniel logo que o conheci, afinal, foi no banheiro masculino. E logo depois ele entrou em *Boston Boys*, provocando a fúria de Mason. E outras mil coisas aconteceram.

Depois da brincadeira vieram alguns segundos de silêncio, em que nós dois claramente sabíamos o que devíamos dizer, mas hesitamos. A menção do acidente consequentemente nos levava até a noite no hospital em que tudo aconteceu. Mas eu já estava com tanta coisa entalada na garganta que precisava falar. Não aguentava mais essa distância com meus amigos mais próximos.

— Daniel, eu... te devo um pedido de desculpas. — Olhei para o prato vazio na minha frente. — Eu acabei nem conseguindo me explicar direito naquele dia do hospital. E depois, hã... meio que fiquei te evitando. — Minhas bochechas começaram a ficar mais quentes. — Não sabia como lidar com a situação, então preferi me afastar por um tempo.

— Eu entendo — ele respondeu. — Claro, fiquei chateado achando que você não ia querer mais saber de mim. Tudo bem, foi uma coisa idiota e impulsiva que eu fiz, mas você entende, né? Tinha acabado de sofrer um acidente, a cabeça ainda estava com uns parafusos a menos... — Ele deu um risinho envergonhado, mas logo voltou a ficar sério. — Eu só queria que você me explicasse melhor o que estava pensando sobre tudo isso. Você quis seu espaço, o que eu entendo completamente, mas lembra da confusão da Sabrina? Que a gente ficou um bom tempo sem se falar? Não sei você, mas achei uma droga. Não queria passar por isso de novo.

Estava pensando na mesma coisa. Não queria me afastar de novo também. Ainda mais com ele achando que era porque eu não queria mais saber dele.

— Claro que não foi por isso que eu quis me afastar. Foi por... alguns motivos.

— Ok, um deles já sei que foi porque você estava confusa, como você falou, né?

Assenti com a cabeça.

— E o outro pode ter a ver com a Elena ter aparecido no hospital?

Senti os pelos do meu corpo se arrepiando ao ouvir aquilo. Involuntariamente, segurei o garfo ao meu lado com força.

— Acertei, né? — Ele ergueu uma sobrancelha. — Eu vi a cara que você fez quando voltou para o quarto naquele dia. Você estava branca. Parecia que tinha visto um fantasma.

*Quase isso. Vi uma bruxa*, respondi na minha cabeça.

— Não foi um encontro muito bom.

— Imagino. Aquela mulher não é fácil — Daniel bufou. — O que ela disse para você?

Me veio um debate interno na cabeça quando ele perguntou aquilo. Ao mesmo tempo que eu queria contar, desabafar tudo, tinha medo de ele não levar a ameaça dela a sério e acabar indo tirar satisfação. Pior, falar para Sabrina tirar satisfação com a mãe. Aí com certeza ele estava ferrado.

— Acho melhor não contar. — Desviei o olhar de novo.

— Por quê? — ele perguntou, agora mais curioso.

— Porque... é arriscado falar. Pra você, principalmente.

Daniel arregalou os olhos.

— Como assim? Me explica isso direito.

Abri a boca para tentar argumentar de novo, mas nesse exato momento, o garçom voltou à nossa mesa trazendo nossas bebidas.

— Ronnie... — ele insistiu. Aproveitei a interrupção para tomar um gole demorado da Sprite que pedi, mas não tinha como fugir daquilo para sempre.

— Eu quero te contar, de verdade — falei, colocando o canudo do copo para o lado. — Mas você vai sair prejudicado se eu contar. Tenho certeza.

Daniel parecia cada vez mais assustado. Devia estar imaginando mil coisas horríveis que Elena poderia ter feito comigo. Bem, não devia estar tão longe da realidade, porque ela também era bastante horrível.

— Isso não está me fazendo querer ouvir menos.

— É sua carreira que está em jogo — falei, séria.

Ele franziu a testa.

— Se diz respeito a mim, eu mereço saber, não?

Suspirei. Ele não ia desistir. E francamente, se estivesse na posição dele, também iria querer ouvir de qualquer jeito.

— Está bem. Mas por favor, me promete que não vai fazer nada sobre isso sem antes falar comigo.

Ele ergueu a mão direita aberta.

— Eu prometo.

— Ok. Ela... — Precisei me preparar emocionalmente para lembrar de toda aquela cena outra vez. — Tirou uma foto.

Daniel ficou parado. Não moveu um músculo. Parecia estar processando o que acabara de ouvir.

— Ela o quê? — ele perguntou, incrédulo.

— Tirou uma foto, Daniel. De nós. No hospital. — Abaixei o tom de voz para completar a frase. — *Nos beijando*.

Ele trincou os dentes. A expressão foi de incrédula, para confusa, até, finalmente, indignada. Ele começou a negar com a cabeça, olhando para todos os lados, sem saber o que dizer, só balbuciando algumas palavras como "Como assim", "Não" e "Por quê".

— Eu não entendo. — Ele olhou fixamente o prato vazio na sua frente. — P-por que ela faria uma coisa dessas? Isso não tem nada a ver com ela... Você não tem nada a ver com ela... — De repente, os olhos dele dobraram de tamanho, cheios de terror, e cravaram em mim. — Ronnie... ela está usando isso para... te chantagear...?

E foi a vez da nossa conversa ser interrompida outra vez pelo sanduíche cheio de abacaxi de Daniel. Mas ele nem sequer o tocou. Estava em choque demais para comer.

Esperei o garçom se afastar e falei:

— Hã... é.

— O QUÊ?! — Ele se exaltou e deu um tapa na mesa, me fazendo dar um pulo na cadeira.

— Calma! — Fiz sinal para que ele falasse baixo. — Se ela descobre de algum jeito que você está aqui comigo...

Daniel não desfez a expressão de indignação.

— O quê?! Ela te mata? Me mata também? Nos sequestra e nos leva para a Turquia exigindo resgate?!

— Daniel! — Segurei seu pulso. Notei o casal da mesa ao lado nos encarando com medo. — Se acalma, por favor... E me deixa explicar. Dá uma mordida no sanduíche, vai.

Empurrei o prato mais para perto dele, que, relutante, respirou fundo e mordeu um pedaço.

— Ok. Ela me contou que Sabrina não estava falando com ela fora do estúdio e que tinha saído de casa. Que o namoro faz-de-conta de vocês se desfez e ela voltou para a namorada por minha causa. O que, bem... é tecnicamente verdade. Aí agora que tem nossa foto, ela disse para eu me afastar de você e dela se não além de espalhar essa foto para pessoas que não podem sob hipótese nenhuma saber, iria te demitir. É isso. — Mordi os lábios.

Daniel piscou duas vezes, embasbacado. Tinha até levado o sanduíche até a boca para dar outra mordida, mas desistiu de mordê-lo no meio do caminho.

— Isso não pode ser real.

Dei de ombros.

— Acredite se quiser. Foi bem real.

Ele passou a mão no cabelo, nervoso.

— Então uma boa parte do motivo pelo qual você parou de falar comigo foi isso? Você pretendia nunca contar isso pra ninguém? Pretendia... — E sua expressão foi de indignada para magoada — Não voltar a ser minha amiga nunca mais?

— Claro que não! — me defendi, apesar de não saber ao certo como continuar. — Eu... queria contar! Isso estava acabando comigo! Mas pra quem eu iria contar? Você corria risco de não acreditar em mim e acabar sendo demitido, minha mãe iria levar aquilo para o lado pessoal e, sei lá, contratar um assassino particular, Mason obviamente não podia saber, Jenny também não... Quem sobra?!

— Por que Jenny não podia saber?

— Ué, porque ela gosta de v... — E de repente parei. E me senti uma anta completa por tê-la mencionado. Já estava tão óbvio que Jenny tinha sentimentos por Daniel que eu por um momento esqueci que ele não sabia. Que vontade de voltar no tempo. Droga! — Nada.

— Não faz sentido, ela só não poderia saber se... — E ele associou também. Demorou, mas associou. — Ah.

— Hã... voltando ao assunto principal. — Tentei desesperadamente tirar a atenção dele daquilo, mesmo o estrago já tendo sido feito. Jenny acabara de adquirir mais um motivo para me matar. Que péssima amiga. — Eu não sabia o que fazer, fiquei com medo de ela realmente te demitir, então preferi me afastar.

Daniel ficou por uns minutos sem dizer nada. Apenas digerindo. Figurativamente e literalmente. Aproveitou esse tempo para pensar e continuar comendo seu sanduíche ao mesmo tempo.

— Espera um pouco — ele falou e mudou completamente de expressão, como se uma lâmpada tivesse se acendido em sua cabeça. — Elena não vai me demitir. Pelo menos não se não tiver um motivo plausível.

Cruzei os braços.

— Eu não duvidaria do que ela é capaz.

— Não, Ronnie. Não é isso. Ela realmente não vai. Tenho certeza.

Por mais que ele realmente parecesse seguro daquilo, não queria arriscar. E ainda não estava claro para mim como ele podia saber com tanta confiança.

— Uma das *muitas* discussões que ela e Sabrina tiveram ao longo desses dias, enquanto gravávamos, era que, se nós não entrássemos nos eixos e fizéssemos exatamente como ela mandava, podíamos ser facilmente substituídos. Sabrina ficou uma fera quando ela disse isso e falou que, se ela mandasse embora qualquer um de nós por um motivo desses, ela se demitia também.

Meus olhos brilharam.

— Sabrina disse isso mesmo?

— Com todas as palavras. E depois vieram alguns xingamentos em espanhol, mas isso aí já não deu para entender.

— Elena faz tudo para a Sabrina brilhar. Então...

— Então não vai fazer nada que arrisque a filha destruir o grande sonho dela — ele completou, sorrindo satisfeito.

Dei um longo suspiro aliviado. Um peso gigante saiu das minhas costas.

— Uma coisa a menos para você se preocupar. — Ele deu um gole na Coca-Cola.

Concordei, mas mesmo assim aquilo não era o suficiente. Elena ainda tinha a foto. Podia muito bem enviar a todo mundo que eu conhecia em um piscar de olhos.

Daniel percebeu que eu murchei um pouco ao lembrar de Mason e Jenny.

— Mas não resolve todos os seus problemas, não é? — ele perguntou, com o sorriso se esvaindo.

— Na verdade, não.

— Ronnie... posso te perguntar uma coisa... sobre a sua viagem para Napa Valley?

Meu coração acelerou. Já esperava que em algum momento essa pergunta viesse à tona.

— Pode.

— O que aconteceu entre você e Mason?

Olhei para o chão. Depois para o prato. Depois para o casal ao nosso lado que voltou a comer em paz logo após o pequeno surto de Daniel.

— Você... realmente quer saber? — perguntei, com incerteza.

— Sim e não — ele deu de ombros. — Por um lado já imagino o que aconteceu e sei que não vou gostar de ouvir, mas por outro, sou seu amigo antes de tudo, e queria saber o que te levou a ficar desse jeito.

Aquilo era bem maduro da parte dele. Mas me matava ter que contar o que aconteceu. Eu também gostaria muito de falar tudo, porque estava entalado há quase vinte dias na minha garganta, mas Daniel não era uma das pessoas que eu desejava que soubesse.

— Está bem. No casamento da Lilly, eu... — hesitei um pouco, mas continuei. — Percebi que... que...

Nossa, era mais difícil do que parecia admitir. Eu meio que já havia contado para Henry quando fomos ao Room Escape, mas não diretamente. Naquele momento, eu estava me abrindo de um jeito novo.

— Que eu estou... apaixonada por ele.

Uau. Aquilo foi uma surpresa até para mim. Claro que eu já sabia o que estava sentindo há um bom tempo, mas falar em voz alta fez tudo parecer... mais real.

— E no final do casamento eu... o beijei. Na verdade, foi o primeiro beijo da minha vida. — Dei um risinho envergonhado.

Daniel estava disfarçando enquanto comia, mas claramente podia ver que ele estava magoado.

— E depois? — ele perguntou.

— Estava indo tudo bem, até que... nós discutimos por um motivo bem idiota no voo para casa. Ele deu a entender que um beijo não é nada demais. Mas agora que estou pensando, talvez ele nem estivesse falando da gente.

E talvez não estivesse mesmo. Talvez eu tivesse reagido de uma maneira exagerada. Claro, ele fora bem ridículo, mas agora as lembranças estavam voltando para minha memória, e a ideia de que Mason podia ter sentimentos por mim também começou a ganhar mais força. Foi ele quem quis se sentar do meu lado no voo de volta. Foi ele quem me chamou para dançar no dia do casamento. Ryan disse que eu era o motivo dele se sentir em casa em Boston. Ele fez uma música cuja letra dava uma leve impressão de que fazia referência a nossa situação juntos. No mesmo dia em que quase nos beijamos antes de sermos interrompidos por uma música no volume máximo. Não podia ser tudo uma grande coincidência.

*Mas por que ele não tentou nada desde que voltamos de Napa Valley?*

E logo depois me lembrei do que Jenny e eu conversamos no dia em que ela voltou de Londres, depois das férias de verão. Mason era orgulhoso. Demais. E inseguro, e não conseguia expressar seus sentimentos como uma pessoa normal.

Assim como eu.

Precisámos urgentemente de uma conversa. Não queria mais adiar. Não queria mais evitá-lo.

*Não vou mais.*

Na próxima oportunidade que tivesse sozinha com ele, iria contar tudo. E esperar o melhor. Quer dizer... talvez na próxima da próxima. Eu precisava de um tempo para me preparar também, não é?

Foi aí que me lembrei de um evento que poderia ser o momento ideal. A festa de Halloween no sábado, a que eu estava considerando boicotar. Teria música alta, gente dançando, rindo e sendo feliz, lugares para dar uma escapada... Em festas as pessoas se soltam mais, certo?

Depois de um longo gole em sua Coca, Daniel resolveu comentar o que estava pensando:

— Ronnie, me responde uma coisa com sinceridade. E lembra que quem está perguntando agora é seu amigo, não o cara que aproveitou que você estava vulnerável para tentar algo. Aliás, me desculpe por isso.

— Não tem que se desculpar — falei, de coração. Como eu poderia ficar com raiva dele?

— Mas... — Ele se ajeitou na cadeira. — Você acha que ele vai te fazer feliz? Sem julgamentos, prometo.

Lembrei de quando estávamos no gazebo de Paul, conversando e olhando as estrelas. Foi uma das melhores sensações que já tive.

— Acho. — E fui sincera. — Claro, ele ainda tem muito o que aprender, e ainda temos que conversar... mas... — assenti com a cabeça, dando um sorrisinho. — Acho que sim. De verdade.

— Entendi. Última pergunta pessoal, tá bem? E em relação a mim?

Ai, ai. Aquela pergunta. Mas eu tinha que falar. Eu tinha que finalmente desenrolar o nó que estava a minha cabeça. Falar o que eu sentia por Mason já havia deixado tudo mais leve, faltava ele agora.

— Eu... gosto muito de você. Você é uma das melhores pessoas que apareceram na minha vida. Eu comecei a gostar de você mais do que como um amigo. Senti ciúmes de Sabrina. Fui horrível com ela por causa disso. Menti para Mason e para Jenny. Magoei você. Coloquei sua carreira em risco. Hã... o que eu quero dizer é... o que antes me parecia certo e a melhor coisa a se fazer... não parece mais.

Não sabia se ele havia entendido, mas fui cem por cento sincera. Meus sentimentos por Daniel ainda existiam, claro. Ainda havia uma parte de mim que gostaria de tentar algo com ele, por ele me fazer tão bem. Mas no momento, Mason havia tomado conta dos meus pensamentos por completo. E não podia fazer aquilo com Jenny. Já estava sendo uma amiga horrível por tê-lo beijado e não ter dito nada a ela.

— Não acho justo ficar enchendo você de "talvez a gente dê certo", "talvez um dia", "talvez", "talvez". Você é muito especial para ser tratado assim.

Mais um momento de silêncio. O garçom voltou e retirou o prato de Daniel e nossos copos. Estava me sentindo mal. Odiava vê-lo assim. Por mais que fosse necessário e bom para mim finalmente dizer o que eu sentia de verdade, havia magoado alguém por quem tinha um carinho enorme. Argh, seria tão mais fácil se ele tivesse conhecido Jenny primeiro!

— Desculpe — falei, cabisbaixa.

— Relaxa. Vou ficar bem. Obrigado por ser sincera.

Sorrimos de leve um para o outro, mesmo não estando exatamente felizes. Pelo menos a grande barreira entre nós já fora derrubada.

Daniel pigarreou, depois falou:

— Voltando àquele problema de antes... Precisamos acabar com a foto de Elena.

Pisquei duas vezes. Imaginei que ele fosse querer mudar de assunto, mas não. Pelo menos os desabafos haviam acabado, não estávamos mais falando de sentimentos, exatamente. Mas foi o suficiente para ele entender que eu realmente não queria que a foto fosse espalhada por aí.

— Aceito sugestões — falei.

Daniel apoiou o cotovelo na mesa, pensativo.

— E se pedir ajuda à Sabrina?

Eu tinha pensado nessa possibilidade. Mas depois percebi que não era uma ideia muito boa.

— Ela está brigada com a mãe, não está? Elas quase não se falam.

— Sim, mas... se falam no estúdio. E Elena não precisa nem saber que ela pegou o telefone. É só pegar, deletar, devolver, pronto. Problema resolvido.

— Será que vale a pena envolver a Sabrina nisso tudo?

— Olha, com uma mãe dessas, não acho que ela vá ficar tão surpresa. E é bom que ela saiba a pessoa que ela é de verdade, se um dia elas forem se reconciliar, não?

Até que aquilo fazia sentido. Como elas iriam voltar ao normal se Sabrina não soubesse de tudo o que Elena já tinha feito? Não deveria ser tão simples como Daniel descreveu, mas parando para pensar, não era uma ideia ruim.

— Então vamos supor que eu concorde. Você, Nikki e os gêmeos podem distrair a Elena... enquanto Sabrina pega o celular? — complementei a ideia.

— Acho que pode dar certo.

— É... pode mesmo — concordei, esperançosa.

Daniel estendeu a mão no alto.

— Vamos acabar com essa chantagem, Sherlock.

E a partir daí, o clima ficou mais leve. Pelo menos sabia que podia contar com meu amigo novamente. Claro que ainda iria demorar um tempo até que voltássemos cem por cento ao normal, mas as coisas estavam começando a se resolver. Agora tudo o que eu tinha que fazer era deletar a prova de que beijei Daniel, conversar com Mason e Jenny, e podia voltar a ser eu mesma outra vez. Até a viagem para a Inglaterra não parecia mais uma ideia ruim.

Sorri, e lhe dei um *high-five*.

— Vamos, Watson.

# 12

**Esperei pacientemente** dar o horário certo que Sabrina avisara que me ligaria para pormos nosso plano em prática. Expliquei a ela na noite de quinta-feira sobre tudo o que acontecera, e por mais que ela claramente estivesse decepcionada com a atitude da mãe, não pareceu tão surpresa. Foi duro contar, mesmo já esperando a reação dela, afinal, não é legal dizer a alguém que sua mãe é uma louca que faz chantagens com adolescentes, certo? Felizmente, ela reagiu melhor do que eu esperava. Talvez no futuro isso ajudasse as duas a se reconciliarem, sabe, conhecer todos os podres uma da outra.

Sabrina me contou que, na sexta-feira, eles iriam gravar até de noite e que teriam um intervalo às cinco e meia da tarde, o que duraria quinze minutos. Esses quinze minutos seriam cruciais para que ela conseguisse pegar o celular de Elena, deletar minha foto com Daniel e salvar o nosso pescoço. Combinei com Daniel que enquanto ela fizesse isso, Nikki fingiria ter uma crise de pânico por causa da pressão com a estreia do programa e o medo de ser uma atriz que vai decepcionar seus fãs. Com isso, Daniel e os gêmeos chamariam a atenção da diretora para as duas conversarem e ela ajudar Nikki a se acalmar. Tinha tudo para dar certo.

Já que nada poderia me atrapalhar nesses quinze minutos, às cinco e quinze tranquei a porta do quarto, garanti que meu celular estava com a bateria cheia e esperei em cima da cama, com o celular ao meu lado, o momento em que Sabrina me ligaria. Mason e mamãe estavam no estúdio, e Mary estava em seu quarto fazendo o dever de casa — na teoria —, então estava tudo tranquilo.

Assim que o relógio no celular mostrou "5:30", segurei-o com força, esperando que a qualquer minuto veria o nome de Sabrina na tela. Se passaram cinco minutos, e nada. Mais dois, nadinha. Quando deu 5:40, já estava quase tendo um ataque.

*O intervalo está quase acabando! Onde ela está?!*

Resisti ao desejo de eu mesma ligar, porque poderia acabar atrapalhando-a. Tentei me acalmar e pensar que ela estava apenas ocupada tentando pegar o celular, e achou melhor não me ligar.

Mas foi só pensar nisso que o telefone começou a vibrar.

A primeira coisa que fiz foi dar um pulo e quase cair na cama de nervosismo. Respirei fundo e agarrei o celular, mas não era o nome de Sabrina que apareceu na tela. Quase cliquei no ícone vermelho que cancelava a chamada, mas por sorte, meus neurônios funcionaram e eu levei o telefone ao ouvido. Era a única ligação que eu atenderia no meio daqueles quinze minutos, que não fosse a de Sabrina.

Era Caleb.

Com o coração palpitando, me sentei na cama e tentei falar do jeito mais descontraído possível:

— Caleb, olá!

— Oi, Ronnie. Como você está?

*Quase enfartando por ter recebido essa ligação ao mesmo tempo que Sabrina está tentando apagar as fotos no celular de Elena. Mas de resto, tudo ótimo.*

— Estou bem. Tudo tranquilo. E você, como vai?

— Vou bem, obrigado. Olha, enviei para você um e-mail agora, mas aqui no Room Escape temos o costume de ligar também, para darmos notícias sobre as entrevistas.

Ai, meu Deus. Eu não tinha passado.

Claro que não tinha passado. Para ele ligar e falar aquilo, que eles ligam para todos os candidatos, eu tinha dançado.

Tudo bem, uma primeira rejeição de um primeiro emprego. Nada que praticamente todo adolescente de Boston já não tivesse passado. Não podia me abalar com aquilo. Teriam outras oportunidades. Mesmo que o Room Escape parecesse muito mais legal do que qualquer uma das outras.

— Ok... — tentei esconder minha frustração.

— Bom, então vou te contar seu resultado.

E nesse exato momento, senti o telefone vibrando, com outra chamada. Tirei rapidamente o telefone do ouvido e vi, escrito: *Sabrina*.

*Agora você decide ligar?!*, xinguei-a mentalmente.

Ignorei a chamada porque mesmo sabendo que não tinha passado, seria extremamente rude da minha parte pedir para ele esperar para eu atender outra pessoa. Além do mais, queria acabar com a ansiedade logo e saber esse resultado para poder partir para outra. Quanto antes eu soubesse, mais rápido poderia começar a procurar outros empregos.

— Bom, Ronnie, como você sabe, entrevistamos outras pessoas além de você. Analisamos o desempenho de todos no jogo e na entrevista, e levamos em consideração o trabalho em equipe, o raciocínio rápido, e claro, a capacidade de interagir e ser um bom monitor.

E novamente, o celular vibrou. Novamente ignorei.

*ESPERA, SABRINA!*

— Pelo que vi de você, é inteligente, aceita desafios e pensa rápido, mas...

*Mas achamos alguém melhor e não queremos você*, completei na minha cabeça. Ele podia acabar com a enrolação e me dispensar logo, não?! Pelo menos a outra pessoa podia estar me ligando com boas notícias.

— Mas é um pouco tímida — ele completou. — Mas não acho que isso irá comprometer seu desempenho. Queremos você no time, Ronnie. Parabéns, você é a nova monitora do Room Escape!

Meus olhos se arregalaram tanto com as palavras de Caleb, que quase saltaram das órbitas.

Eu tinha passado.

Ele não me ligou para agradecer meu interesse e me rejeitar.

Eles gostaram de mim.

Ele queria me contratar.

EU TINHA CONSEGUIDO UM EMPREGO!

— É... sério? — perguntei, ainda não acreditando no que acabara de ouvir.

— É sim! — ele disse, alegre.

Afastei o telefone por um breve momento para tapar a boca, dar um gritinho abafado, levantar da cama e pular de felicidade. Depois dessa comemoração escondida, voltei para o celular e falei, com o coração batendo forte e as mãos tremendo um pouco:

— Eu... não sei como agradecer! Vou adorar trabalhar aí! Muito obrigada pela oportunidade!

— De nada! E nós vamos adorar ter você como monitora.

Assenti com a cabeça. Ainda estava estarrecida com a notícia, então demorei para perceber que ele não tinha visto o que eu fizera e estava esperando por uma resposta.

— Obrigada! Quando vou começar?

— Então, o início é imediato. Como estamos abertos todos os dias, trabalhamos com turnos, que como eu te falei na entrevista, podemos negociar para adaptar ao seu horário. Você tinha dito que por conta da escola tinha preferência aos finais de semana, não é? Se quiser, já pode começar neste sábado, ou no domingo.

Quase respondi imediatamente que podia começar no sábado, mas me lembrei que seria no dia da festa de Halloween. Até alguns dias eu tinha certeza de que seria a pior ideia do mundo ir àquela festa e ter que encarar Mason, Jenny e Daniel, todos juntos, mas a conversa que tive com Daniel me ajudou a perceber que era inevitável falar com eles, e que quanto mais eu guardasse toda aquela confusão para mim mesma, pior seria. Aquela festa era a minha oportunidade de me reconciliar com o garoto de quem gostava e com a minha melhor amiga. Não podia mais perdê-la. Estava cansada de me esconder, de sofrer calada, de não conseguir me abrir, e, principalmente, cansada de me sentir culpada por guardar aquele segredo. E além do mais, já que Sabrina estava me ligando tão desesperadamente, era quase certo que ela tinha conseguido apagar as fotos. Assim eu desejava.

— Pode ser no domingo?

Caleb concordou. Agradeci novamente e nos despedimos. Desliguei o telefone, deitei na cama com os braços esticados sobre os travesseiros e fiquei alguns segundos encarando o teto do meu quarto, sorrindo feito uma boba.

*Eu consegui! Eu consegui!*

Mas logo depois lembrei que Sabrina já havia me ligado umas três vezes desde que começara a falar com Caleb. Selecionei rapidamente seu contato, mas bastou tocar uma vez que caiu direto na caixa postal. Tentei mais uma vez, mesma coisa. Uma terceira esperançosa vez, caixa postal novamente. Bufei. Parecia que o universo não queria que nós duas nos falássemos!

*Se acalme, Ronnie. Os quinze minutos já passaram. Ela deve ter tido que voltar a gravar.*

Resolvi esperar um pouco mais para tentar falar com ela outra vez. Enquanto isso, liguei para mamãe para lhe dar a notícia que sua filha tinha conseguido seu primeiro emprego, mas foi outra jornada. Primeiro, ela não atendeu. Na terceira vez que liguei, quem atendeu foi Jenny. Ela já tinha seu discurso pronto avisando que mamãe estava muito ocupada para poder falar, e assim que possível retornaria minha ligação, mas quando ri e disse que era eu, ela parou no meio do caminho. Aproveitei para contar a ela as boas notícias.

— Ronnie Adams, você agora faz parte oficialmente do reino do Tio Sam! — ela disse, alegre. — Como se sente?

— Ainda sem acreditar, completamente. Mas feliz. Com medo. Animada. Nervosa. — Dei um risinho — Isso é normal, né?

— Totalmente! Vamos brindar a isso com certeza na festa, amanhã!

*Isso aí, a festa que eu só decidi há dez minutos que iria. E onde vou te contar sobre Daniel e implorar para que você não me odeie e continue sendo minha amiga. Essa festa.*

Antes que eu pudesse concordar, ouvi uma voz enraivecida gritando "JENNY!" do outro lado da linha, e reconheci na hora que era mamãe em seu modo produtora-à-beira-de-um-ataque-de-nervos. Agora ela tinha sua própria estagiária com quem podia gritar mais do que o normal. Pobre Jenny.

— Ouviu, né? — ela disse, rindo. — O trabalho chama. Amanhã você me conta mais! Aliás, que fantasia vai usar? Ah, tenho que ir, um beijo! — E desligou.

Bem lembrado. A festa era amanhã. Como só havia decidido naquele mesmo dia que iria, não tinha ideia de qual fantasia usar. E teria que arranjar uma, rápido. Na verdade, aquilo era só a pontinha do iceberg de coisas com as quais teria que me preocupar naquele sábado. Precisava, além daquilo, arranjar um jeito de conversar com Mason, Jenny, e ainda ter notícias de Sabrina, para ter certeza de que não iria me queimar indo naquela festa.

Naquela noite, quando já estava indo dormir — na verdade, tentando sem sucesso, pois muita coisa estava se passando pela minha cabeça —, finalmente tive notícias de Sabrina. Foi uma mensagem de texto curta e direta, que apenas dizia: *Tudo certo*. Soltei um enorme suspiro, aliviada. Claro que iria conversar melhor com ela sobre isso, porque queria saber mais detalhes e ter cem por cento de certeza de que não precisava mais me preocupar com aquilo, mas pelo menos foi uma neura a menos. Tentei me concentrar mais na fantasia, que era o primeiro item a riscar da lista.

Mas foi bem mais complicado do que eu imaginei que fosse riscar todos os itens que faltavam.

Eu podia ter decidido que iria na festa mais cedo. Tipo, a tempo de conseguir as fantasias cedidas ao elenco de *Boston Academy* para o episódio que gravaram de Halloween. Perguntei a Sabrina no dia seguinte se ainda tinha alguma disponível para mim, e ela disse que só havia uma no meu tamanho, que era uma versão feminina de uma roupa de policial. Na verdade, não só feminina, mas tão curta que, quando vi a foto, imaginei que ficaria melhor em um gato do que em um ser humano. Impressionante como ainda tinham lugares antiquados que não entendiam que "versão feminina" não necessariamente precisava significar "versão sexy". Enfim, tinha que me virar com o que tinha em casa para improvisar uma fantasia.

Abri meu armário e comecei a procurar roupas que poderiam servir. Depois de revirá-lo por completo, separei algumas que talvez dessem para compor alguma coisa: Uma blusa branca social, uma saia preta de pregas, botas pretas com um salto andável — leia-se: quase inexistente —, meus suéteres lisos de cores diferentes que juntos pareciam os Power Rangers, uma meia-calça preta e um vestido longo branco.

*Ok, agora eu posso ser... nada*, pensei, decepcionada, encarando a pilha de roupas na minha cama.

Puxei minha cadeira, subi em cima dela e fucei na parte de cima do armário, onde acabei encontrando uma caixa com alguns acessórios, como lenços e gorros. Debaixo de todos eles encontrei um colete verde-escuro, grande e sem mangas, que parecia ter saído de uma sessão de idosos de uma loja. Era horroroso.

*Por que eu comprei isso mesmo...?*

Mas logo depois me ocorreu o motivo. A lembrança do dia em que comprei me veio à memória como um flash. Estava no shopping há uns dois anos com Jenny e mamãe, e encontrei o colete por acaso em liquidação em uma loja. As duas quando bateram o olho, acharam horrível, mas eu insisti para comprar porque aquele colete era a cara do colete que um personagem específico usava em um filme...

*Bilbo Bolseiro.*

Acabei comprando por impulso e jurei a elas que um dia usaria em uma festa a fantasia, provando que não tinha jogado dinheiro fora. Dois anos se passaram e lá estava ele, ainda com a etiqueta, intocado no fundo das minhas coisas.

Bem, era a oportunidade perfeita para eu finalmente cumprir minha promessa, não era?

Agora minha busca por elementos que poderiam compor uma fantasia estava voltada à fantasia de Bilbo. Me pareceu uma ótima ideia. Além de ser um personagem que eu gostava muito e de um livro que achava bem legal, era interpretado no filme pelo Martin Freeman, o Watson da série *Sherlock*. E o próprio Benedict Cumberbatch aparecia no filme também, como o dragão Smaug. Ou seja, tinha que ser ele. Tudo bem que o personagem é um homem de meia-idade e com cabelos encaracolados de cor mel, mas... com a roupa completa podia acabar até ficando parecido. Eu acho.

Vesti minha camisa social branca e coloquei o colete verde por cima. Tirei o pingente de um colar e passei a corda por dentro de um anel de ouro na minha caixinha de joias, para simular o Um Anel. Faltava a bermuda larga marrom e o sobretudo vinho. Como tinha certeza absoluta de que não encontraria nenhum dos dois no meu quarto, resolvi catar nos quartos alheios. O máximo que consegui no quarto de mamãe foi um casaco vermelho escuro que batia no quadril, que não chegava a ser vinho, mas dava para o gasto. Agora a bermuda, sabia que só teria um lugar na casa onde talvez pudesse encontrar.

A princípio fiquei receosa de bater na sua porta para pedir uma roupa emprestada — ainda mais porque tinha acabado de finalmente admitir para mim mesma que gostava dele e pretendia contar-lhe isso na festa —, mas como era só aquela peça que faltava, engoli a vergonha e fui até seu quarto.

— Mason? Posso entrar?

— Só um minuto — ouvi sua voz do outro lado da porta. Esperei alguns segundos brincando com o anel no meu pescoço, depois escutei-o falando novamente. — Pronto, pode entrar.

Abri a porta mas me deparei com o quarto vazio. Não havia ninguém na cama, nem na mesa, no banheiro, nada.

— Cadê você? — perguntei, não entendendo nada, e não obtive resposta. Não era possível. Eu tinha acabado de ouvir sua voz! Ele tinha sido abduzido?!

Ainda achando aquilo muito estranho, resolvi dar meia volta e voltar para o meu quarto, mas foi só me virar que me deparei com uma cara verde, feia, coberta de sangue e com os olhos saltando. Ele nem precisou fazer nada, porque só de dar de cara com aquilo, dei um grito e quase caí para trás.

— Muito engraçado — falei, séria, ainda me recuperando do susto. Ele, como sempre fazia quando conseguia me irritar, caiu na gargalhada.

— Feliz 31 de outubro! — Ele puxou a máscara horrorosa da cara e secou uma lágrima que caiu de seu rosto de tanto que riu. — E aí, o que acha?

Mason apontou para si mesmo, orgulhoso. Só depois que ele tirou a máscara que pude reparar em sua fantasia. E estava genial. Combinava cem por cento com ele.

— Caramba... — falei, impressionada. — Você nasceu para usar essa fantasia.

Ele estava vestido de Fred Jones, do Scooby Doo. E a roupa estava exatamente igual à do desenho. A camisa de botões azul no mesmo tom da calça, os sapatênis de cor marrom, o suéter branco por cima da blusa, o cabelo loiro penteado para o lado e, claro, o lencinho laranja no pescoço. Para completar, reparei que em cima de sua cama estava a pelúcia do Scooby que Mary tinha e provavelmente emprestou a ele, para compor a roupa.

— Não é? — ele disse, orgulhoso. — Desisti de ir de zumbi, ia dar muito trabalho. Quando bati o olho nessa roupa, não tive dúvidas. Tinha que ser.

— Ótima escolha.

— Valeu! E você, vai de quê?

Olhei para mim mesma.

— Hã... assim.

Ele me olhou de cima a baixo, parecendo confuso.

— Ah, claro. — Ele deu um risinho amarelo. — Vai de... hã... — Ele parecia estar se esforçando para identificar meu personagem.

— Mason, você viu o filme. — Tentei dar umas dicas para ver se ele acertava. — Lembra? Os hobbits, o anel, o "meu precioso"... — Nesse último tentei imitar na voz fina e esquisita do Gollum.

— Ah sim! — Ele estalou os dedos. — *O Senhor dos Anéis*!

— Quase isso. *O Hobbit*.

— Isso! Você é o Gandalf.

Bati na testa.

— Gandalf é o mago, cabeção. Eu sou o Bilbo. O principal do filme. Na verdade, o nome do filme é referência a ele.

— Ah, todos têm nomes estranhos. Não lembro. — Ele deu de ombros. — E acho que dormi vendo esse filme.

Revirei os olhos. Era bem a cara dele Mason fazer aquilo.

— Mas calma, a fantasia não está completa. Aliás, foi para isso que vim aqui. Você por acaso tem uma bermuda marrom que poderia emprestar?

Ele abriu uma das gavetas do armário.

— Tenho essa, serve? — Ele me mostrou uma num tom mais escuro do que a original, quase preta, na verdade. Mas como era minha única opção, teria que servir.

— Serve, obrigada. — Peguei a bermuda e pendurei-a no ombro.

Antes de me virar e voltar ao meu quarto para colocá-la, reparei que o lenço laranja da sua fantasia tinha desamarrado.

— Deixa eu ajeitar isso aqui. — Me aproximei e dei um nó no lenço para ficar igual ao desenho. — Pronto.

Mas assim que levantei os olhos, vi os de Mason cravados em mim. Ele agradeceu e deu um sorriso de canto de boca.

Demorei um pouco para tirar as mãos de seu lenço e voltar para onde eu estava, em uma distância normal.

— Antes de você ir, eu... — ele começou. — Queria falar com você.

Mason deu um passo a frente e meu coração se acelerou. Apesar de ter uma ideia do assunto da conversa, ela podia acabar muito bem... ou muito mal. Eu esperava que a conversa fosse rolar na festa, com muita música alta e pessoas felizes ao redor para dar uma amenizada. Não estava preparada psicologicamente para contar tudo ali, agora.

— Desde aquele dia depois do casamento da minha mãe, a gente ficou meio estranho um com o outro. Eu só queria...

E, claro, como o universo adora ser inconveniente, antes que ele pudesse completar a frase, a porta do quarto se abriu com força, e uma Mary Adams impaciente, fantasiada de Coelho Branco, do filme *Alice no País das Maravilhas*, e com o celular na mão entrou batendo os pés.

— Henry pediu pra eu avisar que daqui a pouco está chegando para buscar vocês. Não ouviram o celular tocando, não?

O meu estava no meu quarto, e o de Mason devia estar no silencioso.

— Mason, está pronto? Ele falou para te apressar.

— Por que eu, especificamente? — Ele cruzou os braços.

Ri de leve.

— Imagino o porquê.

— Pode falar para ele que eu já estou pronto, viu? Quem está atrasada é a senhorita Veronica. — Ele apontou para mim com a cabeça.

— Não sou um pombo correio. Noah já está me esperando para irmos pedir doces na rua. Liguem vocês. — Dito isso, ela fechou a porta.

E estávamos sozinhos novamente. Mas com aquela notícia, sabia que não seria possível conversar naquele momento. Ufa.

— Eu tenho que terminar de me vestir — falei, sem graça. — Hã... na festa a gente conversa. Pode ser?

Ele assentiu com a cabeça. Dei um aceno rápido e voltei ao meu quarto para colocar a bermuda — e um cinto, se não quisesse aparecer com a calcinha de fora — e prender o cabelo, para ver se ficava mais parecida com o Bilbo original.

*Vamos conversar, não ouse fugir do assunto*, falei para mim mesma. Segurei o anel no meu pescoço e coloquei-o no dedo, como os personagens do filme faziam. Me lembrei de como em *O Hobbit*, um dos personagens, Thorin Escudo-de-Carvalho, decepcionou seus companheiros de viagem e quase os levou à morte, mas no final se mostrou um anão honroso e ganhou a confiança dos amigos novamente. Comigo podia ser igual. Claro, tirando a parte em que todos quase viram churrasco por causa do dragão.

*Ai, ai...*, suspirei, rodando o anel com o polegar. *Nessas horas uma ajudinha mágica cairia bem.*

# 13

**Nikki estacionou o carro** com o qual nos deu carona — já disse que adoro a namorada de Henry? — na esquina do prédio de Jackson e Emmett Martin, os gêmeos que faziam parte de *Boston Academy*, onde seria realizada a festa. Ela abriu o porta-malas e tirou de dentro dois sabres de luz, um azul e um verde, que eram complementos de sua fantasia em conjunto com Henry: Luke Skywalker e Princesa Leia, de Star Wars. Ele vestia o robe bege que Mark Hamill usava do primeiro filme, e ela o vestido branco de mangas compridas e o tradicional cabelo amarrado em dois coques laterais. Podia ver nos olhos de Henry a emoção de finalmente ter encontrado alguém com quem pudesse fazer esse tipo de fantasia a dois. Ainda mais da sua franquia favorita. Os dois reconheceram a fantasia de Mason na hora, mas a minha demorou para se ligarem. Nikki não fazia ideia de quem eu era, mas disse que eu estava muito bonita, em um tom envergonhado, como se quisesse compensar. Já Henry, quem eu mais levava fé por ser o Boston Boy que mais apreciava essas sagas de livros, chutou alguns hobbits antes de chegar ao Bilbo.

Caminhamos até o prédio azul escuro e cinza dos gêmeos e, assim que chegamos, já conseguíamos ver, lá em cima, no décimo terceiro andar, uma luz piscando e um movimento de pessoas perto do parapeito. O terraço tinha uma grande área coberta, cercada por janelas de vidro que iam do chão até o teto. O lado de fora era menor e só tinha poucas pessoas, porque naquela época do ano já estava um friozinho considerável.

Depois de darmos nossos nomes ao porteiro e ele ver que tínhamos autorização para subir, entramos em elevador todo prateado e espaçoso que dava direto na parte de dentro do terraço. Já dava para ouvir, do quinto andar, *Something just like this* dos Chainsmokers tocando nas alturas.

A porta se abriu e entramos com a festa naquele ponto em que as pessoas já começavam a entrar na pista de dança. Que era bem grande, por sinal, e toda quadriculada com azulejos pretos e brancos intercalados. Um DJ fantasiado de Batman estava logo atrás com todo seu equipamento montado e fones de ouvido que tinham morceguinhos colados nos dois lados. Achei aquilo o máximo. Do lado esquerdo havia um bar com uma moça vestida de anjo servindo drinks para as pessoas — inclusive muitas delas não pareciam ter vinte e um anos, e tinha noventa e nove por cento de certeza de que havia álcool lá. Fantasia irônica, não? Mas enfim.

Achamos os gêmeos em um lado da pista e fomos cumprimentá-los. Por um momento achei que iria vê-los com fantasias iguais ou com pares de fantasias, assim como pais faziam com seus filhos de três anos, mas cada um estava com uma diferente mesmo. Como estava escuro, não conseguia identificar muito bem qual era qual, só sabia que um estava de xerife Woody, do *Toy Story*, e o outro de... lagosta, aparentemente. Com as garras no lugar das mãos e tudo. Eles nos mostraram onde estavam os outros que haviam chegado, e fomos encontrá-los. Passamos por um Homem-Aranha que parecia alegre demais, dançando muito animadamente no meio de uma rodinha de pessoas, e encontramos Daniel, Sabrina, Jenny e Reyna conversando em pé ao lado de uma das portas que dava na varanda.

— Olha aí a mais nova trabalhadora americana! — Jenny, vestida de Freddy Krueger, do filme *A hora do pesadelo*, foi a primeira a me ver, e logo me deu um abraço. Ela usava um short e botas pretas, um suéter rasgado com listras pretas e vermelhas, o cabelo cor de mel preso em um rabo-de-cavalo lateral e um chapéu redondo marrom. O lado direito de seu rosto e pescoço estava todo maquiado para simular pele queimada, e em sua mão direita estava a luva de couro marrom com garras metálicas. Estava sensacional.

— Pois é, entrei para as estatísticas — falei, rindo.

Cada um de nós foi cumprimentando os outros alegremente — com exceção, claro, de Mason e Daniel, que se limitavam a um "oi" seco e um rápido aperto de mãos. Fiquei um pouco incerta de como cumprimentar Daniel, e percebi que ele também ficou. Foi muito educado e sorridente, como sempre era comigo, mas conseguia ver em seus olhos que ele não estava cem por cento. E não o culpava, afinal, tinha dito muito recentemente que preferia ficar com outra pessoa em vez de com ele. E essa pessoa estava do meu lado.

— Por favor, percebam o quão incrível é a fantasia dele! — Jenny disse, animada, apontando para o kimono branco e a faixa branca e preta na cabeça que Daniel usava. Ok, parecia uma roupa de karatê normal, não tinha fisgado qual era o fator tão incrível nele.

— Isso no cinto são... aqueles palitinhos de comida japonesa? — Mason perguntou, também pouco impressionado.

Quando bati os olhos nos *hashis* que Mason apontou, me liguei. Era o Karatê Kid. Parando para pensar, era realmente uma fantasia genial para ele.

— Daniel-san! — Henry disse, animado, também percebendo ao ver os palitinhos. — Boa, cara. — Ele ergueu a mão para o alto e Daniel lhe deu um *high-five*.

Já Sabrina e Reyna podiam ser facilmente elegidas como as meninas mais lindas daquela festa. Reyna estava fantasiada de Morticia Addams, com um vestido preto longo e de mangas compridas, botas de couro preto e uma mecha branca falsa aplicada em seu enorme e volumoso cabelo preto ondulado, natural. De mãos dadas com ela, Sabrina estava vestida de gladiadora, com uma armadura que simulava bronze, uma capa vermelha, espada e escudo pendurados em suas costas. Parecia a Britney Spears naquela propaganda antiga da Pepsi. Qualquer um que se aproximasse dela ou da namorada para fazer algum comentário preconceituoso estava ferrado.

— Vocês estão maravilhosas. De verdade — falei, me sentindo a pessoa mais ridícula do mundo se fosse ser comparada com aquelas duas.

— Obrigada! — Sabrina respondeu, sorrindo. — Você tinha que ter visto a cara do rapaz do Uber que veio nos buscar. Ele quase bateu o carro quando viu Reyna pelo retrovisor.

— Foi por nós duas, não só por mim — Reyna corrigiu. — Mas meu amor, nem brinque com essa história de bater o carro.

— Oh, desculpe — Sabrina disse, sem graça.

— Tudo bem.

Reyna tinha um ponto. Mesmo falando de brincadeira, não era um assunto muito legal de ser lembrado.

— Hã... vamos dançar? — Sabrina sugeriu, tentando deixar o clima mais leve.

— Vamos! — Surpreendentemente, fui a primeira a concordar. Acho que foi o medo das conversas com Mason e Jenny que teria naquela noite. Chegar na festa e ver todas aquelas pessoas se divertindo não me deixou menos apreensiva. Sei que não era o certo a se fazer, mas queria adiar o momento enquanto pudesse.

Claro que foi só eu me oferecer para dançar com Sabrina que Henry e Mason começaram a colocar pilha para eu ir no meio da rodinha formada por nós e dançar. Minha cara ficou da cor do casaco que estava usando. Por sorte, o tal Homem-Aranha animadinho se meteu entre nós e roubou a atenção. Melhor assim. Antes ele pagando mico do que eu.

Enquanto eu fingia que estava dançando e na verdade só movia os pés de um lado para o outro, fiquei observando meus amigos a minha volta. Não havia tanta gente na festa assim, porque o espaço não era muito grande, então imaginei que os convidados se limitavam a amigos e conhecidos, nenhum fã iria entrar de penetra. Só Piper faria aquilo, e já esperava encontrá-la logo, logo vestida de, sei lá, planta, para disfarçar que estava lá. Sabrina e Reyna dançavam animadamente ao lado de Daniel, Henry tentava ensinar uns passos para Nikki, que morria de vergonha de fazer algo errado, e Jenny e Mason também dançavam com todos, mas de vez em quando lançando uns olhares um tanto indiscretos. O de Jenny ia direto para Daniel, e o de Mason, para mim.

*Talvez seja melhor começar por ele.*

Gritei no meio da rodinha — para que o máximo de pessoas me ouvisse — que iria ao bar pegar alguma coisa e caminhei até o outro lado do salão, espiando pelo rabo do olho se Mason viria atrás. Ele ainda estava lá. Provavelmente iria esperar um pouco até não ficar tão óbvio.

Tinha uma bebida de um vermelho-vivo em destaque no bar, e mesmo a barwoman jurando que não tinha álcool, preferi não arriscar e pedi uma Coca-Cola. Virei para o lado para pegar um canudo e tomei um susto com nosso amigo Homem-Aranha surgindo do nada e me envolvendo com um braço.

— E aí?! — ele disse, ainda me abraçando, e dando risada. — Veio de pescadora? — E começou a rir mais ainda.

— Hã... não. — Incomodada com aquela proximidade e com o fato de *ninguém* entender a porcaria da minha fantasia, dei um passo para o outro lado, me afastando.

— Então veio de... — Ele coçou a cabeça — Camponesa! Não, espera! Pequeno Polegar!

Uma veia pulsou na minha testa. Além de ele ter voltado a ficar perto de mim e estar claramente embriagado, ainda assumiu que eu seria aquele personagem pela minha altura. Que pessoa inconveniente!

Virei a cabeça desejando que alguém notasse que aquele ser estava me importunando, mas nenhum deles olhava na minha direção. Droga.

Ignorei-o e dei meia-volta.

— Ei, Ronnie! Espera aí!

Ao ouvir meu nome, parei e me virei, confusa. Como aquele Homem-Aranha esquisito sabia quem eu era...?

— Fiquei curioso, me diz de que você está fantasiada!

— De Bilbo, do filme *O Hobbit*. — Achei melhor responder logo e acabar com aquilo. Mas ainda assim estava intrigada. — Você... me conhece?

— É claro que conheço! — Dito isso, ele tropeçou nos próprios pés, quase caindo. — Você e a Pequeni...nininha são minhas amigas!

Mesmo ele tendo um pouco de dificuldade para falar por conta da embriaguez, entendi que a palavra era "Pequenininha" e, de repente, tudo fez sentido.

— Ryan? — perguntei, assustada.

Ele tirou a máscara e revelou o rostinho bonito e inocente do Boston Boy preferido da minha irmã. A única diferença do seu rosto normal era que suas bochechas estavam bem rosadas e os olhos meio caídos.

— Tcharam! — Ele ergueu as mãos, alegre.

— Ryan... — Não o acompanhei na euforia. Estava impressionada demais ao vê-lo naquele estado. — Você bebeu?

— Eu? — Ele apontou para si mesmo, arregalando os olhos. — Não! — Depois disso, olhou para os lados como se estivesse garantindo que ninguém estava ouvindo a conversa. — Ok, só um pouquinho... — E começou a rir novamente.

— Ok..., mas por quê?

— Ora, porque eu estou solteiro! — Ele pegou minha Coca-Cola e ergueu para o ar. — Eu estou livre! Posso fazer o que quiser!

Oh, céus. Ryan tinha passado da fase da negação do término, para a fase: "vou ignorar que estou triste e fingir que estou muito mais feliz assim do que antes".

— Está bem. Você está, sim, solteiro, mas... pega leve, tá? — Tirei o copo de sua mão. — Já deu de bebida, não é?

— Ah, Ronnie! Relaxa! A noite é uma criança! — E novamente ele tropeçou no nada, mas dessa vez, caiu com o bumbum no chão.

No mesmo minuto, o líder da Máquina do Mistério apareceu do nosso lado e o ajudou a levantar.

— Tudo bem, amigão?

— Mason! — Ryan abriu um sorriso ainda maior e o abraçou. — Meu irmão! Estou ótimo! E você, como está?

— Estou bem. — Ele riu, mas com os braços a postos caso o super-herói bêbado escorregasse outra vez.

— Aquela garota estava olhando para mim, sabia? — Ryan apontou com a cabeça para uma menina loira que dançava perto do DJ, fantasiada de bruxa.

*Todas as garotas devem estar olhando,* pensei. *Primeiro, porque você é Ryan Johnson. Segundo, porque está indo de rodinha em rodinha de pessoas dançando feito um doido.*

— Vai atrás dela, então — Mason estimulou, colocando a máscara nele e dando um soquinho brincalhão em seu peito.

— Quer saber? Eu vou mesmo!

— Ryan, só... vai com calma. Ok? — falei, apreensiva.

— Pode deixar. — Ele ergueu o polegar em sinal de positivo, depois ergueu o indicador e o mindinho, fingindo que estava jogando uma teia na menina e indo até ela.

— Oh, meu Deus. — Bati na testa.

Mason riu da minha reação.

— Ele não está tão ruim assim. Não deu mais nada para ele não, né? — Ele pegou meu copo e cheirou.

— Ficou doido? Acha que *eu* iria dar mais coisa para ele beber? — Peguei o copo de volta.

— É, tem razão. — Ele deu de ombros. Fez uma pausa, olhando um pouco em volta, depois voltou a falar. — Então... — E deu um riso sem graça. — Podemos voltar de onde paramos lá em casa? Eu estava falando do dia no avião.

Fiz que sim com a cabeça e apoiei o copo na mesa do bar, sentindo o coração acelerando.

— Me desculpe por ter ficado meio distante nesses dias. Pra ser sincero, fiquei em dúvida se você iria querer algo a mais ou não depois do casamento, e achei que tinha ficado com raiva de mim pelo mal entendido de Henry e Karen.

Para ser sincera, eu tinha ficado com raiva, sim. Mas acabei projetando muita coisa da minha cabeça para as palavras dele. Então ele tinha o direito do benefício da dúvida.

— Tudo bem. Eu também me afastei. — Coloquei uma mecha de cabelo que estava caindo atrás da orelha. — Tanta coisa aconteceu... — Tanta coisa mesmo. Ai, por onde eu começava a contar tudo para ele?!

— É, muita coisa. Mas apesar de tudo, eu quero... — Ele parou e avistou algo por trás do meu ombro que o fez erguer as sobrancelhas, surpreso.

— O quê? — Virei para trás para ver o que era, e percebi na hora o que havia chamado sua atenção.

Karen havia chegado na festa. Além de entrar como sempre fazia, achando que estava em uma passarela, sua fantasia realmente fazia todos os olhares cravarem nela. Até eu não consegui parar de olhar. Seu cabelo ruivo estava solto, caindo sobre seus ombros e com um franjão preso com um grampo em formato de flor cor-de-rosa do lado esquerdo. Ela usava uma saia longa que cobria seus pés, colada em cima e esvoaçante embaixo, numa mistura de verde e prateado, imitando escamas de sereia. Da cintura para cima, só havia um sutiã de conchas roxo e cheio de brilhos. E para finalizar, a maquiagem estava impecável, como sempre.

Ela foi andando e dando tchauzinho para as pessoas que a encaravam.

— Acha que ela vai vir falar com a gente? — perguntei a Mason.

— Acho que você já tem sua resposta — ele falou, no momento em que Karen percebeu que estávamos lá e veio em nossa direção. Fazia sentido, estávamos mais próximos da porta.

— Olá! — Ela fez sons de beijo com a boca.

Depois de a cumprimentarmos, não resisti e perguntei:

— Ficou incrível a sua roupa, mas... não está com frio?

— Congelando. — Ela deu uma risadinha. — Mas deixei o casaco lá embaixo. — Ela olhou Mason de cima a baixo e bateu palmas. — Fred Jones! Adorei!

Quando ela se virou para mim, já esperava mais um "e você é a famosa quem?" ou um chute muito nada a ver. Mas não foi o caso.

— E você é o Bilbo! De *O Hobbit*.

Meu queixo foi no chão. Mason também pareceu surpreso.

— Você... reconheceu a minha fantasia? — Meus olhos brilharam.

— Hã... sim. Por quê?

— Nada. — Dei um sorriso orgulhoso. Finalmente, FINALMENTE alguém tinha reconhecido! E logo a Karen, a última pessoa que eu achava que iria associar. Olha só como o mundo dá voltas...

Karen deu de ombros e começou a olhar em volta.

— O pessoal está ali. — Apontei para nossos amigos dançando, agora em uma roda com mais pessoas que acabaram entrando.

— Eu vi. — E ela ficou séria. Segui seu olhar e vi que se direcionava a Henry e Nikki dançando juntos.

De repente, Karen agarrou meu pulso.

— Preciso ir ao banheiro. Vem comigo?

— Hã... — Olhei para a mão dela fincada na minha, depois para Mason, depois para ela novamente. — Ok...?

Karen deu um sorrisinho e me puxou.

— É rapidinho! — ela disse a Mason, deixando-o lá sem saber como proceder, e me levando até o banheiro.

Delicada como um elefante, Karen mandou para fora uma garota que ajeitava o cabelo em frente ao espelho. Quando garantiu que só estávamos nós duas lá dentro, ela trancou a porta.

— E aí? — Ela apontou para si mesma. — Chamei atenção, não chamei?

— Se chamou atenção? — Cruzei os braços. — Karen, pelo menos uns cinco caras ficaram com torcicolo só de seguir você com a cabeça.

Ela riu e se virou para o espelho, se ajeitando.

— Então... — perguntei, um pouco sem-graça. — Como estão as coisas?

— Comigo? Ótimas — ela respondeu, ainda olhando para si mesma.

— Tem certeza? — Não era o que parecia só naquele micro olhar que ela lançara para Henry e a namorada. — Já se resolveu com o Henry?

— Não há o que resolver. — Ela retocou o batom. — Aquilo já é passado.

Mesmo com toda a segurança que ela falava, ainda não estava me convencendo.

— Então... quando sair daqui, vai falar com Henry e Nikki numa boa?

Karen torceu o nariz.

— Só porque já esqueci totalmente o que aconteceu no casamento de Lilly, não quer dizer que tenha que gostar de Sabrina e da amiguinha daquela série tosca, *Boston Academy*.

Ok. Eu meio que entendia um pouco o ponto dela. A série era, de fato, um pouco tosca — desculpe, Daniel — e ela tinha também uma rivalidade de anos atrás com Sabrina..., mas era óbvio que o motivo principal de ela não querer socializar com Nikki não era nenhum daqueles dois.

— Tá bem, deixa eu reformular: quando sair daqui, vai falar com eles? Não necessariamente cem por cento numa boa. Mas vai?

— Vou. Tanto faz. — Ela guardou a maquiagem numa bolsinha cruzada em formato de concha.

Então se ela estava tão ótima e plena como dizia estar, por que quis me chamar para conversar? Só para eu dizer que ela estava bonita? Não podia ser só isso.

— Ronnie, por acaso você viu... — Ela finalmente se virou para mim. — Algum garoto com uma fantasia relacionada a... água?

Pisquei duas vezes. Eu hein. Que pergunta era aquela?!

— Hã... vi um, acho. Por quê?

Ela olhou para os pés. Aliás, para as barbatanas.

— Se me julgar, vou bater em você.

Aquilo me deixou ainda mais intrigada.

— Não vou. — *pelo menos não em voz alta.*

— Está bem. Minha mãe de vez em quando vai a uma... vidente. Numa dessas vezes, fiquei curiosa e resolvi ir com ela.

— Aham... — estava fingindo que não achava aquilo no mínimo estranho.

— E ela me disse que eu estava próxima de encontrar o amor da minha vida, e seria em um dia com muita água.

Mordi os lábios. Primeiro só assenti com a cabeça, porque se fosse falar qualquer coisa, corria o risco de dar uma risada involuntária. Mas consegui me controlar e perguntar, em um tom de voz normal:

— Tipo... em um dia de chuva?

— Qualquer coisa relacionada a água. Em uma praia, uma piscina... Ou talvez comigo vestida de Ariel. — Ela deu um sorriso travesso.

— Ah, agora entendi.

Ainda era um pouco estranho para mim ela ter escolhido uma fantasia com base em algo que uma "vidente" disse sobre ela achar o amor verdadeiro. Será que naquele aplicativo de relacionamentos que Piper a encontrou, ela só aceitava os caras que tivessem fotos com água? Bem, pelo menos a fantasia dela de Pequena Sereia estava realmente muito bonita. E, de fato, chamou a atenção de cem por cento das pessoas da festa. Henry com certeza ficaria impressionado quando a visse.

— Bem, se ajuda, um dos gêmeos de *Boston Academy* está vestido de lagosta.

— Eca! — Ela fez careta. Comecei a rir. — Prefiro beijar literalmente um peixe.

— Justo. Tem muitos no oceano. Vai que um deles é seu príncipe.

Ela me deu soquinho de leve no braço, depois me mandou abrir a porta porque tinha nojo de tocar na maçaneta de dentro do banheiro. E lá fomos nós, Ariel e Bilbo Bolseiro, em direção a umas conversas indesejadas, porém necessárias.

E foram piores do que eu imaginava.

**Karen cumprimentou todos** com um sorriso de mostrar os dentes, como se fosse a pessoa mais tranquila do mundo. Com Sabrina ela tentou ser um pouco mais fria, mas quando ela elogiou sua roupa de Pequena Sereia, dizendo que combinava totalmente com ela e que ela estava linda, isso a fez melhorar a cara. Mas não durou muito tempo. Bastou bater o olho nas fantasias de Henry e Nikki, que surgiu uma tromba em seu rosto. Mas ninguém esperava o que ela fosse dizer em seguida:

— Eca. O que é isso? O casal incestuoso?

Nikki arregalou os olhos, ficando ainda mais branca com aquele comentário. Já Henry ia abrir a boca para falar, mas ficou tão surpreso que nem chegou a responder. Karen continuou:

— Por que não se vestiu de Han Solo, garoto? Aí ia fazer sentido. Agora um namorado e uma namorada vestidos de Luke e Leia Skywalker, que são *irmãos*, fica muito bizarro.

Novamente, Karen me deixou boquiaberta. Foi a mesma sensação que tive quando ela reconheceu minha fantasia de Bilbo, e tinha certeza de que todos deviam estar pensando o mesmo. Quem era aquela pessoa que entendia as referências a filmes nerds e o que ela tinha feito com a Karen, o mesmo ser humano que dizia ter preguiça de assistir esse tipo de filme por achar "bobinho"?

— Ah, e mais uma coisa. — Ela apontou para o sabre de luz na mão de Nikki. — A Leia não usa isso. Ela luta com uma pistola. Você assistiu ao filme?

— Hã... não... — Nikki disse, abaixando a cabeça, provavelmente querendo cavar um buraco na terra e se enfiar lá.

— Bem, seu namorado vai te fazer assistir, eventualmente. — Ela sorriu ironicamente. — Mas só assista a partir do quarto filme, os três primeiros são terríveis.

— Você está ouvindo o que eu estou ouvindo? — Jenny cochichou no meu ouvido, embasbacada.

— Sim, mas acredito que isso é só uma alucinação coletiva — respondi, ainda impressionada.

Mas de todos, o mais impressionado era Henry. Estava até engraçado de ver sua cara de surpresa. Ele era o que menos acreditava que Karen tinha todo esse conhecimento sobre sua saga de filmes favorita. Eu sabia que ele havia tentado mais de uma vez, sem sucesso, convencê-la a ver *Star Wars*.

— Adoro essa música! — E Karen começou a dançar ao som de *Formation*, da Beyoncé, ignorando os olhares impressionados para ela.

Depois de mais umas duas músicas, nosso querido super-herói embriagado resolveu voltar para a nossa rodinha, cambaleando.

— Cara... — Ryan segurou o braço de Mason. — Não foi legal.

— O que houve? — Mason perguntou — Levou um toco? — E deu um risinho.

— Não... pior. Ela quis me beijar! — Ele fez uma cara de pânico.

Mason e eu nos entreolhamos, confusos.

— Eu sou um idiota mesmo. — O beiço dele tremeu e ele afundou a cabeça no ombro do amigo, quase caindo novamente.

— Ok... que tal irmos até o bar pegar uma água e você me explica isso direito? — Ele sugeriu, segurando Ryan com firmeza para ele não cair.

— Quer ajuda? — perguntei, porque além de ser mais uma chance de nos afastarmos da rodinha, estava realmente preocupada com o estado daquela criatura vestida de Homem-Aranha.

Os dois concordaram e caminhei com eles até o bar, segurando Ryan pelo outro braço, mas comparando o tamanho dele com o meu, Ryan já teria se estatelado no chão e me levado junto se não fosse por Mason segurando a maior parte do peso do lado oposto.

— No início foi legal, sabem? A gente dançou, conversou e tal. — Ele foi contando, com a máscara puxada para cima, cobrindo agora só um pedaço do seu cabelo. — Aí eu vi que ela quis me beijar, mas na hora H não consegui. Travei.

— Nossa, mas por quê? — Mason perguntou.

— Não sei! — Ryan disse, cabisbaixo. — Mas não deu.

— Ryan... — falei, hesitante. — Você... pensou na Amy nessa hora?

Ele virou os olhos castanhos para mim, que agora estavam o dobro do tamanho original.

— Ela dizia que seria muito legal ir fantasiada comigo em uma festa. Falou que eu ficaria bem de Homem-Aranha e ela podia ir de... hã... a namorada do Homem-Aranha que eu esqueci o nome. — Os olhos dele agora estavam úmidos.

— Ei, não fica assim... — Mason o abraçou. — Não era para ser, cara.

— Mas e se fosse? — Ryan se desvencilhou do abraço. — E se eu reagi de maneira exagerada? E se eu perdi o amor da minha vida?!

— Claro que não! — Mason segurou seus ombros. — Ela te traiu! Ela foi horrível! Você confiou nela e ela te deu as costas! Não é esse tipo de pessoa que é certa para você.

Tudo bem que ele só estava dando apoio moral ao amigo, mas não estava fazendo bem para o meu psicológico ouvir ele falando aquelas coisas sobre traição, logo na hora em que eu pretendia contar a ele e a Jenny sobre Daniel.

— Mas... mas... — Ryan agora estava desamparado.

— Ryan. — Segurei sua mão. — Você é uma pessoa ótima. Você é doce, gentil, paciente... há quase um ano você trata minha irmã como uma princesa, e posso ver que você é sincero. Eu tenho certeza de que você vai encontrar a pessoa certa, e.... quando encontrar... — Olhei para o chão, um pouco envergonhada. — Não vai ter dúvidas. A princípio vai parecer assustador, ou estranho, mas depois... — Meus olhos se encontraram com os de Mason. — Você vai ver que fez a escolha certa.

— Obrigado, Ronnie. — Ele deu um projeto de sorriso. Depois olhou para Mason e voltou a olhar para mim. E fez a mesma coisa, mais umas duas vezes. — Ronnie, já te contei a história de por que o Mason só pede limonada para você, não contei?

Assim que ouvi aquilo, minha cara ficou da cor de um caminhão de bombeiros. Mason, que segurava o copo de plástico com água que Ryan bebia de golinhos em golinhos, apertou-o com tanta força que quase todo o líquido caiu para fora.

— Amigo... — ele disse, agora claramente nervoso. — Que tal você ficar sentado lá um pouquinho, hein? — E apontou para um pufe vazio perto da parede.

— Ok. — Ele se levantou como se não tivesse dito nada demais, mas com um pouco de dificuldade. — Acho que vou tirar um cochilo.

Esperamos que ele se sentasse — e não caísse tentando fazer isso — e encostasse a cabeça na parede para darmos o próximo passo. A conversa. Ok, não podia culpar Ryan por conta do estado em que ele se encontrava, mas não estaria tão nervosa sobre como proceder se não fosse por ele e sua boca grande.

— Quer ir lá para fora? Acho que dá para conversar melhor — Mason sugeriu, apontando com a cabeça para as portas de vidro que davam na varanda.

Concordei, pois realmente parecia um lugar mais propício para se conversar, sem a música nas alturas e as pessoas dançando e esbarrando em nós o tempo todo.

Caminhamos até a porta e, assim que ela se abriu, senti um calafrio. Não pelo nervosismo nem nada, mas porque realmente estava frio. Já era de noite, estávamos quase no inverno e na cidade onde as temperaturas baixas sempre reinam. Imaginei que Karen teria uma bela de uma hipotermia se fosse lá para fora só com aquele sutiã de conchas.

— Terceira tentativa. — Mason apoiou as costas no parapeito da varanda, rindo pelo nariz.

— Dessa vez vai, eu acho. — Ri também, tímida.

— Bem, Ronnie... muita coisa aconteceu com a gente esse ano. Eu dei alguns... hã... muitos vacilos, mas você me perdoou por eles. Me salvou de ter cometido muitas burradas. E espero que ter passado esse tempo sem conversar com você sobre o casamento seja a última delas. Você sabe que falta pouco para a gente sair na turnê, não é? Não queria viajar com essa dúvida sobre nós. — Ele tocou de leve a minha mão e fez carinho nela com o polegar. — Será que a gente pode começar de novo? Antes do avião, antes das brigas, só... voltar àquele momento em que estávamos... só nós?

*Não antes de eu contar a verdade.*

Respirei fundo, procurando me acalmar. O coração dava mortais depois de ouvir aquilo. Então ele realmente queria algo a mais, como eu. Não dava para acreditar. Aquilo poderia acabar bem, no final das contas?

*Pode acabar bem, mas antes, conte a verdade.*

Abri um sorriso.

*Não ouse responder nada antes de contar a verdade, Ronnie.*

Minha consciência martelava na minha cabeça como um juiz pedindo ordem em um tribunal caótico.

— Eu... também quero...

*VERONICA ADAMS! CONTE A VERDADE!*

— Começar de novo.

*Covarde.*

Um lado meu sabia que não era justo com Mason, que tinha admitido seus erros e pedido desculpas, que estava finalmente se abrindo e dizendo que queria que déssemos certo, e eu não conseguia contar que havia beijado Daniel no dia de nossa discussão. Outro lado estava tão feliz em saber que finalmente tínhamos uma chance de recomeçar, que eu tinha medo de qualquer coisa que poderia prejudicá-la. Não me orgulho disso, mas no momento esse último lado estava ganhando. Tanto é que, por causa disso, comecei a me aproximar indo em direção a beijá-lo, como ele também estava fazendo.

Mas é claro que para toda ação existe uma reação. E a reação do universo para eu não ter sido sensata e conversado com Mason antes de tentar beijá-lo, foi impedir que eu conseguisse a tempo.

Como estávamos na varanda da cobertura, haviam outras pessoas a nossa volta. Mas nada demais. O problema foi que uma delas passou logo atrás de mim e ficou de frente para Mason, fazendo-o ficar repentinamente pálido, com os lábios roxos e todos os pelos do corpo arrepiados.

E eu sabia exatamente o porquê. O cara estava fantasiado de palhaço. Pior, palhaço assassino. Era o que Mason mais tinha pavor. Com a cara toda branca, tufos laranjas saindo do cabelo, a roupa colorida toda ensanguentada, um sorriso assustador maquiado no rosto e um facão de borracha na mão esquerda. Se até eu fiquei com um pouco de medo, imagine ele, que tinha fobia de verdade.

— Mason... você está bem? — perguntei, preocupada por ele ainda estar naquele estado de choque.

Ele não disse nada. Apenas seguiu o palhaço com o olhar, que agora se apoiava ao parapeito, ao nosso lado, conversando com um amigo enquanto tomava a bebida vermelha do bar. Mason não piscava. A única coisa em seu corpo que se mexia era sua pálpebra esquerda, que começou a tremer.

— Mason? — perguntei outra vez.

Ele cambaleou para trás, tateando o parapeito com a mão para se apoiar.

— É.... só uma fantasia — falei, rindo de nervoso. Mas sabia que não ia adiantar nada eu falar aquilo. É como você dizer para uma pessoa com medo de altura parada no topo de uma colina que nem é tão alto assim.

Depois de quase um minuto da mesma angústia olhando fixamente para o palhaço, vi uma gota de suor projetando em sua têmpora, e ele rapidamente levou uma das mãos à boca.

— Eu acho que eu vou... — Ele apontou para as portas de vidro e seu corpo deu um espasmo involuntário.

— Vai, vai! — Ergui as mãos na direção para onde ele apontava, morrendo de medo de ele vomitar ou desmaiar lá mesmo.

Mason saiu em disparada para dentro da cobertura, e logo antes de entrar, gritou: "Me espera, já volto!", depois sumiu no meio das pessoas lá dentro.

Suspirei e fechei o casaco que usava, tentando ignorar o frio. Em cima estava até tranquilo, o problema era a metade da minha batata da perna até o tornozelo que estava descoberta, então o ventinho gelado entrava especialmente por ali. Sei que havia dito para Mason que o esperaria lá fora, mas 1. Sabia que ele iria demorar um pouco mais do que dissera no banheiro, e 2. Não seria tão ruim esperar lá dentro, não é?

Girei o corpo, pronta para voltar para o lado quentinho da festa, mas nesse momento, vi Jenny abrindo as portas de vidro e vindo na minha direção.

— Ei! Cadê o Mason?

— Viu um palhaço — respondi, cruzando os braços.

Jenny me olhou, confusa.

— Isso é alguma expressão americana que eu não peguei...?

Dei risada.

— Não, ele literalmente viu um palhaço. — Apontei para nosso amigo assustador perto de nós.

— Oh. Entendi. — E ela riu também. — Então... como está indo? — Ela deu um sorriso travesso.

— Hã... bem. Muito bem, aliás. Quer dizer, estava até alguns minutos atrás.

— Ai, que bom! — Ela bateu palmas. — Já o beijou?

E o sangue muito bem distribuído pelo meu corpo, subiu todo para as bochechas.

— Ronnie! — Ela abriu um enorme sorriso e deu pulinhos. — Me conta tudo o que aconteceu agora! Só assim para você me contar as coisas! — Ela me deu língua e bateu de leve no meu braço.

Pedi desculpas a ela por não ter contado antes, depois finalmente contei toda a história — quer dizer, só a parte do casamento de Lilly — desde quando chegamos a Napa Valley até o momento em que nos beijamos no gazebo, seguido do fatídico dia em que discutimos no avião e cada um foi para o seu lado.

— Meu Deus, vocês são muito complicados... — Ela bateu na testa. — Vocês obviamente gostam um do outro... por que complicar?

— Se não fosse complicado, não seríamos nós. — Dei um risinho amarelo.

— É, tem razão. Bem, pelo menos você já admitiu para si mesma que gosta dele. Já foi um grande avanço.

Concordei.

— Então vai beijá-lo quando ele voltar de lá de dentro? — ela perguntou, com os olhos cor de mel brilhando.

— Não se ele tiver vomitado. — Fiz careta, e Jenny deu risada.

— Justo. Ah, mas estou muito feliz por você. De verdade. — Ela segurou minhas mãos.

*Daqui a pouco essa felicidade vai embora*, a consciência falou alto outra vez. Será que o fato de Mason ter visto o palhaço significava que eu teria que conversar com Jenny antes? Ai, ai...

— Agora tenho duas coisas que queria falar com você.

Apertei os punhos. É, acho que aquela era a hora que Jenny descobriria tudo. Aliás, será que ela já sabia? Por ter essas duas coisas para falar comigo... Se bem que não, ela não estaria tão sorridente como estava se já soubesse.

— A primeira é... que fechamos a viagem! — Ela ergueu as mãos para cima. — Vamos no feriado do Natal e Ano Novo para a Inglaterra com o elenco de *Boston Boys* e de *Boston Academy*, e com mais cinco fãs que serão escolhidos através de um concurso. Vamos aproveitar e gravar um episódio especial lá das duas séries.

— Uau... caramba! — Foi minha reação genuína. Acho que nada traduziria melhor o que eu estava sentindo além daquela palavra. Era uma mistura de surpresa, felicidade e medo. — Mas, espera... — E lembrei de uma pessoa que, só de pensar nela, os pelos do meu corpo se arrepiaram. — Elena concordou com isso?

Jenny mordeu os lábios.

— Hã... não.

Era de se esperar. Elena tinha um ódio profundo não só por *Boston Boys*, mas por minha mãe e eu, principalmente.

— Então como vão fazer em relação a eles?

— Eles vão por conta própria. Sabrina já é maior de idade, então Elena não pode forçá-la a não ir. Eles só não vão poder aparecer no episódio especial como *Boston Academy* por causa da marca.

Uau. Isso que era peitar a própria mãe. E a diretora. Era um grande risco que eles estavam correndo realizando aquela viagem, mas bem... se estavam satisfeitos, quem era eu para dar pitaco?

— Bem, depois te conto os detalhes. — Ela respirou fundo e olhou nos meus olhos. — Agora tenho mais uma coisa, um pouco mais pessoal, que queria te contar.

Mordi os lábios.

— Você e Mason já estão, bem, encaminhados... — Ela deu um risinho — E você já deve saber que eu talvez tenha, hã... uma queda pelo Daniel...

*Uma queda não, um Grand Canyon. Mas prossiga.*

— Eu sei, Jenny. Há um bom tempo, aliás. Você não é tão discreta assim. — Ri de leve.

— Ah... então eu queria saber se... — Ela passou as garras metálicas pelo rabo-de-cavalo e olhou para o chão. — Se está tudo bem por você eu... tentar alguma coisa com ele.

Jenny estava tão envergonhada e boba me contando aquilo que achei uma gracinha. Já estava óbvio há muito tempo que ela gostava dele, e mesmo ainda não tendo superado Daniel cem por cento, sabia que ele e Jenny poderiam ser um bom casal e fazer bem um para o outro. Seria ótimo para os dois. Só que, claro, não ia ser tão simples. Primeiro, tinha que contar a ela o que acontecera. Desde o nosso beijo até nossa conversa no dia da minha entrevista para o Room Escape.

Que droga. Não queria desapontá-la. Ela sempre foi tão protetora minha. Sempre me colocou em primeiro lugar. Até agora ela estava fazendo isso, vindo falar comigo antes de tentar ficar com Daniel. Coisa que não consegui fazer.

— É claro que está. — Respondi.

*Continue a falar. Não ouse se acovardar agora também.*

— Sério? — Os olhos dela adquiriram o mesmo tom de dourado que surgia sempre que ela falava com Daniel. — Você tem certeza mesmo? Porque se te incomodar, nem que seja um pouco, não vou fazer nada. Seria uma péssima amiga se fizesse.

Ah, que ótimo. Agora estava me sentindo pior ainda.

— Vai fundo.

Ela abriu um enorme sorriso.

— Obrigada! — Ela deu uma olhada para trás, depois voltou para mim. — Vou voltar lá para dentro. Quer ir?

*Não ouse deixá-la voltar para lá sem contar.*

Minha consciência estava certa. Aquilo já tinha ido longe demais. Não daria certo se Jenny tentasse algo com Daniel naquela noite porque o que acontecera entre nós ainda era muito recente, e isso poderia estragar as chances dos dois no futuro. Não iria permitir aquilo.

*Chega de se acovardar.*

— Podemos ir, mas... antes... — Reuni toda a minha coragem para finalmente conseguir falar. — Eu preciso te contar uma coisa.

— Ok. O quê?

Inspirei e expirei lentamente, me preparando psicologicamente para contar tudo.

— Naquele dia em que Mason e eu brigamos, eu...

Ouvi o barulho do celular de Jenny em seu bolso vibrando. Ela o pegou rapidamente para desligar, mas quando viu o nome na tela, falou:

— Ronnie, só um minutinho. É minha mãe. — Ela levou o telefone ao ouvido. — Alô? Estou sim. Vou para casa. — Ela revirou os olhos. — Como assim? Mãe, eu te falei que... — Ela afastou o aparelho por alguns segundos. — Deixa só eu resolver isso aqui e volto para cá. — Dito isso, se distanciou um pouco para ter mais privacidade.

Estalei um dedo de cada vez enquanto esperava. Era Mason botando os bofes para fora depois de seu encontro com o palhaço de um lado, e uma Jenny apaixonada discutindo com a mãe do outro. Só tinha aquela ligação para me preparar e contar tudo para minha melhor amiga. E esperar que ela não me odiasse.

Para me distrair e esfriar um pouco a cabeça, peguei o celular para jogar Tetris. Tirei do modo avião — como normalmente deixava quando queria economizar bateria — e alguns segundos depois de dar play no jogo, comecei a receber uma mensagem atrás da outra de Piper Longshock, que eram tão rápidas que nem dava para ler conforme apareceram na tela. Sem entender o porquê daquela chuva de mensagens, cliquei no ícone que me levou até elas e comecei a ler:

> *12:32: Adams veja seu Facebook agora!! O que foi isso????*
> *12:39: É melhor correr*
> *12:45: Denuncie! Apague! Mas faça isso rápido!!!*
> *12:51: ADAMS!!!!!!! É URGENTE!!!!*
> *1:03: Já estão compartilhando*
> *1:16: Tarde demais.*

Franzi a testa. Olhei para o relógio no telefone, que marcava 1:24. Por que Piper me mandaria ver meu Facebook? Só conseguia imaginar um motivo para aquele desespero todo, mas realmente esperava que fosse só um de seus dramas desnecessários.

Com as mãos tremendo, cliquei no ícone do Facebook. Os milissegundos da rodinha carregando já me deixaram nervosa. Um monte de notificações vermelhas agora pipocava no meu perfil, e bem no topo da minha linha do tempo, lá estava. O que eu mais temia.

Minha foto beijando Daniel. Compartilhada por oitenta e sete pessoas. Com mais de quinhentas reações.

Isso tudo no curto espaço de tempo em que estávamos naquela festa.

Tive uma sensação semelhante à que Mason teve quando viu o palhaço. Senti minha garganta ficando seca. Perdi o equilíbrio e precisei me apoiar no parapeito para não cair. Senti um mal-estar no estômago e ânsia de vômito. E logo depois pensei na pessoa com quem havia acabado de falar, que estava com o celular na mão.

*Jenny.*

Corri até ela na esperança de que ainda estivesse falando com a mãe e não tivesse aberto a rede social ainda, mas como disse a mensagem de Piper, era tarde demais.

Jenny já havia desligado o telefone.

Estava com ele na mão, olhando para a tela.

E a expressão de seu rosto não era nada feliz.

— Jenny! — Falei, parando ao lado dela, com as pernas bambas.

A princípio ela não disse nada. Virou a cabeça lentamente e cravou os olhos cheios de decepção em mim. Que sensação horrível. Ela estava tão animada até poucos minutos atrás... E por culpa minha levou esse choque, assim tão de repente.

— Me deixa explicar, por favor! — Juntei as mãos.

— Explicar o quê? — ela disse, fria. — A foto já diz tudo.

Me senti como se tivesse levado um soco no meio do estômago.

— Mas... — Minhas axilas transpiravam loucamente — Deixa só eu falar como aconteceu! Não foi do nada!

— Ah, ok. — Ela cruzou os braços. — Você tropeçou e caiu com a boca na dele, não foi? — Ela aproximou com o dedo a imagem, e sua raiva aumentou. — E isso aconteceu no dia em que ele se acidentou e eu fiquei por horas plantada ao lado dele, morrendo de preocupação! Claramente minha presença lá não foi importante, mas os cinco minutos que você apareceu lá, aí sim, foram um milagre! — Ela desligou a tela e jogou o celular com violência na bolsa.

Eu abri a boca, mas a princípio nenhum som saiu dela. Jenny estava totalmente certa, não havia desculpas para o que eu fizera. Mas não era assim que eu pretendia que ela descobrisse. Eu pensava que essa imagem desaparecera para sempre! Bem, já dava para ver que Elena tinha seu estoque de chantagens muito bem guardado em outros locais. Mas não podia pensar naquilo naquele momento, agora tinha que focar em como me explicar para minha melhor amiga.

— Jenny, eu... eu juro que ia te contar! Não tem nada acontecendo entre nós, foi só essa vez!

Ela deu um sorriso que escorria ironia.

— Ah, me sinto muito melhor agora. Que bom que você esclareceu isso para mim, Ronnie. Inclusive, vou até lá agora tentar alguma coisa com ele, como te contei antes. Mas espera... nem precisava, não é? Já que pra você, conferir com a melhor amiga antes é desnecessário, não é?

Mais socos no estômago. Todos merecidos.

— Olha, eu estou me sentindo horrível pelo que eu fiz, de verdade. Eu estava chateada por ter brigado com Mason, confusa sobre o que eu estava sentindo, vulnerável... E Daniel começou a dizer tantas coisas...

— Você acha que eu estou chateada por que você beijou ele? Acorda, Ronnie! — Ela bateu o pé. — Quando eu voltei de viagem no verão, a primeira coisa que fizemos foi conversar sobre Mason e Daniel! Estava bem claro que você sentia algo por ele! — Ela fez uma pausa, e pude ver que seus olhos estavam úmidos. — O que me deixou triste foi... que você nem pensou em mim, sabe? Você mesma disse que sabia que eu gostava dele. E eu, muito ingênua, fui ver se você ainda sentia algo antes de tentar qualquer coisa. É isso que amigas fazem.

*É isso que amigas fazem.* Essa frase ecoou na minha cabeça.

— Eu pensei em você! — Tentei me explicar, com as mãos tremendo. — Eu juro! Foi uma das coisas que me fez parar, lá na hora!

— Que nobre da sua parte. — Ela cuspiu as palavras. — E durante todo o mês, você nem pensou em falar comigo? Aliás, você pretendia nunca me contar? Se não fosse por essa foto vazada, ia deixar eu ir até lá agora e tentar algo com Daniel, do tipo "já beijei, agora é a sua vez"? Quem faz isso?!

Abaixei a cabeça, me sentindo um lixo.

— Sabe o que é pior? — ela continuou. — Se você tivesse simplesmente falado comigo antes... eu não ficaria chateada se acontecesse algo entre vocês.

Eu sabia disso. Jenny me colocava antes de tudo. Tinha certeza que ela daria todo o apoio nessa situação, mesmo gostando de Daniel também. Que droga, parecia que não tinha aprendido nada com o episódio de Sabrina no dia da competição entre *Boston Boys* e *Boston Academy*!

— Me desculpe, Jen. — Foi tudo o que consegui dizer, com um nó na garganta. — Por tudo. Por não ter falado com você antes, nem depois de ter acontecido. Eu sou uma covarde.

Ela desviou o olhar e lágrimas de raiva começaram a cair de seu rosto.

— O problema sou eu. Sou eu quem me importo demais com você. Sou eu quem te coloca em um pedestal. Sou eu quem faz todo o tipo de sacrifício por você. Por alguém que não faz o mesmo por mim.

— Eu me importo com você, muito! — E não aguentei mais as minhas lágrimas também. — Eu sei que não mereço suas desculpas, mas eu juro que faria qualquer coisa por você também!

— Ah, Ronnie, até parece! — Ela elevou o tom de voz, chamando a atenção das pessoas em volta na varanda. — Você diz essas coisas, mas no fundo é muito egoísta! São sempre os *seus* problemas, as *suas* dúvidas, você, você, você! Nunca tem espaço para mim!

De todas as acusações, aquela foi a mais dolorosa. Porque era real. Parando para pensar, eu nunca mais perguntei como ela estava. Se ela tinha algum problema. Sobre seus sentimentos. Acabava só desabafando sobre essa minha vida louca desde que comecei a conviver com os Boston Boys e fui parando de ver o lado dela das coisas. Meu Deus. E o prêmio de pior melhor amiga ia para...

Levei as mãos ao rosto, com vergonha de mim mesma. Vergonha de tudo o que havia acontecido e angustiada por não conseguir voltar no tempo e consertar toda essa burrada.

— Mason sabe dessa foto? — ela perguntou, seca. Quando viu que minha resposta foi apenas virar a cara e franzir o cenho, deu uma bufada. — Imaginei.

— Eu vou contar para ele. — Era o que eu pretendia fazer desde o início, e até teria conseguido, se não fosse pela minha falta de colhões e, claro, pelo nosso amigo Palhaço Assassino.

— Então sugiro que se apresse, porque se ele ainda não viu na internet, logo, logo vai ver. — Ela cruzou os braços quando viu que eu continuei lá, parada, sem saber o que fazer. — Vai ficar aí? Não ouviu o que eu acabei de dizer?

Eu sabia que deveria sair correndo para avisar Mason antes de mais uma catástrofe acontecer, mas como poderia deixar Jenny lá depois de tudo o que acontecera?

— Mas, Jenny, você...

— É até melhor. Eu... — Ela deu uma fungada. — Prefiro que você saia. E se não conseguiu ser honesta comigo, pelo menos seja com ele.

Tentei tocar no seu braço, mas ela o afastou bruscamente.

— De novo, me desculpe. Eu sei que o que eu fiz foi imperdoável, mas eu juro que...

— Ronnie, não adianta. O estrago foi feito. Só me dá um tempo, por favor.

— Está bem. — Murchei.

Lhe dei uma última olhada magoada antes de voltar lá para dentro para procurar Mason, mas ela não quis olhar para mim. Deu as costas e foi apoiar os cotovelos no parapeito, observando os carros passando lá embaixo. Foi uma descarga de adrenalina tão grande que até esqueci do frio que estava sentindo. No lugar do frio, a culpa me envolvia por inteiro. Estava acabada. O único fiapo de esperança que eu tinha era que Mason ainda estava colocando os bofes para fora no banheiro e não tinha pego o celular ainda.

Abri esbaforida as portas de vidro, ainda com o coração acelerado, as bochechas vermelhas por causa do vento frio no meu rosto, o cabelo já desarrumado e a maquiagem borrada de chorar durante a discussão com Jenny. Traduzindo: um bagaço. Mesmo sabendo que meu foco agora tinha que ser encontrar Mason, a imagem de Jenny magoada na varanda, gritando todas aquelas verdades para mim ainda me assombrava. E sabia que assombraria por um bom tempo.

A rodinha do nosso grupo que dançava junta antes de Mason e eu irmos até a varanda já havia se desfeito. Agora eram grupos menores e mais espalhados. Demorei uma música e meia até encontrar Mason encostado na parede, conversando com Henry. Ambos não estavam nada felizes.

*Droga.*

Henry gesticulava algo que eu não conseguia ouvir — afinal, ainda estávamos em uma festa e a música estava, claro, no último volume — e Mason estava com o semblante rígido. Não sabia mais se era pelo palhaço, por mim, ou pelos dois.

Me aproximei, hesitante, e Henry foi o primeiro a me ver. Parou de falar e ajeitou o cabelo, desconfortável. Mason não moveu um músculo. Henry deu alguns passos na minha direção, preocupado.

— Eu tentei explicar que não é o que parece... mas essa foto... não sei o que dizer.

É, eles tinham visto. Claro que tinham visto. Uma vez que qualquer informação é publicada na internet, consegue alcançar milhares de pessoas em poucas horas. Então claro que um babado envolvendo um novo artista — que já esteve nos holofotes por causa das fotos com Sabrina Viattora — com a garota que convive com os Boston Boys iria explodir desse jeito.

— Obrigada por tentar. — Fiz carinho em seu ombro, sorrindo tristemente. — Mas eu fiz essa besteira, agora eu tenho que consertar.

— Boa sorte. — Ele colocou sua mão sobre a minha, ainda no ombro dele. — Eu realmente espero que dê certo entre vocês.

— Eu espero também. — Dito isso, passei por ele e fui até a parede.

Ao contrário de Jenny, Mason estava assustadoramente calmo. Não parecia que estava prestes a explodir, como fez quando Daniel entrou no programa. Estava quase imóvel, olhando para o além. Os dentes cerrados, braços e pernas cruzadas.

— Eu sei que um pedido de desculpas não vai ser o suficiente... — comecei, com as mãos suando. — Mas antes de tudo, quero que saiba que fui cem por cento sincera no que eu disse mais cedo. Eu quero que a gente dê certo. Foi errado beijar o Daniel logo depois de ter ficado com você e também não te contar isso desde que aconteceu. Eu fiquei com medo, e confusa, e desesperada. — E novamente, o nó na garganta voltou a se formar. — Me desculpe.

Levantei os olhos e Mason continuava exatamente na mesma posição. Sem olhar para mim, rígido, imóvel.

— No dia em que discutimos, eu achei de verdade que você não queria mais nada comigo. Que foi só aquela única vez. E logo depois teve o acidente, eu não estava pensando direito... enfim, foi isso. Não queria que você soubesse dessa maneira, eu juro que pretendia te contar. Era isso que estava tentando fazer hoje, mas não conseguia reunir coragem.

Novamente, Mason não se moveu.

— Mason... diga alguma coisa! — falei, nervosa.

E finalmente os olhos azuis dele se encontraram com os meus.

— O que eu tenho para dizer? — Ele deu de ombros. — Não tenho o que perdoar. Não somos namorados. Você é livre para fazer o que quiser.

Por mais que aquilo deveria ser reconfortante, não me fez sentir nem um pouco melhor. Tecnicamente, eu realmente não lhe devia explicações, mas ao mesmo tempo devia. Não éramos namorados, mas também não éramos dois estranhos que se beijaram uma vez e acabou por aí. Ele morava na minha casa! Já passamos por muita coisa que casais normais jamais passariam. Não era tão simples assim.

— Mesmo assim, me desculpe — falei, triste.

— Já disse, não tem que se desculpar — ele disse, sério.

— Mas... você está chateado.

Ele deu um riso irônico.

— Não precisa se preocupar comigo.

Aquela reação parecia ainda pior do que a de Jenny. Pelo menos ela jogou tudo o que eu fiz de errado na minha cara e eu pude implorar para que ela me desculpasse. Mas Mason estava num misto de frieza e indiferença, mas ao mesmo tempo estava óbvio que tinha se magoado. O que me restava além de pedir desculpas?!

— Claro que preciso! Porque o que eu fiz foi errado! Eu quero consertar as coisas entre a gente, Mason!

— O que está feito, está feito — ele disse, no mesmo tom calmo. — E se você quiser ficar com ele no final das contas, não vou te impedir.

— Eu não quero! — Neguei com a cabeça. — Eu quero você! Desde o casamento da Lilly, eu percebi que o que sinto por você é muito mais forte!

Ele não disse nada por alguns segundos. Depois falou:

— Então vamos te contratar para a série, porque na foto você finge exatamente o oposto *muito bem*.

*Pá.* Mais um soco.

Dito isso, ele passou por mim e começou a andar em direção à varanda.

— Espera! — Segurei a manga de seu suéter branco. — Não vai! Me dá uma chance para consertar isso!

— Ronnie... — Ele puxou levemente o braço, se soltando. — Ainda estou me sentindo um pouco mal. Depois a gente conversa melhor sobre isso.

— Mas...

E ele nem me deixou terminar. Deu as costas e desapareceu no meio das pessoas.

*Então é isso.*

Queria gritar. Chorar. Cair de joelhos no meio daquela festa. Aliás, a música de fundo agora era só um ruído. Minha mente repetia as reações de Mason e Jenny e tudo o que eles disseram, minha consciência não parava de dizer como eu poderia ter evitado que chegasse nesse ponto se simplesmente tivesse conseguido ser sincera antes.

No início da noite tinha uma melhor amiga empolgada que organizara uma viagem onde iríamos nos divertir bastante, a pessoa de quem gostava com sentimentos recíprocos e a certeza de que uma foto comprometedora tirada no início do mês cairia no esquecimento.

Acabei a noite sem nenhum deles.

Custei para pregar o olho naquela noite. Duvido que tenha conseguido dormir mais de três horas. Já ia dormir pouco porque tinha que acordar de manhã para o treinamento no Room Escape, e a confusão com Mason e Jenny só deixou tudo pior. Virava de um lado para o outro na cama tentando fechar os olhos, mas as cenas daquela noite não paravam de se reproduzir automaticamente na minha cabeça. Conclusão: acordei às oito da manhã com olheiras do tamanho de um caminhão, ainda me sentindo um lixo. Que ótima maneira de começar o primeiro dia no primeiro emprego.

Não podia deixar aquilo evidente de maneira alguma, se não corria o risco de Caleb pensar melhor e resolver contratar outra pessoa no meu lugar. Precisava me mostrar competente, animada e com vontade de aprender, mesmo que por dentro estivesse destruída. Prendi o cabelo em uma trança, coloquei uma maquiagem leve nas bolsas debaixo dos olhos, tomei um café da manhã reforçado e parti para minha nova empresa. Mas no caminho que o ônibus fazia até a rua do Room Escape, claro que meus pensamentos se voltaram para a noite anterior. Em breve os garotos sairiam em uma turnê pelos Estados Unidos, o que significava que não veria Mason ou Jenny durante quase um mês. Não sabia se aquele tempo separados seria bom — porque eles poderiam pensar nas minhas desculpas e com o tempo suas feridas iriam doer menos — ou ruim, porque seria um mês a menos de oportunidades para eu me redimir.

Quando o ônibus parou, estava tão dispersa nos meus pensamentos que quase passei do meu ponto. Por sorte, desci apressada antes que ele seguisse seu caminho.

Entrei pelas portas pretas do Room Escape e encontrei o lugar completamente vazio. Sem uma alma viva. Tudo bem, sabia que não haveria ninguém em pleno domingo às nove da manhã querendo jogar, mas mesmo assim... não deveria haver pelo menos um funcionário de plantão? Ninguém ia me receber?

Andei em volta olhando para os lados, e nada. Encostei o ouvido em algumas portas para ver se havia algum monitor já trabalhando nas salas, mas não ouvi barulho algum. Preocupada, caminhei em direção às escadas, mas parei ao avistar um papel dobrado em cima do balcão da recepção, com o nome *Ronnie Adams* escrito. Sem entender porque o meu nome estava ali no meio daquele lugar deserto, abri a folha, cuja mensagem de dentro era curta e simples: *Sala 4*.

Levantei os olhos para as salas em volta, que além de portas temáticas, tinham pequenos números escritos em uma fonte simples preta logo acima da maçaneta prateada. Percebi que a sala de número 4 era a que tinha vários esqueletos dentro de uma cova ilustrados na frente.

*Ok...*

Não sei se eram meus pensamentos que estavam um pouco falhos por causa da falta de sono e do transtorno, mas a primeira coisa que imaginei foi que estava acontecendo uma reunião em uma das salas e eu havia chegado atrasada. Há, que tolinha.

Me apressei para entrar naquela porta, mas quando a abri, me deparei com um breu. Não enxergava um palmo à minha frente. Soltei a porta, e como ela era pesada, se fechou atrás de mim, me fazendo dar um pulinho de susto.

Depois de um minuto, meus olhos se acostumaram com a escuridão e eu consegui distinguir algumas formas dentro daquela sala. Haviam lápides, cruzes, árvores mortas, olhos brilhantes observando de cima e um muro feio e malcuidado que continha algumas gavetas ao lado esquerdo. Obviamente a história daquela sala girava em torno de um cemitério, provavelmente mal-assombrado.

— Olá? — perguntei, quando vi que estava sozinha lá também.

Depois de alguns segundos sem obter resposta, a TV que normalmente mostra o tempo que o grupo tem até chegar aos 60 minutos, ligou sozinha e jogou um jato de luz na minha cara e uma música de tensão. Tomei um susto porque realmente não esperava aquela surpresa. Mas em vez de dizer o tempo, na tela estava escrito, em letras garrafais e vermelhas: *Olá, Ronnie. Bem-vinda ao seu pior pesadelo.*

*Só vai ser o pior mesmo se Jenny e Mason aparecerem aqui para me odiar mais. Enquanto fogos de artifício são acionados no fundo. Aí sim,* pensei.

De repente, um armário que estava atrás de mim se abriu, e dele saltou um esqueleto grande e risonho, com luzes vermelhas no lugar dos olhos. Dei um grito. Mas imaginando que eu precisaria desvendar alguma pista para sair de lá — afinal, era uma sala do Room Escape — engoli o medo e me aproximei do esqueleto, notando que ele estava logo acima de uma placa de pedra que continha uma mensagem.

— "Fuja desse lugar ou morra tentando" — li em voz alta. — "Aliás, só morra tentando. Ninguém escapou daqui com vida."

Ainda com o coração batendo acelerado pelo susto que levei, comecei a olhar em volta para ver se encontrava algo que me ajudasse a "morrer tentando" como a pista sugeria. Talvez eu devesse beber um frasco de água colorida simulando veneno ou algo do tipo. Procurei atrás das lápides da árvore e em volta do armário de onde saiu o esqueleto, mas não havia nenhuma pista. Andei até o muro feio e observei as gavetas. O frasco podia estar dentro de uma delas. Haviam seis no total. Duas tinham cadeados fechados, então nem considerei tentar abrir uma delas. Imaginei que eles não iriam demorar uma hora para pregar uma peça em mim, como já estavam fazendo. Outras duas gavetas estavam vazias e de outra saiu mais um esqueleto risonho vestido de pirata, que simulava que iria me esfaquear com uma espada.

Novamente, recuperada do quarto susto, abri a gaveta do canto inferior direito, e percebi que ela era mais longa do que as outras. Bem mais, aliás, porque dentro dela havia um caixão de dois lugares. Um deles estava ocupado por um esqueleto com tufos de cabelo grisalho e a mão estendida para o lugar vazio ao lado.

*Aliás, só morra tentando. Ninguém escapou daqui com vida*, repeti a dica na cabeça.

Ah... é sério que eu teria que entrar naquele negócio...?

Mesmo sabendo que era tudo de mentirinha e logo, logo os monitores iriam aparecer, não é tão fácil assim entrar em um caixão e se fechar no escuro e desconhecido. O ser humano tem instinto de sobrevivência! Aliás, quem nunca teve o famoso pesadelo de que estava sendo enterrado vivo?

A música de suspense tocou nas alturas outra vez, me fazendo estremecer. Depois de tantos sustos, me deu uma vontade enorme e repentina de fazer xixi. Estava com medo de fazer nas calças se me assustasse de novo naquele caixão. Mas realmente, parecia a coisa mais lógica a se fazer de acordo com a dica. Entrar no caixão que eu digo. Não fazer xixi.

Fiz o sinal da cruz e coloquei o pé dentro do caixão. Comecei assim porque tinha medo do esqueleto ao lado resolver pular e gritar como seus dois outros amigos fizeram. Felizmente, ele continuou quietinho. Respirei fundo e me deitei lá dentro. Um arrepio percorreu minhas costas. Que agonia.

Agora vinha a pior parte, que era me fechar lá dentro. Estava rezando para que aquilo fosse apenas uma passagem para o outro lado. Literalmente, não figurativamente. Esperava que a sala tivesse um outro lado. Eles não seriam loucos de convidar um jogador e se enfiar num caixão para ele morrer sufocado, não é?

Fechei os olhos, segurei a parte de cima da gaveta com as mãos trêmulas e me empurrei para dentro. E foi tudo muito rápido. A sala tinha, de fato, um outro lado, tão escuro quando o primeiro, mas nesse nem tive tempo de me acostumar com a escuridão. Fui erguida para fora do caixão por dois pares de mãos que gritaram no meu ouvido, dei um berro de pavor e por pouco, *bem* pouco não fiz xixi nas calças.

Nisso, as luzes se acenderam, revelando de um lado Lana, a monitora gordinha que já conhecera, e um rapaz alto e esguio, com piercing no nariz e o cabelo descolorido. Ambos usavam a camiseta do Room Escape e morriam de rir com a minha expressão de pânico.

Os dois me colocaram no chão e a porta se abriu, revelando Caleb do lado de fora, também rindo e batendo palmas.

— Agora sim, Ronnie, você é oficialmente bem-vinda ao time do Room Escape!

— Obrigada... eu acho. — Coloquei a mão no peito, recuperando o fôlego.

— Ei, você foi muito bem! — Lana deu um tapinha nas minhas costas — Nós sempre fazemos esse pedaço da sala com os novatos, e você demorou bem pouco para sacar a pista.

— É verdade — completou o outro monitor que eu ainda não conhecia. — No meu primeiro dia, quase me borrei todo e demorei pelo menos uns dez minutos antes de reunir coragem e entrar dentro do caixão. Parabéns, Mascote.

— Mascote? — Perguntei, saindo junto com eles da sala.

— Ah, esperamos que não se importe. — Lana deu um risinho. — Mas como você é a mais nova entre os monitores, tanto de experiência quanto de idade...

— E de tamanho também — Caleb complementou.

— Resolvemos te apelidar de Mascote. Tudo bem por você?

Engraçado, para mim a palavra "mascote" me remetia a Mary querendo andar com os garotos, que eram mais velhos que ela. Pensando bem, a Mary daquele grupo era realmente eu. Eu só tinha dezesseis anos, enquanto eles deviam ter, no mínimo, dezenove para cima. E claro, eram todos mais altos que eu. Se bem que não é tão difícil uma pessoa ser mais alta que eu, mas enfim.

— Claro. — Dei um sorriso envergonhado.

Os três comemoraram.

— Ah, temos uma coisa para você — Caleb disse, procurando algo atrás do balcão. — Por ter sobrevivido ao caixão do cemitério e desvendado a pista com rapidez e lógica...

— E por não ter se cagado de medo e chamado a mamãe, como o Alec fez — Lana disse, apontando com a cabeça para o rapaz de cabelo descolorido e me fazendo soltar uma risada pelo nariz.

— Agora você é uma de nós. — Caleb se levantou, revelando uma camiseta preta com o logo do Room Escape estampado. — Parabéns.

Peguei a camiseta e abri um sorriso. Era bem simples, mas realmente me fez sentir parte da equipe. E mesmo com eles tendo me zoado daquele jeito, acabou sendo uma maneira divertida de começar o trabalho. Me fez até me sentir menos mal com toda a história de Mason e Jenny. Eu ainda era culpada por tê-los magoado, mas pelo menos no Room Escape eu poderia esquecer um pouco disso por um tempo.

E o resto do dia foi bem melhor do que eu esperava. Alec me levou por cada uma das salas explicando suas histórias, mostrando todas as pistas e como teríamos que arrumá-las sempre que um jogo se acabava. Lana me mostrou a sala que continha o painel de controle — onde podíamos ver o tempo e observar o desempenho das equipes pelas câmeras de vigilância — as instruções que eu deveria dar em cada sala, número de dicas permitidas e o que fazer caso alguém precisasse sair antes do tempo. Por fim, Caleb explicou um pouco mais sobre a rotina de trabalho, os horários que poderíamos combinar, hora de almoço ou jantar, dependendo do turno, e respondeu minhas dúvidas.

No final do dia, observei de perto Lana e Alec monitorando salas diferentes, conforme chegavam as pessoas para jogar. Vi Lana trabalhando na sala em que eu estive de manhã, a do cemitério mal-assombrado, e Alec na sala que simulava uma competição do Masterchef. Pareceu informação demais a princípio, e era de fato muita coisa para decorar e aprender, mas tinha a impressão de que com a prática iria conseguir me virar bem. E o fato de os três serem supergente boa contribuiu para me deixar mais à vontade e animada para começar logo.

O dia passou bem rápido e, quando vi, já era hora de ir embora. E bastou eu colocar o pé em casa para que meu humor leve e descontraído que construí ao longo do dia fosse por água a baixo.

Na verdade, começou antes de eu literalmente por o pé dentro de casa. Assim que cheguei na minha rua, vi uma figura logo a frente com uma mochila nas costas, um casaco com capuz que cobria seus cabelos e carregando alguns livros nas mãos. Ele mexia no celular, distraído. Primeiro nem dei muita atenção, mas depois que o vi cruzando a esquina e caminhando até minha porta, me toquei.

— Henry! — Me aproximei, acenando.

Quando ele percebeu que não estava sozinho, ficou surpreso, mas depois parou e colocou o celular no bolso.

— Ei, Ronnie! Como foi o primeiro dia de trabalho?

— Foi ótimo! — respondi, sorrindo. — Me ensinaram todas as manhas do jogo pelos bastidores, até joguei um pouco sozinha. — *E quase fui enterrada viva*, completei na minha cabeça.

— Que bom! — Ele parou ao meu lado e me esperou girar a chave.

Assim que abri a porta, observei os livros que ele carregava no braço. Eram dois exemplares enormes de livros da escola, um de Química e outro de Física.

— Veio... estudar? — perguntei, erguendo uma sobrancelha.

— É, e vim ajudar o Mason tamb... — e ele parou de falar ao perceber que compartilhara informação demais.

— Ah, entendi.

Mason e os meninos iriam começar a semana de provas na segunda-feira, porque na semana seguinte já sairiam em turnê. As provas normais eram só em dezembro, mas os professores fizeram uma exceção e concordaram em adiantar. Era um motivo bem aceitável, não?

Lembro que cheguei a comentar com Mason que poderia ajudá-lo a estudar, principalmente nessas matérias, que eram seu ponto fraco. Mas depois do que acontecera no dia anterior, estava bem claro que ele não iria querer mais minha ajuda. A presença de Henry com os dois livros só retificou o que eu já sabia. Mesmo assim, doeu um pouco.

— Sinto muito que tenha ficado assim — ele disse, murchando.

— Bem... eu perdi a chance de ter evitado isso, então... uma hora iria chegar nesse ponto. — Dei de ombros.

— Isso é uma droga. Mas olha, eu tenho quase certeza de que isso não é o fim. Deixa ele esfriar um pouco a cabeça, pensar nisso melhor... talvez esse tempo que vamos ficar fora seja até bom.

— Você acha?

— Acho. Mas mesmo longe, também acredito que vale a pena você continuar tentando falar com ele. Nem que seja por mensagens de texto.

Assenti com a cabeça. Isso me dava um pouquinho a mais de esperança.

— Obrigada pelo conselho. Hã... você quer beber ou comer alguma coisa antes de subir?

— Aceito uma água — ele disse, tirando o casaco mais grosso e apoiando-o nas costas de uma cadeira. — Não sei o porquê, mas tenho andado com mais sede do que o normal esses dias. Deve ser o clima mais seco.

Assim que ele comentou isso, me lembrei automaticamente da conversa maluca de Karen sobre o tal amor misterioso que ela teria envolvendo água. Era óbvio que aquilo era só uma coincidência e não tinha nada a ver, mas ela foi a primeira pessoa em que pensei. Aproveitei a memória para fazer uma pergunta indiscreta:

— Então... — falei, enquanto abria a geladeira. — Você e Karen estão assim também?

Ele olhou para o chão.

— Mais ou menos. Nós ainda nos falamos e tal, mas sei lá... não é a mesma coisa. A gente não implica mais tanto assim um com o outro. Ela parece meio... indiferente.

Era por isso que conseguia conversar com Henry sobre a minha situação. Ele era a única pessoa no mundo que não podia me julgar, pois fizera exatamente o mesmo.

— Posso te dar um conselho também? — perguntei, entregando-lhe o copo d'água. — Fale com a Nikki. Sobre o dia do casamento. E fale com Karen também. Não empurre nada para debaixo do tapete. Eu sou a prova viva de que isso é a pior coisa que se pode fazer.

Henry não disse nada. Bebeu a água toda em silêncio, pensativo.

— Eu sei que tenho que contar. Mas as coisas estão indo tão bem, sabe? Nikki vai me odiar.

— Não vou mentir, ela provavelmente vai. Mas pensa em como Ryan ficou quando descobriu que foi traído. Olha como Mason está comigo. — Tive noção e preferi omitir a parte de Jenny. Uma pessoa a mais sabendo porque abri minha boca grande já era o suficiente. — Os dois ficaram sabendo dessas coisas que os magoaram por outros meios. Foi pior ainda. Um dia o tapete voa e expõe toda a sujeira que ficou escondida esse tempo todo.

— Tem razão. — Ele suspirou. — Eu vou contar para ela. E vou conversar com a Karen também. Nunca pensei que diria isso, mas... sinto falta dela. Dela sendo verdadeira comigo.

— Vai ser melhor assim, acredite.

Henry colocou o copo na mesa e pegou os livros que deixara apoiados no braço do sofá.

— Obrigado pela água. Agora vou ver se alguma matéria consegue entrar na cabeça desse preguiçoso.

— Boa sorte. — Dei um risinho. Pensei em me oferecer para ajudar caso eles precisassem, mas logo me toquei que era uma ideia estúpida.

Ele subiu as escadas e chegou até o penúltimo degrau, mas virou a cabeça e falou, lá de cima:

— Ah, uma coisa que esqueci de perguntar. Quem tirou a foto?

Pensei em Elena Viattora e meu sangue ferveu. Claro que a culpa maior de tudo aquilo era minha, mas além de ela ter exposto o que eu fiz ao mundo, expôs Daniel também. E por causa disso, minha melhor amiga e a pessoa de quem eu gostava não queriam olhar na minha cara. E não podemos esquecer do quanto ela foi cruel com a própria filha!

Não podia deixar aquilo barato. Não podia ficar com medo dela para sempre. Tinha que parar de ser essa pessoa boba e assustada que se esconde com qualquer ameaça. Precisava ser mais firme, se tivesse sido antes, talvez tivesse conseguido contar a Mason e Jenny antes da foto ter chegado até eles. Mas pelo menos havia algo bom em aquela foto ter sido vazada. Elena já usara o que tinha como chantagem, e sabia que a demissão de Daniel estava fora de questão, porque Sabrina com certeza acabaria com a série se ela o fizesse.

Precisava arranjar alguma maneira de mostrar seu lado podre para o mundo. Se eu tinha afundado, o mínimo que eu podia fazer era arrastá-la junto. Para ela parar de torturar adolescentes que só querem amar sem serem julgados. O segredo que eu mais queria esconder já havia sido revelado. O estrago já estava feito. Então o que mais eu tinha a perder?

Olhei de relance para o meu quintal, por onde estávamos passando. O lugar onde muitas vezes tive encontros com a maior *stalker* que Boston já conheceu, que me forneceu informações muito importantes que eu, sozinha, não conseguiria descobrir. Já sabia o que fazer.

— Alguém que... — fiz uma pausa, depois apertei os punhos e continuei, firme. — ... vai se arrepender por ter feito isso com a gente.

— Uau — Henry falou, surpreso. — Você parece confiante. Espero que descubra quem foi.

— É. Eu também.

Depois dessa última conversa, Henry girou nos calcanhares e seguiu seu caminho até o quarto de Mason. Esperei que ele fechasse a porta para pegar o meu celular, discar o número — que agora já tinha decorado —, para colocar o que tinha em mente, em ação.

— Alô, Piper? Preciso de você.

# 16

— **Se tiver apagão,** o quadro de luz fica...?

— No porão, em cima da máquina de lavar — respondi, entediada.

— Ótimo! E caso um ladrão entre em casa, vocês vão...?

— Acionar o alarme e ligar para o 911 — foi a vez de Mary, no mesmo tom monótono que o meu.

— E o alarme fica...?

— Perto do quadro do Picasso aqui na sala.

— E se a casa pegar fogo...?

— Mãe! — nós duas dissemos juntas, já cansadas do interrogatório.

— Respondam! — mamãe disse, em um tom autoritário. — E se a casa pegar fogo?

Nós bufamos. Ela sempre fazia aquele "teste surpresa" quando viajava por um tempo mais longo. Na época antes de descobrirmos sobre *Boston Boys*, que ela ficava fora por uma semana ou alguns dias, era direto. Nos perguntava onde ficava qualquer coisa que fôssemos precisar durante uma emergência, sobre os dias em que era mais barato fazer compras no supermercado, sobre as tarefas de casa que iríamos dividir — na verdade, a maioria sempre acabava para mim, mas já estava acostumada —, essas coisas.

— O extintor de incêndio fica no armário onde guardamos o aspirador. — Respondi, revirando os olhos.

— E....? — Ela olhou para Mary, esperando que ela completasse a resposta.

— E ligar 911 — Mary respondeu, fazendo o mesmo que eu.

— Muito bem. — Ela deu um sorriso satisfeito, mas depois seu beiço tremeu.

Eu entendia o porquê de ela estar assim. Mary e eu já estávamos acostumadas com as viagens de mamãe, mas ela nunca havia passado tanto tempo como quanto passaria agora. A turnê dos garotos pelos Estados Unidos duraria vinte e cinco dias. Era compreensível que, mesmo sabendo que éramos independentes e conseguiríamos nos virar bem, ela ficasse preocupada em estarmos sozinhas esse tempo todo.

— Se qualquer coisa, *qualquer coisa mesmo* acontecer, me liguem imediatamente! Quer dizer, liguem para o 911, depois para mim. Quero notícias todos os dias, se não vocês vão ver. Ronnie, tome conta da sua irmã. Mary, ajude a Ronnie em casa, ouviu? Cuidem uma da outra. E se cuidem também! — Ela nos abraçou com força. — Eu amo vocês, vou morrer de saudades!

— Também te amamos, mãe — falei, abraçando-a de volta.

— E também vamos ficar com saudades — Mary complementou.

Depois que nos soltamos, mamãe ergueu a alça da mala e girou a chave na porta de casa.

— Ah, e só mais uma coisa. Chamei uma babá para vir vê-las uma vez por semana e ter certeza de que a casa está de pé e vocês estão bem.

— Uma babá?! — Mary indagou.

— Não use esse tom comigo, Mary Angela Adams! — Mamãe colocou as mãos na cintura. — Lembre que você ainda tem onze anos! E agora que Ronnie está trabalhando, vai passar menos tempo em casa. Preciso ter certeza de que você vai fazer o dever de casa, dormir na hora certa, que ninguém vai fugir com o meu carro... — Ela lançou um olhar fulminante para nós duas, nos lembrando do dia em que Mason e eu meio que roubamos seu carro para ir atrás de Mary, que havia fugido para sabotar o encontro de Ryan com a ex-namorada.

— Pode chamar a babá, sim — falei, com um sorriso amarelo e beliscando minha irmã discretamente no braço.

— Ótimo. Mason, se despeça das meninas e vamos embora.

Mason, que estava ao lado dela, não disse uma palavra esse tempo todo. Minha tentativa de me aproximar dele durante a semana, antes que ele viajasse, não deu muito certo. Ele não me ignorou nem nada, conversava comigo quase normalmente, mas ainda dava para ver que ele estava incomodado. E todas as vezes que tentava falar com ele a sós, ele dizia que estava ocupado vendo coisas da turnê, que tinha que ensaiar, estudar para as provas, etc. Resumindo: estaca zero. Por conta disso, nossa despedida foi bem esquisita. Depois de dar um abraço em Mary e prometer a ela lembrancinhas da turnê, ele também me abraçou, mas foi rápido e sem muita emoção. Disfarcei ao máximo fingindo que não havia nada de errado, mas estava meio na cara.

No dia anterior, mamãe chamou os garotos para uma reunião para discutir os preparativos finais da turnê, e aproveitamos para nos despedir de Henry e Ryan. Não tive a chance de perguntar para Henry se ele havia conversado com Nikki antes de viajar, mas pela quantidade de mensagens que ele ficou trocando com ela durante o dia, assumi que não. Ryan prometeu a Mary que tiraria fotos em todos os lugares que ela gostaria de conhecer, e que traria um presente especial para ela quando voltasse.

Já Jenny, que não apareceu na reunião, havia dito que iria se despedir de nós no dia da viagem, mas ligou avisando que iria encontrá-los no aeroporto porque se atrasara. Aham, sei. Estava óbvio que ela também não queria me ver. Também tentei, sem sucesso, falar com Jenny durante a semana, e recebi as mesmas ignoradas e "depois falo com você, estou ocupada agora" que recebi de Mason. Tudo merecido, claro. Restavam agora esses vinte e cinco dias em que os dois poderiam pensar em me perdoar, e eu podia pensar também em táticas melhores de ganhar meu perdão.

Outra coisa que já estava encaminhada para ser feita nesses vinte e cinco dias era encontrar o ponto fraco de Elena Viattora, para que ela parasse de torturar adolescentes como adorava fazer. No meio da semana passada, já acionara Piper para ficar alerta se descobria como culpá-la por ela ter espalhado a minha foto com Daniel. Pensei em pedir ajuda para Sabrina, mas me sentia mal em envolvê-la naquele assunto. Já devia ser um inferno conviver com uma mãe horrível que só trouxe dor-de-cabeça a ela e a namorada, mas elas ainda eram mãe e filha. Se fosse para expor Elena, seria pela chantagem que ela fez comigo, então aquilo era assunto meu. E de Piper, porque, claro, precisava dela.

Depois de mais uns três abraços de despedida de mamãe em cada uma de nós, os dois saíram e fecharam a porta atrás deles. Ainda não havia caído a ficha de que ficaria quase um mês sem ver mamãe, Jenny, Mason, Henry e Ryan. Engraçado pensar nisso. Em novembro do ano passado, eu mal sabia diferenciar os três meninos.

Mary esperou alguns segundos depois que eles foram embora para se jogar no sofá, ligar a televisão e falar:

— E aí? Vamos pedir pizza todos os dias?

— Há-há. — Joguei uma almofada nela. Por mais que ficar sozinha em casa podendo pedir pizza todos os dias fosse um sonho reprimido de qualquer criança, agora que já havia passado dessa fase, tinha que ser a responsável da história. — Que tal começarmos com as tarefas que mamãe passou para você? Me ajudar a preparar o jantar é uma delas.

— Então, eu posso ligar e pedir a pizza. Uma ótima ajuda, não? — Ela riu.

Não disse nada. Apenas coloquei uma mão na cintura e usei a outra para apontar para a cozinha.

— Argh, tá bom. — Ela se arrastou até onde apontei. — Se Mason estivesse aqui e não você, concordaria comigo.

— Se Mason estivesse aqui e não eu, essa casa não iria durar uma semana. — Dei risada, e fui atrás dela para começar nossa temporada como as únicas habitantes daquela casa.

Os cinco primeiros dias foram surpreendentemente tranquilos com Mary em casa. Cansativos, porém tranquilos. Ela ficava na escola durante a semana até cinco da tarde. Nos dias em que fui trabalhar depois da aula, chegava em casa na hora do jantar e fazia companhia para ela até a hora de dormir. Felizmente eram só três dias assim mais puxados, porque os outros dois eram no final de semana. Deixei já nossos almoços preparados para o dia seguinte, já que nossos horários de aula eram diferentes. Mary estava até me ajudando bem, mas mamãe fazia falta na hora da organização e divisão das tarefas. Pelo menos não tinha que me preocupar em preparar limonada nenhuma naquele período. Mas confesso que estava com um pouco de saudades de fazê-la.

Na sexta-feira, dia seguinte às minhas duas folgas, foi o primeiro dia que consegui ser monitora de uma sala sozinha. Caleb ficou orgulhoso do meu desempenho. Guiei um grupo de adultos — adultos mesmo, com a idade de mamãe. Fiquei até surpresa que gente dessa faixa etária gostava de jogar também — pela sala cujo objetivo era desativar uma bomba implantada por espiões infiltrados no governo e escapar de seu esconderijo sem serem vistos. Naquela sala, eu não era Ronnie Adams, era Diana Hampton, tenente do exército americano. Até engrossei a voz quando fui falar pelo rádio com o grupo, foi divertidíssimo. Aquele emprego estava fazendo mais bem para mim do que eu imaginava.

Depois de tirar a foto do grupo que comemorou por conseguir escapar faltando quatro minutos para o tempo acabar, Caleb me liberou para um intervalo de quinze minutos. Subi até o andar de cima, tirei da bolsa um pacote de biscoitos de chocolate e, enquanto comia, conferi meu celular para ver se Mary havia mandado algo. Quando o liguei, notei duas chamadas perdidas de Karen, sendo uma delas há menos de cinco minutos. Estranhei o fato de ela estar me ligando, mas retornei a ligação mesmo assim. Depois de tocar algumas vezes, ela atendeu:

— Alô?

— Oi, Karen. É a Ronnie. Você me ligou?

— Liguei. Você está no trabalho?

— Sim, no intervalo.

— E amanhã, você também trabalha?

— Sim.

— E sai que horas?

— Hã... às quatro — respondi, não entendendo o porquê daquele interrogatório.

— Ótimo! E você não tem nada para fazer depois, tem?

Ergui uma sobrancelha. Meio presunçoso da parte dela achar que só porque eu era eu, que não teria nada para fazer em um sábado. Mas por coincidência, ela tinha razão. Realmente não havia marcado nada. Quer dizer, eu pretendia encontrar Piper para ver se ela havia feito algum avanço sobre Elena. Mas dependendo do que Karen tivesse em mente... talvez pudesse falar com ela no dia seguinte.

— Por quê?

— Porque agora tem!

Oh, céus. Já ouvira aquela história. Foi a mesma coisa no verão com a festa de Daniel, em que ela me pediu, na verdade, me obrigou a falar com ele para que ele convidasse o elenco de *Boston Boys*, que não estava em sua lista de prioridades. Por sorte, acabei nem precisando pedir, porque a própria irmãzinha dele fez isso por mim, mas mesmo assim... nem queria saber o que ela estava aprontando.

— Eu tenho? — perguntei com incerteza.

— Tem. Você sabe que eu recebo sempre convites de graça para alguns eventos, não é?

Ah, uma das muitas vantagens de ser Karen Sammuel.

— Sei.

— Então, fui convidada para assistir a *O lago dos cisnes* no Boston Opera House. Liguei para algumas amigas, mas... — ela fez uma pausa depois continuou em um tom desanimado. — Elas não parecem estar interessadas em um evento que não envolva desfiles, festas, paparazzi, Mason e os garotos. Já que não tem nada para fazer amanhã, pode ir comigo.

Mesmo o convite sendo mais imposto do que pedido, não pude evitar dar um sorriso. Era aquilo mesmo que eu estava ouvindo? Karen Sammuel estava querendo fazer algo comigo por vontade própria? Só nós duas? Tudo bem que eu fui uma quarta ou quinta opção, mas mesmo assim, ainda fiquei surpresa.

— Karen, está me convidando para ir ao balé com você? — Precisei repetir em voz alta para ter certeza de que não estava alucinando.

— Foi o que eu acabei de dizer, não foi?

— É... mas você realmente quer ir comigo?

— Se não quisesse não estaria te convidando, não é, tonta?

Dei um risinho.

— E aí, vai ou não? — ela perguntou, impaciente.

— Hã... vou, claro. — Não tive muito tempo para pensar, mas não parecia uma ideia ruim. Eu achava balé algo bem bonito de se ver, ainda mais de graça.

Mas de repente me lembrei que não era um sábado comum, era um sábado em que minha irmã não tinha aula e ficaria muito tempo sozinha em casa. Não podia sair à noite e só voltar quando ela estivesse dormindo.

— Só uma coisa. Mary pode ir junto? Estamos só eu e ela por causa da turnê e tudo o mais. Minha mãe pediu para ficar de olho nela durante esse tempo. — Nem sabia se de fato Mary iria querer ir, mas podia jogar uma chantagem emocional para o lado dela.

— Hmm... — ela pensou um pouco. — Se ela se comportar, tudo bem. Amanhã, às seis. E se vista bem. Não como um evento de gala, mas por favor não vá com seus suéteres largos e desajeitados.

— Eu sei me vestir para ir ao teatro, Karen — reclamei, fazendo bico.

— Nunca se sabe. Até amanhã, então. Tchau! — E desligou.

— Tchau... — Desliguei o celular, ainda processando que Karen realmente estava me chamando para o teatro com ela simplesmente porque queria minha companhia, sem nenhum interesse por trás.

Será que ela estava se tornando... minha amiga?

Convencer Mary a ir comigo e com Karen ver *O lago dos cisnes* foi mais fácil do que pensei. Ela saber que não precisaria ajudar a fazer o jantar naquela noite — porque iríamos comer depois do espetáculo — foi o suficiente para que ela de repente se apaixonar por balé.

Seguindo o pedido de Karen para não ir com meus suéteres "largados e desajeitados", coloquei um vestido branco de mangas curtas que batia um pouco acima dos meus joelhos, meia-calça transparente, botas arrumadas de cor marrom e um sobretudo bege de lã. Mary também foi bem arrumada, com uma blusa de veludo cinza de mangas compridas, saia e meia-calça pretas e um sobretudo igual ao meu, só que vermelho. Sim, mamãe comprou os dois no mesmo dia porque achou lindo e queria que saíssemos combinando.

Encontramos Karen na entrada do teatro, posando para dois fotógrafos do lugar. Sua roupa estava bem inspirada em balé, porque ela usava uma saia longa de tule verde-água, uma blusa colada de alças e de um tom mais claro que a saia, um blazer branco por cima e sandálias prateadas de salto alto com detalhes em verde. Os cachos ruivos estavam presos em um meio-rabo, que ela jogava de um lado para o outro mudando as poses. Quando finalmente terminou de ser fotografada, ela percebeu que estávamos esperando pacientemente perto da bilheteria para falar com ela.

— Ei! — Ela acenou. — Querem tirar foto também?

— Não, obrigada — falei, sem nem deixar Mary responder. Já estava por aqui de pessoas tirando fotos minhas, se é que me entende.

Karen deu de ombros, deu um tchauzinho para os fotógrafos — e para quatro garotas que tiravam sua foto com os celulares de um jeito bem indiscreto — e veio ao nosso encontro. Ainda faltavam quinze minutos para começar o espetáculo, então Mary aproveitou para comprar pipoca e refrigerante enquanto esperávamos.

— Gostei de ver. Não veio desleixada. — Karen me olhou de cima a baixo, dando um sorriso com o canto da boca.

— Eu sei me arrumar. Hã, em ocasiões específicas. — Dei língua para ela. — E você está muito bem arrumada também.

— Eu sei. — Ela jogou o cabelo para o lado. Revirei os olhos, rindo.

— Então... "O *lago* dos cisnes"... — fiz questão de dar ênfase àquela palavra. — Lago... água... isso foi coincidência mesmo ou você veio de olho no Príncipe?

— Aff, Ronnie. — Ela cruzou os braços. — Não tem a ver com a história da vidente. Se bem que já vi no pôster que o Siegfried é uma gracinha. — Ela deu um sorriso travesso. — Mas acredite se quiser, querida, eu realmente amo teatro e dança.

Já imaginava que ela gostava, até porque Karen era atriz. Seria um tanto estranho uma atriz que não gostasse de teatro, certo? Mas do jeito que ela defendeu sua posição, não pensava que era uma paixão tão grande assim.

— E se tudo der certo, estarei fazendo isso no ano que vem em Nova York.

— Nova York?

— É. Só a cidade com a melhor faculdade de Artes Cênicas dos Estados Unidos. — Ela me encarou como se eu fosse retardada por ter perguntado. — Com a Broadway... — Os olhos dela começaram a brilhar. — Onde lendas do teatro e do cinema estudaram...

Era óbvio. Karen tinha a minha idade. Assim como eu e como qualquer estudante do último ano do ensino médio, ela havia enviado cartas para as faculdades onde desejava estudar. No seu caso, ela mirava nas faculdades de Artes Cênicas. Não tinha parado para pensar naquilo. Não havia parado para pensar que, se cada um fosse seguir seu caminho para a faculdade que quisesse, a série iria acabar.

Não havia conversado com nenhum dos garotos sobre isso. Realmente achava que a série iria seguir. Mas pensando bem, agora tudo fazia sentido. Por isso Jenny me dissera que só tinha sido contratada por seis meses. Por isso mamãe estava discutindo com os roteiristas da série naquele dia em que entrei em seu quarto pedindo dicas de como arrumar um emprego.

Bem, mas não precisava me precipitar a nenhuma conclusão, certo? Talvez só Karen quisesse se mudar para Nova York e os garotos não, assim a série continuaria. E era cedo demais para ficar pensando no futuro desse jeito...

Se bem que o primeiro semestre do nosso último ano já estava praticamente no fim. Tínhamos somente até junho do próximo ano na escola. E depois disso era a vida adulta. Esse pensamento me deu um leve embrulho no estômago.

— Karen... — perguntei, olhando para ela. — Os meninos falaram com você algo sobre fazer faculdade no ano que vem também?

— Bem... — ela pensou um pouco. — Ryan não. Acho que nem ele sabe o que vai fazer depois que se formar. Henry comentou isso comigo há um tempo. Disse que queria estudar algo relacionado a tecnologia. É um nerd até nisso, não é? — Ela deu um risinho, porém sem muita emoção. — E o Mason...

Redobrei a atenção ao ouvir o último nome.

— Não sei. Ele volta e meia falava sobre ser um ator famoso em Hollywood no futuro... Mas a gente nunca sabe quando é só por falar ou quando é um sonho de verdade.

Fazia sentido. Não imaginava Mason saindo da escola e indo direto para uma faculdade Ivy League e construindo uma carreira profissional em alguma empresa. Ir para Los Angeles era algo bem provável de acontecer. Boston não é um lugar para ser um ator famoso. Claro, alguns estudaram na Boston University, mas não conseguia ver Mason seguindo esse caminho como Karen. Imaginava ele já querendo entrar na prática. Mas novamente, não tinha como saber. Ainda mais com ele não falando comigo.

Mas de uma coisa eu tinha quase certeza depois do que Karen me dissera: era bem provável, bem provável mesmo, que depois que nos formarmos, Mason, Henry e Ryan iriam seguir caminhos distintos, seja por faculdade, trabalho, ou vida pessoal.

E aquilo me afetou mais do que eu achei que iria afetar.

Assistir a *O lago dos cisnes* com Karen foi um programa bem legal, por incrível que pareça. Aliás, Karen havia se tornado uma companhia prazerosa. Surpreendente, não? Quando a conheci, depois de toda a confusão de ela entrar no programa como minha personagem, como fingiu ser minha amiga no começo para depois me passar a perna e todas as vezes em que me tratou de um jeito horrível, nunca pensei que estaríamos nós duas (e Mary, que teve que ir junto) no teatro em um sábado à noite. Por mais que sua essência de menina mimada riquinha ainda fosse a mesma, sentia que Karen havia amadurecido ao longo daquele ano.

Só havia ido ao balé uma vez e há muito tempo, quando fui ver *O quebra nozes* com mamãe e Mary, quando tinha dez anos. Aquelas bailarinas jogavam a perna para o alto, davam piruetas e ficavam na ponta dos pés com tanta facilidade, que parecia que eram feitas de borracha. Os olhos verdes de Karen brilhavam a cada movimento e observei que suas mãos faziam discretos movimentos perto do seu colo, imitando o bater de asas que as bailarinas faziam. Fiquei feliz em ver que ela tinha uma paixão, no final das contas. Passei a torcer para que ela conseguisse entrar na faculdade de Artes Cênicas que tanto desejava.

Assim como em qualquer obra de ficção, o balé tinha um casal principal, a princesa Odette, que era transformada em cisne, e o príncipe Siegfried, que não podiam ficar juntos porque, bem... ela era um cisne. E, claro, eu e a plateia inteira torcemos para que eles ficassem juntos. Não lembrava ao certo como o balé acabava, então fiquei bastante surpresa, emocionada e decepcionada ao mesmo tempo, quando vi os dois juntos se atirando no lago para "ficarem juntos na vida após a morte" no final da história.

Karen achou graça da minha reação e me chamou de aculturada e ingênua por não lembrar que o final era trágico desse jeito. Bem, trágico ou não, foi muito bonito de se ver.

Depois das tradicionais palmas de pé e agradecimentos dos bailarinos, as luzes do teatro se acenderam e a plateia seguiu o fluxo da saída.

— Vamos jantar, por favor! — Mary implorou, puxando a manga do meu vestido. — Foi bem bonito e tudo o mais, mas ver aquele bando de meninas magérrimas que só devem se alimentar de alpiste fez abrir ainda mais o meu apetite.

Imaginei que ela estaria impaciente, porque era um balé, então era claro que seria longo. E o ronco no meu estômago contribuiu para que concordasse com a minha irmã.

— Esperem, vou falar com o pessoal — Karen falou, apontando para a saída mais próxima. Se fosse ela, faria o mesmo. Também iria querer fazer uma social com os bailarinos se quisesse trabalhar com teatro no futuro, ainda mais tendo recebido convites gratuitos. — Querem conhecê-los?

— Depende. Vou poder fritar os cisnes e comer suas asinhas num balde do KFC?

— Mary! — repreendi-a.

Karen, já acostumada com o humor da minha irmã quando está com fome, ignorou seu comentário e foi até uma porta que levava aos bastidores do teatro.

De vinte em vinte segundos, Mary resmungava sobre como queria jantar e como Karen estava demorando com os cisnes. Bailarinos não, cisnes. Palavras dela.

— Vai demorar muito? — ela choramingou, inquieta, andando em círculos.

— Não se ficar quieta — respondi massageando as têmporas.

— Quando vocês querem comer a gente vai na hora! Agora quando eu quero...

Liguei o modo avião do meu próprio corpo e ignorei-a, deixando-a praguejar sozinha enquanto eu mexia no meu celular. Mais uns cinco minutos desse sufoco se passaram, até que meu celular começou a vibrar e o nome de Piper apareceu na tela.

*Ai, Deus.*

Piper nunca ligava para jogar conversa fora. Ela sempre tinha um propósito específico. Nunca era um simples "Ei, Ronnie, como vai a vida?", sempre tinha alguma trama surreal envolvida, como por exemplo "Estou plantada no seu gramado" ou "Roubei uma cueca do Mason" ou "Você viajou para Saturno? Olha eu aqui atrás de você, que coincidência". O assunto mais normal que ela tinha para falar era quando cobrava comentários meus em suas fanfics. Que, aliás, eu precisava voltar a acompanhar. Parei de ler *Amor e trevas*, sua mais nova obra, logo na parte em que a criança que Ryan e Henry iam adotar desaparecera misteriosamente.

Mas dessa vez, eu já tinha uma noção sobre o motivo de ela estar me ligando. Havia pedido a ela que procurasse alguma prova de que Elena Viattora tivesse vazado a minha foto, para expor a bruxa e suas crueldades, evitando que qualquer um passasse pelo que eu, Daniel e Sabrina passamos.

— Alô?

— Oi, Adams.

Estranhei o tom de voz dela. Parecia meio... sombrio. Como se ela tivesse acabado de ver uma assombração. Piper nunca falava desse jeito comigo. Ela estava sempre falando pelos cotovelos, animada com alguma coisa relacionada aos meninos ou sendo superintensa quando descobria algum podre sobre algum famoso. Dessa vez não era o caso.

— Piper? Está tudo bem?

— Hã... não.

— O que houve? — Fiz sinal com a mão para que Mary parasse de ficar andando de um lado para o outro, para não me desconcentrar.

— Eu... descobri algo sobre Elena Viattora.

— Sério?! — perguntei, esperançosa. — Piper, você é incrível! O que é?

Ela ficou em silêncio por alguns segundos, como se estivesse hesitando em me contar.

— É... algo que não posso dizer pelo telefone.

De esperançosa fui para preocupada. Nossa, o que ela poderia ter descoberto que era tão sério assim? Nunca, durante todo o tempo que conhecia Piper, escutei-a falando daquele jeito.

— Você pode me encontrar na 15 Arlington Street? Agora? — ela continuou.

— 15 Arlington Street? — Arregalei os olhos. — É a casa da Sabrina! Você está aí agora?

— Sim. Pode vir?

Ai, caramba. Em que universo ela achava que eu ir até o ninho da cobra era uma boa ideia? Ainda mais quando estava prestes a me contar uma bomba?!

— Adams, é urgente.

Antes que eu pudesse responder que era melhor nos encontrarmos em outro lugar, ouvi o barulho do telefone sendo passado e outra voz falando comigo do outro lado da linha:

— Ronnie, por favor, venha para cá.

Gelei, quase deixando o celular cair no chão. Era a voz de Sabrina. Então ela acabou se envolvendo naquilo, no final das contas.

— O que aconteceu? — Mary perguntou por leitura labial. Fiz sinal com as mãos que depois explicaria a ela.

— Estarei aí o mais rápido possível.

Me despedi e desliguei o celular, afobada. Peguei Mary pela mão e voei na direção onde Karen havia ido.

— Preciso ir para a casa da Sabrina, agora.

— Depois de comer, né?

Lancei um olhar fulminante para aquela egoistazinha.

— Nossa, calma. O que aconteceu?

— Sinceramente? Não sei. — Falei, roendo nervosamente a unha do polegar. — Mas não é coisa boa. Vou chamar a Karen para levar você para casa.

— O quê? — Mary agora parecia cem por cento interessada no assunto. — Não, eu quero ir!

— Não — falei, séria. — Não quero você chegando perto da Elena, se é que ela está lá.

— Mas...

— Mary. Por favor.

Eu realmente não queria sequer a menor possibilidade da minha irmã mais nova ficar na presença daquela mulher. E pelo jeito, ela devia ter feito algo bem horrível. Eu podia ter soado como mamãe, mas precisava protegê-la, mesmo que parecesse uma chata.

Tentei abrir a porta dos bastidores do palco, mas ela estava trancada. Bati repetidas e rápidas vezes, até que um segurança de cara amarrada — provavelmente de ouvir tantas batidas seguidas — abriu a porta e falou, ríspido:

— A entrada por aqui é proibida.

— Tem uma pessoa aí dentro que eu preciso chamar! Por favor, é urgente! — falei, juntando as mãos.

— Você não tem permissão para entrar. Vai ter que esperar aqui fora.

— Mas senhor! — Dei pulinhos de nervoso. — Eu juro que é importante! Não vou pegar autógrafos, tirar fotos, nada disso! Só quero chamar alguém aí! Nem é da companhia de balé!

Ignorando meus pedidos, ele se pôs na frente da porta, com o corpo grande cobrindo toda a passagem. Me lembrei da primeira vez em que tentei entrar no estúdio de gravação de *Boston Boys*, logo que descobri que Karen me interpretaria no programa, e fui barrada por um segurança que não acreditava que eu era Ronnie Adams.

Nervosa, tentei ligar para Karen, mas seu celular só dava caixa postal.

*O que eu faço?!*

E de repente, sem nem pensar direito, me debrucei sobre o ombro do segurança e berrei o nome de Karen o mais alto que consegui. Fui logo arrancada de cima dele e empurrada para longe, sob a ameaça que se me aproximasse outra vez, seria posta para fora por bem ou por mal.

Felizmente, meu ataque foi o suficiente para Karen sair de dentro do camarim onde estava, assustada, com o celular na mão.

— Ficou louca?! — ela vociferou. — Estava no meio de uma gravação para o meu instagram com as bailarinas! — Ela passou pela barreira humana que me bloqueava a passagem e apontou o dedo no meu rosto. — Acho bom que seja importante!

— E é! — Sacudi os braços.

Nos afastamos um pouco do meu amigo segurança e expliquei a ela a situação, falei exatamente o que Piper e Sabrina me contaram.

— Mas o que essa maluca está fazendo lá?! E o que aconteceu, afinal?

— Não sei, mas é isso que preciso descobrir. — Passei a mão no cabelo. Por um instante tinha até me esquecido de que Karen nem sabia da história da chantagem de Elena. — Elas querem que eu vá, e eu vou. Você pode, por favor, levar a Mary para casa? Não posso de jeito nenhum levá-la comigo.

Karen mordiscou o lábio inferior.

Não sabia o que esperar, para ser sincera. Karen não era a pessoa mais altruísta do mundo, convenhamos, mas sua mudança aos poucos de comportamento me fez pensar que ela realmente poderia querer me ajudar.

— Eu... soube da história. De Sabrina. Uma parte eu assumi, por vê-la com aquela Reyna, mas o resto Henry comentou, porque Nikki contou a ele. — Ela olhou para os sapatos altos. — Talvez eu tenha pego um pouco pesado com ela esses anos todos.

Ergui as sobrancelhas. Karen Sammuel continuava me surpreendendo a cada minuto que eu passava com ela.

— Não vou virar amiguinha de Sabrina nem nada disso, mas... ninguém merece uma mãe daquela. E pelo visto elas acabaram de descobrir um segredo que vai acabar com ela. Pode ir, eu fico de olho na Mary.

Olha só, não é que ela conseguia ser altruísta, no final das contas? Agradeci a Karen mil vezes e lhe dei um dinheiro para que ela levasse Mary para comer em algum lugar. Era melhor assim.

Chamei um Uber e coloquei o endereço que Piper me dissera. Ele nos levou até uma casa mais ou menos do tamanho da nossa, com dois andares de cor grafite ou marrom — não sabia distinguir porque já era de noite —, com o telhado e detalhes das janelas em branco e uma fachada de pedras brancas bem na entrada. Meu estômago deu uma embrulhada, e não foi de fome.

Parei em frente à campainha e hesitei em tocá-la. Será que Elena estava lá? Não, não podia estar... do jeito que elas falaram comigo... será que eu iria me tornar cúmplice de algum crime? Precisava arranjar forças para entrar naquela casa. Não podia ficar muito tempo parada na porta sem saber como proceder.

Respirei fundo, contei até dez na minha cabeça e toquei a campainha. O que tivesse que ser, seria.

A porta se abriu, e para o meu alívio, não foi Elena quem atendeu.

— Oi, Ronnie. — A primeira pessoa que vi foi Sabrina, que estava com uma cara péssima. Estava pálida, com bolsas fundas nos olhos e um olhar assustado. — Entra, por favor.

Pedi licença e entrei na sala de estar. As paredes eram de cor bege e toda a decoração variava em tons de marrom e azul. Foi quando me toquei que nunca havia entrado na casa de Sabrina. Também, não era exatamente bem-vinda.

Piper estava sentada no sofá com uma expressão bastante atordoada também. Não parecia tão transtornada quanto Sabrina, mas era óbvio o motivo. Sabrina com certeza tinha sido a mais afetada naquela história toda. Quer dizer, era isso que parecia ser o caso. Talvez o tal segredo que elas precisavam me contar envolvesse outras pessoas.

— Então... — fui a primeira a tocar no assunto. — O que está acontecendo, gente?

Depois de alguns segundos de silêncio, Piper foi a primeira a falar:

— Eu estava procurando algum jeito de provar que foi Elena que publicou a sua foto na internet... mas não achava de jeito nenhum.

— E eu tinha deletado a foto do celular dela, que nem te falei naquele dia — Sabrina complementou, com a voz fraca.

— E....? — perguntei, com incerteza.

— Então eu decidi procurar na fonte. Aqui. — Piper apontou para as paredes à nossa volta.

Por enquanto, nada de diferente. Quantas vezes ela já acampara no meu quintal, ou no de Daniel para saber cem por cento do que acontecia na nossa vida?

— E eu descobri que Piper estava aqui — Sabrina falou. — Mas ela se escondeu bem, preciso admitir isso. — Senti que ela teria rido se não estivesse tão abalada. — E me ofereci a ajudar.

Mordi os lábios, me sentindo culpada.

— Sabrina, eu não quis te contar porque...

— Eu entendo, Ronnie. Você não queria que eu descobrisse algo ruim sobre a minha mãe. Infelizmente, já sabia o suficiente para não ignorar e querer continuar. — Ela abaixou os ombros. — E depois de dias vasculhando a casa, descobrimos que Elena tinha um telefone secreto, que ela não usava para trabalho nem nada.

— Minha mãe não é burra, ela deletou a foto logo depois de postar, mas tudo apontava para aquele telefone.

— Mostrei para o meu namorado e ele conseguiu hackeá-lo.

Ah, claro. Tinha quase me esquecido de que Piper tinha um namorado. E se me lembro bem, ela tinha mencionado que ele trabalhava com programação e computadores. Bem, aquela era a prova viva de que ela não havia mentido.

— Além de encontrarmos a foto, encontramos... outra coisa.

— O quê? — perguntei, com o coração se acelerando.

— Uma conversa com um número desconhecido, que mencionava números e letras específicos. No dia do acidente de carro de Daniel. Poucas horas antes dele, aliás.

Minha garganta ficou seca.

— Ela estava toda em espanhol, mas por sorte tinha alguém comigo que podia traduzi-la. — Piper apontou com a cabeça para Sabrina, que já estava quase chorando.

— O que era, Sabrina...? — perguntei.

Sabrina, já não conseguindo mais segurar as lágrimas, se sentou no braço do sofá e disse:

— 992 LXS.

Não disse nada a princípio. Não ficou muito claro o que ela queria dizer com aquilo.

— É a placa do carro da Reyna.

# 17

**Arregalei os olhos** ao ouvir o que Sabrina havia acabado de dizer.

— Sabrina... — precisei me sentar também, agora entendendo onde ela queria chegar. — Elena fez... o que eu acho que fez?

— Se foi ela quem bateu no carro de Reyna? — Ela agora estava vermelha de raiva. — Não. Só deu as instruções para que um conhecido de Porto Rico fizesse isso no lugar dela. *Sólo un susto, nada sério* — ela disse essa última frase e traduziu logo em seguida, com os punhos cerrados.

Levei as mãos à boca ao ouvir aquilo. Não era possível. Uma coisa era você chantagear adolescentes e espalhar fotos comprometedoras na internet — não que isso seja justificável, porque era horrível de qualquer jeito —, mas era algo completamente diferente você bater no carro da namorada da sua filha porque não aprova o relacionamento delas!

— Eu não acredito — falei, atordoada.

— Nenhuma de nós acreditou — Piper respondeu, colocando a mão no ombro de Sabrina, que chorava compulsivamente.

— Um susto... Um susto! — Sabrina deu um soco na mesinha de centro na sua frente. — Ela queria me punir por ter escolhido Reyna no lugar dela! Me ouviu falando com ela e soube que ela estava vindo aqui para casa para conversarmos sobre a viagem... Ela nem sabia que Jenny e Daniel estavam junto! Imaginem o que poderia ter acontecido! — Ela colocou a mão sobre a boca e ficou ainda mais pálida. — Ai, meu Deus.

Piper e eu percebemos que Sabrina de repente ficara bem pior do que já parecia, e começou a fazer barulhos de ânsia de vômito.

— Vem, rápido. — Piper ajudou-a a se levantar e correu com ela até o banheiro.

Pobre Sabrina. Isso devia mesmo ter sido um soco no estômago. Serviu para multiplicar por um milhão a raiva que sentia por Elena. Que tipo de ser humano faria uma coisa daquelas?! Bater no carro de alguém para "dar um susto"?!

Só de imaginar aquele rosto de nariz empinado e se achando melhor do que todo mundo, me deu uma raiva tão grande que cravei as unhas na almofada azul ao meu lado. Ela precisava pagar pelo que fizera. De jeito nenhum podia sair impune.

Alguns minutos se passaram e nada de Sabrina e Piper saírem do banheiro. Preocupada com o estado de saúde físico e mental da minha amiga, bati duas vezes na porta e perguntei se estava tudo bem.

Piper abriu um pedacinho da porta e vi Sabrina apoiada no chão, com os cabelos presos, com o rosto praticamente dentro da privada.

— Se importa de pegar uma água?

Assenti com a cabeça e dei passos rápidos até a cozinha. Com as mãos trêmulas, peguei um copo na dispensa, abri a torneira e o enchi até o topo. Com cuidado para não derramar nada no chão, fui andando devagar e o mais firme possível em direção ao banheiro perto da escada, mas congelei ao ouvir o som de chaves virando na porta.

Pensei em todos os palavrões possíveis no tempo de dois segundos que levou para que a porta fosse aberta, e a própria assombração em pessoa percebesse que alguém que ela realmente não gostava havia entrado em sua casa.

Nem tive tempo de me esconder. A Bruxa Má do Oeste abriu a porta de casa, fazendo todos, absolutamente *todos* os pelos do meu corpo se arrepiarem. Os olhos castanhos pousaram em mim como os de uma águia. Usava saltos altos, maquiagem carregada, cabelo de comercial de xampu e se portava de maneira ameaçadora. Como uma tigresa prestes a devorar a primeira criatura que se movesse. No caso, era eu quem estava exatamente em sua reta.

— O que é isso?! — a voz estridente e carregada de asco — O que está fazendo na minha casa?!

Ai, céus. O que eu ia fazer? Estava sozinha no recinto. Piper estava ajudando Sabrina a se recuperar a uma distância considerável.

Tentei pensar como se estivesse em uma das salas do Room Escape. Eu precisava arranjar um jeito de escapar daquela situação, salvar o dia e dar a punição correta ao vilão da história. À vilã, no caso. Mas o que eu iria dizer? Como ia me explicar? Na verdade, estava com muita coisa entalada na garganta para dizer àquela mulher, e desde que a maldita publicou a foto que manchou minha imagem com Mason e com Jenny, o que queria mesmo era socar a cara dela. Queria ainda mais depois de saber que ela foi a responsável por Daniel ser hospitalizado. Mas aquilo eu realmente não podia fazer, assim como não se pode machucar os zumbis da sala Escape da Cidade Zumbi. Só me restava atacá-la com palavras.

*Enfrente esse medo de uma vez por todas.*

— Eu vou chamar a polícia. — Ela começou a vasculhar a bolsa em busca do que provavelmente era seu celular.

*Vamos, enfrente.*

— Quem deveria chamar a polícia sou eu! — finalmente um som saiu da minha boca. Saiu mais esganiçado e nervoso do que eu gostaria, mas pelo menos saiu.

— O quê? — ela perguntou, com raiva, apertando o celular com força.

— Você... — E o coração começou a martelar de novo no peito, mas tentei me manter o mais firme possível. — Você não tinha o direito de ter publicado aquela foto!

— Que foto? — Ela se fez de desentendida. Argh, e a vontade de socá-la só aumentava.

— Você sabe muito bem qual foto! A de Daniel e eu nos beijando! A pessoa que você ameaçou demitir se eu não me afastasse dele e de Sabrina! Que você entrou no quarto escondida no dia em que ele sofreu o acidente só para tirar e usar como chantagem! Só porque ajudamos sua filha a fazer algo que *você* devia ter feito, que era aceitar quem ela era e quem ela amava!

Uau. E não é que saiu, sem eu gaguejar nem hesitar? Nossa, aquilo fez uma onda de adrenalina percorrer o meu corpo e me fez um bem danado. Fiz a coisa certa. Ela merecia ouvir cada palavra.

Uma veia pulsou da testa de Elena, mas ela também tentou manter a compostura.

— Você acha que me intimida? Uma pirralha pequena, feia, magricela e que não tem absolutamente nada de especial, acha que tem algum direito de opinar em como vou me relacionar com a minha filha?

O sangue me subiu à face, mas não recuei.

— Quando você é uma mãe, aliás, uma *pessoa* horrível do jeito que é, acho sim. Você ameaçou não só uma, mas *duas* garotas que nem conhecia, pelo simples fato de sermos mais compreensivas que você! Enquanto você estava preocupada em fazer sua filha ficar famosa, ela ficava deprimida por ser diferente e não ter ninguém com quem se abrir sobre isso! E quando finalmente achou, você mexeu tanto com a cabeça dela que a fez pensar que era culpa de Sabrina! Você é um monstro!

— Escute aqui, garota... — Ela deu um passo a frente, me olhando de cima. — A filha é minha e *eu* decido o que é melhor para ela. E se continuar apontando esse dedinho ossudo na minha cara, espalhar essa foto vai ter sido só o início do que posso fazer com você. Posso te destruir, se quiser. Tenho meios para isso. Meios que você nem imagina.

Uma gota de suor percorreu minha têmpora. Por um instante achei que ela ia me bater.

— Não tenho medo de você. Não mais.

— Pois devia ter. Você não sabe uma minúscula fração do que eu sou capaz. Acha que eu estava brincando quando disse que iria demitir seu namoradinho, Daniel? Posso fazer muito pior do que isso.

Me lembrei da carta na manga que agora tinha, graças à conversa com Daniel no dia da minha entrevista no Room Escape.

— Não vai fazer isso. Só está dizendo isso para me meter medo. Se demitir Daniel, Sabrina se demite também. Aí quem perde é você.

Ela abriu a boca para responder, mas parou. Há, eu havia a desarmado! Isso!

— Posso prejudicá-lo de outros modos.

Ah, mas ela não ia encostar um dedo em um fio de cabelo de Daniel. Nem de Reyna, Sabrina, mais ninguém. Era a hora de eu usar meu golpe final. A informação que acabara de descobrir.

— Como ficou sabendo do acidente naquele dia?

Ela me encarou como se eu fosse louca.

— Que pergunta é essa?

— Você ouviu — falei, firme. — Como soube do acidente?

— Pela mãe de Daniel, seu pequinês.

Argh. Falsa. Cobra. Mentirosa. E no dia do acidente eu realmente acreditei nela. Estava com tanto medo e me sentindo tão intimidada que nem parei para questionar a veracidade daquilo.

— Ah, é? — Saquei o celular do bolso e digitei rapidamente o número de Daniel. — Vamos comprovar isso então, que tal?

— *Basta, pendeja!* — E foi o segundo momento em que pensei que ela iria me bater. Mas na verdade, arrancou o celular da minha mão, jogou-o no chão e fincou o sapato nele, quebrando a tela, e possivelmente, o aparelho.

Meu queixo caiu no chão.

Meu Deus.

Meu Deus do céu.

Só havia um motivo para ela ter me impedido de ligar para Daniel para comprovar se era verdade que sua mãe havia avisado a Elena do acidente. Ela havia acabado de comprovar. Ela tinha realmente armado aquilo. Se havia qualquer resquício de dúvida sobre o que acontecera, naquele momento havia desaparecido.

— Foi você, não foi? — perguntei, dando um passo para trás. — Você armou isso tudo. Ficou sabendo que Reyna viria para cá e achou um jeito "prático" — fiz o sinal de aspas com as mãos — de se livrar dela.

Ela hesitou um pouco, mas depois manteve a calma e rebateu:

— Como eu posso ter causado o acidente? Foi um homem bêbado. Está gravado.

Apoiei o copo de água que até agora estava segurando — e derramei um pouco com o nervoso e o sangue fervendo, desculpe, Sabrina —, cruzei os braços e respondi, calma:

— "Só um susto, nada sério."

Agora a cara de Elena estava tão vermelha de raiva que parecia um tomate. Finalmente, tinha conseguido desestabilizá-la. Não tinha como escapar. Fiz questão de repetir a tradução certinha da frase dela, para ela saber que tivemos acesso à sua conversa.

— Ninguém vai acreditar em você — ela respondeu, tentando parecer indiferente mas claramente com medo.

Droga. Se ao menos essa louca não tivesse quebrado meu celular e eu tivesse conseguido falar com Daniel...

E de repente, como se tivesse me comunicado por telepatia, ou por alguma força desconhecida do universo, escutei o barulho de passos atrás de mim. A cara de Elena foi de vermelha para branca em menos de cinco segundos. O piso de madeira da sala rangeu, revelando ao meu lado Sabrina, parecendo um pouco melhor do que antes. Ela já havia colocado os bofes para fora, então ainda parecia meio fraca. Mas sabia que ela não ia deixar aquilo barato.

— Vão sim — Sabrina falou, séria. Elena estava completamente em choque.

Eu já havia falado tudo o que estava preso há um bom

tempo. E me senti maravilhosamente bem. Assustada, com as pernas bambas e com uma leve tontura, mas tirando isso, muito bem. Era a vez de Sabrina enfrentar a mãe. O momento pelo qual todos estavam esperando.

— Eu sei o que você fez com os meus amigos. — Ela deu um passo a frente. As palavras saindo da sua boca como farpas.

Cheguei um pouco para trás para dar um certo espaço à Sabrina, mas continuei prestando o máximo de atenção.

De repente, o beiço de Elena tremeu, e ela se aproximou de Sabrina, com as mãos juntas.

— *Mi hija*... acredite em mim... — Sua voz estava trêmula, porque ela chorava sem lágrimas. — Eu nunca faria...

— Pare — Sabrina disse, absolutamente severa. — Nem se dê ao trabalho de tentar se explicar. Já sei dessa história. Sei o que você fez com Daniel e Ronnie. E isso agora foi a gota d'água. — E ela se aproximou, até quase colar o nariz com a mãe. Sua voz era fria e sua postura era rígida. — E eu me demito.

Uau. Que golpe final maravilhoso. Nada iria tocar tanto na ferida de Elena quanto sua própria filha, por quem ela sacrificara tanta coisa para torná-la famosa, e agora estava pulando fora de tudo o que ela havia construído especialmente para ela.

— O quê...? — Elena perguntou, se apoiando na porta para não se desequilibrar.

— Eu. Me. Demito — Sabrina repetiu, no mesmo tom de voz ameaçador.

— Mas você não pode...

— Posso sim. Daniel também. E você não pode nos impedir. Vai ter sorte se a família dele não meter um processo milionário contra você.

— *M'hija*...

— E você pode ter certeza que nem Nikki nem os gêmeos vão querer continuar trabalhando para alguém como você.

A postura de Elena mudara completamente. De tigresa enfurecida, agora parecia uma gatinha assustada. Ela não tinha para onde fugir. Se estivesse numa sala do Room Escape, teria perdido de maneira humilhante. Perdera tudo. O programa de TV, possivelmente muito dinheiro, o respeito da filha e o poder que tinha sobre todos a quem fazia mal. Depois de ser confrontada pela própria filha, que descobriu todos os podres que ela se esforçara tanto para esconder, não havia o que ela dissesse que iria salvar sua série. Ou sua pele.

E para fechar o confronto com chave de ouro, Piper, que ficara o tempo todo ausente dessa discussão, surgiu ao nosso lado, também com o celular na mão.

— Sorria, senhora Viattora! — Piper disse, rindo e apontando para o próprio celular. — Tudo isso acabou de ser enviado para Mason McDougal, Henry E. Barnes, Ryan Johnson, Daniel Young... e para todo o seu fã-clube.

Foi o tiro final. Agora não só os atores de *Boston Academy* sabiam da história, os de *Boston Boys* também. E todas as suas fãs. E muito em breve o dono da emissora, assim que isso chegasse ao conhecimento de mamãe, o que imaginava que seria muito em breve. O que havia começado como um confronto de eu sozinha versus uma diretora poderosa, agora havia se tornado a diretora poderosa versus toda a cidade de Boston. E outras dos Estados Unidos também.

Antes que caísse dura bem ali, a única coisa que Elena conseguiu fazer foi gritar muitos xingamentos em espanhol, marchar para fora de casa e fechar a porta com violência.

*Vencemos.*

— Olha... — Piper foi a primeira a comentar algo desde o ataque de Elena e sua fuga com o rabo entre as pernas. — Vou falar que sempre preferi as vilãs das novelas mexicanas, mas dessa vez específica, adorei ficar do lado da Maria do Bairro. — Ela deu uma piscadela para mim.

Minhas emoções estavam à flor da pele. Ainda estava em choque que Sabrina e Piper apareceram lá no momento em que mais precisei, e como Sabrina conseguiu ser forte e peitar a própria mãe daquele jeito. O coração ainda batia acelerado por ter finalmente confrontado aquela megera, além do alívio que sentia em saber que ela não iria mais mexer nem comigo nem com meus amigos. Abri um sorriso trêmulo e abracei Sabrina com força. Ela também devia estar se sentindo completamente esgotada emocionalmente. Piper se juntou a nós em seguida e aquilo acabou se transformando em um abraço em grupo, acompanhado de risadas, choros e suspiros de alívio.

Quem diria. Piper Longshock, *stalker* profissional, se importando de verdade comigo e com Sabrina e nos ajudando como ajudou.

Levei a mão ao bolso por instinto para chamar um Uber que nos levasse o mais longe possível daquele lugar e para um restaurante delicioso onde hambúrgueres e milk shakes da vitória estariam esperando por nós, mas não senti nada.

Logo depois me toquei que meu celular acabou sendo sacrificado na batalha e estava estatelado no chão, com a tela toda quebrada e preta. Segurei-o como um bebê recém-nascido, tentei ligá-lo, e nada. Deu seu último suspiro.

— Bem... — dei de ombros. — Mamãe vai entender. Foi para um bem maior.

— "... às vezes temos que fazer sacrifícios por algo que acreditamos ser melhor. Sentimos muito por tirar de vocês algo que estavam apoiando tanto e gostando, mas a situação chegou a um ponto crítico e precisávamos tomar uma atitude. Mas não se preocupem, oportunidades não faltarão para que voltemos a trabalhar juntos no futuro. Nós amamos vocês e todo o carinho que nos proporcionaram ao longo dessa primeira temporada, e somos eternamente gratos por isso. Mas era algo que precisava ser feito. Até breve! Com carinho, Sabrina Viattora, Daniel Young, Nikki Grimwald, Jackson e Emmett Martin".

Esse era o final da postagem no perfil de Sabrina, que pedira para que eu desse uma olhada antes de publicar a saída oficial dos atores de *Boston Academy* e o fim do curto período em que a série esteve no ar. Naquela manhã, alguns dias depois da noite em que confrontamos Elena, todo o elenco chegara em um acordo e a decisão de sair do programa foi unânime. Mas já estava destinado a isso, porque quando mamãe descobriu da história toda, mais tarde naquele mesmo dia, ligou oitocentas vezes com toda a sua fúria de mamãe-ursa para o dono da emissora e reportou todo o ocorrido. Sabrina, Daniel e os outros também contaram suas versões dos fatos e mostraram o vídeo que estava circulando pela internet gravado no celular de Piper. Isso tudo contribuiu para a decisão do chefão de afastar Elena da televisão por tempo indeterminado. E Sabrina estava certa em relação ao processo. Em breve chegaria uma intimação para Elena vindo não só da família de Daniel, mas das de Reyna e Jenny também, afinal, os três estavam no carro. Sem diretora e sem atores, a série acabou sendo "guardada para uma oportunidade futura", uma forma suave de dizer, "cancelada".

O dia da publicação coincidiu com o Dia de Ação de Graças, e Daniel, muito gentilmente, ofereceu a casa dele a suas duas amigas que não iriam comemorar o feriado com os pais. Fiquei com um pouco de incerteza ao receber o convite porque não sabia se era só por educação ou porque ele realmente queria a minha presença lá, mas acabamos indo por insistência de Mary e de Noah. E acabou sendo ótimo. Seus pais foram supergentis, a comida estava deliciosa — Sabrina e eu, em agradecimento, levamos acompanhamentos para a refeição — e a companhia dos dois foi muito boa para mim. Eu precisava mesmo daquilo. Estava ainda sensível, já que os últimos dias haviam sido tão, digamos... emocionantes, que passar o Ação de Graças praticamente sozinha seria bem solitário.

— Gostei. Por mim pode publicar — falei, e Daniel, que estava ao meu lado, concordou.

Sabrina respirou fundo três vezes, segurou a mão de Daniel e apertou o botão "Publicar". Agora não tinha mais volta.

— É, acabou. — Daniel comentou.

Por mais que ele tivesse feito a coisa certa, me sentia mal por Daniel. Ele lutou tanto por uma oportunidade de fazer algo que queria muito, e novamente, o sonho foi cortado cedo demais. Chegava a ser injusto.

— Sinto muito que as coisas aconteceram assim — falei para ele.

— Ei, vou ficar bem. — Ele deu um meio-sorriso. — Vou continuar tentando até alcançar o que quero. Nenhum músico fica famoso tão fácil. Um dia vou poder escrever na minha autobiografia que tive participações bem breves em programas de TV adolescentes antes de estourar.

Sorri também. Ele realmente merecia estourar.

Me lembrei da conversa que tive com Karen no sábado, quando fomos ver *O lago dos cisnes*, sobre o que cada um de nós faria no futuro.

— E você, Sabrina? Quais são os próximos planos? — perguntei a ela. — Já tem alguma ideia? Ou é cedo demais para saber?

— Isso eu não sei, mas sei o que não quero mais fazer. Aparecer na TV — Sabrina respondeu, dando um risinho. — Pela primeira vez em muito tempo posso tomar eu mesma minhas decisões, e já cansei, pelo menos agora, de ter uma vida "pública". — Ela fez o sinal de aspas com as mãos. — Vou arranjar um emprego. Entrar na faculdade. Recomeçar a vida com alguém que me apoia de verdade — ela disse essa última frase olhando para o protetor de tela de seu celular, que era uma selfie dela beijando a bochecha de Reyna.

Fiquei feliz por ela. Dava para ver que seu estrelato era muito mais por vontade de sua mãe do que vontade própria. Era bom saber que agora ela finalmente podia fazer o que quisesse. Seja lá o que fosse. Mas mesmo assim era triste ver a situação dela com a própria mãe. Sabrina havia oficialmente se mudado da casa de Elena e parecia que não iria voltar a falar com ela tão cedo.

— E a viagem com os fãs? — Daniel resolveu tocar num assunto que, por causa de fatos recentes, estava um pouco sensível para mim. — Não vai mais rolar, vai? Agora que nossa série acabou...

— Não sei... — Sabrina disse. — Isso temos que ver com Jenny. E com sua mãe, Ronnie. Elas que estavam à frente disso.

Ergui as mãos mostrando que tampouco sabia como ia ficar. No momento, não seria de todo mal que a viagem fosse cancelada, porque seria um tanto desconfortável passar uma semana na terra natal da minha melhor amiga que no momento não queria sequer olhar na minha cara.

Ah, Jenny. Que saudades que sentia dela. Não parava de lembrar do Dia de Ação de Graças do ano anterior, em que nós competimos para ver quem fazia a torta de abóbora mais gostosa do dia, mas acabamos comendo-as inteiras, sozinhas. Deu uma baita dor de barriga no dia seguinte, mas valeu a pena. Tinha até uma foto no meu celular que eu adorava, de nós duas todas sujas de farinha, açúcar e calda, com a mão na barriga estufada e as travessas vazias ao nosso lado, com sorrisos bobos.

Tentei ligar para ela no dia seguinte da confusão com Elena, mas nada de ser atendida. Tentei outra vez, zero. Só não deu para continuar insistindo muito porque as tentativas eram feitas no celular de Mary, já que... bem, o meu havia sido destruído pela Bruxa Má do Oeste.

— Já volto — Sabrina disse para nós e foi em direção ao toalete da casa de Daniel.

Passamos quase um minuto sem dizer nada um para o outro. Não ficávamos completamente sozinhos desde a nossa conversa no dia da entrevista do Room Escape. Quando disse que achava que não daríamos certo juntos. Depois disso, ocorreu todo o caos da foto sendo vazada e o confronto com Elena, e não tocamos mais no assunto.

Ainda sem dizer nada, nós dois esticamos o braço para pegar o último cupcake de nozes e caramelo que havia sobrado da sobremesa, mas paramos antes de alcançá-lo.

— Pode pegar — falei.

— Não, pega você.

Depois de insistirmos mais algumas vezes para ver quem ficaria com o último bolinho, Daniel chegou em uma solução prática. Partiu o cupcake ao meio e me entregou uma metade. Depois lambeu os dedos que ficaram sujos de creme.

— Daniel... — falei, hesitante, encarando a metade do cupcake. — Você... tem falado com Jenny?

— Tenho. Por quê?

— Como ela está? Está se divertindo, trabalhando muito...?

— Sim, e sim. Disse que está bem cansativo, porque são muitas viagens e pouco tempo em cada lugar, mas que está sendo o máximo. Conheceu um bando de gente e os shows estão sendo incríveis. Mas disse que quando chegar vai hibernar por um tempo até voltar à vida real. — Ele deu um risinho.

— Ah... que bom. — Dito isso, comi o cupcake em silêncio.

— Vocês duas... ainda não estão se falando, não é?

Assenti com a cabeça, cabisbaixa.

— Por minha causa — ele disse, sentindo-se culpado.

— Por *minha* causa — corrigi. — Você não sabia sobre ela. Aliás, nem deveria saber.

— Mesmo assim, não queria ficar entre vocês. — Ele comeu sua metade do cupcake também.

— Você não está. Isso é algo que tenho que resolver sozinha com ela.

— Se você diz. — Ele deu de ombros. — E Mason? Conseguiu falar com você?

Olhei para ele, confusa.

— Ele chegou a tentar? Nos últimos dias, a última coisa que ele queria era falar comigo.

E foi a vez de Daniel me encarar sem entender.

— Mas ele disse que iria falar com você. Ontem mesmo.

Pisquei duas vezes.

— Ontem?

— É. Bem, deve estar ocupado com a turnê.

— Pode ser. Mas espera... Como você sabe?

Daniel mordiscou o lábio inferior.

— Daniel? — insisti.

— Hã... ele veio falar comigo.

Se ainda estivesse segurando o cupcake, com certeza o teria deixado cair no chão ao ouvir aquilo.

— Ele... veio falar... com *você*?

— Pois é. Acredite se quiser.

— E... sobre o que vocês conversaram?! — Agora a curiosidade tomara conta de todo o meu ser. Mason e Daniel nunca chegaram a se tornar amigos, eles apenas conviviam pacificamente. Você entende por que ouvir aquilo foi estranhíssimo para mim, não entende?

— Acho melhor ele te contar. Mas se serve de consolo, acho que o fiz ver as coisas com um pouco mais de clareza.

As pontas dos meus dedos formigaram. Daniel fez o que eu achava que fizera?!

— Ele disse que iria falar com você ontem mesmo.

Era sério aquilo? Mason tinha finalmente acabado com o gelo que me dera? E tudo isso graças a uma conversa com Daniel?! Aliás, Daniel convenceu uma pessoa que já não era tão fã a perdoar a pessoa pela qual ele ainda sentia alguma coisa? O que estava acontecendo com o Universo?!

— Não viu nenhuma mensagem ou ligação perdida no seu celular?

— Que celular? Esqueceu que Elena o destruiu na nossa discussão?

Daniel arregalou os olhos.

— Esqueci... de comentar isso com ele.

Então Mason podia ter tentado falar comigo para finalmente resolvermos nossa situação, mas não conseguiu simplesmente porque meu celular tinha ido para o beleléu?! E para resolver isso era tão simples quanto ligar para ele do celular de outra pessoa?!

Só não levantava para ligar para ele naquele exato momento porque além de querer fazer aquilo em particular, seria crueldade demais com Daniel usar o telefone dele para me acertar com Mason. Ele já fora altruísta em um nível que poucos seres humanos são elevados espiritualmente o suficiente para ser.

— Daniel, eu... não sei o que dizer. Obrigada.

Ele sorriu de leve.

— Agradeça a Jenny também. Pelo que me contou, Mason foi perguntar a ela antes se falava comigo ou não, e ela o encorajou a falar.

Uma onda de calor percorreu meu coração. Mesmo estando chateada comigo, Jenny ainda queria que as coisas dessem certo entre Mason e eu.

— Você tem uma amiga que te ama, Ronnie. Não deixe que um desentendimento entre vocês destrua isso.

Eu realmente tinha. Aliás, dois amigos incríveis. Que mesmo eu não merecendo, me ajudaram. Eu estava finalmente aprendendo a apreciar mais essas amizades, a ser mais grata por eles terem entrado na minha vida.

Agora queria usar o telefone de outra pessoa para ligar para Jenny e implorar por seu perdão de novo. Queria ela e Mason do meu lado naquele instante. Faltava um pouco mais de uma semana para a turnê acabar, e agora não via a hora de vê-los novamente. Ouvir aquilo de Daniel fez crescer a esperança de que no final das contas, aquela história podia ter um final feliz.

Assim que cheguei em casa, naquele mesmo dia, corri até o quarto de Mary, que estava, para variar, conversando com Ryan pelo Facetime. Em vez de repreendê-la dizendo que ele estava ocupado e não era o melhor horário para falar com ele, esperei pacientemente que ela terminasse de ouvir as novidades, para chegar perto dela e pedir seu celular emprestado.

— Eles têm que ir! E Jenny está ocupada — Mary falou, puxando o celular para mais perto.

— Eu sei... É muito rápido, juro! Por favor... — fiz minha melhor cara de cãozinho abandonado para ela.

Revirando os olhos e bufando, ela me passou o telefone, de má vontade.

— Oi, Ryan! — Acenei para a tela. — Como estão as coisas aí?

— Oi, Ronnie! Estão ótimas! — Mas ouvi uma voz feminina no fundo gritando: "Ryan! Desligue isso agora!".

— Que bom! Hã... Mason está aí?

— Sim, vou passar para ele. Mason! — Ele fez sinal com a mão para que o amigo se aproximasse.

Com o coração na mão, quase hiperventilei ao ver aquela cabecinha loira surgindo do outro lado da tela. Pude ver que ele se afastou um pouco dos outros e a voz impaciente de mamãe ficou mais distante, o que mostrava que ele procurou um lugar mais reservado para podermos conversar.

— Oi, Ronnie.

— Oi.

Precisei de alguns segundos para me recompor, mas consegui falar:

— Hã... não sei se você tentou falar comigo esses dias, mas... estou sem celular.

— Ah, não sabia. — Ele fez uma pausa, e o grito de mamãe ficou mais alto outra vez. Ela devia tê-lo seguido. — Escuta... Aqui está uma loucura, então podemos conversar quando eu voltar? Eu realmente quero conversar.

— Claro. Claro que podemos.

— Ok. — Ele deu um sorriso mínimo. — Eu pensei em muitas coisas enquanto estive aqui. Mas isso te explico com mais calma... TÔ INDO! — Ele interrompeu o pensamento para avisar a mamãe que já iria desligar o telefone. — Eu realmente preciso ir.

— Tudo bem.

Ele deu um aceno e a tela ficou preta. Voltei para o quarto de Mary e lhe entreguei seu celular, agora com um sorriso no rosto.

— Que cara é essa? — ela perguntou, tomando o celular.

— Nada.

*Só que finalmente parece que tudo vai ficar bem, de verdade.*

# 

— **MINHAS CRIANÇAS! EU CHEGUEI!**

Não consegui nem trancar a porta atrás de mim quando a abri para Susan Adams e suas enormes malas entrarem em casa, antes de receber um superabraço da minha querida mamãe-ursa. Mamãe foi a única com quem tive contato quase todos os dias durante a turnê dos meninos, porque ela sempre ligava para ter certeza de que estava tudo bem, que não tínhamos colocado fogo na casa e tudo o mais. Pelo menos as conversas serviram para que eu a convencesse que não era necessário chamar uma babá para cuidar de mim e de Mary durante sua ausência. Seu lado superprotetor ficou ainda mais atiçado depois ela descobriu todas as atrocidades que a diretora de *Boston Academy* fez comigo, incluindo destruir a fonte de comunicação entre nós duas, meu celular.

Depois de dar oitocentos e cinquenta e quatro beijos em cada uma de nós, mamãe finalmente se jogou no sofá, soltando um longo suspiro cansado. Imaginei que ela realmente deveria estar exausta de cuidar de Mason, Henry e Ryan durante vinte e cinco dias, passando por várias cidades. Logo, logo aquela euforia de matar a saudade iria acabar e daria espaço para uma boa noite de sono, que sabia que mamãe merecia.

Esperei que ela estivesse mais calma e trocasse de roupa para colocar uma mais confortável, para tirar a dúvida que estava presa em mim desde que abrira a porta para receber minha mãe. Ela estava sozinha. O quarto integrante daquela casa não estava junto com ela. A pessoa pela qual me preparei tanto psicologicamente para encontrar e contar tudo o que aconteceu para finalmente acertar as coisas com ele.

— Mãe... Mason não veio com você?

— Não — ela respondeu, abrindo uma garrafa de vinho que creio que ela aguardava para uma ocasião como essa. — Ele vai ficar por mais uns dias em Los Angeles. Aproveitou para visitar Lilly e Paul.

Oh. Então era mais um tempo em que nossa conversa seria adiada. Bem, não tinha muito o que fazer senão esperar que ele voltasse e, enquanto isso, aproveitar a companhia da minha querida e maluquinha mãe, que por mais que fosse escandalosa e nervosa, era a melhor mãe do mundo. Estava orgulhosa de tudo o que ela havia alcançado, e a turnê era a prova de que fez um ótimo trabalho.

Passamos o final daquele dia ouvindo as histórias que mamãe contou para Mary e eu sobre a turnê. Como era um dia de comemoração com sua volta, mamãe concordou em pedirmos uma pizza de jantar, para a alegria de sua filha mais nova — e da mais velha também, afinal, seria uma refeição a menos para cozinhar, e, bem... quem não ama pizza?! —, mesmo sendo um dia de semana. A princípio, seu plano era de comprar um peru e fazer um jantar atrasado de Ação de Graças comigo e Mary, mas estava tão cansada que a pizza acabou vencendo.

Das histórias que ela contou, a que mais gostei foi a de Henry entupindo o vaso do hotel que eles ficaram em Washington DC, e quando a camareira chegou em seu quarto para desentupir o banheiro, reconheceu-o e pediu para tirar uma foto com ele para postar em suas redes sociais. Até aí tudo bem, o problema foi a legenda que a moça colocou, que era: *Morram de inveja! Desentupi a privada de Henry Barnes, dos Boston Boys! Esse cocô a gente limpa sorrindo*. É sério, foi essa a legenda. Claro que nenhum dos garotos deixou que ele esquecesse da vergonha que passou, e no final da viagem, deram de presente para ele uma fralda geriátrica com a foto publicada grudada na frente.

Tiveram muitos acontecimentos divertidos que me deixaram até com vontade de estar lá na turnê também. Como quando mamãe arrastou os três pela orelha por terem saído escondidos em uma noite em Kentucky para tentar comprar bebida com identidades falsas, mas foram pegos no flagra segundos antes de passarem o cartão; quando eles foram convidados a participar de um rodeio no Texas e Mason quase desmaiou quando o palhaço que entretinha a plateia foi até ele e convidou-o para participar das brincadeiras; ou quando dezenas de fãs cercaram o hotel em que os garotos estavam em Los Angeles porque acharam Ryan no aplicativo de relacionamentos que ele, muito espertamente, esqueceu de desligar. Outra história que adorei ouvir foi a da visita que eles fizeram ao senhor Aleine, em Nova York. Mamãe me mostrou uma foto dele com uma camiseta estampada com o rosto de Mason e que dizia "Eu amo Boston Boys", com um grande coração vermelho desenhado. Achei aquilo fofo e engraçado ao mesmo tempo, porque o senhor Aleine era um executivo bastante sério, mas estava usando algo que normalmente uma menina de treze anos usaria.

Passamos tanto tempo falando da viagem que acabamos indo dormir tarde. No dia seguinte, não vi mamãe em casa, ela dormiu o dia inteiro. Não estou exagerando. Foi literalmente o dia *inteiro*. Saí para a escola e ela estava dormindo, voltei do trabalho e lá estava ela, ainda babando no travesseiro. Mas eu entendia o porquê. Se tivesse passado por tudo aquilo que ouvi na noite anterior, também precisaria hibernar por pelo menos um dia para voltar a ser eu mesma. E conhecendo minha mãe, sabia que muito em breve ela já estaria de volta a todo vapor, organizando as ideias da série, a possível viagem com os fãs, o feedback sobre a turnê, tudinho. Enquanto isso, eu iria continuar na minha rotina assim como segui durante aquele mês de novembro, quando nossa casa estava com menos habitantes do que o normal.

E os dias foram passando assim, na calmaria. Foi até bom para que eu focasse mais na escola — que estava em semana de provas — e no trabalho, onde ficava cada vez mais segura para monitorar as salas sozinha. Uma delas, eu admito, monitorei tão bem, fui tão boazinha, e mesmo assim o grupo não conseguiu escapar de jeito nenhum.

Faltavam apenas três minutos para o tempo da sala acabar. O grupo de adolescentes estava quase lá, só faltava girar a manivela escondida atrás do quadro "Mulher com sombrinha", de Monet. Mas além de já ter dado todas as dicas permitidas para a sala, eles não conseguiam entender a última, que era a mais ridícula de todas.

— Observem por trás da sombra — repeti, no microfone, para a sala inteira escutar. — Por. Trás. Da. *Sombra*.

Mesmo enfatizando bem a palavra, os espertalhões não sacavam. Todos rodavam a sala procurando uma sombra específica, mas esqueciam de ver o óbvio. Esse era o grande problema com os grupos que jogavam o Room Escape. Procuravam a mais absurda das soluções e esqueciam de ir pelo caminho mais simples. Um deles chegou a correr atrás da própria sombra para ver se chegava a algum lugar, mas acabou correndo em círculos, que nem um cachorro. Bati na testa.

— A sombra *impressionante*.

Tentei ir pelo lado do impressionismo, característica importante do único quadro impressionista e o único quadro de Monet que tinha naquela sala, para ver se eles chegavam à solução, mas isso só os deixou ainda mais confusos. Ficaram debatendo pelo tempo restante sobre o que seria uma sombra impressionante, até ouvirem o barulho da televisão mostrando que eles haviam chegado no limite.

— Sinto muito, pessoal. Não foi dessa vez. — falei, abrindo a porta ilustrada de pinturas abstratas na minha frente.

Depois de tirar a foto do grupo decepcionado por ter perdido na última pista, e segurando as plaquinhas escritas "Foi quase..." e "Na próxima vez a gente consegue!", entrei na sala como de costume para arrumar tudo e deixá-la pronta para o próximo grupo jogar.

Guardei os pincéis, potes de tinta, rascunhos e quadros falsos de obras de arte famosas, todas as pistas voltadas para o tema da sala, que era sobre escapar de uma galeria de arte antes que a polícia prendesse o grupo no lugar da quadrilha que lhes colocou numa emboscada.

Estava quase tudo pronto para o jogo recomeçar no horário seguinte, só faltava uma coisa. Uma das pistas era um quebra--cabeça que os jogadores precisavam montar, da pintura "O nascimento de Vênus" de Botticelli, mas uma peça importante não estava junto com o resto.

— A cabeça da Vênus. — Não era nada metafórico, era literalmente a pecinha com a cabeça da deusa desenhada que havia sumido.

Rodei a sala algumas vezes procurando a peça. Fui abrindo gaveta por gaveta, quadro por quadro.

— Cabeça da Vênus, cabeça da Vênus...

Sabia que não adiantava nada ficar repetindo. Aliás, só me deixava mais nervosa em ter perdido a peça. Mas não conseguia parar. Depois de alguns minutos sem achar a porcaria da pecinha, fiquei preocupada achando que alguém do grupo havia levadocomo recordação, como Caleb contara que já fizeram algumas vezes com peças pequenas das salas.

— Apareça, cabeça idiota!

— É essa aqui?

Tomei um susto quando percebi que não estava sozinha na sala. Virei o rosto, ainda de cócoras — a posição em que estava para procurar a peça debaixo da mesa — e quase caí com o bumbum no chão quando vi quem encontrara a cabeça, ao lado da porta, e agora estava com a peça na mão.

— Oi, senhorita Veronica — Mason disse, jogando a peça que consegui agarrar no ar, mesmo estando estarrecida.

— O que... o que você está...? — Me levantei, desengonçada, ainda não acreditando que ele estava bem na minha frente.

— Fazendo aqui? Ah é, eu já voltei para Boston — ele respondeu do jeito mais natural possível. — Sua mãe te avisou que eu ficaria em Los Angeles por mais alguns dias, né? Preferi não contar o dia certo que voltaria para fazer uma surpresa a você e Mary. E, bem... acho que deu certo. — Ele riu da minha expressão embasbacada.

Mason estava bem diferente da última vez que nos falamos. Antes de ele viajar, nem conseguiu se despedir direito de mim.

Nem queria olhar na minha cara. Só nos falamos uma vez durante toda a turnê, que foi quando ele disse que precisávamos conversar, logo depois que descobri que ele havia falado com Jenny e Daniel. Depois disso só o acompanhei pelas redes sociais, que mostravam os shows, o encontro com as fãs, as festas e jantares que vinham junto com tudo isso. Realmente, devia estar uma loucura. Além do mais, estava sem celular e minha irmã não cooperava muito para dividir o dela comigo. Então a última coisa que esperava era ver Mason lá, em um dia normal meu de trabalho, alguns dias depois que minha mãe retornara para Boston.

— Por que... você veio até aqui?

— Bem... porque da última vez que nos falamos, concluímos que devíamos conversar.

É, aquilo eu sabia. O que não entendia era o motivo de ele ter ido até o Room Escape para fazer isso. Ainda mais porque para mim, ele ainda estava com raiva.

Olhei de relance para a câmera acima da porta da sala.

— Eu também quero falar com você, mas... estou trabalhando. — Não queria mandá-lo embora, mas era a pura verdade. Não era o lugar ideal para ter a nossa tão esperada conversa, certo?

— Eu sei. Já falei com os outros monitores que estão aqui que vai ser rápido, e já até peguei o contato daqui para organizar uma promoção com os fãs de *Boston Boys* para jogarem com a gente. — Ele ergueu o polegar em sinal de positivo. — Então... tem cinco minutos?

Em cinco minutos iríamos resolver todo o problema? Achava difícil. Mas se ele já havia falado com os monitores e nenhum deles viera chamar minha atenção... e, pensando bem, com certeza não conseguiríamos nos falar quando entrasse em casa e encontrasse mamãe... e, bem, ele já estava lá! Tinha ido até lá só para falar comigo! Cinco minutinhos não iriam atrasar a sala seguinte, certo?

— Cinco minutos. —Fechei a porta atrás dele.

— Ok. Bem... você já deve saber que conversei com Daniel, não é?

Assenti com a cabeça, apoiando a mão na mesa com os quadros.

— Não queria falar com ele. Nem com você, para ser sincero. Parte disso foi pelo que aconteceu entre vocês e por eu ter descoberto por uma foto no Facebook, mas a outra parte... foi raiva de mim mesmo. Porque sabia que podia ter evitado aquilo se tivesse falado direito com você no dia seguinte ao casamento da minha mãe.

Nossa discussão no avião me veio à cabeça. Levamos tão a sério nossas opiniões contrárias sobre a relação de Karen e Henry que acabamos levando para o lado pessoal. Que discussão idiota. Realmente, podia ter sido evitada se tivéssemos um pouco mais de paciência. De ambos os lados.

— Conversei com Jenny no dia que estávamos em Las Vegas. Passamos pela filial da Carlo's Bakery, daquele cara do *Cake Boss*, e lembrei de você. Aliás... — Ele coçou a cabeça. — tudo me lembrava você. E era uma droga porque não queria pensar nisso enquanto me preparava para os shows.

Não disse nada, só dei um suspiro discreto. Esperei que ele continuasse.

— Ela contou que também estava chateada, que vocês duas não estavam se falando. Mas que você também tinha tentado falar com ela, assim como fez comigo. Aí comecei a pensar que você não devia estar muito bem com Daniel porque me contou que não queria mais nada com ele. Depois fiquei sabendo por ele mesmo de toda aquela confusão com a diretora do *Boston Academy*... — Ele desceu a mão do cabelo até a nuca. — Caramba, você foi chantageada, Ronnie! Essa mulher fez um terrorismo absurdo com você. Te impediu de ver seus amigos e tudo o mais... enfim, você passou por um bocado. Mas acabei só vendo um lado da história.

— Mesmo passando por isso... — Contornei com os dedos o desenho da Mona Lisa em um dos quadros falsos em cima da mesa. — Eu ainda te magoei e sinto muito por isso. Como já disse, aquilo com Daniel foi algo que quis no momento, mas logo depois percebi que... por você era muito maior. Ainda é. — Minhas bochechas se enrubesceram.

Mason deu dois passos para a frente.

— Ele disse a mesma coisa. Eu fiquei impressionado de ver como ele falou a mais pura verdade. Fez ele subir muito no meu conceito, porque acho que eu mesmo não teria maturidade pra isso. — Ele olhou para o chão. — Olha... eu fiz muitas cagadas durante o tempo que estive com vocês. Muitas mesmo. Com você, principalmente. E todas as vezes você me perdoou, porque sabia que mesmo fazendo besteira e demorando para aprender, eu estava arrependido, de verdade. Seria hipocrisia da minha parte não te dar uma chance, considerando que você já me deu tantas.

Uma sensação de alívio foi percorrendo todo meu corpo ao ouvir aquelas palavras.

— Eu dei mesmo. — Abri um sorriso envergonhado.

Realmente, Mason já me dera vários motivos para desistir dele de vez. Já destruiu minhas roupas de propósito só para não ter que lavá-las, quase trocou a própria banda por uma chance falsa de uma carreira solo oferecida por um produtor picareta, foi o mais grosseiro e infantil possível quando se sentiu ameaçado pela presença de mais um integrante em seu programa de TV, quase fez a própria mãe desistir do casamento por uma crise de ciúmes e autoestima... Uau! Realmente, foi besteira para caramba. Mas em todas essas vezes ele provou que merecia, de verdade, uma chance. Algo dentro de mim acreditava que ele realmente era uma boa pessoa. Era mimado, egocêntrico, sem-noção... mas uma boa pessoa. E foi isso que me fez não desistir dele.

Me lembrei do balé que fui assistir com Karen, da cena em que o príncipe Siegfried se dá conta que jurou amor para o Cisne Negro, achando que era a princesa Odette, e logo se arrepende e até se mata junto com sua amada para provar seu amor e arrependimento. Óbvio que não queria que Mason se matasse nem nada do tipo nas vezes em que fez suas burradas, mas sabia que seu arrependimento era genuíno, assim como o de Siegfried. Assim como o meu foi.

— Daniel também me contou o que você falou para ele. — Ele deu um sorrisinho. — Que estava apaixonada por mim.

E toda a sensação de paz e tranquilidade desapareceu. Apertei o quadro falso com tanta força ao ouvir aquilo que quase destruí a propriedade da minha empresa. Minha cara ficou da cor da letra vermelho-sangue do logo do Room Escape estampado na minha camiseta.

— Hã, o meu ponto é que... — Tropecei nas próprias palavras, tentando não perder o foco. — Peço desculpas por ter te magoado, e queria muito que você me desse uma chance para começarmos de novo, como estávamos falando naquele dia da festa. Pode me perdoar?

Ele não disse nada a princípio, mas depois, para meu alívio, falou:

— Posso, Adams. Senti sua falta.

Sorri, emocionada.

— Senti sua falta também.

— Aliás... — Ele ergueu a mão aberta, com a palma virada para mim — eu vou te perdoar com uma condição. — O sorriso dele aumentou. — Admita que está apaixonada por mim.

— O quê?! — Meu sorriso se esvaiu. — Por quê?!

— Porque sim. Se não, nada feito.

Argh! Para que ele queria que eu admitisse?! Estava claramente morrendo de vergonha só de lembrar daquele momento em que contei para Daniel, e ver Mason se divertindo com aquilo não estava ajudando! Além do mais, era muita coisa para lidar ao mesmo tempo! Há menos de dez minutos, estava apenas arrumando a sala em um dia normal de trabalho, e não só Mason apareceu lá do nada, como acabou com toda a angústia que eu passei semanas remoendo! Meu pobre coração frágil não aguentava passar por aquilo!

— Você sabe a resposta... — Olhei para meus sapatos, com o rosto em chamas.

— Sei, mas quero ouvir você dizer. — Ele deu risada.

— Quer saber? — Olhei para meu relógio — Acho que está na hora do próximo grupo entrar aqui e jogar! — Segurei os ombros dele e fui empurrando-o até a saída.

— Realmente não vai dizer, senhorita Veronica? — Ele cruzou os braços.

— Pare de me torturar! — Empurrei-o até o limite, fazendo-o encostar na porta.

Mas hesitei em abri-la.

Não disse nada por um momento. Minha respiração estava ofegante por empurrar Mason até a porta e por causa do coração batendo acelerado. Sabia que deveria tirar as mãos de seus ombros, mas não me movi. Ele parou de rir e agora estava sério. Os olhos azuis vidrados nos meus.

Levantei rapidamente os olhos para a televisão, e percebi que havia ligado de repente. Na tela, em vez do tradicional cronômetro, estava escrito, nas mesmas letras vermelhas e garrafais:

*Beije o Mason, Mascote.*

Afrouxei as unhas que apertavam as mangas de sua camiseta azul e voltei a olhar para ele.

— A mesma Ronnie de sempre — ele disse, com o tom de voz quase em um sussurro. — Teimosa e cabeça-dura.

— E você... também é o mesmo Mason convencido e irritante de sempre.

— E isso te fez se apaixonar por mim. E eu por você.

Com o coração ainda dando saltos mortais pelo meu peito, assenti com a cabeça lentamente.

— Fez mesmo.

E fiz assim como meus queridos colegas de trabalho me orientaram. Subi na ponta dos pés, puxei-o pelas mangas da camisa e o beijei. Em resposta, ele enroscou os braços na minha cintura e me ergueu alguns centímetros para fora do chão. E o tempo pareceu congelar por um momento. Cada toque dele na minha pele parecia causar uma descarga elétrica. Seu perfume delicioso, a delicadeza com a qual ele passava as mãos pelas minhas costas, seu cabelo macio — até porque, pela quantidade de condicionador que ele passava e as horas ajeitando-o na frente do espelho, não podia ser diferente —, e, claro, toda a segurança que ele me fazia sentir ali, em seus braços, tudo isso me trouxe uma alegria, uma luz que não sentia há muito tempo.

O dia acabou sendo bem melhor do que eu esperava, ainda mais porque começara ele meio mal, tendo que resgatar uma criança que passou mal e vomitou na sala inteira do MasterChef.

Escutei o barulho dos outros monitores comemorando e batendo palmas da recepção, e mesmo sabendo que estava sendo observada por todos eles, não parei de beijar Mason. Ignorei por um momento que estava dentro da sala do Room Escape, com as roupas de trabalho, tendo acabado de arrumar uma sala que estava cheia de adolescentes que não conseguiram escapar antes de o tempo acabar. Estava esperando por aquilo há tanto tempo. Beijar Mason me transportou diretamente para o dia do casamento de Lilly, quando estávamos só nós dois, no gazebo transparente, sob as estrelas. Não foi o mesmo momento mágico e de contos de fadas como fora na primeira vez, mas não mudaria nada.

— Ok, Mascote. Agora dá tchau para o namorado, que o próximo grupo já deve estar chegando — ouvi a voz de Alec no microfone que dava para nossa sala.

Afastamos nossos rostos alguns centímetros e continuamos olhando um para o outro, entre risadinhas. Como iria voltar a trabalhar normalmente depois daquilo? Não sabia. Como iríamos voltar para casa e disfarçar que não tínhamos acabado de ficar juntos pela segunda vez para Mary e mamãe? Não tinha a menor ideia. Só o que eu sabia era que finalmente estava tudo se resolvendo, pedaço por pedaço se encaixando. Como o quebra-cabeça do "Nascimento de Vênus" que Mason me ajudou a encontrar.

**Depois do nosso momento** incrível na sala do Room Escape, Mason e eu só conseguimos ficar sozinhos novamente no dia seguinte, por um momento bem breve. Para ser mais exata, foi o tempo que mamãe e Mary levaram para se arrumar para o jantar que Marshall quis organizar em sua casa, comemorando que a turnê havia sido um sucesso.

Estava terminando de amarrar o cadarço do meu sapato quando ouvi três batidas na porta. Quando disse que podia entrar, abri um sorriso ao ver o maior bebedor de limonada que eu conhecia entrando no quarto.

— Antes da gente ir, queria te entregar sua lembrancinha da turnê — Mason falou, mostrando um saquinho de plástico transparente com o que parecia ser uma foto dentro.

Uau, não esperava mesmo que fosse receber qualquer coisa. Diferente de Mary, que pediu com toda a sua cara-de-pau um monte de presentes das cidades em que eles passariam, não pedi nada, porque 1. Sabia que eles passariam pouquíssimo tempo em cada lugar, e teriam quase nada de tempo livre; e 2. Duas pessoas foram para aquela turnê com bastante ódio de mim, então seria um tanto sem noção da minha parte pedir qualquer coisa.

— Fiquei bem em dúvida se pegava ou não, mas já que ele estava lá em Las Vegas, não quis perder a oportunidade.

E Mason me entregou o saquinho, onde dentro havia, sim, uma foto. Mas não uma foto qualquer. Era uma foto do Buddy Valastro, ninguém mais ninguém menos do que o gênio da cozinha e protagonista do meu reality show preferido: *Cake Boss*. Na foto, havia um recado escrito por ele em caneta esferográfica, que dizia: *Para a Ronnie*, e logo abaixo, seu autógrafo.

Abracei animada, porém com cuidado, o saquinho. Era algo tão simples, mas só de Mason ter se dado ao trabalho de pedir um autógrafo especialmente para mim já foi um gesto muito legal.

— Eu amei! Vou colocar na geladeira para servir de inspiração. Muito obrigada! — E dei-lhe um selinho. Foi uma reação tão natural que só parei para raciocinar depois o quando aquilo era estranho, mas ao mesmo tempo muito bom.

Afastei o rosto do dele, mas ele entrelaçou as mãos em volta da minha cintura, sorrindo.

— Isso é... estranho. Mas é legal. Bem legal. — E foi a vez dele de me dar um selinho também, como se tivesse lido meus pensamentos.

— É mesmo. — Dei um risinho e retribui, mas dessa vez acabou emendando em um beijo mais longo.

Acho que teríamos continuado por bastante tempo se não fosse o barulho dos saltos de mamãe fazendo "tlec tlec" no chão, mostrando que ela estava se aproximando. Em um supermomento de reflexo, me afastei bruscamente, abri a porta do meu armário e joguei para Mason a bermuda marrom que ele havia me emprestado no dia da festa de Halloween. Foi bem conveniente eu ter esquecido de devolver até aquele dia, porque pelo menos tinha uma desculpa para ele estar no meu quarto.

Mamãe abriu a porta no momento exato em que a bermuda atingiu o peito de Mason, que a segurou antes que caísse no chão.

— Ronnie, você está pronta... Ah, Mason! — ela estranhou, como esperado, que ele estivesse ali.

Antecipando que ela iria perguntar o que ele estava fazendo ali com a porta do meu quarto fechada, ele mostrou a ela a bermuda em sua mão:

— Vim pegar isso aqui que emprestei para ela. Sabe, no dia da festa à fantasia.

— Ah, ok. — Ufa. Deu certo. Eu merecia uma estrelinha dourada por ter pensado rápido assim. — Os dois estão prontos, não é? Então vou chamar a Mary. — Sem nem entrar no quarto, ela saiu pelo corredor. Mas deixou a porta aberta.

Olhei por trás do ombro de Mason se mamãe ainda estava perto, mas seria arriscado fechar a porta sem mais nem menos, ou voltar a beijá-lo com ela aberta daquele jeito.

— Continuamos depois? — falei, dando um sorriso amarelo.

— Acho melhor — ele assentiu com a cabeça. — Mas queria te falar uma coisa que acabei nem comentando sobre a turnê.

— O quê? — perguntei, sentando na cama.

— Eu acho que... — ele se sentou ao meu lado, mas ficou bem na beirada do colchão. — Consegui minha grande chance. — Os olhos dele se iluminaram.

— Como assim?

— Eu fiquei em Los Angeles por um tempo a mais. Fui ver minha mãe e Paul, mas não foi só por isso. Além do show, fizemos o tour pelos estúdios da Warner Brothers. Eu conheci e logo fiz amizade com um dos diretores que estava por lá. Ele já conhecia a série e a banda, então foi fácil se aproximar. Antes de irmos embora eu... — ele fez uma pausa, dando um sorriso bobo — Consegui fazer um teste para o próximo filme dele! E eles pareceram gostar bastante de mim! No final da turnê, eles me chamaram para um segundo teste, e foi esse o motivo principal de eu ter demorado uns dias a mais para voltar pra cá.

Fiquei alguns segundos sem dizer nada. Era uma novidade bem... grande. Para mim, ele só tinha ficado em Los Angeles para ver a mãe e o padrasto, mas fazia muito sentido ele ter aproveitado que conhecera um diretor de filmes para fazer um teste.

— E aí? Já teve uma resposta?

— Não, talvez demore um pouco. Eles estão vendo muitos atores. Mas, sei lá... Sabe quando você sai de uma entrevista de emprego com aquela sensação de que fez o seu melhor e perceberam isso? Foi mais ou menos como me senti quando saí da sala onde os diretores de elenco estavam.

Eu sabia do que ele estava falando. Foi a sensação que tive ao sair da entrevista com Caleb do Room Escape. Mesmo sabendo que havia dezenas de pessoas que enviaram seus currículos e foram entrevistadas por ele, e que deviam até ter mais experiência que eu, sabia que minha parte estava feita.

— Que... incrível! — Bati palmas.

— Não é? — Ele até se levantou. — Eu sei que não devo ficar cheio de esperanças, mas... sei lá, estou com um bom pressentimento!

Estava realmente feliz por Mason. Era, de fato, sua grande chance. Ser ator já era parte da vida dele, e sabia que era isso que ele queria fazer no futuro. E, nossa, participar de um filme da Warner! Era uma oportunidade e tanto.

Mas... por outro lado era só um lembrete de que o tempo que eu tinha com os meninos, principalmente com ele, não seria eterno. Quer dizer, havia muitas variáveis para eu poder tirar conclusões, por exemplo, tudo dependia da faculdade que me aceitasse. Pelo menos foi bom saber disso com antecedência, eu teria mais tempo para aproveitar com eles e me preparar psicologicamente para me despedir. E pensando bem, eu não deveria me preocupar com aquilo agora! Já havia mandado as cartas para as faculdades, consegui a recomendação de professores, tirei uma pontuação boa no meu SAT... e ainda tínhamos um semestre de aulas antes da formatura. Em vez de me concentrar que em alguns meses cada um de nós iria para um lado, deveria pensar que fiz o meu melhor e não adiantava sofrer por antecedência. Aliás, todos nós fizemos. Karen estava bastante empenhada quando me contou de sua inscrição na Julliard e em outras faculdades especializadas em Artes Cênicas, Mason estava radiante com o teste que havia feito em Los Angeles, Jenny também enviou muitas cartas para as faculdades que queria entrar, em especial as britânicas. Tinha certeza que Henry também seria responsável em relação ao seu futuro, apesar de não saber ao certo qual caminho ele iria seguir, e Ryan... Bem, Ryan era uma incógnita. Mas queria acreditar que ele saberia o que fazer em breve também.

— Vamos torcer. — Segurei sua mão. — Quero te ver no Oscar no ano que vem!

— Também não é assim, né? Eu me contento com um Emmy, para começar. — E nós dois demos risada.

O bom da minha mãe ser uma pessoa naturalmente barulhenta, foi que eu consegui largar a mão de Mason antes que ela entrasse novamente no quarto, nos chamando. Mas ela nem chegou a entrar, só pediu para que descêssemos porque já estavam todos prontos. E fomos até o carro como se nada tivesse acontecido, como se eu só tivesse entregado sua bermuda e estivéssemos jogando conversa fora enquanto mamãe não nos chamava. E nem ela nem Mary desconfiaram de nada. Eu sabia que era arriscado ficar fazendo isso com as duas em casa, mas parecia ser até mais divertido assim. Essa tendência natural do ser humano a gostar de situações mais arriscadas... fazer o quê, né?

Fomos os primeiros a chegar na casa de Marshall, que nos recebeu com um forte abraço em cada um. Assim que o Audi de mamãe estacionou em sua rua, ele não parou de falar sobre o quanto estava orgulhoso que seus meninos preferidos foram um sucesso pelas cidades por onde passaram, até entrarmos em casa e pendurarmos nossos casacos. Mamãe foi logo colocando na mesa o cuscuz que fizemos para incrementar o almoço, já que combinamos que cada um levaria algo para a refeição. Não demorou muito para que Henry e Ryan chegassem também, trazendo uma salada e uma sobremesa. Era a primeira vez que eu os via desde a turnê, ao contrário de Mary, que quis encontrar Ryan no segundo em que ele colocou o pé em Boston. Não foi porque não estava com saudades, mas imaginei que eles deveriam estar supercansados com a volta da viagem, e meus horários não eram exatamente muito abertos, agora que estava trabalhando e estudando ao mesmo tempo. Abracei os dois quando os vi e por um triz não fiz graça com Henry e a sua história da privada entupida. Pensei que devia ser algo que seus amigos já tivessem feito questão de sacanear o suficiente.

Quando a campainha tocou de novo, me ofereci para atender, já que as duas últimas vezes quem atendeu foi o próprio Marshall, e eu estava sentada na poltrona mais perto da porta. Caminhei até a entrada, já pronta para dar uma zoada em Karen, chamando-a de atrasada como sempre — senti que já estava em um nível de intimidade com ela para fazer essas brincadeiras —, mas não me toquei que ainda havia outra pessoa para chegar para completar aquele almoço. Outra pessoa que fazia parte de *Boston Boys* agora. E ela não estaria tão feliz com eu sendo a primeira a recebê-la na casa.

O problema foi que só me toquei disso quando já estava girando a maçaneta. Não podia simplesmente parar no meio do caminho dando a desculpa de que me deu uma súbita vontade de correr para o banheiro. E tinha que disfarçar ao máximo meu desconforto, afinal, nem todos sabiam da nossa situação.

Abri a porta e, realmente, não era Karen que estava do outro lado. Pela primeira vez na vida desejei que ela estivesse no lugar de quem realmente estava.

Jenny.

— Oi... — falei, com um sorriso amarelo, desejando desesperadamente que o ser humano já tivesse inventado a máquina do tempo.

Minha melhor amiga ficou durante alguns segundos sem reação, mas logo depois sorriu e me abraçou.

— Oi!

Confusa, abracei-a de volta, mas senti que aquilo era fingimento para disfarçar nossa situação para as pessoas a nossa volta. Bem, antes isso do que Jenny armando um barraco bem lá na entrada da casa do Marshall. Mas sabia que ela não faria isso, pelo menos não comigo.

E ela cumprimentou os outros da mesma maneira, sorridente e leve. Quem olhasse de fora não faria ideia que havia esse clima de tensão entre nós. Jenny realmente sabia disfarçar bem. Restava a mim fazer o mesmo, enquanto não arranjasse um momento de conversar com ela a sós.

— Querida, que bom que você veio! — mamãe disse, dando-lhe dois beijinhos em suas bochechas. — Se não fosse por essa menina, muitos dos shows teriam dado errado. — ela apontou, orgulhosa, para Jenny. — Vocês não fazem ideia do quanto essas casas de shows são desorganizadas.

— Isso é verdade. O que mais lembro era de, enquanto a gente estava no camarim, Jenny correndo de um lado para o outro fazendo umas cinco coisas ao mesmo tempo — Henry comentou, e Mason e Ryan concordaram.

— Suzie, o quanto você explorou essa menina? — Marshall perguntou em um tom brincalhão.

— O suficiente para ela ficar maluca sempre que ouvir qualquer música nossa — Mason respondeu, rindo.

— Ei! — mamãe se defendeu, no mesmo tom de brincadeira. — Só estou preparando-a para o mercado de trabalho, que vai disso para pior! Jenny fez um excelente trabalho, *sem ser explorada* — ela deu ênfase a essa última frase, cravando os olhos em Marshall. — E vai ter muita experiência para colocar no currículo e passar para uma excelente faculdade. Qual era aquela que você tinha comentado, querida? — Ela se virou para Jenny.

— University of London, se tudo der certo. Tem também a de Leeds, que é ótima, e Oxford que é um sonho talvez distante demais. — Jenny riu pelo nariz.

Jenny já mencionara que gostaria de voltar à Inglaterra para estudar, das três universidades que ela comentou, nenhuma delas era americana. Era obviamente uma escolha pessoal, porque nos Estados Unidos haviam *muitas* universidades boas. Ainda mais com o curso de Comunicação, que era o que ela tinha interesse. Ela também me contou, há um tempo, sobre a National Film & Television School, que ficava em Beaconsfield, Reino Unido. Só que essa seria só uma pós-graduação, pois eles não aceitavam estudantes que não tivessem ensino superior completo. Isso me deu uma ligeira esperança de que ela ficaria no nosso país pelo menos por mais quatro anos. Aparentemente, não era o que ela queria mais.

— Bem, uma dessas você com certeza vai poder visitar na nossa viagem — mamãe disse, sorrindo.

— É... — Jenny sorriu também, mas sem o mesmo entusiasmo. — Se a viagem acontecer.

Ninguém disse nada por alguns segundos. Ryan, que se desanimou com esse comentário — porque devia estar bem ansioso para viajar novamente, pelo que o conhecida —, foi o primeiro a falar:

— Não vai acontecer? Pensei que já estivesse tudo fechado.

— Está, querido. Praticamente. Os fãs já até foram escolhidos no concurso — mamãe respondeu. — Só que essa história daquela horrorosa Viattora nos pegou de surpresa.

Claro que mamãe se referia a Elena como horrorosa. Depois do que ela fez a sua filhinha. Fiquei surpresa de ela ainda não ter ido até sua casa com uma bazuca ou algo do tipo.

— Mas gente... — falei, com incerteza. — Mesmo a série acabando de repente, os fãs ainda gostam de *Boston Academy*, certo? Acham que alguém vai desistir de ir por causa disso? Eles ainda iriam encontrar seus ídolos.

— Não é tão simples, Ronnie — Jenny retrucou, com um leve tom de impaciência. — É em relação aos próprios Daniel, Sabrina e o resto.

— Poxa, Jenny. Não chama a minha namorada de "resto" — Henry falou, fazendo bico. — Se bem que conversei com ela sobre isso e ela ainda parecia animada para ir.

— Daniel e Sabrina também queriam ir — completei. — Só os gêmeos que eu realmente não sei, mas mesmo se não forem... faria tanta diferença? — Dei um risinho, e os garotos fizeram o mesmo.

Jenny continuou séria.

— Se acha tão simples, por que não organiza você a viagem? Você obviamente é mais próxima de Daniel e Sabrina e já sabe tudo sobre eles. Então feche a viagem logo, tipo agora.

Um clima de tensão pairou sobre a mesa de jantar de Marshall. É, agora tinha certeza de que o abraço quando nos encontramos foi puro fingimento. Um fingimento que, pelo jeito como a conversa estava indo, não iria durar mais tanto tempo assim.

— Nossa... — Mary comentou, baixinho. Só ouvi porque estava do lado dela.

— Desculpe... — falei, com a boca seca. — Não quis diminuir o trabalho de vocês. Você e mamãe que estão à frente disso, não devia me meter.

— Não tem problema, filha. Qualquer opinião é bem-vinda — mamãe respondeu, com doçura. — Eu acho que pelo menos a viagem do nosso lado deveria acontecer. Quando a Daniel e os outros, se quiserem ir conosco, ótimo. Senão, avisamos aos fãs e os que não quiserem mais viajar, reabrimos o concurso explicando a situação. Mas seria bom saber isso o quanto antes. Jenny, posso contar com você para ver com eles se eles vão mesmo?

— Claro — Jenny respondeu, sem emoção, seguido por um sorriso sarcástico. — Se a Ronnie for, tenho certeza que eles irão atrás também. Quem não ama a Ronnie, certo?

Senti os olhos de todos cravados em mim e minhas bochechas em brasa. Ai, ai, aquilo não iria dar certo. Pensei que o mês que passamos afastadas contribuiria para ela ao menos pensar em me perdoar, mas não era o caso. Parecia tão furiosa quanto no dia em que descobriu sobre mim e Daniel.

— Hã... está tudo bem? — Ryan perguntou, assustando.

— Está tudo ótimo. — O sorriso falso de Jenny ficou ainda maior. Ela agarrou o pote de purê de batatas que trouxera e começou a colocar colheradas com violência em seu próprio prato.

— Jen, eu... — Olhei para minhas coxas na cadeira. — Eu não preciso ir, sabe. Não faço parte da série. Se for atrapalhar, eu fico por aqui mesmo.

— O quê? — Mason ergueu uma sobrancelha. — Que papo é esse? Você vai sim. Eu, hein.

— É claro que vai — Henry concordou. — E é claro que a Jenny quer que você vá. Vocês são melhores amigas desde... sei lá, sempre.

Senti que essa última frase foi uma indireta. Não sabia se Henry estava a par da situação Daniel-eu-Jenny, mas tinha certeza que ele já sacara que ela estava com raiva de mim e que não estávamos cem por cento. Nesse ponto, todos já deviam ter sacado. Até mesmo Ryan, o mais avoado do recinto.

— Me desculpem por isso — Jenny disse, depois olhou para mim. — Não devia te tratar assim. Afinal, você é sempre a vítima de tudo. É tudo sobre a Ronnie. Sempre.

Me engasguei com o pedaço de carne que coloquei na boca. Todos arregalaram os olhos.

— Garotas... — mamãe disse, mordendo os lábios. — Tem algo que vocês gostariam de compartilhar?

— Não, só estava declarando o óbvio — Jenny cuspiu as palavras. — Tudo é sempre sobre ela.

Mason olhou para mim, preocupado. Não sabia o que fazer. Agora estava realmente com medo de ela me expor para todos ali. Achava quase impossível que ela fizesse isso, mas do jeito que estava me tratando, só iria piorar.

Ninguém teve coragem de peitá-la. Não deviam querer se meter em algo que, por criar toda essa tensão entre duas melhores amigas, não era trivial. Mamãe normalmente defendia com unhas e dentes qualquer um que fosse uma ameaça para mim ou Mary, mas também ficara surpresa com a reação de Jenny. Não devia esperar que isso um dia sairia dela. Olhou de relance para mim, como se estivesse perguntando se deveria intervir ou não, e apenas neguei com a cabeça. Aquilo era algo que eu devia resolver sozinha.

Depois de uns cinco minutos de silêncio total, ouvimos o barulho da campainha. Finalmente a última integrante daquele clubinho havia chegado. Marshall se levantou desconfortável, caminhou até a porta e a abriu.

— Olá, olá, olá! — Karen cantarolou, fazendo sua tradicional entrada triunfal. — Desculpem o atraso, não achava de jeito nenhum minhas queridinhas. — Ela apontou para as sandálias de salto douradas com pequenos brilhos verdes. — O que eu perdi? — Ela apoiou o casaco de pelos falsos no cabideiro ao lado da porta.

— Hã... nada — Mason disse, incerto. — Estávamos te esperando.

— Ótimo! Estou faminta. — Ela se sentou e soprou beijinhos para todos nós. Quando me viu, comentou, animada: — Ronnie, cancele seus planos, se é que você tem algum, para daqui há duas semanas, porque me chamaram para mais um balé! Dessa vez é *Giselle*, vai ser demais!

Assenti com a cabeça, um pouco sem-graça de toda aquela situação. Senti um olhar fulminante de Jenny vindo na minha direção.

— Vocês vão ao balé juntas? Aliás, vão pela *segunda* vez? — Mason perguntou, incrédulo.

— É, qual o problema? — Karen cruzou os braços.

— Nenhum. — Ele deu um risinho. — Só não sabia que eram amigas assim.

— Pois eu acho isso bem legal! — Ryan comentou. — A Pequenininha me falou do dia em que vocês foram ver *O lago dos cisnes*. Eu lembro de todas as vezes que você falou da Ronnie pelas costas. Que bom que viraram amigas e deixaram isso para trás! — Ele sorriu inocentemente.

Karen revirou os olhos.

— Obrigada pela declaração, Ryan.

Mesmo com boas intenções, não foi o momento mais adequado para Ryan dizer aquilo. A única outra vez em que Jenny e eu nos desentendemos, foi justamente por causa de Karen. Lá atrás, quando nos conhecemos e ela ainda fingia que gostava de mim só para me imitar na série. Jenny me alertou que aquilo seria furada, mas não a escutei. O resultado você já sabe.

Karen foi bem má comigo, depois voltei chorando para Jenny dizendo que deveria tê-la escutado — e deveria mesmo — e ela, como sempre, me perdoou. Depois disso, ela já peitara Karen algumas vezes por mim novamente. Mas desde o casamento de Lilly, minha relação com Karen havia mudado bastante. Havia amadurecido. A confusão com Elena na noite em que fomos ao balé foi o estopim para finalmente começarmos a construir uma amizade de verdade. E tudo isso aconteceu longe de Jenny. Ela já estava com raiva de mim, e acho que ver que eu havia me aproximado de Karen enquanto me afastava dela deixou a situação ainda pior.

— Que bom que vocês são amigas agora — Jenny falou, calma. Ai, lá vinha bomba. — Só espero que não briguem tanto pelo holofote.

Oh, céus. Queria enfiar minha cabeça no chão e cavar um buraco até o Japão. Karen franziu a testa. Já não se dava tão bem com Jenny assim, e era a única naquela sala que não sabia o que estava acontecendo.

— Jen... — comecei a tentar amenizar a situação, mas Karen e sua língua afiada foram mais rápidos do que eu.

— Olha, dessa vez eu juro que não fiz nada. O que há com você, hein? — Ela a olhou de cima a baixo.

— Nada — Jenny respondeu, fria. — Só fiz um comentário.

Karen apoiou o cotovelo na mesa e encarou Jenny com a sobrancelha arqueada. Por sorte, resolveu deixar quieto. Até ela conseguia ver que aquele não era o comportamento normal de Jenny.

— Então... — Mason quebrou o gelo que durou uns cinco minutos novamente, onde só o que se ouvia era o barulho dos talheres nos pratos. Assim como nós, estava se sentindo desconfortável e sem saber como proceder, então resolveu apelar para mudar de assunto. — Sabiam que Henry entupiu a privada do nosso hotel em Washington?

# 20

**Obviamente, o resto do jantar** foi um fiasco. Foi cheio de conversas pequenas para aliviar a tensão, mas não adiantava. Jenny não chegou a soltar mais nenhuma provocação, mas ficou de cara amarrada até depois da sobremesa. Ouvimos mais histórias sobre a turnê, mas elas não pareciam mais tão engraçadas. Ok, eu entendo que ela ainda estava chateada comigo e tinha todo o direito de estar, mas não precisava ter feito aquela cena no meio do jantar com minha mãe, irmã, os garotos, Karen e Marshall! Vou ser sincera: no dia seguinte não quis ligar para ela. Sabia que ela não iria querer falar comigo, ou se quisesse, seria grosseira e ríspida como fora no jantar, então preferi nem me estressar. Aparentemente, um mês não foi o suficiente para que ela esfriasse a cabeça.

Mas ao mesmo tempo, estava odiando passar por aquilo com Jenny. Nunca havíamos ficado tanto tempo brigadas. Aliás, era a segunda vez em todos aqueles anos de amizade que nós brigávamos. E tudo indicava que viajaríamos juntas e provavelmente ficaríamos no mesmo quarto na Inglaterra ainda nessa situação horrível.

Só que, por outro lado, enxergando o copo meio cheio, Mason e eu estávamos mais próximos do que nunca. Nós merecíamos, certo? Depois de um período tão longo de conturbações atrás de conturbações... O que era difícil mesmo era manter aquilo em segredo. Não queríamos contar tão cedo para mamãe ou Mary, porque apesar de amar mais do que tudo minha família, sabia que seria bem mais provável que a notícia se espalhasse com rapidez com elas sabendo do que com elas não sabendo. A pessoa para quem eu realmente queria contar era Henry, que também havia se aproximado bastante de mim nesse período, mas tinha receio de ele contar para a namorada e a notícia se espalhar também. E tudo o que eu não queria no momento era ser exposta na internet outra vez. De vez em quando ainda recebia mensagens e comentários desnecessários de fãs que achavam que Daniel e eu estávamos juntos, porque Sabrina Viattora era muito melhor do que eu e blá-blá-blá. Eram xingamentos tão bestas e tão tranquilos comparados às ameaças que recebi no início do ano de fãs raivosas e enciumadas de *Boston Boys*, que aquilo me afetou menos do que eu imaginei que afetaria. Mas mesmo assim, quanto menos eu estivesse exposta, menos dor de cabeça para mim.

Só que toda essa confusão de Jenny e da viagem tinha que esperar pelo menos a minha semana de provas acabar. Não podia esquecer de que ainda era uma estudante do último ano do ensino médio, e que minha média na escola era muito importante para entrar nas faculdades que desejava.

Fui uma das últimas a sair da prova de Geografia do penúltimo tempo do dia, como de costume, mas era estranho não ter Jenny lá na porta da sala me esperando para comparar as respostas dela, depois desistir no meio e mudar de assunto para algo mais interessante. Mason de vez em quando me esperava também, mas era só para pegar cola para a próxima prova, mesmo. O bom foi que, dessa vez, eu sabia que ele não estava lá para isso.

Quando saí, avistei-o conversando na sua rodinha de amigos do outro lado do corredor, mas ele logo se despediu deles e veio ao meu encontro.

— Como foi?

— Bem, eu acho — respondi, parando em frente ao meu armário e girando a combinação. — E seus resultados, já saíram, certo?

— É... — Ele coçou a cabeça. — Tudo meio na média. Mas em História ganhei um 8,5 graças às suas anotações. Henry também deu uma boa ajuda em Química e Física, só Biologia que foi um pouco abaixo do esperado. Mas nada que uma boa choradinha não resolva. — Ele deu uma piscadela.

Ri, revirando os olhos. O jeitinho Mason de conseguir as coisas. Pelo menos ele tinha outros planos para o futuro. Planos que envolviam se mudar para o outro lado dos Estados Unidos. Mas enfim.

— Mas então... — Ele apoiou o cotovelo na porta aberta do meu armário. — Como estão seus horários no trabalho no sábado?

— Eu vou de manhã e saio às cinco. Por quê?

Ele deu um sorrisinho.

— Estava pensando... Aqui na escola é difícil arranjar espaço, e em casa tem a sua mãe e Mary... no sábado podíamos dar alguma desculpa para elas e talvez... fugir para algum lugar. Aproveitar que vai estar de noite e menos pessoas podem me reconhecer.

Meu coração deu uma rápida palpitada. Uma escapada para um encontro a sós era uma excelente ideia... mas antes que eu pudesse concordar, me veio à cabeça o pedido que Caleb fizera para mim no dia em que Mason me surpreendeu no trabalho.

— Eu adoraria, mas... tenho outra escapada em mente. Esqueci que meu chefe me pediu um favorzinho que inclui você. Depois de gravarem, você, os meninos e Karen podem aparecer lá no Room Escape para jogar e depois divulgar nas suas redes sociais? — Dei um sorrisinho amarelo.

Não seria um encontro romântico, mas ir no Room Escape e de graça era também um ótimo programa.

— Vou falar com eles. Mas só porque seu chefe foi legal e me deixou invadir sua sala naquele dia.

Sorri, me lembrando do dia em que Mason apareceu lá do nada quando voltou de sua turnê e, depois de tanto tempo, consegui beijá-lo outra vez. Eu queria beijá-lo naquele momento, mas sabia que seria uma péssima ideia fazer isso no meio de um corredor cheio de gente.

Nesse momento, o sinal tocou, nos avisando que o último período iria começar.

— Tenho prova de novo agora — suspirei, fechando o armário. — Nos vemos hoje à noite?

Ele assentiu com a cabeça. Chegou a dar um passo a frente na direção de me beijar na bochecha, mas parou no meio do movimento e apenas acenou.

Infelizmente, esse pequeno movimento foi o suficiente para chamar a atenção de Você-sabe-quem e ela surgir do nada, como se tivesse sido invocada por um ritual vudu.

— Aconteceu o que eu acho que aconteceu? — a dita cuja perguntou, bloqueando com o próprio corpo minha entrada na sala de aula.

— Nada aconteceu, Piper. — Tentei passar por baixo do braço dela, mas ela foi mais rápida e jogou o quadril para o buraco onde eu passaria.

— Não se faça de burra, Adams. Eu o vi sair da rodinha de amigos para falar com você, depois fazer isso. — Ela imitou o movimento de Mason de "vou te dar um beij... OPA, esquece".

— Isso não quer dizer nada, ué — me fiz de desentendida. Mesmo confiando em Piper e já podendo considerá-la minha amiga, uma informação nas mãos dela era a mesma coisa que uma informação na boca do povo.

— Ah é? Então tá. Vou me lembrar disso quando viajarmos — ela torceu o nariz. — Vou ficar de olho em vocês.

— Você não sempre fica? E, espera... quando viajarm*os*? — enfatizei o sufixo, demonstrando minha dúvida se ela se referia mesmo a nós duas.

— Claro, para a Inglaterra. Fui uma das cinco ganhadoras do concurso.

Arregalei os olhos. Ah, é. Os fãs seriam escolhidos pelo concurso que mamãe e Jenny estavam organizando. Como é que eu não sabia ainda quem seriam os fãs?

*Porque Jenny está com o controle disso, e é claro que não vai falar com você.*

Ah, certo. Minha consciência me constatando o óbvio outra vez.

Mas pensando bem, era *óbvio* que Piper estaria na lista das sortudas que ganhariam a viagem com os Boston Boys. Seria estranho se ela não tivesse.

— O que era o tal concurso?

— Nossa, eram muitas etapas. Preencher uma ficha com todos os meus dados, escrever uma carta explicando o porquê de eu querer viajar com eles, inventar um *plot* para um episódio gravado no Reino Unido...

Esse último eu sabia que tinha sido moleza para Piper. Várias de suas fanfics de *Boston Boys* se passavam em outros países. Algumas delas deviam se passar na Europa. E mesmo assim, se ela não fizesse nada disso, poderia ter sabotado a inscrição de suas concorrentes ou algo do tipo. Era Piper, afinal de contas.

— Ronnie! Vai entrar ou não? — ouvi a voz da minha professora de Inglês, impaciente.

— Tenho que ir — falei para Piper, encarando seu braço que ainda barrava meu caminho.

— Está bem. — Relutante, ela abaixou o braço. — Mas não pense que se livrou se mim, hein.

— Me livrar de você? Vamos juntas para a Inglaterra! — A ficha ainda não tinha caído. — Em que universo você acha que me livrei de você?

— É verdade. — Ela deu um risinho. — Você vai ter muito tempo de viagem para me contar o que deve contar, Adams.

— Tchau, Piper. — Acenei para ela e fiz sinal para que ela seguisse seu caminho.

Conseguimos juntar os três meninos e Karen para jogar na sala cujo objetivo era escapar de um presídio. A história era que o grupo havia sido preso por um crime que não cometeu, e que se não escapasse em até uma hora, seria enviado para a cadeira elétrica. A sala era ambientada como se fosse uma cela, só que em tamanho estendido. Dessa vez não iria participar como na vez em que levamos Ryan para ver se ele melhorava o ânimo pelo término com Amy, agora ficaria do outro lado como monitora deles. Seria uma experiência divertida. Já sabia das dicas e dos passos de todas as salas, então não seria nenhum desafio. Lana me fez prometer que não daria dicas extras só porque meus amigos e meu "namorado" — palavras dela, não minhas — estariam jogando. Sobre essa última constatação, reforcei o pedido para que nenhum dos meus colegas de trabalho deixasse escapar sobre Mason e eu para os outros participantes, porque não havíamos contado para eles ainda.

Eles começaram o jogo um pouco perdidos e sem saber direito onde procurar as pistas, mas isso era comum. Demorava por volta de uns cinco minutos para os jogadores se situarem e focarem no que deveriam procurar. Ah, pareço uma adulta superexperiente falando, mas só estava trabalhando no Room Escape há pouco mais de um mês. Há muito pouco tempo estava no mesmo lugar em que eles estavam, procurando pistas onde não havia e não conseguindo enxergar os passos certos mesmo com as dicas dos monitores.

O primeiro a achar uma pista — o que não me surpreendeu — foi Henry. Ele virou do avesso um macacão laranja de presidiário apoiado atrás da porta e encontrou um papel amassado, onde estava escrito, em uma caligrafia malfeita e às pressas: *Um tiro certeiro pode mudar sua vida*. Ele leu em voz alta e os quatro debateram um pouco sobre o que poderia significar a mensagem. Enquanto conversavam e procuravam mais pistas, vi pela câmera Henry chamando Karen e apontando para o macacão:

— Duvido você sair um dia na rua usando isso. Te pago duzentos dólares.

— Prefiro ir presa de verdade do que ter que vestir essa atrocidade por aí — ela respondeu, fazendo careta, e os dois deram risada. Dei um sorrisinho. Eles pareciam amigos de novo.

Queria muito que as coisas não ficassem mais estranhas entre eles. Ou que pelo menos tivesse algum avanço desde a festa. Mas Karen não quis comentar sobre o assunto desde então.

Pouco tempo depois, Mason encontrou entre as grades da cama improvisada uma pistola de brinquedo, mas que simulava uma de verdade. Era pequena e conseguia ser usada com uma mão só.

— Tem a ver com isso, com certeza — ele constatou, segurando a pistola e apontando-a para lugares aleatórios.

— Se um tiro certeiro pode mudar tudo... — Karen repetiu o que a dica do papel dizia. — Então será que temos que atirar em alguém? — Ela tomou a arma de Mason e apontou-a para a cabeça de Henry, que arregalou os olhos.

— Ei, cuidado! — ele protestou, se abaixando e protegendo o rosto com as mãos.

— Acha que realmente eles colocaram uma arma carregada aqui dentro? — Ela deu risada, com a arma ainda apontada para ele.

— Não, mas sei lá! Vai que tem bolinha de paintball ou algo do tipo! Machuca! Aponta esse negócio para lá! — ele reclamou, claramente desconfortável e irritado com o quanto Karen estava se divertindo só de segui-lo com a arma como estava fazendo.

Assim como Karen, estava achando graça da reação de Henry. Como já sabia o que acontecia, nem me preocupei com ela fazendo aquilo. Mas me imaginei no lugar dele, e acho que também ficaria apreensiva com uma pistola apontada na minha direção, mesmo que fosse de brinquedo. Para provocá-lo ainda mais, ela começou a cantar o refrão da música *Bang Bang*, da Jessie J, Ariana Grande e Nicki Minaj. Mason também não se conteve e caiu na gargalhada.

— Eu acho que devia atirar, sim. Ele tá muito chato, volta e meia troca os amigos pela namorada. — Mason deu língua para o amigo, que apenas o encarou incrédulo, como se não esperasse um complô dos dois.

— Eu troco os amigos pela namorada? Quem fazia isso era ele! — Henry apontou para Ryan. — Eu sempre saio com ela *e* com vocês. Não excluo ninguém. — Ele fez bico.

— Eu trocava mesmo? — Ryan perguntou, murchando. — Poxa, desculpa, pessoal. Se eu soubesse que ela faria isso comigo, eu nunca teria preferido sair com ela a sair com vocês.

— Awn, meu Deus! — Lana comentou, vendo pela televisão, ao meu lado. — Ele parece um ursinho de pelúcia tamanho GG. Coitadinho! Esse foi o que chorou quando aquela menininha disse o nome da ex-namorada dele, né? Que maldade. Manda a Karen atirar no Henry logo. Ele merece.

Mas nem precisei dar a dica, porque ao ver Ryan se encolhendo em sua pequena bolinha de tristeza que volta e meia fazia sempre que se lembrava da ex-namorada, Karen chegou mais perto de Henry e apertou o cano da arma contra sua testa.

— Seu ridículo! Olha o que você fez!

Revirando os olhos, ele se afastou e deu tapinhas nas costas de Ryan.

— Desculpa, cara. Não quis dizer isso. Você sempre deu muita atenção para nós. Foi sem querer.

— Tudo bem... — Ele deu uma fungada, e por sorte não abriu o berreiro como já fizera uma vez.

— Mas em minha defesa... — Henry se explicou. — Eu não troco ninguém pela minha namorada. Pelo contrário, sempre tento incluí-la em tudo com vocês. Quero que gostem dela assim como eu gosto.

Observei as feições de Karen quando ele disse aquilo. Ela trincou os dentes e seus lábios se contorceram. Ok, talvez falar de Nikki não foi a opção mais inteligente. Iria puxar a orelha de Mason mais tarde. Ela apertou com força o cano da pistola e puxou o gatilho, fazendo Henry soltar um grito de pavor.

Obviamente não saiu uma bala de verdade de lá, até porque se saísse, Caleb iria preso na hora. Só fez o barulho semelhante, o que fez todos darem um pequeno pulo de susto. Mas o que a arma atirou, na verdade, foi um lenço que nem se soltou dela, ficou pendurado em uma pequena haste de metal, como nos desenhos animados. Nele, estava escrita a combinação para o primeiro cadeado da sala.

— Ele se borrou todo! — Mason apontou para o amigo, que ainda se recuperava do susto. Como a criança de oito anos que era, sentou no chão e começou a rir até apertar as mãos contra o abdômen. Henry apenas o encarou com desdém.

Mas mesmo com esse pequeno "desentendimento", os quatro conseguiram trabalhar em equipe numa boa. Quer dizer, Henry e Karen volta e meia cuspiam espinhos um para o outro, não tão de brincadeira, mas também não tão sério. Achei melhor não me preocupar e deixá-los se resolver de sua própria maneira. Pelo menos estavam se falando de novo, era um progresso.

Chegaram os sete minutos finais e faltava só um desafio: eles precisavam se dividir em duplas e cada dupla iria para um lado da sala, onde ficariam separados por uma parede. Em um lado estava um quadro que continha um pedaço de ímã em formato de chave e um pequeno labirinto que ele devia percorrer até chegar em um "x" vermelho no canto direito do quadro. Do outro lado, estava o mesmo quadro, só que todo cinza, e com um pedaço complementar de ímã — esse um pouco maior — em formato de cubo. A tarefa era simples, mas complicada ao mesmo tempo: a equipe com o labirinto iria guiar a equipe com a chave a mover o ímã pelo quadro passando pelos cantos do labirinto até chegar ao "x". Se conseguissem, o quadro se abriria, liberando a chave que os jogares usariam para abrir a cela. Simples, não? Mas exigia um supertrabalho em equipe. Algo que Henry e Karen não estavam muito em sintonia para fazer.

Karen e Mason ficaram no lado do cubo e Henry e Ryan foram guiando-os do lado da chave.

— Para cima... um pouco mais... para! Agora para o lado. — Ryan foi falando calmamente as instruções.

— Qual lado? — Mason perguntou.

— Esse! — Ryan apontou para a direita. Bati na testa.

— Eles não leem mentes, cara! Direita! — Henry disse. — Estão movendo?

— Estamos, calma! — Karen falou, movendo com cuidado o cubo. — Agora para onde?

— Para baixo, mas só um pouco! Vai descendo devagar, eu aviso quando parar.

Karen foi abaixando até o ímã quase tocar o fundo do quadro.

— Para! Não, foi demais!

— Você disse que ia avisar! — ela bufou.

— Você foi rápida demais! Eu falei para ir devagar!

— Suas instruções são péssimas! Deixa o Ryan falar!

— Você que é péssima para fazer o que eu falo!

— Como eles brigam... — Lana comentou, bufando.

— Acredite, isso é bom — respondi, não tirando os olhos da tela. *Antes brigando do que sem se falar...* — Faltam cinco minutos. Melhor colocar o aviso na TV, né?

— Eu acho, eles estão perdendo um pouco o foco.

De vez em quando, podíamos colocar mensagens personalizadas na televisão da sala, para dar uma ênfase maior que o grupo tinha que se concentrar para não perder tempo. Não fiz aquilo muitas vezes, normalmente só deixava o cronômetro passando mesmo, mas queria dar uma ajudinha extra para eles, afinal, estavam indo muito bem. Podiam ganhar.

Como não sabia ainda fazer aquilo sozinha, pedi para Lana me mostrar como trocava no computador o cronômetro pela mensagem personalizada, e ela fez tão rápido que mal consegui ver. Entrou em uma aba atrás da outra no programa desenvolvido pelo próprio Room Escape, digitou rápido no teclado e apertou "enter".

— Prontinho. Dei o aviso.

Continuei observando o progresso dos quatro, que acontecia, mas um pouco devagar. A mensagem não pareceu fazer efeito, porque eles nem sequer olharam para a TV. Peguei o microfone que alterava a voz e avisei:

— Vocês têm três minutos. Se apressem e não percam o foco.

Pronto, mais do que isso e eu abria a porta para eles. Só que essa mensagem teve o efeito exatamente contrário. Ryan olhou para os lados, procurando de onde a voz havia saído, e foi o primeiro a ver a televisão. Só parei de prestar atenção nos outros três por um breve momento quando vi os olhos arregalados dele cravados na tela.

— Desisto! Vai você, Mason! — Karen lhe entregou o cubo, já de saco cheio do ímã cair toda hora. Foi a segunda a olhar para a TV e sua reação foi a mesma de Ryan. — Mas o quê?!

Estranhei que os dois continuaram parados olhando para o recado simples que a tela dizia e aproximei a câmera apontada para ela para ver o que Lana havia selecionado.

E descobri que não era uma mensagem padrão mandando os jogadores se apressarem.

Era, na verdade, a mensagem que meus colegas escreveram de brincadeira, no dia em que Mason apareceu no Room Escape.

*Beije o Mason, Mascote.*

— LANA! — gritei, puxando o braço dela e apontando para a câmera.

Ao ver aquilo, ela ficou branca. Sabia que não havia feito de propósito, mas o estrago já estava feito. Ela fez com tanta rapidez que com certeza selecionara por engano a frase que estava salva no computador em vez das mensagens padrão. Atrapalhada, ela puxou o teclado e o mouse para si e alterou a mensagem o mais rápido que conseguiu. Mas era tarde. Ryan e Karen já haviam visto. O que eu queria tanto que eles não soubessem, pelo menos não agora que estava tudo tão recente e até sensível.

— Foi mal, Mascote — ela disse, sem-graça.

Eu não disse nada. Fiquei tão sem reação que só percebi que eles conseguiram escapar quando vi Henry esbaforido abrindo a porta com a chave que ele e Mason conseguiram levar até o "x" no último minuto.

— YES! YES! YES! — Henry comemorou, dando pulos. Seu rosto estava vermelho e suado pela adrenalina naquela última prova.

— Conseguimos! Caramba, que loucura! — Mason correu até mim e me abraçou. Ele nem se tocou, foi automático.

Ai, céus. Se Karen e Ryan tinham alguma dúvida sobre a mensagem na TV, não teriam mais.

— Hã... vamos tirar a foto comemorando? — perguntei, numa tentativa rápida de mudar de assunto, que, claro, não deu certo.

Os quatro se reuniram no painel principal perto da entrada do *Room Escape* e tiraram suas fotos comemorando a vitória. Fizeram poses de vencedores, seguraram as plaquinhas que diziam "Escapamos!" e "Eu fiz tudo!", sorriram e fizeram caretas.

Observei com o canto do olho, enquanto guardava as plaquinhas, que Karen me encarava com uma sobrancelha erguida. Ela se aproximou e me entregou a plaquinha que faltava, e soltou o seguinte comentário:

— Aqui está, *Mascote*.

Meu coração deu um pulo. É, ela sabia. E Ryan também, porque ouviu o que ela disse, e logo perguntou:

— Ronnie, por que a TV mandou você beijar o Mason?

Lana, ao ouvir aquilo, correu para o andar de cima, como se não quisesse lidar com seu erro. Já Henry se virou para mim, agora atentíssimo, e Mason me encarou alarmado.

— Como é que é? — Henry perguntou, alternando os olhares entre eu e Mason.

— Acho que uns certos alguéns têm uma novidade para nos contar — Karen disse, dando um sorriso travesso.

Virei a cabeça lentamente para Mason, cuja expressão era a mesma quando ele fazia os deveres de Matemática: completamente perdido.

Como nem eu nem ele conseguimos raciocinar direito e falar mais nada, Ryan perguntou:

— Vocês estão... juntos?

Engoli em seco.

*Foi bom enquanto durou.*

— Olha... — Mason começou, sem-graça. — Meio que sim, mas...

— MENTIRA! — Henry falou um pouco alto demais, com os olhos azuis brilhando. — É sério isso?! Você e você?! — E apontou para nós dois.

Mason e eu nos entreolhamos, demos de ombros e assentimos com a cabeça. De que adiantava negar agora?

— Caramba! — Com um sorriso de orelha a orelha, ele nos abraçou. — Finalmente! Ô casal difícil de se acertar, hein!

Dei risada, mas belisquei-o de leve na barriga. Ele não podia falar nada sobre esse assunto.

— Que incrível! — Ryan se juntou ao abraço, também animado.

— Olha... jamais pensei que diria isso, mas... vocês fazem um casal bonitinho. — Karen deu um risinho. — Esses moleques estão muito suados para eu me juntar aí, então sintam-se abraçados também. — Ela soprou um beijo de onde estava.

— Obrigada, pessoal... — falei, ainda envergonhada. — Só, por favor, prometam que não vão contar a ninguém.

— É... — Mason concordou. — Ainda é muito recente, e tal. Vamos deixar a poeira dessa confusão da foto da Ronnie baixar um pouco.

Felizmente, eles entenderam. Sabiam que o melhor a se fazer no momento era esconder, mesmo. As fãs de *Boston Boys* já não gostavam muito de mim, e me odiariam se soubessem que, depois de ter reclamado tanto de Mason ir morar comigo, agora estávamos juntos. Pois é, talvez eu merecesse um xingamento ou outro de umas fãs, sim. Além do mais, também havia a minha foto com Daniel circulando pela internet, onde as pessoas adoram julgar e falar suas opiniões maldosas.

Meu coração se apertou um pouco. Como Daniel reagiria ao saber dessa novidade? Tudo bem que já deveria esperar por isso, porque eu contei a ele que meus sentimentos por Mason eram um dos motivos pelo qual não imaginava um futuro com ele, e ele também o ajudou a voltar a falar comigo, mas mesmo assim...

O abraço em grupo foi desfeito, mas Mason continuou segurando minha mão. Nossa, que estranho. Há pouco tempo nós não estávamos sequer nos falando, e agora nossos amigos mais próximos já sabiam que nossa relação havia evoluído consideravelmente.

Quer dizer... quase todos os nossos amigos.

Dei um suspiro triste ao pensar na minha melhor amiga, que iria adorar estar no meio daquele abraço, e que deveria ter sido a primeira a saber.

— O que foi? — Mason perguntou.

— Nada... só que... imaginei esse momento um pouco diferente. Não que não seja ótimo que estejam aqui, mas... queria que Jenny estivesse junto. — Abaixei a cabeça.

Mason entendeu e me puxou para mais perto dele, em um abraço de lado.

— Não quer tentar falar com ela de novo?

— Não sei se ela merece muito não, depois do ataque que deu no jantar naquele dia... — Karen comentou, cruzando os braços.

— Ei, não se meta — Henry a repreendeu, e recebeu uma língua em resposta.

— Eu vou. Queria que ela pelo menos falasse comigo antes da viagem...

— Isso, tenta. Eu te ajudo. Estou aqui para o que precisar. — ele deu um beijo na minha testa. Sorri de volta.

— Ah, que fofos... — Henry juntou as mãos, e se fosse um desenho animado, teria corações saindo de seus olhos.

— Obrigada... mas Henry, é sério. — Me desvencilhei de Mason para provar meu ponto. — Não conte a ninguém. *Ninguém*. Por favor.

— Isso inclui a namoradinha também, não inclui? — Karen provocou.

— Inclui. Pelo menos por enquanto.

Henry logo murchou.

— Ah, gente... que mal vai fazer se ela souber? Eu conto tudo para ela!

— Tudo, Henry? Tudo *mesmo*? — Mason lançou um olhar fulminante ao amigo, que logo percebeu que não estava em posição de contar nenhum segredo, estando ele mesmo escondendo algo importante de Nikki.

— Deixa para lá.

Antes que pudéssemos contar em mais detalhes sobre como Mason e eu fizemos as pazes e ficamos juntos — ficamos juntos, não começamos a namorar, como certos membros do Room Escape já comentavam por aí —, Caleb e Lana desceram as escadas correndo, cada um segurando um iPad diferente. O momento "celebridade" do grupo voltou, e eles começaram a gravar os vídeos e fotos que prometeram para divulgar em suas redes sociais. Justo, afinal, jogaram sem pagar. Lana me pediu mil desculpas pelo descuido com a mensagem na TV, e me prometeu que apagaria a mensagem para não correr risco de aquilo acontecer novamente. Disse a ela para não se preocupar. Mesmo preferindo esconder de todo mundo, era até um alívio que pelo menos Henry, Karen e Ryan soubessem. Eram nossos amigos mais próximos, e demonstraram todo o seu apoio. E três pessoas a menos para quem Mason e eu precisaríamos fingir que nada estava rolando entre nós.

Agora, em relação aos meus outros amigos... eu teria que ser bem cautelosa. Pretendia contar a Jenny antes de viajarmos — se é que conseguiria que ela falasse comigo —, mas Daniel eu ainda queria esperar um pouco. Pelo menos até que ele se esquecesse um pouco do que aconteceu entre nós.

Ainda tinham coisas com as quais me preocupar, mas ter Mason ao meu lado me dava uma força extra. Ainda mais quando ele disse que estaria lá para o que eu precisasse. Por mais que fosse uma frase meio clichê, sentia que ele estava sendo sincero e realmente iria me ajudar a acertar as coisas. Esperava que essa força que ele me emprestaria fosse o suficiente para acabar de uma vez por todas com esse período de afastamento com a outra pessoa que conseguia me dar tanta força quanto.

*Chega de brigar, Jenny. Sinto muito a sua falta.*

# 21

**O bom de ir para um lugar** cujo clima era semelhante ao da minha cidade era que não tinha que surtar na hora de fazer a mala, pois já sabia o que esperar. Como de costume, todo final de ano Boston estava inteiramente coberta por neve — o que eu adorava — e com temperaturas que variavam durante o dia entre menos dois e cinco graus celsius, o que eu também adorava... na época em que não tinha que ir para o trabalho direto da escola e congelar no pequeno trajeto entre a rua e os lugares com calefação. Mas não podia reclamar. A cidade estava toda branquinha, as árvores sem nenhuma folha e todos os postes decorados com luzes e laços vermelhos de Natal. Preferia aquilo um milhão de vezes do que o calor grudento e o sol escaldante do verão.

Entre os dias 16 e 21 de dezembro, uma nevasca forte na cidade alterou os planos de muita gente. Mamãe só conseguiu ir ao estúdio por dois dias, e com muito esforço, porque as ruas estavam literalmente cobertas de neve, que caía como uma chuva forte. Tivemos que tirar com uma pá as camadas e camadas de neve que bloqueavam a saída do Audi da garagem. A prefeitura até recomendou que os habitantes ficassem em casa durante dois dias. Caleb fechou o Room Escape durante esses dias mais bravos da nevasca, porque além de nenhum cliente querer sair naquele tempo, estava difícil até para os próprios funcionários chegarem ao trabalho.

Isso dificultou meus planos de conversar com Jenny antes da viagem. Mamãe já havia conseguido um celular novo para mim, só que era o seu antigo, então de vez em quando ele dava umas desligadas repentinas, além de estar com a bateria viciada. Mesmo assim, liguei para Jenny, mandei mensagens, mas nada de uma resposta. Cheguei a um ponto onde decidi que o único jeito de ela falar comigo seria pessoalmente, só que nossos trabalhos somados à nevasca de dezembro tornaram tudo mais difícil. Agora estávamos a poucos dias da viagem, e zero de progresso.

Mas, por sorte, a nevasca parou um pouco antes do Natal, o que me dava ainda um restinho de tempo para tentar falar com Jenny. Só que, mesmo assim, outro obstáculo entrou no meu caminho antes que conseguisse sair de casa. Aliás, é maldade dizer que foi um obstáculo, porque foi uma visita muito agradável. Bem mais agradável do que levar uma patada ou ignorada de Jenny.

No dia 23, recebemos hóspedes em nossa casa que voaram direto de Los Angeles. Não consegui ir com mamãe e Mason para buscá-los no aeroporto porque estava em horário de trabalho, mas cheguei em casa a tempo de me juntar a eles no jantar.

— Lilly! Paul! Que bom ver vocês! — Limpei a neve do meu casacão e pendurei-o no cabideiro, depois corri e abracei os dois.

— Oi, Ronnie! Que saudades! — recebi um abraço carinhoso dos dois de volta.

Lilly e Paul estavam casados há pouco mais de dois meses, mas estavam tão grudados e carinhosos um com o outro como no dia de seu casamento. Mason estava radiante em poder passar o Natal com a mãe e o padrasto. O senhor Aleine também tinha planos de visitá-lo mas, infelizmente, a nevasca em Nova York foi um pouco mais tensa do que a de Boston. No entanto ele prometeu que ligaria para o filho por Facetime naqueles dias. No ano passado, passamos o Natal na casa de Jenny, onde comemoramos com ela e os pais, mas nesse ano obviamente o convite não iria se repetir. Fiquei até me perguntando se os pais pensaram em nos chamar novamente, mas Jenny inventou alguma desculpa para passar o feriado somente com eles. Bem, pelo menos a minha casa estaria cheia e com alto-astral mesmo assim, porque aquele casal com certeza conseguia animar qualquer ambiente.

Para comemorar sua chegada, mamãe abriu o vinho que Lilly e Paul trouxeram de Napa Valley. Não me pergunte que tipo de vinho era ou se ele era amadeirado, adocicado, amargo, seco ou molhado, porque se havia uma coisa que não tinha ideia de como diferenciar, era vinho. Para mim, tudo tinha gosto de álcool e era isso. Paul falava da bebida, provava e a cheirava como um verdadeiro especialista. E ele era mesmo, afinal, sua fazenda era cercada por vinhedos. Aceitei por educação um pouquinho que Lilly me serviu, mas depois de dois goles me esforçando para não fazer careta, me dei por vencida e troquei a taça discretamente pela de Mason, que já estava vazia.

No dia seguinte, acordei cedo por dois motivos: o primeiro era que já queria começar os preparativos para a ceia de Natal, incluindo duas sobremesas específicas que iria sair para distribuir mais tarde, e o segundo era que Mary e seu ronco de trator não me deixaram dormir tanto. Estava dormindo com ela porque mamãe oferecera seu quarto, que era maior, para Lilly e Paul dormirem. Assim, ela me jogou para o quarto de Mary e dormiu no meu, que era o segundo maior.

Comecei pelas sobremesas, pois precisava delas prontas o quanto antes. Depois de separar todos os ingredientes que precisava, misturei farinha, sal, manteiga e água para fazer a massa. Durante o período de uma hora que a coloquei para gelar, aproveitei para tirar um pouco da neve que cobria a entrada da casa e nossa caixa de correio. O sol da manhã reluzia naquela camada branca e fofa espalhada por todo o lado, o que seria perfeito se não fosse tão escorregadio.

Alguns minutos depois de colocar a massa no forno, já na travessa em que seria servida, escutei passos vindo da escada e uns grunhidos sonolentos. Então havia duas possibilidades: ou um zumbi invadira minha casa ou alguém que ainda não estava cem por cento acordado levantou.

— Bem que dizem que o Natal é uma época de milagres... — comentei, limpando as mãos sujas de farinha no avental. — O que Mason McDougal faz acordado às... — olhei para meu relógio — oito e meia em pleno feriado?

— Levantei para fazer xixi e senti cheiro de massa de torta. — Ele deu um sorriso sonhador, seguido de um longo bocejo. — Tá fazendo o que aí?

— Torta de abóbora. Olha só. — Chamei-o para perto do forno, onde uma travessa grande e duas pequenas forradas de massa assavam durante o tempo determinado.

— Uau... — Ele deu uma fungada e soltou um suspiro. — Mas, caramba. Vai fazer tudo isso? Quer que eu não caiba nas minhas calças quando for gravar o próximo episódio? — Ele riu.

— Não, vou dar uma de Papai Noel e levar essas duas tortas menores de presente.

— Para quem?

— Uma para Daniel, porque graças a ele, Mary e eu não passamos o Ação de Graças sozinhas. — E também por tudo o que ele havia feito por mim, por ter sido maduro de um jeito que não sei se eu ou Mason conseguiríamos ser. Ah, e claro, seria uma maneira de lhe dar um pequeno agrado agora que sua série havia sido cancelada. — A outra é para Jenny... estou considerando colocar um bilhete na torta e deixar na porta dela, tocar a campainha e sair correndo. Acho que só assim ela vai aceitar. — Dei um riso triste.

— Olha, se ela não quiser, eu aceito, sem problemas.

Era para ser uma piadinha, mas não foi muito apropriada. Considerando que havia uma possibilidade de Jenny realmente não aceitar. Mason percebeu que não achei graça.

— Ei, tô brincando. É lógico que ela vai. Ninguém resiste a uma torta de desculpas. Ainda mais as suas, que são uma delícia. — Ele beijou com doçura a minha bochecha. — Fica tranquila. Ela não vai se fazer de difícil para sempre.

— Espero que não. — Suspirei, mas logo tentei empurrar para longe o baixo-astral. Era véspera de Natal, não podia deixar a negatividade tomar conta de mim. — Obrigada.

— Por nada. Aliás... mereço um pouco de recheio cru por elogiar seus dotes culinários, não?

Dei língua para ele e resolvi provocá-lo.

— Está bem. Pode comer um pouco. Se... — fiz uma pausa dramática. — Fizer você mesmo.

Mason abriu completamente os olhos pela primeira vez desde que acordara.

— Eu...? Fazer o recheio...? — ele perguntou, alarmado. — Mas e se... ficar ruim?

— Aí você vai estragar a sobremesa que sua mãe voou horas de avião só sonhando em comer. É uma baita responsabilidade, viu? — Tentei ao máximo ficar séria, mas era difícil não cair na gargalhada ao ver o rosto de Mason empalidecendo daquele jeito.

— Quer saber? — Ele riu de nervoso. — Eu espero até amanhã para comer.

— Tem certeza? — Abri um pouco a porta do forno, deixando o cheiro de massa assando ainda mais forte no recinto.

Depois de ponderar em sua dúvida cruel por alguns segundos sobre aceitar ou não a responsabilidade, ele esticou as mangas do pijama de flanela e colocou as mãos sobre a mesa.

— Eu sou o vocalista de *Boston Boys*. Eu toco guitarra desde os doze anos. Eu consigo fazer uma torta.

— Você não consegue nem lavar a própria roupa!

Em resposta a minha provocação, ele pegou uma pitada de farinha e jogou no meu rosto. Fiz o mesmo, sujando seu pijama. E começou uma guerra no meio da cozinha, onde voou farinha, sal, açúcar, tudo pelos ares, seguido por Mason me atingindo no meu ponto fraco: fazendo cosquinhas na minha barriga.

Já estava no chão, com lágrimas escorrendo do meu rosto e a barriga doendo de tanto rir, até que ele finalmente resolveu parar e me deixar respirar. Agora mais calmos depois de toda aquela palhaçada, Mason apoiou a mão ao lado da minha cabeça, ainda no chão, e aproximou o rosto do meu.

— Fazemos juntos, então. Pode ser?

Dei uma risadinha.

— Pode ser.

E ele me beijou com suavidade. Ainda com os lábios juntos, me puxou levemente até ficarmos os dois sentados no chão da cozinha. Infelizmente, não durou muito, porque logo ouvimos a voz de Lilly, na sala:

— Tem alguém acordado aí?

Tratei de me levantar rapidamente e me afastar de Mason, que fez o mesmo. Esfreguei as mãos no rosto para tirar a farinha e voltei para a mesa com os ingredientes, quando ela entrou na cozinha.

— Bom dia, queridos! — ela disse, sorrindo. Era a única de nós três que já havia tirado o pijama e trocado de roupa. Vestia uma calça de ginástica preta, botas amarelas estilo Timberland, gorro e luvas pretas e um casaco grosso, vermelho e impermeável.— Pensei que ainda estariam dormindo.

— Pois é, mas tenho umas encomendas para entregar hoje. — Apontei para as pequenas massas de torta no forno. — E Mason vai me ajudar a preparar. — Achei melhor falar aquilo para dar uma desculpa de estarmos juntos lá. O que não era mentira, pensando bem.

— Não acredito que vai correr hoje. A essa hora da manhã. Com esse frio desgraçado lá fora — Mason disse, ao reparar na roupa esportiva da mãe.

— Ora, só assim vou poder comer o quanto quiser da torta da Ronnie. — Ela deu de ombros. Fazia sentido. Mas mesmo assim, ela tinha bastante coragem em sair de casa para isso com uma temperatura de quase zero graus lá fora. — Mas enfim... não vou atrapalhar os mestres-cucas. Fiquem aí como estavam.

— Não está atrapalhando, não! — falei, com a voz um pouco esganiçada me lembrando de como estávamos antes de ela entrar na cozinha.

Lilly deu risada.

— Mesmo assim, prefiro correr agora e deixar os dois... cozinharem em paz. — Ela deu uma piscadela, dando um tom bem irônico à palavra "cozinharem". Ai, ai. Ela era boa. Nem adiantava mais esconder nada dela. Quando se tratava de Mason, ela conseguia lê-lo como um livro aberto.

Ela deu um beijo na bochecha de cada um de nós, acenou e saiu pela porta da frente. Pensando que a qualquer momento poderíamos receber outra visita inesperada na cozinha, resolvemos adiantar logo o recheio das tortas.

— Hã... uma pergunta... — falei, enquanto colocava numa tigela as quantidades certas de açúcar mascavo, gengibre, cravo, canela, noz-moscada e sal. — Você, por acaso... contou para ela...?

— Eu não. Não combinamos que iríamos esperar para contar? Mas você conhece minha mãe. Tá na cara que ela sabe. Ou está desconfiando e tem quase certeza.

Não tinha muito o que fazer. Lilly já havia demonstrado interesse em me ver com Mason desde quando nos conhecemos, quando ela ainda achava que meu nome era Karen. Em seu casamento, ela percebeu o quanto nossa relação havia evoluído, e agora nos encontrara sujos de farinha, às oito da manhã e fazendo torta. Seria burrice pensar que ela não desconfiava de nada.

Passei a tigela para Mason e fui o orientando a colocar o resto dos ingredientes, que eram purê de abóbora, ovos, creme de leite, extrato de baunilha e xarope de bordo. Ele conseguiu fazer tudo sem problemas, só teve dificuldade em quebrar os ovos. Dos três que deveriam ir na mistura, um ele bateu com força e espatifou na bancada, outro ele quebrou com mais calma e pedaços da casca vieram junto, e o último ele conseguiu fazer certo. Fomos alternando quem mexia a mistura, e depois de despejar tudo nas travessas com as massas pré-assadas, deixei-o lamber o batedor e raspar os restinhos de recheio da tigela, como recompensa.

— Vou aproveitar para trocar de roupa enquanto isso termina de assar. — Dei-lhe um selinho e me virei em direção às escadas. — Já volto.

— Tá bem. Ah, só uma coisa antes de você ir.

Antes que eu pudesse perguntar "o quê?", Mason me puxou pela mão e me deu um beijo demorado.

*Ah, tem uma hora para essa torta assar... Não preciso ir me trocar agora.*

Com esse pensamento, enrosquei as mãos em sua nuca e puxei-o para mais perto. Ele encaixou as mãos na minha cintura e também apertou o corpo contra o meu. Seu beijo era gentil e delicado, mas suas mãos estavam firmes. Ele chegou a descê-las vagarosamente, mas não o impedi de fazer o serviço completo e tratei de subi-las novamente até meus quadris, dando o recado. Ele sussurrou "desculpe" e deu um riso sem-graça. E as mãos não desceram mais nenhum centímetro, o que foi bom, porque se ele quisesse ser engraçadinho outra vez sem eu dar permissão, iria levar uma tortada na cara. Queria levar as coisas com calma porque além de minha mãe, minha irmã e Paul poderem aparecer lá a qualquer momento, eu não tinha nenhuma experiência nesse campo. Por essa última razão, fui seguindo meus instintos sem me apressar, mas percebi que consegui deixá-lo satisfeito.

Mais tarde, já com a roupa trocada e as tortas assadas, coloquei um pouco de chantilly por cima delas e estava tudo pronto. O cheiro estava coisa do outro mundo. Modéstia à parte, minhas tortas eram deliciosas mesmo. No dia de Ação de Graças do ano anterior, a minha estava melhor do que a de Jenny, e ela mesma admitiu isso. Mas isso não nos impediu de comermos as duas inteiras, sozinhas.

Soltei um leve suspiro enquanto colocava as tortas pequenas em potes de plástico para levar.

*Quem sabe assim você finalmente volta a falar comigo?*

— Quer que eu vá com você? — Mason perguntou, me ajudando a colocar as tortas com cuidado dentro de uma sacola.

Ponderei por um momento se aquilo era uma boa ideia. Seria ótimo ter Mason não só como carona, mas como companhia também. Ele me daria um bom apoio moral ao encontrar Jenny. Mas por outro lado... irmos nós dois até a casa de Daniel não seria legal. Ele era compreensivo, claro, mas não significava que eu poderia ir até lá com Mason, como se estivesse esfregando-o na sua cara. Claro que não era o caso, mas me colocando no lugar de Daniel, eu iria odiar estar naquela situação. E talvez Jenny também não me levasse muito a sério, poderia achar que eu precisei de um cara ao meu lado para me defender.

— Obrigada, mas acho melhor ir sozinha.

Pendurei a sacola no ombro, coloquei meu casacão de neve, galochas, gorro, cachecol e luvas — inverno, eu te amo, mas você dá um trabalho... — e saí de casa. Como a de Daniel era mais perto e o processo com ele seria bem mais tranquilo, preferi começar com ele.

Quando cheguei em sua porta, toquei a campainha e já fui tirando uma das tortas de dentro da sacola. Alguns segundos depois, Noah atendeu. Ela já estava no espírito natalino, usando um gorro de Papai Noel por cima de duas trancinhas, e um daqueles suéteres horrorosos que só tiramos do armário nessa época do ano, que é a única aceitável para usar essas coisas. Esse dela era vermelho vivo, com um Rudolph gigante e sorridente estampado.

— Oi, Noah! Feliz Natal!

— Oi, Ronnie! Pra você também. — Ela sorriu. — Quer que eu chame o Danny?

— Por favor.

Ela se virou e andou em direção às escadas, mas avisou que eu podia entrar, porque estava bem frio lá fora. Pedi licença e fechei a porta atrás de mim, observando a decoração de sua casa. Por fora estava cheia de luzinhas coloridas, e por dentro, conseguia ver de longe uma grande árvore de Natal cheia de enfeites vermelhos e brancos, sininhos dourados e uma estrela iluminada no topo. Alguns objetos aleatórios também tinham gorros de papai Noel por cima, como um abajur e uma cadeira, o que imaginei que fossem a decoração feita por Noah.

Enquanto passava os olhos pela sala e tirava o gorro e o cachecol, ainda da entrada da casa, vi Daniel descendo as escadas. Assim como a irmã, ele também usava um suéter brega, que imaginei que fosse par do dela. Era verde e tinha vários bonequinhos de biscoito e flocos de neve estampados. Por mais que fossem feios, eu também adorava usar aqueles suéteres nessa época. Já tinha o meu separadinho para a ceia, que era de cor vinho e tinha estampado o bumbum e as pernas do Papai Noel de cabeça para baixo, tentando entrar na chaminé de uma casa.

— Feliz Natal, Watson! — falei, estendendo o pote com a torta na minha frente.

— Eita, ganhei presente? — Daniel perguntou, indo ao meu encontro e me dando um abraço.

— É... uma forma de agradecer por acolher eu e Mary no dia de Ação de Graças.

— Nossa, Ronnie! Obrigado! — Ele abriu o pote e seus olhos brilharam ao dar de cara com a torta de abóbora e o chantilly em cima. Noah fez o mesmo, e por um breve momento pensei que ela iria atacar a torta ali mesmo. — Obrigado de verdade!

— Você é um anjo! — Noah disse, lambendo os beiços.

— De nada. É o mínimo que eu podia fazer por terem sido tão gentis com a gente.

Noah se ofereceu para guardar a torta na geladeira, depois de ter o pedido de comer um pedacinho negado pelo irmão mais velho.

— E aí? Como está sua véspera de Natal? A minha já está melhor do que eu esperava. — Ele deu um risinho, apontando com a cabeça para a cozinha.

— Está ótima... Lilly, a mãe de Mason, veio nos visitar com o marido. Eles são superanimados. Trouxeram um monte de garrafas de vinho, o que eu iria adorar se gostasse de beber coisas alcoólicas — *e Mason e eu demos uns amassos hoje logo antes de eu vir para cá,* completei, mas obviamente preferi omitir essa parte.

Mas como Daniel não era bobo nem nada, tratou logo de perguntar:

— Então você e Mason... estão numa boa?

— É... estamos. — Dei um sorriso envergonhado. — Obrigada, de novo, por falar com ele.

— De nada, Sherlock. — Ele também sorriu, mas sem muita animação. Mais um que não precisou que eu dissesse com todas as letras que Mason e eu estávamos juntos, mas que claramente já sabia.

Ai, não. Não era minha intenção deixá-lo daquele jeito. Procurei logo mudar de assunto.

— Já arrumou sua mala?

Acabou que mesmo com o programa cancelado, fizemos uma enquete virtual com os cinco fãs selecionados para a viagem, e todos quiseram que o elenco da falecida *Boston Academy* fosse junto. O que foi um alívio para mamãe, já que todas as passagens e quartos de hotel haviam sido planejados para que eles fossem também.

— Comecei a separar as roupas, mas ainda tenho que terminar.

Assenti com a cabeça, sem saber o próximo assunto para emendar.

— Desculpe te encher com esse assunto, mas a Jenny... — perguntei, com incerteza. — Falou alguma coisa sobre mim? Se vocês se falaram esses dias...

— Olha... me parece que ela já cansou de ficar brigada com você.

Pisquei duas vezes.

— Sério?

— É... ela não disse com todas as letras, mas me perguntou esses dias sobre você. Tentou ser meio indiferente, do tipo, "não ligo, só estou curiosa", mas deu para ver uma pitada de saudade. Pelo menos eu acho que deu.

Engraçado. Jenny estava com raiva de mim por toda a história que aconteceu com Daniel, mas em momento algum mencionou isso a ele, que na minha ausência, havia se tornado seu confidente. Ou ela inventou algum outro motivo, ou deu aquela desculpa de "é algo pessoal e não quero contar".

— Tomara que você esteja certo.

— Essa outra torta é para ela? — Ele apontou para minha sacola meio-cheia.

— É sim. Tentei de várias maneiras falar com ela e não tive sucesso. Quem sabe pelo estômago eu não a conquisto de volta.

— É uma boa tática. — Ele sorriu. — Só não desiste de tentar, Ronnie. Mesmo ela estando assim, você sabe que ela se importa muito com você.

E eu sabia mesmo. Apesar de todas as grosserias direcionadas a mim, Jenny era a pessoa que eu mais confiava no mundo. Ouvir aquilo de Daniel realmente fez minhas esperanças crescerem.

Resolvi parar de adiar o que eu tinha que fazer, de uma vez por todas. Me despedi de Daniel e Noah, desejei-lhes de novo um feliz Natal e parti até a casa de Jenny.

Havia preparado um pequeno discurso na minha cabeça, que começava com um pedido de desculpas, depois uma retrospectiva de toda a nossa amizade, e por fim um pedido de voltarmos a ser como éramos. Enquanto esperava a campainha ser atendida, fui murmurando a primeira parte do discurso, só para fixá-lo na mente mesmo, como se estivesse me preparando para uma prova.

A porta finalmente se abriu, fazendo meu coração dar um pulo. Quem atendeu foi um homem, que parecia ter uns cinquenta anos, de cabelo loiro bem curto — mostrando sinais de calvície —, uma barba média, mas bem aparada e olhos castanhos.

— Ronnie, quanto tempo que não a vejo!

— Oi, tio James. — Dei um abraço no pai de Jenny, que realmente não via há muito tempo. Se quase já não via mais sua filha, imagine ele. — Como estão as coisas por aí?

— Estão ótimas. E a família? Mary, Susan, aquele rapaz Mason...?

Que bonitinho da parte dele considerar Mason parte da família. De certa forma, ele havia se tornado, mesmo.

— Também vão muito bem. Hã... — Fiz uma pequena pausa, tentando reunir toda a minha coragem. — Jenny está?

No segundo que ele demorou para me responder, passei como um flash meu discurso na cabeça. Será que ela iria me ver? Será que aceitaria finalmente minhas desculpas? Será que iria bater a porta na minha cara? Mas Daniel dissera que ela parecia estar com saudades de mim... Argh, só queria que aquilo acabasse logo!

Mas a resposta de seu pai acabou quebrando todas as minhas expectativas.

— Não, querida. Saiu com a mãe para compras de última hora. Saíram há pouco tempo, na verdade. Só não avisaram quando iriam voltar...

— Oh. — Olhei para minha sacola, decepcionada. Realmente, o Universo parecia estar conspirando para que não visse minha melhor amiga. Primeiro a nevasca, agora isso!

Por um momento, imaginei a possibilidade de que Jenny estivesse em casa e só pediu ao pai para inventar uma desculpa para eu ir embora, mas logo depois descartei essa opção. Ela não faria isso. E ele realmente pareceu sincero.

— Mas eu aviso que você veio. É uma pena mesmo que não tenha conseguido pegá-la antes de sair... acho que faria bem para ela sua companhia.

Levantei os olhos para ele.

— Como assim?

— Ah, ela está passando por um período um pouco complicado. Todos vocês estão, não é? Mandou cartas para as faculdades, está com medo de não passar para as que quer...

Agora com esse trabalho novo, chega em casa sempre cansada... Acho que com você ela consegue se distrair, sabe? Se sentir um pouco mais leve. E ela precisa disso. Não acha?

Ok, com certeza ela não havia pedido para ele inventar uma desculpa. O que ele dissera fazia muito sentido. A pressão para Jenny devia ser ainda maior, por ela estar mais inclinada a voltar para Londres do que continuar aqui. E perdemos tanto tempo que poderíamos estar juntas e nos ajudando — até porque eu também tinha minhas dúvidas e inseguranças sobre onde estudar — com essa briga boba. Que droga.

— Tio James... — Timidamente, tirei o pote de torta da sacola e estendi para ele. — Você poderia entregar isso para ela? Na verdade, é para todos vocês, um agradecimento por serem tão amigos da minha família. E também... — Suspirei. — Para que Jenny se lembre do Natal passado, quando comemos sozinhas as tortas de abóbora. Também sinto muito a falta dela. Se puder dizer isso a ela, agradeço muito.

— Claro que digo, Ronnie. — Ele sorriu, segurando o pote. — E obrigado pela torta. Tenho certeza de que ela vai adorar.

Sorri também. Mesmo Jenny não estando lá, minha visita não foi em vão. Saí de lá com o coração aquecido. Acho que finalmente, finalmente *mesmo*, teria minha melhor amiga de volta.

# 22

**Devo ter engordado** uns cinco quilos com a ceia colossal de Natal daquele ano. Mamãe e eu cozinhamos para um batalhão mesmo só havendo seis bocas para alimentar em casa e, além disso, Lilly e Paul fizeram questão de trazer outras coisas para complementar a mesa além das muitas garrafas de vinho, como uma caixa grande de bonecos de gengibre — que Mary adorou decorar como se fossem zumbis — e batatas e tomates frescos colhidos da fazenda, que foram preparados com queijo gratinado e fatias de bacon, que eles também trouxeram. Sim, eles levaram tudo isso numa mala dentro de um avião. Vai entender...

Depois de dormir bastante para digerir a orgia gastronômica que foi aquele jantar, fizemos os últimos preparativos para a viagem e fomos com o casal até o aeroporto, porque o voo deles era apenas duas horas antes do nosso. Como nosso voo para a Inglaterra era internacional, tínhamos que chegar praticamente no mesmo horário.

Chegando lá, encontramos os cinco fãs que haviam sido selecionados, todos usando a camiseta que lhes fora entregue pela agência de viagens que fechou a excursão com mamãe — e pagou praticamente todos os custos, detalhe. Presentão, não é? —, com sorrisos de orelha a orelha e quicando em pé. Fora isso, outros fãs aleatórios estavam lá só esperando que o resto dos artistas chegasse, afinal, foi bastante divulgado o dia em que os participantes dos dois programas iriam viajar. Obviamente, Piper Longshock estava na frente de todos e deixando bem claro que ela seria a representante dos fãs naquela viagem, por isso iria falar com os garotos primeiro.

Mason se despediu da mãe e de Paul, desejou-lhes uma boa viagem e partiu para encarar aqueles adolescentes com os hormônios à flor da pele. Preferi acompanhar mais de longe enquanto o bafafá do início não se acalmava. E isso fez com que eu ficasse mais fácil de ser encontrada e encontrar os outros também.

Jenny chegou logo depois de nós, pois estava à frente daquela excursão junto com mamãe. Quando a avistei, tratei de acenar e chamá-la para se juntar a mim, para que não se afogasse no mar dos fãs. Agora que ela também estava acostumada com aquele amor todo, passou a umas três pilastras de distância e, pasme, foi até mim.

— Oi... — ela disse. Foi um "oi" simples, com um sorriso quase inexistente, mas não foi seco como da última vez. Já era um bom sinal.

— Oi... — respondi, timidamente. — Como foi o Natal?

— Foi bom. — Ela desviou o olhar. — Comi mais do que deveria, como sempre. Fiquei por horas sem conseguir levantar do sofá.

— Te entendo... ontem tive um pesadelo em que eu me tornava o novo Papai Noel de tanto que comi na ceia.

E nós duas rimos de leve. Foi uma coisa simples e rápida, mas serviu para me deixar mais tranquila. Jenny não fizera nenhum movimento querendo me afastar.

*Acho que o Tio James deu meu recado.*

— Hã... — Ela passou a mão no cabelo. — Obrigada... pela torta. Estava uma delícia.

Abri um sorriso.

— Fico feliz que gostou. Fiz isso pensando no nosso último Natal juntas. Em que comemos as tortas inteiras. Se lembra?

— Claro que lembro. Foi a primeira coisa em que pensei quando meu pai me entregou. — E seu pequeno sorriso ficou maior, mostrando uma charmosa covinha de um lado só.

Depois de tantas luzinhas de celulares tirando fotos nos deixarem quase cegas, foi a vez dos gritos animados nos deixarem quase surdas. Daniel, Sabrina e o resto de *Boston Academy* haviam chegado, e logo depois, Henry, Ryan e Karen. Ver Sabrina, em especial, me deixou bem aliviada. Por mais que ela tivesse dito que iria, não sabia se Elena ressurgiria das trevas para trancafiá-la num calabouço ou algo do tipo. Mas lembrei que ela já tinha dezoito anos, então tecnicamente já era adulta e poderia viajar sem precisar de uma autorização de responsáveis. Os únicos que, depois de saírem da série, já emendaram em uma nova, e por isso desistiram da viagem, foram os gêmeos. Foram fazer uma série sobre morar em um hotel em Boston, ou algo do tipo. Não prestei muita atenção no que Sabrina contou.

Foi tanta confusão que meu pequeno momento de paz com Jenny teria que esperar mais um pouco. Mamãe pediu para Jenny ajudá-la a separar os fãs doidos dos fãs que iriam na viagem — não que eles fossem menos doidos, mas enfim — e a controlar um pouco os nervos da galera. Enquanto isso, os famosos davam seus autógrafos, gravavam vídeos e tiravam fotos.

— Adams! — Piper conseguira sair do olho do furacão e ir até mim, que continuava a uma distância segura.

Piper estava toda vermelha e suada, assim como todos lá no meio da confusão, mas o que me chamou a atenção não foi sua aparência, e sim o rapaz que parecia um xerox do cantor Drake de mãos dadas com ela.

— Lembra que disse que iria te apresentar ao meu namorado? — ela disse, sorrindo. — Aqui está ele! — Michael, Ronnie. Ronnie, Michael.

Precisei de alguns segundos para processar que aquele homão com músculos que saltavam para fora de sua camiseta apertada — que faziam Ryan parecer um franguinho magricela —, maxilar superdefinido, enormes olhos castanhos e uma barba e cabelo raspado tão bem feitos que pareciam ter sido moldados pelo próprio Michelangelo, fosse de verdade o namorado da Piper que eu conhecia. E, além disso, um hacker talentosíssimo. Sabe, a que invade propriedades, persegue pessoas famosas, acampa em quintais, essa Piper. Só voltei ao planeta Terra quando percebi a mão estendida de Michael aguardando que eu a apertasse.

— É... um prazer — falei, sem graça. Aquele cara era como o sol. Não tinha como não encará-lo, por mais que fosse melhor não fazer isso. — Como... vocês se conheceram?

— Conta para ela, amorzinho! Ela não vai acreditar! — Piper disse, encostando o nariz no dele.

*Já não estou acreditando...*

— Claro! — ele sorriu — Ronnie, você conhece uma certa história chamada *Amor nos tempos das boybands*, não conhece?

Claro que eu conhecia. Era uma das maiores fanfics que Piper já havia escrito. Li todos os quarenta e um capítulos em quatro dias. Essa envolvia os meninos, Karen e outros personagens que ela havia criado e, basicamente, todo mundo ficava com todo mundo, só iam trocando de pares no decorrer da história.

Só depois de passar a sinopse na minha cabeça, me toquei onde ele queria chegar. Ah, aquilo só podia ser brincadeira.

— Ele leu tudo em oito horas! — Piper deu pulinhos.

— E descobri que precisava conhecer essa escritora incrível. — Michael deu um suspiro sonhador ao olhar para a namorada. — E conheci. O resto você já sabe, né?

Caramba. Não era zoação. Era sério. Além de Piper estar namorando um dos seres mais lindos do sexo masculino que eu já vira em toda a minha vida, ele era fã de carteirinha de suas fanfics estranhas que envolviam pessoas reais. Depois as pessoas vinham reclamar comigo que a minha vida era doida demais...

Não tinha mais nada a fazer senão parabenizar o casal, mesmo ainda precisando de mais tempo para processar tudo aquilo. Passada aquela gritaria e as súplicas dos fãs para que pudessem ir no voo junto com os cinco sortudos, conseguimos embarcar e deixar não só o namorado de Piper, mas todos os fãs apaixonados para trás. Era um "até logo" para Boston e um "olá" para a Inglaterra.

Não tomei absolutamente nenhum remédio para dormir dessa vez, porque não queria repetir o pesadelo esquisito que tivera no voo para Los Angeles, quando fomos ao casamento de Lilly. Nem considerei a possibilidade de me sentar ao lado de Mason, porque além de outros fãs já estarem na fila para isso — e prontos para me morder se eu tentasse entrar em seu caminho —, não pretendíamos revelar a mais ninguém que estávamos juntos ali, ainda mais para seus fãs alucinados. Já quase fui sequestrada por fãs enciumadas que me viram com ele comprando roupas de gala para o evento do Four Seasons meses atrás, imagine o que fariam comigo se descobrissem que aquela boquinha doce com o qual elas tanto sonhavam já havia encostado várias vezes na minha?

Demos sorte que o avião tinha uma pequena TV no assento a nossa frente, então tínhamos algumas opções de entretenimento. Uma delas era a segunda temporada de Sherlock, obviamente minha escolha. Não contei a ninguém, mas tinha um plano de me separar um pouco do grupo em algum dos dias para procurar o Benedict Cumberbatch por Londres. Vai que celebridade atrai celebridade, não é?

Quando chegamos, a guia de nossa excursão já estava no aeroporto, nos esperando com uma plaquinha que dizia "Americanos" e uma pequena águia desenhada ao lado, de brincadeira. Ela devia ter uns trinta anos, era baixinha e gordinha, tinha longos cabelos cacheados e loiros, olhos azuis e bochechas vermelhas — por causa do frio, provavelmente — que contrastavam com sua pele muito branca. Era bem-humorada e foi muito receptiva, me lembrando Lana, minha colega de trabalho do Room Escape. Ela parecia sua versão inglesa.

Entramos numa van e foi uma falação sem parar até chegarmos ao hotel. Enquanto os fãs tagarelavam sobre o quanto estavam animados e conversavam com Mason e os outros, fui tirando fotos da janela e observando o quanto aquela cidade estava linda. Já conhecia Londres, estive lá uma vez, com Jenny. Mas fora há muito tempo e no verão, então aquela seria uma experiência completamente diferente.

O Natal havia acabado de passar. Literalmente, fora no dia anterior, então parecia que o Papai Noel havia vomitado nela. Um vômito lindo, branquinho, iluminado, mágico e com cheiro de cookies. Ok, isso soou meio estranho.

Assim como Boston, Londres estava pura neve, mas, felizmente, sem a nevasca que impedia as pessoas de saírem de casa. Pelo contrário, todos estavam na rua. Quando chegamos, já estava escuro, mesmo sendo cinco da tarde. No entanto, a cidade brilhava. Os monumentos históricos estavam todos acesos, as árvores secas cobertas de luzinhas coloridas natalinas, os ônibus vermelhos circulando pelas ruas, e de longe conseguíamos ver a London Eye, a roda gigante que alternava sua iluminação nas cores vermelho, azul e branco, da bandeira do Reino Unido. Era uma cidade fantástica, e realmente era completamente diferente no inverno. Agora entendia melhor porque Jenny queria se mudar para lá. Parecia uma Boston melhorada, mais limpa, charmosa e organizada.

Nós praticamente jogamos todas as malas em quartos aleatórios do hotel, porque de acordo com Charlotte, nossa guia, a maior feira temática de Natal, a Winter Wonderland, que acontecia no Hyde Park, fecharia às dez da noite. É sério, nem acendemos as luzes dos quartos. Nem vi de que cor eles eram. Jenny me contara em uma de suas idas para Londres que aquela feira era incrível e pelo que vi nas fotos, devia ser mesmo. O parque ficava cheio de atrações iluminadas, como montanhas-russas, elevadores que caem, carrosséis e um enorme rinque de patinação.

Compramos passes para uma semana no ônibus vermelho e partimos em direção ao Hyde Park. Não havia conseguido continuar minha conversa com Jenny porque tudo aconteceu muito na correria, e além do mais, ela estava sentada na outra extremidade do ônibus ocupado por adolescentes americanos que ainda não paravam de falar e tirar fotos, de tanta animação. Enquanto íamos percorrendo as ruas iluminadas e cheias de neve, Charlotte nos dava um panorama sobre os principais pontos por onde passávamos e Jenny dava uns pitacos para complementar.

— De onde você é mesmo, Jenny? — Charlotte perguntou, depois de ouvir uma explicação muito boa que Jenny deu sobre o Picadilly Circus, uma das praças mais lotadas de turistas da cidade, cercada por painéis publicitários, lojas gigantescas de marcas famosas e com uma grande estátua do deus Eros feita de alumínio. Era como a Times Square inglesa. Jenny contou a curiosidade que todas aquelas luzes dos enormes painéis foram apagadas por luto após a morte de Winston Churchill, da Lady Diana e durante toda a Segunda Guerra Mundial.

— Sou de Somerset — ela respondeu.

— Sério? Pertinho de mim, então! Sou de Gloucestershire.

Era engraçado ver aquelas duas conversando animadamente com seus sotaques britânicos. Aliás, ouvir todos a minha volta — com exceção do ônibus dominado pelos Americanos — falando assim. Parecia que eu havia entrado em um episódio de Sherlock.

— Pessoal! — Charlotte falou em seu microfone, chamando nossa atenção. — Alguém aqui já esteve em Somerset ou Gloucestershire?

— Eu já! — Uma das meninas do nosso grupo, que estava ao lado de Sabrina e não parava de elogiar as fotos que ela publicava no instagram, respondeu. Ela, na verdade, foi a única a levantar a mão. — Meus irmãos mais velhos participaram da Corrida do Queijo há dois anos!

Ao ouvir aquilo, a falação diminuiu. Charlotte, percebendo isso, explicou que a Corrida do Queijo era uma tradição anual realizada em Cooper's Hill, Gloucestershire. Centenas de pessoas se reuniam no alto de uma colina, onde queijos redondos saíam rolando até embaixo. O objetivo dos participantes era simples: eles tinham que pegar o queijo ou serem os primeiros a cruzar a linha de chegada na parte debaixo da colina. O prêmio era o próprio queijo. A primeira vez que Jenny me contou sobre essa esquisita tradição, pensei que havia poucas pessoas loucas o suficiente para descer uma colina correndo atrás de um queijo, e nem consegui acreditar quando vi a quantidade de gente que se inscrevia para fazer isso todo ano.

— Uma curiosidade — Jenny falou, se aproximando do microfone de Charlotte. — É que foi assim que meu pai pediu minha mãe em casamento! Meus avós sempre foram bem rígidos, e não queriam que minha mãe se casasse com ele. Ele prometeu que seria "digno" — ela fez o sinal de aspas com as mãos — de pedir a sua mão se apanhasse o queijo. Como minha avó não acreditava que ele, de fato, conseguiria, concordou. E, bem... por eu estar aqui agora vocês não têm dúvidas de que ele pegou, não é? — Ela riu.

— Que legal! — A mesma garota que levantara a mão antes, respondeu. — Com meu irmão mais velho foi parecido. Ele vivia brigando com meus pais porque queria ser arqueólogo e não médico, como eles o pressionavam a ser. Quando participou da Corrida do Queijo, disse que seguiria seu sonho se fosse o primeiro a cruzar a linha de chegada. E ele conseguiu! Depois disso, meus pais nunca mais o impediram. Acho que o fato de ele ter quebrado quase todos os dentes no final também ajudou a amolecê-los um pouco.

Ouvir aquelas duas histórias me fez ter uma ideia. Uma ideia bem arriscada e louca, mas que poderia dar certo.

— Charlotte? — perguntei. — Aqui em Londres também acontece a Corrida do Queijo?

— Não, é só em Cooper's Hill. E em maio.

— Ah...

— Por quê? — Mason, que estava na minha frente, virou para trás e perguntou. — Quer participar? Sabe que você iria quebrar ao meio se descesse correndo uma colina, não é?

— Ué... — Dei de ombros. — Já voei, literalmente, em um snowboard e não quebrei nenhum osso.

— Por pura sorte. Esse negócio deve ser insano.

— E é, mesmo — Charlotte concordou. — Apesar de ser divertido, é bem perigoso. Tem gente que sai bem machucada todos os anos. É bem fácil de perder o controle quando se está descendo rápido uma colina. Pior ainda é quando tem lama, que deixa mais escorregadio.

Realmente, seria um tanto estúpido me inscrever num negócio desses em que as chances de eu sair toda quebrada eram muito maiores do que a de eu realmente conseguir pegar o queijo. Mesmo assim, fui pensando em alternativas no caminho.

O grupo que foi descendo do ônibus parecia um bando de crianças chegando pela primeira vez na Disney. Mamãe, Jenny e Charlotte precisaram gritar algumas vezes para que todos se acalmassem e formassem uma fila para entrar na Winter Wonderland. Até mesmo Mason, Henry, Ryan e os outros também entraram na bagunça. Os olhos de Ryan e os de Mary brilharam ao avistar aquele bando de brinquedos temáticos, Henry e Nikki queriam correr logo para a roda gigante, Daniel e Sabrina foram apontando para as barraquinhas de jogos, comida e presentes, e eu tratei logo de procurar o rinque de patinação no gelo. Aliás, uma loja que vendesse comida, depois o rinque de patinação.

Como não adiantava manter todo mundo junto, mamãe se certificou de que todos estavam com os celulares conectados no wifi, caso precisasse contatar algum de nós. Depois, foi cada um por si. Pequenos grupos se formaram de acordo com o interesse de cada um, e nos separamos tão rápido que foi praticamente eu piscar que já não havia mais ninguém ali.

Me juntei com Daniel, Sabrina e a fã que conversava com ela, que depois se apresentou como Rose. No caminho para o Angel's Market, onde ficavam concentradas as lojinhas e tendas, ela foi contando que era tão fã de *Boston Academy* que fizera o mesmo corte de cabelo que Sabrina. Era até engraçado de ver, porque as duas estavam com o cabelo castanho curto que ia se alongando na parte da frente, e com luzes mais claras nas pontas. Fiquei feliz em saber que Rose também apoiava cem por cento o namoro de Sabrina com Reyna, e ficou devastada quando descobriu que Elena causara tanta discórdia entre as duas.

— Podemos comprar um crepe ou cachorro quente e ir comendo na fila do elevador que cai. O que acham? — Daniel sugeriu, e nós três concordamos.

— Ali deve ter alguma coisa gostosa! — Apontei para uma das lojas cuja vitrine parecia uma casa de campo, com lareira, móveis rústicos e uma réplica do casal Noel em tamanho real sentado em poltronas.

— Ali? — Sabrina ergueu uma sobrancelha. — Ali é mais coisa para levar para casa, tipo melado, garrafas de bebida, salsicha... Por que quer ir logo lá?

— Por causa daquilo. — Apontei para um grande queijo redondo, exposto bem no centro da vitrine.

— Ronnie... — Daniel falou, confuso. — Seu lanche vai ser esse queijo enorme? Tipo... só o queijo? Não é mais fácil uma batata com queijo, queijo no palito, algo do tipo?

Eu realmente parecia uma louca querendo comprar aquele trambolho, entendia por que os três me encaravam como se eu fosse uma extraterrestre. Mas eu precisava daquilo para completar o plano que havia pensado pouco antes de chegarmos ao Hyde Park. No final, consegui convencê-los de me acompanhar, para que eu comprasse o queijo e seguíssemos para as barracas de comida normais. Quase desisti ao ver que ele não só era pesado, mas era caro também, mas segui em frente. Tinha feito um compromisso e não podia pular fora. Tinha chances de dar errado? Muitas. Mas mesmo assim, tinha que tentar.

A ideia de Daniel foi boa, de comermos enquanto esperávamos na fila. Demorou tanto que deu até para fazermos a digestão. Quando mais nos aproximávamos do elevador, mais eu sentia meu estômago embrulhando.

*Ai... por que não fui na roda gigante com Henry e Nikki?*, pensei, olhando de cima a baixo aquele negócio subindo e despencando com um monte de gente gritando.

Quando chegou a nossa vez na fila, o rapaz que conferia a altura das pessoas avisou que precisávamos guardar nossos pertences nos armários logo abaixo da atração. Ele deu uma olhada rápida nas nossas mochilas, e quando pegou minha sacola com o queijo, estranhou um pouco. Normal. Eu também estranharia se estivesse no lugar dele.

O frio na barriga foi aumentando conforme éramos presos nos lugares. Quase congelei — de frio *e* de pavor — quando o elevador chegou lá no topo, onde conseguíamos ver absolutamente tudo naquele parque.

*Se eu sobreviver a isso, meu próximo destino é você*, pensei, olhando para o rinque de patinação que parecia pequenininho lá de cima.

E o resto aconteceu rápido demais. Esses brinquedos duram o quê? No máximo um minuto, certo? Bem, foi um minuto cheio de gritaria, cabelo voando, terror completo e aquele pânico de imaginar se meu cinto estava preso de verdade. Felizmente estava e aquilo era só paranoia da minha cabeça, e descemos sãos e salvos.

— Foi incrível! — Sabrina foi saltitando enquanto íamos buscar nossas coisas nos armários. — Vamos de novo?!

— De novo? — Ri de nervoso. — Deixa só meu almoço de hoje voltar para o estômago... — Segurei meu próprio pescoço.

— Ah, tudo bem... Alguém tem preferência do próximo lugar?

Levantei o dedo.

— Podemos chamar a Jenny e irmos para a pista de patinação?

Não houve objeções. Daniel mandou uma mensagem para Jenny e avisou que ela iria para lá nos esperar. Abracei o queijo com as duas mãos e fui em frente.

No rinque, não era obrigatório guardar os pertences, mas havia um espaço onde a moça responsável pelo empréstimo de patins guardava as mochilas e bolsas das pessoas. Mais uma que achou que eu era louca quando disse que não queria guardar o enorme queijo que segurava e que iria patinar com ele mesmo. Só faltava essa! Eu ter comprado aquele negócio e não poder entrar no rinque com ele, que era justamente o meu plano.

— Ei! — Daniel foi o primeiro a avistar Jenny, e acenou para ela. — Onde você estava?

— Ryan pediu um apoio moral para segurar as duas garotas que foram penduradas nele na montanha-russa. Mary não ajudou muito. — Ela deu um risinho, depois seus olhos foram direto no enorme queijo na minha mão. — O que é isso?

— Um queijo — respondi, enquanto entrávamos no rinque. O primeiro contato com aqueles patins na neve sempre me fazia dar uma desequilibrada, mas felizmente sabia patinar. Só precisava dar umas duas voltas para desenferrujar.

— É... isso eu percebi. Mas por que trouxe isso para a pista de patinação?

Respirei fundo. Era hora de colocar o plano em ação.

— Agora mesmo você contou que seu pai ganhou a mão da sua mãe na Corrida do Queijo. O irmão da Rose conseguiu estudar o que queria por causa da Corrida do Queijo. — Estendi o queijo para ela. — Não estamos em Cooper's Hill, mas eu queria ganhar o seu perdão se pegar isso.

Jenny me encarou como se eu tivesse dito que a capital do Japão era a China. Daniel, Sabrina e Rose também não pareceram muito animados com a ideia.

— Hã... sem querer me intrometer, mas só de curiosidade... — Daniel comentou. — Como você pretende fazer uma pseudo Corrida do Queijo aqui... que é plano?

— Eu pensei em Jenny rolar o queijo para frente e eu tentar pegar.

Ok, ouvindo isso, até eu percebi que era uma ideia imbecil. Soava melhor e mais épico na minha cabeça. Mas já estava lá e já tinha comprado aquela porcaria. E o não eu já tinha, certo?

A resposta de Jenny foi uma risada, numa mistura de nervoso com incredulidade.

— Está brincando, não é?

Mas ela parou quando viu que fiz que não com a cabeça.

— Ronnie, ficou maluca? Não vou rolar esse negócio pra você ir atrás! Além de ser estranho, você pode se machucar! Não ouviu o que a Charlotte alertou justamente sobre isso?

Ela tinha razão. Eu sabia disso. Era realmente uma ideia idiota. E as piores libras que já gastei.

Mas antes que pudesse me desculpar por sugerir aquilo, um moleque de uns treze anos, que patinava de costas, não viu que vinha direto ao meu encontro e trombou com tudo para cima de mim. Caí de bumbum no chão.

— Ei, olha por onde anda! — praguejei, fazendo careta por causa do impacto.

Assustado, Daniel se ofereceu para me ajudar a levantar.

— Obrigada... — Olhei para os lados, procurando o queijo que caíra no chão junto comigo. — Ué...? Cadê o qu...?

— *Ay, Jesus*! — Sabrina ficou tão surpresa que nem deu tempo de traduzir na sua cabeça. Com os olhos arregalados, apontou para o queijo rolando para o meio da pista e se afastando de nós.

— NÃO! — gritei, apontando para aquela coisa redonda enorme rolando para longe.

Por sorte, ele não ficou rolando para sempre. Foi perdendo velocidade e logo caiu no chão. Algumas pessoas perceberam que ele estava lá e foram desviando enquanto patinavam. Só que o mesmo moleque que esbarrou em mim e me fez derrubar o queijo, encontrou-o e o tirou do chão.

— Ei! — chamei sua atenção. — Devolva isso para mim, por favor!

Mas claro, *claro* que um pirralho que esbarra em alguém e não pede desculpas não iria devolver algo que achou assim, com tanta boa vontade. E ele fez o contrário. Deu risada, virou de costas e saiu patinando com o queijo debaixo do braço.

— Ah, não... — falei, apertando os punhos. Cada centímetro do meu corpo foi tomado pela raiva.

— Ronnie... deixa isso para lá... — Daniel tentou suavizar a situação. Mas era tarde. Tudo bem que não iria adiantar nada para minha amizade com Jenny se eu pegasse o queijo ou não, mas aquele garoto conseguiu irritar cada nervo do meu corpo.

E sem pensar duas vezes, dei um impulso e saí patinando em disparada para agarrar aquele queijo de volta a qualquer custo.

**Os acontecimentos seguintes** à minha disparada em direção ao moleque atrás do meu queijo se sucederam como em um desenho animado. Pensando bem, aquilo tudo já parecia um episódio de *Tom&Jerry*. E do jeito como eu fui deslizando rápido com os patins, tentando desviar das pessoas, mas sem tirar os olhos daquele pequeno meliante, mostrava que era uma questão de tempo até que eu caísse e me quebrasse como o Tom fazia em todos os episódios.

E bem... como esperado, meio que aconteceu.

O garotinho fez uma curva fechada em uma das extremidades do rinque e se abaixou, e acabei o perdendo por um momento no meio daquele bando de gente. E não deu outra. Não diminui o ritmo e em vez de ser sensata e olhar para frente, fiquei olhando para os lados em busca daquela peste. O que me despertou do piloto automático foi o grito de uma velhinha que estava na minha reta de colisão. Sem pensar, joguei os pés para um lado tentando me afastar para não bater nela, mas acabei me desequilibrando com o movimento e dando um beijo no gelo. Tive o reflexo de colocar as mãos no rosto para proteger meu nariz e dentes, mas meu queixo não ficou imune. Além de bater com força no chão, ele escorregou e se arrastou no gelo, criando uma sensação de queimação terrível.

Tirei a cara do chão ainda trêmula, e um casal que estava próximo se compadeceu e me ajudou a levantar e a apoiar num corrimão. Toquei meu queixo e fiz careta. Além de estar muito dolorido, deixou as pontas dos meus dedos sujas de sangue. Que ótimo.

— RONNIE! — ouvi o grito de Jenny ficando mais próximo até ela, Sabrina, Daniel e Rose me encontrarem no meio da pista. — Sua louca! Que ideia foi essa?! Oh, meu Deus! Seu queixo! — Ela esticou a mão para meu rosto, mas virei-o por instinto. Sabia que ela não ia tocar, mas dava nervoso só de pensar em alguma coisa encostando.

— Eu estou bem... não se preocupem. — Dei um riso amarelo, mas fiz careta outra vez, porque rir fazia meu queixo latejar mais.

— Ah, claro que está — ela disse, ironicamente, depois passou meu braço por cima de seus ombros. — Vem, vamos agora para o posto de primeiros-socorros.

— Não precisa não! É só passar uma água que...

— Sem discussão! — ela disse, firme. Preferi não contrariá-la. Seu instinto protetor estava com toda a força. Parecia que ela tinha se transformado no Incrível Hulk.

Daniel, Sabrina e Rose se ofereceram para devolver nossos patins enquanto fomos até o pronto-socorro. Chegando lá, contei aos enfermeiros o ocorrido, eles deram uma olhada no meu queixo, desinfetaram e colocaram um curativo. Eu sempre fui uma criança muito calma, então não tinha o costume de me ralar, portanto não estava acostumada com a sensação da água oxigenada vaporizando com violência todas as impurezas da minha ferida, nem com ter uma gaze presa com esparadrapo na cara. Bem, podia ser pior. Eles poderiam ter que costurar e colocar ponto.

Parte do gemido de dor que dei enquanto o enfermeiro limpava o machucado foi de imaginar a bronca que levaria de mamãe. Em todas as viagens que fizemos esse ano, acabei fazendo algo estúpido e me machuquei por causa disso. No início do ano, quando fomos para Calgary, inventei que sabia descer uma rampa de snowboard e torci feio o tornozelo, em Napa Valley saí cavalgando desembestada e fui atirada num lago — tudo bem que essa vez foi mais culpa da Mary do que minha — e agora, em Londres, ralei o queixo correndo atrás de um ladrãozinho de queijo no rinque de patinação da Winter Wonderland. Me machuquei nesse ano mais vezes do que praticamente na minha infância inteira. E todas as vezes eu paguei um baita mico.

Jenny ficou quieta durante o procedimento inteiro. Só depois agradeceu ao enfermeiro por ter feito o curativo em mim.

Esperei ele sair da salinha para falar com ela:

— Desculpe por isso. Por tudo, aliás.

E os olhos cor de mel dela se encontraram com os meus.

— Por que você saiu correndo daquele jeito? Por que teve a ideia de ir atrás de um queijo? Em que universo você imaginou que isso daria certo? — Seu tom de voz, por mais que fosse rígido, também era preocupado.

— Não estava pensando direito. Pensei que, já que minhas tentativas convencionais de me desculpar com você não deram certo, uma tentativa insana poderia funcionar. — Dei um riso triste.

Ela ficou quieta por um momento. Quando abriu a boca, achei que iria me dar o maior esporro, mas o mais inesperado aconteceu. Ela começou a rir. Não por ironia, nem por deboche ou nervoso, foi um riso natural.

— Você foi atrás de um moleque porque ele roubou seu queijo! — ela falou, ainda rindo.

Pensando bem, foi uma situação bem cômica. Eu ficaria preocupada mas iria rir também se visse alguém na mesma situação que eu. Eu caí de cara no chão no meio de um rinque de patinação correndo atrás de um queijo.

Comecei a rir também. E foi se intensificando. Agora que tínhamos percebido o quão ridículo tudo aquilo foi, o clima ficou bem mais leve. Nossa, que saudade disso. Todas as vezes em que fizemos maratonas de filmes e séries, saímos para conversar ou dias em que não fazíamos nada, mas pelo menos não fazíamos nada juntas, me vieram à mente. Aquele momento parecia um deles.

— Ei... — Depois de recuperar o fôlego, ela tocou meu braço de leve. — Talvez eu... tenha sido um pouco inflexível.

— Não! — Me levantei de um ímpeto. — Você tinha o direito. Eu fui a pior amiga que você podia ter.

— Bem... pelo menos você mostrou que estava arrependida de verdade. E não parou de tentar.

— E tentaria mais e mais vezes. Quantas vezes fossem necessárias. — falei, com toda a sinceridade do mundo. — Porque você é minha melhor amiga e eu não aguento mais ficar longe de você.

Ela deu um sorriso caloroso.

— Eu também não. Quer dizer... com as faculdades, futuro... tudo passa tão rápido. Temos que aproveitar esse tempo.

Meus olhos brilharam.

— Então... você me perdoa?

Depois de cinco segundos de angústia profunda esperando sua resposta, ela foi positiva.

— Perdoo.

Explodindo de felicidade, enrosquei os braços no pescoço dela e a abracei com toda a minha força. E ela correspondeu ao abraço. Que sensação maravilhosa. Finalmente tinha Jenny de volta. Agora sim, podia pensar que aquela viagem seria incrível. Já estava sendo, na verdade.

— E a propósito... — Ela se desvencilhou e deu um sorriso travesso. — Fique orgulhosa de mim porque repeti o feito do Natal passado e comi sua torta inteira sozinha antes que meus pais conseguissem pegar um pedaço!

Demos risada e, com a liberação do enfermeiro, voltamos de braços dados para aproveitar o parque. Mesmo com o queixo e partes do corpo doendo por causa do meu tombo, algumas libras mais pobre e sem ter resgatado meu queijo no final das contas, estava em êxtase. Como era bom tê-la ao meu lado outra vez. E pelo que o tio James e ela mesma disseram, não teria isso para sempre. Então tinha que aproveitar o máximo que podia. Com Jenny, com Mason, com todos os meus amigos.

Tinha que fazer cada segundo contar.

O *timing* não podia ter sido melhor para Jenny e eu nos reconciliarmos. Os quartos do hotel eram divididos de quatro em quatro pessoas, e nem percebemos que havíamos deixado nossas malas no mesmo quarto na correria antes de chegarmos à Winter Wonderland. Também foi trágico e cômico ao mesmo tempo ver quem seriam nossas companheiras de suíte.

— Ah, só pode estar de brincadeira — Karen disse, largando a mala de rodinhas no pé da cama escolhida por ela, a mais perto da janela. Ela realmente não conseguiu disfarçar o descontentamento.

— Hã... eu posso... ficar naquela cama ali... — Nikki respondeu, assustada, já puxando sua mala para o mais longe possível da nêmese.

— Fique onde quiser. Não ligo. Só não toque nas minhas coisas. — Ela bufou e jogou o cabelo para o lado. *Não liga, sei.*

O lado bom dessa situação foi que Karen perdeu quase toda a implicância que tinha com Jenny, porque preferiu concentrar sua raiva somente para uma pessoa, a pobrezinha da Nikki. Aliás, ainda queria conversar com Henry para saber se ele havia ou não falado a verdade sobre o dia do casamento para a namorada. Do jeito como eles estavam grudados, imaginei que não.

Naquela noite, Jenny e eu esperamos Karen e Nikki dormirem para colocarmos todas as novidades em dia. Contei a ela sobre a visita inesperada que recebi de Mason no Room Escape e como nossa tentativa de esconder isso de nossos amigos mais próximos falhou. Imaginei que ela ficaria chateada por não ser a primeira a saber, mas ela entendeu o motivo. Também contei com mais detalhes sobre como foi peitar a assustadora Elena Viattora e ela ficou orgulhosa. Já sabia que aquilo acontecera porque estava junto com os garotos na turnê quando ela foi exposta, mas foi diferente saber pelo meu ponto de vista. Ela também falou sobre como foi a turnê e contou histórias divertidas, como quando uma vez entrou no quarto dos garotos e viu de relance o bumbum de Ryan, que estava se trocando e esqueceu de trancar a porta, ou quando teve que escalar, literalmente, um mar de fãs que esperavam os meninos no lobby do hotel que ficaram em Nova

York. Acabamos pegando no sono na mesma cama, e quando acordei no dia seguinte, me senti como se fôssemos crianças novamente, quando íamos dormir uma na casa da outra.

De manhã cedo, Charlotte nos tirou da cama e nos levou para um superdia de turistas. Foi o dia de visitar os lugares de cartões postais mais famosos. A primeira coisa que fizemos foi ir ao palácio de Buckingham. Por fora, obviamente, porque não eram permitidas visitas enquanto a família real estivesse lá, o que era o caso naquela época do ano. Como já estivera lá uma vez e era fã de Downtown Abbey, já conhecia a estrutura do palácio, com suas majestosas colunas, janelas lado a lado perfeitamente simétricas, o largo portão negro com flores de lis douradas, que são o símbolo da família real, e com o enorme monumento à rainha Vitória, em ouro e mármore branco, bem na entrada. Alguns do nosso grupo nunca haviam estado em Londres, portanto, ficaram impressionados com a beleza e classe do Palácio. Também fiquei, afinal, era a primeira vez que via aquela construção cercada de neve e decorada para o Natal que havia acabado de acontecer.

Por ser inverno, os guardas da rainha não usavam suas tradicionais roupas vermelhas, mas sim sobretudos de tom azul--acinzentado, porém mantinham o alto chapéu preto de pelos. Mary já foi chegando perto deles pronta para fazer gracinhas e tentar fazê-los rir, mas segurei-a pelo braço com tanta força como se eu mesma quisesse proteger a rainha. Já tinha ouvido falar que eles apontavam as armas de verdade para qualquer um que encostasse neles, e mesmo sabendo que minha irmã de um metro e meio não seria uma ameaça a ninguém, não duvidava das suas capacidades de ser pentelha. E como fui designada por mamãe para ficar de olho nela — castigo por eu ter sido inconsequente e me machucado por um motivo bobo no dia anterior —, tinha que redobrar a atenção e não podia perdê-la de vista por um segundo sequer.

— O príncipe Harry bem que podia dar uma saída para visitar os cidadãos, não é? — Karen suspirou, enquanto olhava sonhadora para os portões do palácio.

— Desde quando você gosta do príncipe Harry? — perguntei, erguendo a sobrancelha.

— Desde que ele é um *príncipe*. Duh. — ela respondeu com a maior naturalidade do mundo.

— Infelizmente não acho que você faça o tipo da família real, Sammuel. — Piper comentou.

Ao ouvir aquilo, Karen se virou para ela, incrédula. Henry e Mason, que estavam do nosso lado, não conseguiram segurar a risada.

— Como é que é?

— Não leve isso a mal. A Kate Middleton é um tipo bem específico.

— Ela era plebeia também, ora — Karen retrucou, parecendo ofendida com aquela constatação.

— Sim. Mas ela tem um talento que você ainda precisaria bastante aperfeiçoar.

— E que talento é esse, Longshock? — Henry perguntou, interessado e ainda achando graça de tudo aquilo.

— Ela era como eu — ela apontou para si mesma, orgulhosa.

Karen, ainda sem entender aquilo direito, olhou para Piper de cima a baixo, com uma pitada de desdém. Foi aí que entendi onde Piper queria chegar com isso.

— Uma *stalker* — expliquei.

Karen foi de ofendida, para preocupada, e terminou bufando e revirando os olhos.

— Pode duvidar de mim, mas ouça o que eu estou falando. Ela mudou de faculdade e atrasou um ano para ficar perto dele. É uma profissional. — Piper ficou até emocionada falando sobre esses boatos estranhos sobre a Duquesa. Que exemplo ela devia ter sido para Piper.

Mas o que mais irritou Karen não foi a explicação de Piper, mas sim a risada que escapou de Nikki.

— Do que você está rindo? — Ela virou-se para Nikki, que no mesmo instante parou de rir. — Pelo que eu me lembre, você teve seus momentos de *stalker* também.

Nikki não disse absolutamente nada, até porque não tinha argumento. Realmente, ela não chegou a um nível extremo como Kate Middleton fez atrás do príncipe William, mas que começou como uma fã apaixonada por Henry, ela começou. Não que isso seja errado nem nada. Era um feito até grandioso. De tantas fãs e admiradoras, Henry escolheu Nikki. Como William escolheu Kate. Pensando bem, Nikki lembrava um pouco a Duquesa de Cambridge. Tinha traços clássicos, era bem educada, tímida e ao mesmo tempo, muito bonita. Já Henry... não tinha nada de príncipe, mas tinha pelo menos esse paralelo de ser famoso e ter milhares de admiradoras.

Com aquele climinha desconfortável que pairou no ar depois da acusação de Karen, ninguém falou mais nada e preferimos ouvir a explicação de Charlotte mesmo. Depois do palácio, seguimos — com relutância de alguns adolescentes do nosso grupo que não se interessavam por política — para as Casas do Parlamento inglês. Enquanto esperávamos na fila para comprarmos os ingressos, observamos um grupo de três pessoas que devia ter vinte e muitos anos, na praça em frente ao monumento e ao lado da grande árvore de Natal coberta por luzes brancas no centro. O trio estava debaixo de um cubículo improvisado, todo pintado de vermelho, onde embaixo havia um cartaz que dizia: "Inscrições abertas para o *Singin' UK*! Sua chance de conquistar o mundo com seu talento!". Um rapaz do grupo segurava um megafone e convidava as pessoas em volta a se inscreverem no programa, que começaria dali a alguns meses. Não era muito fã desses reality shows de canto, mas Jenny gostava bastante, assistia a todos. Que eu me lembre, esse *Singin' UK* estava já na quarta temporada e fez cantores e grupos musicais estourarem não só no Reino Unido, mas no mundo inteiro.

— Ih, olha só! — Karen apontou para o cubículo vermelho. — Será que qualquer um pode ir? Mesmo não morando na Inglaterra?

— Pode. Só teria que estar aqui quando o programa começar, e claro, durante os testes com os produtores — Jenny respondeu.

— Por quê? — Henry perguntou. — Quer participar? Sabe que tem que saber cantar para entrar nesse programa, né?

Karen deu um riso de escárnio e lhe deu um beliscão com as unhas longas e pintadas de marrom. Ele soltou um "Ai!" e se afastou, ainda de mãos dadas com Nikki.

— Não pensei para mim, idiota. Pensei para eles. — Ela apontou para Mason e Daniel, que, quando perceberam que ela falava deles, pararam com suas conversas paralelas e prestaram atenção. — Os dois cantam e tocam um instrumento.

Olhei para os dois. Daniel pareceu bem mais interessado do que Mason.

— Vai ali pegar um panfleto para vermos como é — Karen disse a Henry.

— Eu não. Não sou seu empregado. — Ele cruzou os braços.

— Mas você é o último da fila! O que custa? — Ela colocou as mãos na cintura.

— Se você está tão interessada, bota esses sapatos caros aí para andar!

A cara dela ficou vermelha.

— Se sua namoradinha pedisse, você iria rastejando até lá!

— E o que você tem a ver com a minha namora...?!

— Eu vou! — Jenny o interrompeu, abrindo os braços entre os dois. — Relaxem. Não precisam se matar por causa disso.

— Vou com você — Daniel se ofereceu. — Talvez eles tenham mais informações lá do que um panfleto.

— Mason, não quer ir também? — uma das fãs que estava no grupo perguntou.

Olhei para Mason, que mordiscou o lábio inferior.

— Hã... claro. Vou sim. — E ele se juntou a Daniel e Jenny.

Imaginei que os outros estranhariam sua reação, mas não me surpreendi muito. Por mais que milhares de pessoas se inscrevessem nesse tipo de programa, ser integrante de uma banda e um programa de TV de sucesso já contavam uns pontinhos a mais, só que Mason já tinha outros planos em mente. E eles passavam bem longe da Inglaterra no próximo ano.

Depois de esperar mais um pouco, fomos dando alguns passos acompanhando a fila até chegar nossa vez. Henry deu um assobio alto, chamando os três de volta. Pagamos os ingressos e Charlotte nos guiou para dentro. O primeiro lugar onde passamos foi um largo corredor com paredes de pedra, grandes janelas no topo fechadas e com arcos de madeira que saiam de cada lado delas e se juntavam em um arco do meio no teto.

— Que sorte que nós demos! — Jenny disse, segurando um dos panfletos. — Disseram que essa é a época dos primeiros testes com os produtores do programa, antes de começarem os testes com os jurados. Começaram no meio de dezembro e vão dar um recesso até a primeira semana de janeiro, mas... — Ela sorriu. — O último dia de testes esse mês é amanhã! Então é possível fazer antes de voltarmos para Boston!

— Que ótimo! — falei. — Mas e depois desses testes? Como é com os jurados?

— Aí é só quando o programa começar, mesmo. Por volta de março. Esses de agora são como pré-testes, nem vão ao ar.

Continuamos andando até chegarmos a galeria real, cujas paredes e teto eram cobertos de desenhos e entalhes feitos em ouro e onde ficavam quadros e tapeçarias enormes espalhados pelo recinto.

— É perfeito — Sabrina comentou em um tom mais baixo, para não atrapalhar a explicação de Charlotte. — Daniel, você tem que fazer! Vocês dois, aliás! — Ela apontou para Daniel e Mason.

— Eu me inscrevi — Daniel disse, erguendo o polegar em sinal de positivo. — É provável que nem dê em nada, mas... — Ele arqueou as sobrancelhas e deu de ombros.

— Ei, tem que pensar positivo! — Jenny deu um tapinha de brincadeira em seu braço. — Quem sabe você não vira o próximo Harry Styles?

— Hm... Posso pegar emprestado? — Ele apontou para o elástico que prendia o cabelo de Jenny em um rabo-de-cavalo. Quando ela tirou e lhe entregou, ele tentou prender o próprio cabelo em um coque, mas como ele não era comprido o suficiente para isso, apenas um pedaço ficou no elástico, e tufos do cabelo ficaram para fora. Ficou bem engraçado. O toque final foi a pose exagerada que ele fez, tentando imitar o cantor em um show. — Que tal?

— É o próximo talento do Reino Unido, eu tenho certeza. — ela respondeu, dando uma gargalhada.

— E você? — Sabrina perguntou a Mason, que voltara para o meu lado. — Se inscreveu também?

— Eu? — Ele parecia um pouco distraído. — Não.

— Por quê? — Mary perguntou. — Não precisa ter um supervozeirão para ganhar esses programas.

— Isso é verdade — concordei, lembrando dos ganhadores das vezes passadas. — Normalmente, quem ganha tem até uma voz bem "ok".

Mason ergueu a sobrancelha.

— O que você quer dizer com isso, Ronnie?

Ops. Não saiu do jeito que eu esperava. Juro que soou melhor na minha cabeça.

— Hã... não quis dizer que você canta "ok"... só que... hã... — Cocei o couro cabeludo, me enrolando com as palavras.

— Já entendi. — Ele assentiu com a cabeça e choramingou de um jeito melodramático. — Minha voz não é o suficiente para agradar aos ouvidos da expert em música, senhorita Veronica Adams. — Dito isso, ele apertou a lateral direita da minha barriga e me fez dar um pulo.

— Ai, você adora fazer um drama! — Ri de leve, tentando apertar a dele também, mas ele foi mais rápido e se esquivou.

Em resposta ao meu ataque falho, Mason correu até mim e começou a fazer cócegas na minha barriga. Desde que descobrira que era meu ponto fraco, adorava usar aquilo a seu favor. Comecei a rir, até alto demais, e só paramos quando mamãe nos chamou a atenção e nos deu um esporro sussurrado. Percebi com o canto do olho que duas fãs no nosso grupo não paravam de olhar para mim e cochichavam algo entre si. Opa. Talvez tenha sido uma demonstração de afeto pública demais. Por um momento esqueci que elas estavam conosco e que podiam filmar e postar qualquer coisa na internet em questão de segundos. Felizmente, Mason pensou rápido e foi puxar assunto com elas.

Seguimos, agora sem fazer muito barulho, para a Câmara dos Lordes, onde ocorrem as reuniões dos membros do Parlamento. Era uma sala grande com um tapete azul ilustrado com desenhos em dourado, sofás vermelhos de vinil e paredes com entalhes de madeira. Da metade da parede até o teto haviam vitrais coloridos nas laterais e grandes quadros na frente que mostravam a Paixão de Cristo. Abaixo dos quadros, havia uma ornamentação sinuosa e também coberta em ouro, que chamava bastante a atenção.

— Bem, como eu estava dizendo... — Mason voltou a se explicar, mas em um tom de voz baixo para não levar outro esporro. — Amanhã nós vamos passar o dia filmando um episódio pela cidade. Não teria como eu ir.

Ah, era verdade. Mamãe havia comentado que aquela viagem, além de ter a promoção dos fãs, também seria para eles gravarem um episódio especial, assim como fizeram em Calgary no início do ano. Mesmo sendo uma boa explicação, Mason não parecia estar se importando muito com o *Singin' UK*. Como se mesmo se não tivesse que gravar nada, ainda não faria questão de ao menos colocar os dados na ficha de inscrição.

Como o Big Ben estava fechado para reformas, não era possível subir na torre para ver o relógio de dentro. Charlotte, então, nos levou para a praça do Parlamento para tirarmos fotos com o monumento, onde o cubículo com os representantes do *Singin' UK* ainda anunciava o dia de testes para as pessoas em volta. Quando passamos por lá, Daniel deu um aceno para os três, que cumprimentaram de volta, sorrindo e desejando boa sorte a ele no dia seguinte.

Como todos queriam várias fotos deles mesmos em frente ao Big Ben para postarem em suas redes sociais, recebi vários celulares ao mesmo tempo e tive que dar uma de deusa hindu e multiplicar a quantidade de braços que tinha para tirar tantas fotografias. A última foto — quer dizer, as últimas trinta fotos — que tirei foram de Mason, que não conseguia gostar de nenhuma porque ou seu cabelo estava estranho, ou a luz estava ruim, ou minha mão tremia.

— Agora sim — ele disse, satisfeito, olhando para a milésima foto que tirei de vossa alteza, que ele finalmente tinha gostado. — Agora vem aqui.

— Como? — perguntei.

— Vem, sai do outro lado da câmera agora. Pra variar. — Ele me chamou com a mão e virou o celular para o modo de *selfie*.

Olhei para os lados. As fãs já tinham tirado suas fotos com ele, e agora estavam com Henry, Ryan e Karen. Daniel, Sabrina e Jenny também se juntavam para uma *selfie* fazendo caretas. Era um dos poucos momentos em que Mason não estava sendo disputado.

— Ok... — Me coloquei ao lado dele, enrubescendo um pouco quando ele grudou sua bochecha na minha. Ele esticou o braço para pegar nossos rostos e o Big Ben e clicou no botão de volume do telefone, tirando a foto.

Como era de Mason McDougal que eu estava falando, ele não gostou da primeira foto e tirou mais umas cinco, até que finalmente ficou satisfeito.

— Essa ficou boa — ele disse, mostrando a foto na galeria do celular.

— Você é um fresco mesmo. — Ri de leve. — Ficaram todas iguais.

— Claro que não. Você que não entende do trabalho de escolher a foto perfeita para postar nas redes sociais, vovó.

Revirei os olhos. Mas realmente, a foto ficou bonita. Nossos casacões até combinavam um com o outro, porque o meu era branco e o dele azul, e para complementar, meu gorro vermelho e as luvas dele da mesma cor fizeram uma boa composição com o Big Ben. Éramos quase uma bandeira da Inglaterra humana.

— Ei... — aproveitei para perguntar, já que as fãs ainda estavam ocupadas com os outros atores. — Quando você não quis se inscrever para o *Singin' UK*... o motivo é o que eu acho que é?

Mason não disse nada. Não devia estar esperando que eu perguntasse aquilo. Olhou por trás do meu ombro, garantindo que ninguém mais estaria prestando atenção, e cochichou:

— Queria te contar isso quando a gente tivesse mais privacidade. Quer saber agora mesmo?

Querer eu queria. Mas ao ouvir aquilo, fiquei com uma leve dúvida. Será que era uma notícia boa? Ou ruim? Será que eu não podia saber? Agora estava curiosa. Droga, eu poderia ter perguntado aquilo em outro momento. Mas quem eu estava enganando? Só podia ser o que eu estava pensando.

Assenti com a cabeça. Eu já tinha perguntado... e ele já pretendia contar para mim, certo? Talvez fosse melhor saber logo.

Mason se afastou no meu ouvido e olhou nos meus olhos. Respirou fundo e, para minha surpresa, abriu um enorme sorriso.

— Lembra daquele filme que eu fiz o teste em Los Angeles? Então... eu consegui o papel!

— **Ronnie? Ouviu o que eu disse?** — Mason perguntou, quando percebeu que fiquei sem reação ao ouvir a notícia de que ele havia sido aceito para o filme da Warner Brothers.

Eu fiquei, realmente, sem reação. É, era o que eu imaginava que fosse, no final das contas.

Eu estava feliz por ele. De verdade. Sabia que era um grande sonho seu se tornar um ator famoso, e que alguma hora ele teria que voltar para Los Angeles para correr atrás do que tanto queria. Só... não imaginava que seria tão cedo.

— Ouvi, claro! — Saí do estado de transe. — Desculpe. É uma novidade muito grande... mas... — Pensei com cuidado nas palavras que diria. — Parabéns! — E sorri.

Felizmente, ele estava animado demais agora para perguntar sobre minha reação esquisita de antes. Abriu os braços como se fosse me abraçar, mas desistiu de fazê-lo. As fãs já desconfiavam de nós, então o ideal seria manter o mínimo de contato físico possível. Achei que foi uma decisão sensata.

Não conseguimos conversar direito — aliás, não deu para falar mais nada — porque logo em seguida Charlotte nos reuniu para nos levar até o próximo ponto turístico que veríamos para completar o dia ultra turistão: a Abadia de Westminster. Nessa hora, Jenny já havia se separado de nós porque tinha agendado uma visita à University of London. Já no pôr-do-sol, a majestosa igreja ficava linda, só com suas duas torres mais altas iluminadas de laranja.

— É igualzinha à primeira vez que eu vi... — Henry comentou, animado. — As duas torres, a parte de trás que parece um castelo, o telhado claro, a rosácea enorme no meio das quatro colunas pontudas... — Conforme ele ia citando os detalhes, tirava várias fotos com seu celular de diferentes ângulos do lado de fora da Abadia.

— Já esteve em Londres antes? — perguntei.

— Tá brincando? Eu já escalei isso aí! — Ele apontou para o topo da igreja.

— Sério? — Ryan disse, surpreso. — De verdade?

— Não, cara. — Henry deu risada. — No *Assassin's Creed*. É uma excelente aula de história, recomendo.

Engraçado como Ryan, a única pessoa dali que seria a mais provável de conseguir escalar qualquer coisa, realmente por um momento achou que Henry, com suas pernas finas e pouca disposição para fazer exercícios físicos, iria escalar um monumento histórico como aquele, que devia ter uns dez atiradores profissionais escondidos pelas árvores em volta, prontos para tirar do caminho qualquer vândalo que tentasse manchar aquele lugar sagrado.

— É, mas esse da Inglaterra nem é tão legal assim. — Mason entrou na conversa. — Legal mesmo é o que se passa na Itália. Onde tem que matar o papa e tal.

Um casal de idosos passou do nosso lado nesse momento, e arregalou os olhos ao ouvir Mason falando animadamente sobre assassinar o membro mais importante da Igreja bem em frente à Abadia de Westminster.

— Talvez seja melhor omitir detalhes desse tipo — falei, dando um sorriso amarelo.

— É verdade — Karen concordou. — Mas ele tem razão, o da Itália é muito melhor. Tem até o Leonardo da Vinci nele! E o Ezio é gatinho também. — Ela deu um risinho.

E todos se viraram para ela com a mesma surpresa do dia da festa de Halloween, em que ela demonstrou conhecimentos tanto de *Star Wars* quanto de *O Senhor dos Anéis*. Agora, aparentemente, também jogava videogames. Que fique claro, eu só fiquei surpresa pelo fato de ser Karen a dizer isso, não por ela ser uma menina, porque já sabia que as mulheres dominavam metade do mercado de *games*. Mas foi até interessante, serviu para quebrar esse estereótipo de que meninas como Karen — famosas, populares e chiques — não podiam gostar de coisas *nerds*. Ela estava certa, isso sim. Também achei engraçada a reação de Henry, que sempre acabava sendo o mais surpreso de todos nós.

Voltamos para o hotel por volta de seis da tarde, para nos arrumarmos para jantar na Oxford Street. Jenny chegou mais ou menos uma hora depois. No quarto só havia um banheiro, então teríamos que nos revezar. Por ter andado o dia inteiro, não quis ser a primeira, preferia descansar um pouco as pernas antes de começar a me arrumar. Karen disse que seria a primeira e já foi mexendo na mala para ver qual roupa usaria. Acabou segurando um vestido de veludo molhado, preto, de mangas compridas e colado, e uma calça branca com desenhos em dourado com uma jaqueta de couro preta.

— Qual desses?

Jenny e eu analisamos as escolhas e cada uma apontou para um. Fui no vestido, mesmo me perguntando como ela não iria congelar mesmo com uma meia calça por baixo dele, mas foi o que eu gostei mais. Jenny preferiu a calça e a jaqueta, fazia mais seu estilo.

— Argh. Vamos tentar diferente. Qual vocês acham que iria impressionar mais um inglês, estudante de Medicina e que parece um primo gato do príncipe Harry?

Pisquei duas vezes. Aquilo era específico até demais.

— Não acredito... — Jenny deu risada. — Já pegou alguém no aplicativo?!

— Claro. — Ela deu um sorriso travesso. — Estou na terra da realeza, tenho que aproveitar enquanto posso.

Uau, ela não perdeu tempo mesmo. Kate Middleton ficaria orgulhosa. Mas era bom vê-la ativa assim, mesmo que fosse para se encontrar com um desconhecido total. Mesmo assim, uma pequena parte de mim ainda torcia para que ela e Henry dessem certo, o que era meio errado, considerando que Nikki era muito boazinha e parecia fazê-lo feliz.

Como Jenny e eu não conseguimos chegar a um acordo, Karen preferiu experimentar as duas e decidir por ela mesma. Mas antes que ela pudesse entrar no banheiro, me lembrei que aquele seria um bom momento para tirar uma dúvida que estava na minha cabeça desde que Mason me contara da novidade sobre Los Angeles.

— Espera! — E me virei para Nikki, que estava sentada em sua cama, mexendo no celular. — Nikki... se importa em ser a primeira? Queria conversar com elas duas. — Apontei para Jenny e Karen.

— Hã... não me importo não. — Ela olhou para Karen depois para mim, como se estivesse pedindo para que eu falasse com ela. Do jeito que Karen a tratava, era compreensível.

— Karen, se importa se a Nikki for antes de você?

— Por quê? — ela perguntou, de má vontade, que imaginei que seria menor se fosse para eu ou Jenny irmos antes dela, e não Nikki.

— Porque quero conversar com você e Jenny.

Karen pensou por um momento e depois disse, entre os dentes:

— Está bem. Não acabe com a água quente. — ela alertou a Nikki, que pegou suas roupas e entrou apressada no banheiro. — Espero que seja importante, para fazer essa chatinha ir tomar banho antes de mim.

Jenny esperou ouvir o barulho da água correndo para repreender Karen pela atitude.

— Coitada. Por que não pega mais leve com ela?

Karen revirou os olhos.

— Ela é sonsa. Muito bobinha, me irrita.

*Uhum, são só esses motivos, sim.* Com certeza o fato de ela estar namorando Henry não influenciava em nada essa implicância toda. Mas não quis comentar isso na frente de Jenny porque... bem, era óbvio, não?

Imaginei que faria muito mais sentido se Sabrina estivesse no quarto conosco, mas logo depois lembrei que Rose, sua supermega fã, pediu para que elas ficassem juntas em um quarto.

Jenny deu de ombros. Viu que não iria conseguir fazer Karen mudar de ideia, então preferiu nem argumentar mais.

— Mas o que você queria falar, Ronnie? — ela perguntou para mim.

— Bem... — olhei para as meias estampadas de pequenos dinossauros nos meus pés cruzados em cima da cama. — Essa temporada de *Boston Boys* que vocês estão gravando... ela vai ser a última... não vai?

Silêncio no quarto. Agora só se ouvia o barulho do chuveiro no banheiro.

— Não esperava que fosse isso — Karen comentou.

— Mas vai ser, não vai?

Karen e Jenny se entreolharam. Elas tinham que saber. Trabalhavam na série!

— Hã... — Jenny, depois de alguns segundos pensando em sua resposta, falou. — Não recebemos nenhum comunicado oficial, mas... vai. Quer dizer... eu vou sair, Karen também, Henry...

*E Mason...*

— É... todos nós aplicamos para faculdades para já começar no segundo semestre do ano que vem — Karen complementou. — Espero já estar em Nova York nas férias de verão!

— E eu... aqui. Talvez — Jenny falou. — Pensei que já soubesse disso.

— Eu meio que sabia — respondi, abraçando os joelhos. — Já sei que cada um quer ir para um lado quando a escola acabar. — Só esqueci que o ano já acabou, praticamente.

Jenny percebeu aonde eu queria chegar, sentou-se ao meu lado e me abraçou com um braço.

— Eu espero que no próximo semestre você já esteja em Harvard. Vai ser uma daquelas alunas superultra espertas que ganha bolsa, é a preferida dos professores...

— Não exagera, também. — Ri de leve.

— O quê? Você tem que pensar grande. Potencial você tem. Assim como Karen tem para ir a Nova York e eu tenho para vir para cá.

*E Mason tem para ir a Los Angeles.*

— E mesmo que nenhum de nós viva mais tão próximos por esses quatro anos... não quer dizer que vamos nos afastar para sempre. Certo? — Ela deu um sorriso caloroso.

— É, tem razão. — Sorri também, tentando ver o lado positivo daquilo tudo.

Jenny se levantou e segurou minhas mãos.

— Agora vamos deixar isso de lado por um momento e pensar no que vamos usar para ir à Oxford Street?

Suspirei, depois me levantei. Não iria adiantar nada ficar pensando em como faltava pouco para nos despedirmos. Era melhor aproveitar que estava em Londres e me divertir com meus amigos.

Depois de descansados, limpinhos, cheirosos e arrumados, nos encontramos no saguão do hotel e partimos para a Oxford Street. Jenny contou que aquela era a rua comercial mais movimentada de toda a Europa. Apesar de bastante movimentada — por londrinos e turistas — era um lugar muito agradável de se passear. Os prédios das lojas estavam iluminados, cada um com uma cor diferente, e fios com enfeites e luzes de Natal cruzavam toda a rua, deixando-a ainda mais brilhante e colorida.

Fomos, por recomendação de Jenny, a um restaurante chamado Little Social. Era na verdade uma mistura de bar e restaurante, pois sua iluminação não era tão forte e as opções para se sentar eram em mesas normais, no balcão do bar e em poltronas vermelhas de couro que tinham abajures pequenos em cima da mesa de madeira. Acabamos formando um mesão juntando várias mesas menores. Sabrina, Ryan e Daniel já eram maiores de idade — na Inglaterra, apenas. Nos Estados Unidos ainda faltavam alguns aninhos —, e todos na mesa que tinham

16 ou 17 anos podiam consumir bebidas alcóolicas se fossem compradas por um adulto. Ou seja, *todos* pediram bebidas alcoólicas. Aliás, todos menos Mary, claro. E com o aviso de mamãe que só poderiam tomar um drink porque ela não ia cuidar de nenhum pirralho embriagado.

Enquanto eu olhava o cardápio decidindo o que iria pedir — não sabia se entrava na onda deles e pedia algo como cerveja, mesmo não estando acostumada, ou se ia no bom e velho refrigerante mesmo, que era a opção mais provável —, escutei uma voz masculina atrás de mim, falando com um sotaque que com certeza não era britânico.

— Olha só! Os americanos!

Ao perceber que a voz falava de nós — podia ter outro grupo de americanos lá, mas a voz estava tão perto que era difícil que não fosse a gente —, virei de costas e me deparei com um rapaz de rabo de cavalo e barba castanhos, pele morena, calça jeans e um moletom largo preto com um abacaxi estampado. Segurava também uma mochila vermelha cheia de chaveiros e adesivos colados em um ombro só. Parecia um pouco mais velho que a gente.

Ryan, que conversava com a fã que estava ao seu lado, se virou também e abriu um enorme sorriso ao ver o rapaz. Se levantou e cumprimentou-o, animado.

— Ei, cara! — E os dois se abraçaram como se fossem amigos há anos. — Pessoal, esse é o Javier! Nos conhecemos ontem na fila da montanha-russa da Winter Wonderland.

Como éramos um grupo enorme, o rapaz acenou para nós, sorriu e disse que era um prazer nos conhecer.

— *Javier*? — Sabrina perguntou, trocando o idioma — *De España*?

— *Sí, chica*! — ele respondeu, animado. — *Y tú*?

— *Puerto Rico*!

Os dois falaram mais algumas coisas em espanhol que não captei, mas acho que tinham a ver com "De qual cidade você é", ou algo assim. Eles perceberam que mais ninguém estava acompanhando e resolveram voltar para o inglês.

Ryan puxou uma cadeira da mesa vazia atrás de nós e chegou para o lado para dar espaço ao novo amigo.

— Javier está fazendo um mochilão pela Europa! — ele disse, com os olhos brilhando. — Essa é a... quantas cidades você já visitou?

— Deixa eu ver... — Ele fez uma conta rápida nos dedos. — Quarenta e duas. Não, quarenta e três. É, isso aí. Essa é quadragésima terceira.

Até deixei o cardápio na mesa ao ouvir aquilo. Caramba. Então ele já tinha conhecido praticamente a Europa toda! Mais algumas cidades e chegaria no número de países que formam o continente!

— Há quanto tempo você está viajando, cara? — Mason perguntou, interessado.

— Seis meses. Eu, uma mochila e o mundo a fora. A melhor experiência da minha vida.

Segui o olhar de Karen, que estava na minha frente, que foi direto para a mochila no ombro de Javier.

— Você está há seis meses... com *isso*? — Ela não conseguiu disfarçar a cara de nojinho.

— Não só com isso! — Ele riu. — Deixei no hostel a mochila maior. Mas não pode ser muito maior do que isso não. Tem que dar para eu carregar nas costas e andar, né?

Ela desviou o olhar e murmurou um "uau". É, não era exatamente o tipo de viagem que combinava com Karen. Imagino que ela desistiria no minuto em que descobrisse que teria que dividir o quarto do hotel, ou hostel, com estranhos. Aliás, antes disso. No minuto em que colocasse a mochila pesada nas costas.

— E por que você decidiu sair por aí de mochilão? — Daniel perguntou.

— Sabe... — Javier apoiou os cotovelos na mesa. — Eu cheguei a um ponto na minha vida em que me senti meio perdido. Tinha saído do emprego, parado de estudar, porque nada parecia ser o suficiente. Nem sabia o que fazer na faculdade. Então resolvi pegar o dinheiro que vinha juntando há um tempo, comprar uma passagem só de ida para fora da Espanha e conhecer esse continente a minha volta. Tem gente que mora aqui e nunca teve interesse em conhecer os países vizinhos. É o caso dos meus pais. Não conhecem quase nada fora da Espanha. Não queria que isso acontecesse comigo. Então pensei: "É agora ou nunca", porque se fosse deixar para fazer isso depois, ia ficar velho, com menos disposição, talvez em um relacionamento e com mais compromissos de vida, trabalho, etc. E dá para fazer isso sem gastar uma penca de dinheiro. Fui arranjando uns bicos em algumas cidades, sempre procuro hospedagens mais baratas, e tal. Foi a melhor decisão que já tomei. — Ele sorriu, satisfeito.

Observei Ryan enquanto Javier contava sua trajetória. Ele não parava quieto de tanta animação. Era como se ele tivesse acabado de conhecer seu maior ídolo. Percebi que ele se identificou com algumas coisas, como a história de estar se sentindo perdido. Não havia conversado com Ryan sobre isso, mas nunca o ouvi comentando sobre nenhuma faculdade específica. Nem Mary havia dito nada. Será que aquilo estava dando uma ideia a ele de também pegar uma mochila e explorar a Europa, depois que se formasse na escola? Era uma possibilidade. Do jeito que

Ryan estava empolgado e fazia várias perguntas para Javier, diria que era uma possibilidade considerável, até.

Javier acabou se enturmando com todo mundo, e acabou ficando por lá mesmo. Até pediu comida e bebida na nossa mesa.

— Bem, gente... — Karen disse, apoiando o guardanapo na mesa, depois de terminar de comer seu salmão com molho de mostarda e uma salada caprichada. — O papo está ótimo, mas... — Ela conferiu o horário no celular. — Tem um inglês gatíssimo me esperando. — Ela pegou a bolsa e colocou vinte e três libras esterlinas na mesa.

— Oh... — Jenny assobiou. — Boa sorte, senhorita Middleton. Dê lembranças à família real para mim.

As duas riram de leve.

— Que isso? — Mason perguntou, interessado. — Que inglês é esse?

— O nome dele é Liam. Não é um nome tão britânico? — Ela suspirou e pegou a foto que salvara no celular do perfil do rapaz no aplicativo para mostrar a ele.

Mason analisou o rosto do cara no celular. Realmente, ele parecia um primo mais bonito do príncipe Harry. Era alto, forte, de cabelos e barba ruivos e olhos de um azul hipnótico. O maxilar era definido e o nariz era do tamanho certo, encaixando direitinho no rosto simétrico. E para completar, tinha o nome mais britânico do mundo.

Ryan, que estava ao lado de Mason, aproveitou para vê-lo também, e ergueu o polegar em sinal de positivo, aprovando a escolha de Karen.

Karen, que não era boba nem nada, virou o celular na direção de Henry e da namorada, perguntando sua opinião. Henry observou a imagem do rapaz sem demonstrar muita emoção, mas logo depois franziu a testa.

— Ele tem vinte e dois anos.

— E...? — Ela ergueu a sobrancelha.

— É muito velho.

— Muito velho?

— É. Vai que ele bebe demais e bate o carro, ou vai que conhece um traficante de drogas e te usa como mula de carga?

Nossa, era isso que Henry pensava que as pessoas de vinte e dois anos faziam? Por mais que fossem suposições absurdas, realmente, para um cara que ela nunca conheceu, a diferença de idade era maior do que o desejado.

— Tudo bem, pai. — Karen deu um riso sarcástico.

— Eu tô falando sério. Melhor arranjar alguém mais próximo da nossa idade. É mais seguro.

— Que diferença faz? — Ela cruzou os braços. — Além do mais, cansei de adolescentes. Homens de verdade sabem o que querem da vida, não são imaturos e nem ficam fazendo ninguém de besta.

Henry a fuzilou com os olhos. Ele sabia sobre o que ela estava falando. Eu sabia também, mas dei um gole desconfortável na minha Coca-Cola porque não queria fazer parte daquela discussão.

Antes que ela pudesse dar a volta ao redor da mesa, ele se levantou e revidou a provocação. Mas talvez tenha ido um pouco longe demais.

— Ei Suzie, sabia que a Karen vai encontrar um cara de vinte e dois anos?

Arregalei os olhos. Karen empalideceu. Todas as conversas, inclusive a de Ryan e Javier sobre possíveis destinos de viagem, cessaram. Mamãe, que tomava seu coquetel distraída, virou-se para ele, sem entender direito o que ele acabara de dizer.

— Como é?

O olhar que Karen lançou para Henry foi tão fulminante que se ela tivesse visão de raio laser como o Super-Homem, Henry já teria virado uma massa derretida.

— É para o seu próprio bem — ele falou em um tom mais baixo.

— Karen? — mamãe falou. — Isso é verdade?

O beiço dela tremeu e ela engoliu em seco. Karen normalmente era ótima em mentir, mas quando suas emoções estavam à flor da pele — como era o caso —, ela vacilava. Não foi rápida o suficiente para desmentir a acusação. Pelo contrário, tentou ir por outro caminho. Eu ainda não estava acreditando que Henry a dedurara assim, tão na cara dura.

— Hã... Não vamos demorar muito, não! E é aqui do lado! Minha bateria está carregada! E... eu tenho wifi!

— Querida, não é em você que eu não confio — mamãe respondeu, séria. — Aqui seus pais confiaram em mim para ser responsável por você, e não posso deixar que você saia sozinha com um rapaz mais velho assim. Você o conhece?

— Eu estou falando com ele desde ontem! Ele é supergente boa! Posso te mostrar! — Atrapalhada, ela esticou o celular em direção de mamãe.

— Pode ser gente boa, Karen. Mas mesmo assim não posso arriscar. Não quero ser chata, mas não tenho escolha. Você não pode ir.

Mais silêncio sepulcral. Só se ouvia o barulho das mesas em volta conversando, dos garçons passando com os pedidos e os talheres nos pratos. Olhei de relance para Henry, que encarava o próprio prato, sério. Ele deve ter percebido que foi um golpe baixo. Mesmo sempre se alfinetando com Karen, não foi um ataque muito justo.

Depois de alguns segundos em choque, Karen se moveu. Mas não sentou de volta em seu lugar. Se debruçou na mesa, agarrou meu copo de Coca-Cola que eu havia acabado de encher e jogou com tudo em cima dele. E onde antes havia silêncio, agora ressonavam os "Oh, meu Deus!" e "Não acredito!" ou até gritos abafados de quem estava na mesa. Nikki, por exemplo, levou as mãos à boca e seus olhos saltaram das órbitas. Mason estava boquiaberto. Jenny e Daniel se entreolharam, perplexos. O rosto de Ryan agora estava cheio de preocupação.

— Muito obrigada! — Karen vociferou, colocando o copo vazio de volta no lugar. Agarrou com violência sua bolsa e saiu dando passos duros em direção à porta. — Vou voltar para o hotel!

— Karen! — mamãe tentou impedi-la, mas ela não lhe deu ouvidos. Ela suspirou, frustrada, e logo pediu a conta ao garçom.

Henry, que ficou calado desde que recebera o banho de refrigerante, levantou-se e saiu marchando de cara feia em direção ao banheiro.

— Alguém deveria ir falar com ele, não...? — Jenny perguntou, olhando na direção do banheiro.

— Acho que ele não está muito a fim de falar com ninguém — Mason respondeu, preocupado. Os outros pensaram por um momento, depois foram concordando.

Cogitei ficar quieta e deixar Henry se limpar em paz, mas aquilo estava me incomodando muito. Todo o jeito como acabou. Como as coisas estavam caminhando para o entendimento entre aqueles dois, mas que sempre desabavam no final. E o motivo estava bem claro. Nenhum dos dois conseguia mais ficar naquela situação, separados assim. Só "amigos". Só colegas de série. Pena que eram orgulhosos demais para admitir isso.

— Nikki... — perguntei, com incerteza. — Você se incomoda se eu for até lá?

— Hã... talvez ele queira ficar sozinho mesmo — ela respondeu, timidamente.

— É, talvez... eu só... — Coloquei uma mecha de cabelo para trás da orelha — Quero ver como ele está. Talvez entender um pouco melhor isso. Eu prometo que vai ser rapidinho. Tudo bem?

Ela deu uma olhada para o lado, depois assentiu com a cabeça.

— Obrigada. Com licença. — Toquei de leve o ombro de Mason quando me levantei. Ele também sabia da situação entre Karen e Henry. Imaginei que ele entenderia o motivo de eu querer ir até lá.

Abri a porta que indicava os toaletes e encontrei Henry resmungando enquanto lavava o rosto na pia que ficava entre os banheiros masculino e feminino. A princípio não falei nada, só puxei algumas toalhas de papel e dei a ele para se secar.

— Por favor, só não diga "eu te avisei"... — ele falou, irritado, mas aceitou as toalhas.

— Não vou. — Ergui as mãos na altura dos ombros. — Só queria entender o que foi isso.

— O que foi isso? Bom, vamos recapitular... Uma garota louca jogou Coca-Cola na minha cara e agora eu vim limpar. O que não ficou claro nessa história?

— Ah, não se faça de bobo. — Me apoiei na pia, de lado. — Por que você dedurou ela para a minha mãe?

Henry deu um riso sarcástico.

— É isso que eu ganho por me preocupar com ela. Banho de refrigerante e Ronnie Adams me julgando.

— Não estou julgando! Só te fiz uma pergunta.

— Bom, eu respondi. —Ele não olhava para mim, olhava para o reflexo no espelho, secando o rosto.

— Não exatamente. — Fiz uma pausa, depois continuei. — Eu acredito em você e sei que você é uma pessoa do bem e realmente se preocupou quando viu a idade do cara. Eu também me preocupei. Mas você podia ter demonstrado isso de... hã... outra maneira.

— De que outra maneira você acha que ela me escutaria? — Ele finalmente olhou para mim. — Não conhece a Karen?

Dei de ombros.

— Além do mais... — ele bufou. — Ela mereceu. Por ficar se exibindo daquele jeito. Por ficar provocando Nikki e eu. Você estava lá, Ronnie! Viu que ela fez de propósito!

Ah, ele estava começando a chegar onde eu queria que chegasse.

— Então você está dizendo que se o cara tivesse a nossa idade e ela não ficasse mostrando a foto para todo mundo, você não se importaria.

Ele desviou o olhar.

— Não. Sei lá. Que seja.

Mordi o lábio inferior.

— Henry? — Me aproximei.

— O quê? — Ele amassou as toalhas e jogou-as no lixo, sem paciência.

— Você ficou com ciúmes, não ficou? Porque gosta dela.

Primeiro ele ficou quieto, depois foi descendo o corpo lentamente até apoiar os cotovelos na pia e massagear as têmporas.

— Não faz isso comigo — ele reclamou.

— Não sou eu quem está fazendo!

— Está sim! — Ele se endireitou. — Está colocando pressão em cima de mim! Há um bom tempo já! Não é tão simples! Entende?

— Se eu entendo? — Apontei para mim mesma. — Eu? Ronnie Adams? Cuja novela de gostar de duas pessoas ao mesmo tempo eu contei inteira para você e você mesmo me convenceu de tomar uma atitude antes que magoasse alguém?

Ele ia responder, mas desistiu. Sabia que eu tinha um ponto.

— Eu não queria magoá-la. — Ele suspirou, triste. — Falei aquilo de impulso. Fiquei incomodado imaginando-a saindo com um inglês pomposo.

Aquilo aqueceu um pouco meu coração. Mesmo irritado, ele finalmente estava admitindo seus sentimentos.

— Mas é complicado. Eu tenho a Nikki e... isso está me deixando louco, Ronnie.

— Eu entendo. Mas no fundo, bem lá no fundo, você não gosta mais de uma das duas? — perguntei, me baseando na minha própria experiência.

Na época em que estava dividida entre Mason e Daniel, dizia para mim mesma que não gostava de nenhum deles. Bem cabeça-dura mesmo. Mas tudo ficou claro para mim no dia do casamento de Lilly. Era Mason. Sempre foi. Será que Henry ainda precisava ter seu momento epifânico para perceber?

— Eu estava pensando em fazer uma lista.

— Uma lista? — perguntei, confusa.

— É. De qualidades e defeitos de cada uma, sabe? Para ver se ajuda na decisão.

— Hã... ok. E o que você consegue lembrar, agora? — De confusa passei para curiosa. Pobre Karen. Eu gostava dela, mas tinha certeza que sua lista de defeitos devia ter no mínimo cinco páginas.

— Comecei pela Karen, mais fácil. — Realmente, era mais fácil. Desculpe, Karen. — Ela é mimada... — Ele começou a contar nos dedos. — Faz muito escândalo, demora horas para se arrumar... adora julgar as pessoas, não aceita que as coisas não sejam do jeito dela, consegue ser bem grosseira...

— Ok, muitos defeitos. Entendi. E a Nikki?

— A Nikki... — Ele piscou várias vezes, atordoado. — Nada. Não consigo pensar em nada. Ela é perfeita. Não tem defeitos. Ela é doce, gentil, gosta de mim... mas...

— Mas ela não é a Karen. — Traduzi o que ele devia estar pensando.

Os olhos azuis dele se encontraram com os meus, e ele respondeu, com tristeza:— Ela não é Karen.

Depois que Henry fez sua rápida lista para analisar pragmaticamente se valia mais a pena ficar com Karen ou Nikki, nós dois acabamos concluindo que não adiantaria muita coisa. Mesmo Karen tendo infinitos defeitos e Nikki não tendo praticamente nenhum, Henry ainda se sentia atraído por Karen. Como um ímã. Era alguma coisa cósmica do universo, daquelas que a gente simplesmente aceita porque nunca vai entender a explicação.

Desde que voltamos da viagem de Napa Valley — no dia em que os dois haviam conversado no avião e decidido que não ficariam juntos — imaginei que Henry estava seguindo em frente e estava bem com sua nova namorada. Eles pareciam bem. Sempre sorridentes e sem brigas. Mas o momento que havíamos acabado de ter no restaurante provou que ainda havia sentimentos escondidos por Karen que estavam lutando para se revelarem.

Karen, pelo contrário, eu conseguia ler como um livro infantil. Ela sempre foi muito transparente. Se algo a incomodava, ela fazia questão de deixar bem claro. Eu sabia com toda a certeza que ela ainda gostava de Henry e que só entrara no aplicativo de relacionamentos para tentar esquecê-lo.

Mas eu finalmente havia conseguido arrancar a verdade de Henry. O próximo passo era saber como ele resolveria essa situação.

— Ela não vai querer falar comigo — Henry disse, cabisbaixo.

— Provavelmente não. Mas nunca foi uma tarefa fácil lidar com Karen Sammuel, não é? — Dei um risinho.

— Nossa, sempre foi absolutamente o oposto. — Ele riu também. — Ronnie, no que eu estou me metendo?

— Honestamente? Não sei. Mas você não vai se arrepender. — Dei uma piscadela.

— Espero que não.

De repente, nosso papo teve que ser cortado porque a porta do banheiro se abriu e Nikki apareceu diante de nós, cheia de preocupação.

*Coitadinha. Mal sabe...*

— Oi. Vim ver como você está — ela disse.

— Nikki... — Ele deu um risinho amarelo. — Está tudo bem. Quer dizer, a camisa não deu muito para salvar, mas o rosto já está limpo. — Ele apontou para a própria face, depois ficou sério. — Hã... será que podemos conversar?

Essa foi a minha deixa para voltar para a mesa e deixá-los conversando em paz. Finalmente ele iria contar para ela a verdade. Mesmo torcendo para que ele e Karen dessem certo, ainda sentia uma certa peninha de Nikki. Ela não tinha nada a ver com a história. Era só uma menina apaixonada por seu ídolo e que só queria ser sua namorada e viver uma vida normal. Mas é aí que está: é impossível viver uma vida normal quando se namora um astro de *Boston Boys*.

Ainda ficamos uma meia hora lá na mesa enrolando até que Henry e Nikki voltassem e pudéssemos ir embora. Fiquei espantada quando vi a expressão no rosto dela. Ela tinha aquela carinha de boneca de porcelana, sempre tranquila e serena mesmo quando acontecia algo que a contrariava. Agora, voltando para a mesa, eu vi o mais profundo ódio estampado em seus olhos verdes. O rosto dela estava vermelho, o cenho completamente franzido e os punhos apertados.

E para a surpresa final de todos, Nikki pegou o copo d'água que Sabrina pedira para tomar junto com seu drink e despejou-o na cabeça do namorado. Aparentemente, ex-namorado agora. Mesmo imaginando que ele deveria ter contado a ela que beijara Karen no casamento de Lilly quando eles haviam começado a namorar, jamais esperaria essa reação dela.

— Vocês se merecem! — Ela deu um grito estridente e saiu andando em direção à porta. Sabrina, preocupada, foi atrás da amiga.

— Essa viagem está rendendo mais do que um episódio, hein? — Piper comentou, rindo de leve.

E em vez de voltar para o banheiro e se limpar outra vez, Henry apenas deu de ombros e sentou-se ao lado de Ryan, tirando as gotas que estavam escorrendo próximas de seus olhos.

— Eu meio que já esperava essa reação.

— Então... você contou para ela, não é? — perguntei.

Ele assentiu com a cabeça.

— Já devia ter contado há muito tempo, né?

— Você fez certo, cara. — Ryan deu um tapinha em suas costas. — Foi melhor ela descobrir assim do que sozinha.

Aquilo era verdade. Mesmo sendo errado o fato de que Henry escondeu sobre o casamento desde o verão, aliás, mesmo sendo errado trair a sua namorada, ele tomou a decisão certa: foi honesto. E Ryan, mais do que ninguém, sabia a dor de descobrir uma traição pelas costas da pessoa querida.

— Então... é isso? Acabou, vocês dois? — Mason perguntou, com um dedo apontado para ele e o outro para a porta, por onde Nikki saiu.

— Acabou. — Henry murchou um pouco. — Ela merece alguém bem melhor do que eu.

Outra verdade. Nikki realmente merecia alguém que tivesse a mesma devoção que ela tinha por ele. Mas linda e de bom coração do jeito que era, poderia encontrar o novo amor de sua vida lá mesmo em Londres e ter seu final feliz de conto de fadas, como Kate Middleton. Quem sabe?

Já que uma parte do grupo já havia saído do restaurante em direção ao hotel, tivemos que voltar todos juntos, para que ninguém mais se dispersasse. Sabrina me enviou uma mensagem dizendo que Nikki iria dormir no quarto dela, o que achei bem compreensível. Eu não gostaria de dormir junto com a menina com quem meu ex-namorado tivesse acabado de falar que beijou quando já estávamos juntos.

Jenny e eu entramos no quarto e encontramos Karen deitada em sua cama, ainda com as roupas que estava usando quando saiu, com o celular na mão e fones no ouvido. Ela não parecia mais tão irritada quanto estava quando saiu enfurecida do restaurante, mas pelo que vi de seu rosto, percebi que ela havia chorado um pouco quando chegara no quarto.

— Ei. — Acenei para ela, que respondeu com um "ei" sem muita emoção, ainda com os fones no ouvido. — Quer conversar?

— Não — ela respondeu, seca.

*Mas eu tenho novidades!* Quis sacudi-la pelos ombros e dizer que Henry finalmente terminara com Nikki porque percebeu que gostava dela, mas minha consciência me dizia para não interferir mais e deixar os dois se acertarem sozinhos. E do jeito que ela era orgulhosa, ia querer passar pelo menos o resto da noite sem olhar na cara dele.

— Deixa ela — Jenny sussurrou. Devia estar pensando o mesmo que eu. Se fosse para dar certo, daria naturalmente.

E, por sorte, não demorou muito até que escutássemos algumas batidas na porta. Karen permaneceu imóvel ainda mexendo no celular, então levantei e abri a porta, esperançosa.

— Oi — falei, abrindo um sorriso.

— Oi — Henry respondeu, um pouco sem graça.

Abri a porta o suficiente para que Karen percebesse a presença dele, mas ela estava tão entretida teclando freneticamente que nem reparou. Jenny precisou se jogar na cama dela e puxar seus fones de ouvido para que ela retornasse à realidade.

— Alguém está aqui para te ver.

Quando Karen finalmente se ligou que Henry estava ali, parado na nossa porta, arregalou os olhos e largou o celular na cama. Mas segundos depois, armou a tromba, deu passos pesados até a porta e ameaçou fechá-la em cima dele.

— Vai embora!

— Espera! — Henry fez força para que a porta não fechasse. — Quero conversar.

— Eu não quero! — ela insistiu, mas não era mais forte do que ele.

— Mas é importante. Me escuta só um pouquinho. — Ele fez careta enquanto segurava a porta que Karen fazia força para fechar, sem sucesso.

— Você é um idiota e não quero falar nada com você! Argh! — Ela chutou a porta, frustrada por não conseguir fechá-la.

— Henry, conta logo para ela! — Jenny, impaciente de ver aquela cena, resolveu interferir.

— É, conta! — me juntei a ela. Tecnicamente não estávamos nos metendo tanto assim, não é? Era só um empurrãozinho que estávamos dando.

Henry pensou por alguns segundos, ainda segurando a porta, depois gritou:

— Eu terminei com a Nikki!

E Karen parou de forçar a porta. Embasbacada e confusa, deu um passo para trás e largou-a.

— O quê...?

— É verdade. Por isso ainda estou molhado. Você não foi a única a me dar um banho de bebida. — Ele deu um risinho.

Karen continuou sem saber o que dizer. Olhava para ele e desviava o olhar. Depois olhou para mim, entrando em pânico.

— Ei, Ronnie, preciso te mostrar uma coisa lá fora. — Jenny pensou rápido e agarrou meu pulso.

— Ah, é verdade! Aquela coisa... — Segui seus passos.

Era melhor que eles conversassem no quarto do que no corredor, onde qualquer um poderia vê-los e atrapalhar o momento.

E só depois que passei por Henry, sussurrando "boa sorte!" em seu ouvido, percebi que ele ainda estava meio molhado. O rosto estava seco, mas o cabelo e as roupas, não. E como um flash, a conversa que tive com Karen no dia da festa de

Halloween me veio à cabeça. Quando ela me contou que foi ver uma vidente que lhe disse que o amor da sua vida viria em um dia com muita água. Henry havia levado dois copos de bebida na cabeça. Estava encharcado.

Lógico que era só uma coincidência. Eu não acreditava naquelas coisas de previsão nem sinais cósmicos. Mas ainda assim... era no mínimo... curioso, não?

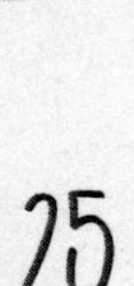

**Nós demos sorte** que o dia seguinte estava ensolarado, se não já teríamos desistido há muito tempo de esperar na fila aberta e gigantesca de pessoas que estavam fazendo testes para participar do *Singin' UK*. Quer dizer, acho que Daniel esperaria o tempo que precisasse e no clima que estivesse, se fossem quarenta graus positivos ou negativos. Mas como uma boa amiga, fiquei junto dele e cheguei com ele cedinho para apoiá-lo e ajudá-lo a se preparar.

Só que mesmo chegando cedo, por volta de oito e meia da manhã, o local já estava absolutamente lotado. A fila dava voltas e voltas. Só se via um oceano de pessoas de tempos em tempos andando vagarosamente para frente, em direção ao palco improvisado onde os produtores estavam. De onde estávamos não dava nem para ver onde a fila acabava, só que ela estava *muito* grande.

Perguntei a Mary se ela queria ir conosco, mas, como esperado, ela obviamente quis ficar na gravação junto com os garotos. Piper também ficou porque os fãs iriam fazer figurações no episódio, e ela, claro, foi a primeira a escolher qual "personagem" gostaria de ser. Nikki até ontem havia combinado de assistir também, mas como ela e Henry não estavam mais juntos há mais ou menos doze horas, ela desistiu. Nem quis vir conosco, porque não estava lá tão contente comigo. Mesmo eu não tendo feito nada para afetá-la diretamente, estava conversando com Henry minutos antes de ele confessar a ela que havia a traído e, bem... era mais amiga de Karen que dela. Aliás, não conseguia considerá-la uma amiga. Éramos, sei lá, conhecidas, no máximo. Sabrina até se ofereceu para passear com ela durante o dia para ver se ela esfriava a cabeça, mas ela preferiu ficar no hotel dormindo até mais tarde. Jenny, a pessoa que mais queria ir e apoiar Daniel naquele dia, até pediu para mamãe uma folga, mas obviamente foi negada.

— Aqui, como prometido. — Daniel se esgueirou por algumas pessoas atrás de nós e nos encontrou no meio da fila. Em suas mãos ele segurava três copos e três sacos de papel.

Em agradecimento a mim e a Sabrina por acompanhá-lo em seu programa de índio, Daniel nos presenteou com cafés e bolinhos. Um gole fez o calor do café quentinho percorrer todo o meu corpo, como um abraço, já melhorando meu humor. O bolinho de mirtilo também estava uma delícia.

— Por favor, não reparem no que eu vou fazer — Daniel comentou, depois de virar seu copo quase inteiro de uma vez.

Dito isso, ele fechou os olhos e começou a fazer uns sons esquisitos com a boca e a garganta. Tipo, muito esquisitos. O suficiente para chamar a atenção de algumas pessoas atrás de nós e na nossa frente.

— O que diabos é isso? — Sabrina perguntou, prendendo a risada.

— Exercícios vocais. Jenny me ensinou. — E ele voltou a fazer os barulhos.

No meio de alguns "*ooommmm*" e "*pruuuu*" — eu juro que era isso mesmo que ele estava praticando—, meu celular tocou e o nome na tela me fez involuntariamente abrir um sorriso.

— Ei, McDougal — falei, colocando o celular no ouvido.

— Ei, senhorita Veronica. Como estão as coisas por aí?

— Por enquanto nada de teste, mas Daniel já desenvolveu o próprio dialeto, próximo à língua dos pombos.

— Hã... ok. — Ele riu.

— E como está a gravação?

— Está legal. Fomos na Abbey Road e andamos que nem os Beatles. Precisamos de uns dez ou onze *takes* para funcionar, mas deu certo. Também fomos no teatro do Shakespeare e daqui a pouco vamos para a Baker Street.

— Baker Street? — falei, levemente incomodada. — Sem mim?!

Me senti traída pela minha própria família. Mamãe sabia o quanto eu queria visitar a vizinhança que Sir Arthur Conan Doyle utilizou para dar vida ao seu personagem mais famoso, o detetive britânico pelo qual eu tenho uma enorme queda desde os meus onze anos de idade.

— Sua mãe perguntou se você queria ir — Mason respondeu.

— Mas eu tinha prometido para o Daniel que viria com ele. — Murchei. — Poxa, eu queria ir.

— Ah, desculpe. Hã... podemos ir juntos amanhã. Se bem que amanhã a gente ainda vai gravar. Então... depois de amanhã?

— Depois de amanhã é o Ano-Novo, cabeção.

— Ah, é. Foi mal, é o sono.

— Eu entendo. — Olhei para o meu relógio, que mostrava que já estávamos lá há mais de quatro horas. Um copo de café talvez não fosse o suficiente. — Mas obrigada por se oferecer a voltar lá comigo.

— Vamos dar um jeito. Se não conseguirmos, hã... quando eu for para Los Angeles e gravar um filme com o Benedict Cumberbatch, eu peço para ele mandar um recado especial para você. Que tal?

Fiquei muda. Claro que era uma brincadeirinha — até porque quais eram as chances de Mason fazer um filme com o Benedict Cumberbatch, não é? — mas me fez lembrar que Mason em breve iria se mudar para o extremo oposto do país.

— Ronnie? Alô?

— Oi, oi. — Sacudi a cabeça.

— Ouviu o que eu falei?

— Ouvi, sim. Vou cobrar esse recado, viu. — Dei um risinho.

— Pode deixar.

— Ah... E como está o casal conturbado? — perguntei, mordendo os lábios.

A noite anterior havia acabado com Henry batendo na porta do nosso quarto e contando para Karen que havia terminado tudo com Nikki. Depois disso, Jenny e eu saímos para dar-lhes privacidade. Como já estava tarde e não podíamos mais sair, batemos na porta do quarto dos meninos e ficamos jogando Uno por um bom tempo. Bom, bom tempo. Queria acreditar que eles estavam tendo uma longa discussão da relação e que havia acabado tudo bem, mas conhecendo aqueles dois, eles podiam muito bem estar um matando o outro. Não tinha ao certo como saber. Mas quando voltamos para o quarto para ouvir a versão de Karen da história, a traidora já estava dormindo.

— Se tratando do mesmo jeito de sempre. Mas é porque estão em público, né? Não tem como demonstrar muito afeto com várias câmeras apontadas para eles.

*É, eu entendo muito bem.*

— Mas Henry falou com vocês, não?

— Falou. Ele disse que...

— Nananão, não me conta! — cortei-o. — Prometi a mim mesma que escutaria a versão da Karen antes.

— Por quê?

— Ah... por sororidade. Foi como eu descobri a primeira vez. Queria ouvir os detalhes dela primeiro.

— Ai, vocês, garotas... — Mason riu. Ouvi ruídos do outro lado da ligação. — Jenny está pedindo para usar o telefone.

— Tudo bem. — Por um momento pensei em não dizer mais nada, mas depois resolvi acrescentar. — Gostei que você ligou.

— Que isso, Adams. Eu pressenti que você já estava morrendo de saudades.

Revirei os olhos.

— Convencido.

— Eu sou mesmo. — Mais ruídos atrás dele. — Ok, vou ceder aqui o celular. Ela pediu para você colocar no viva-voz. Já vou, então. Tente não se desesperar sentindo minha falta.

— Acho que eu consigo aguentar — respondi com ironia, depois sorri. — Tchau, Mason.

— Tchau, Ronnie.

Fiquei encarando a tela do celular com um sorrisinho bobo por alguns segundos, antes de colocá-lo no viva-voz e voltar para Sabrina e o garoto-pombo atrás de mim. Ele agora havia evoluído de pombo para coruja. Aliás, parecia mais uma ambulância, porque alterava entre "*uuuuu*", "*iiiii*" e "*aaaaa*".

— Jenny quer falar com a gente.

— Graças a Deus — Sabrina disse, erguendo as mãos para o alto. — Daniel vai finalmente parar com essa vergonha alheia.

— Rá-rá — Daniel respondeu ironicamente, depois chegou mais perto do celular erguido na minha mão. — Oi, Jenny!

— Oi, gente! — ouvi a voz dela do outro lado da linha. — E aí? Já está chegando a hora?

Fiquei na ponta dos pés para tentar enxergar o final da fila e consegui ver de longe, mas bem mais perto do que de onde começamos.

— Ainda falta um pouquinho — respondi, sem emoção.

— Acho que vamos precisar de mais café — Sabrina comentou.

— Café?! — Jenny falou. — Quem tomou café aí?!

Me espantei com aquele tom repressor que Jenny usou. Desde quando se nega café a uma pobre alma sonolenta?

Mas Daniel, que não pareceu nem um pouco surpreso com aquela reação, deu um riso de leve e respondeu:

— Relaxa, não tomei café. Tomei chá de camomila.

— E comeu o quê?

— Maçã. Lanchinho que não vai prejudicar a minha voz.

— Ah, ufa — ela respondeu, aliviada.

— Não sabia que café e bolo faziam mal para a voz — comentei.

— Muita coisa faz — Jenny comentou. — Tem que tomar cuidado. Ainda mais hoje.

— Desde que eu decidi fazer os testes, Jenny tem fiscalizado tudo o que eu como. E bebo. Acha que aquilo transparente no meu copo ontem à noite era um Martini? Era água, mesmo — Daniel falou, dando um risinho.

— Eu fiscalizo mesmo. — O sotaque inglês dela parecia ainda mais carregado no viva-voz. — Esqueceu que eu agora trabalho com cantores? Eu tenho que ficar atenta sobre o que se pode comer. Pelo menos umas três vezes ao dia eu tenho que mandar o Ryan não exagerar no chocolate.

— Não sei como você aguenta — falei, rindo também.

— Não disse? — ele apontou para o celular, olhando para mim de um jeito cômico.

— Vai me agradecer por isso quando te aprovarem hoje. — Mesmo não podendo vê-la, senti que ela disse aquilo sorrindo.

— *Se* me aprovarem hoje — ele corrigiu.

— Não, *quando* — ela disse, assertiva. — Você tem alguma dúvida de que vai passar? Com essa carinha de defensor dos animais e esse violão nas costas?

— Ah, não sei... Espera, eu tenho mesmo cara de defensor dos animais?

E nós quatro rimos. Jenny realmente estava colocando o lado "produtora de músicos" para fora.

— Mas, sério agora, porque tenho que ir. Boa sorte, Dan. Acredito em você. Você tem um talento incrível, vai conseguir.

— Muito obrigado, Jenny. — Ele abriu um largo sorriso. — Depois te conto como foi.

— Ok! Meninas, filmem, por favor!

— Pode deixar — Sabrina respondeu.

Depois disso, Jenny se despediu e a ligação acabou. Que amor da parte dela parar no meio do trabalho para desejar boa sorte. Pensando bem, Mason me ligou também no meio do episódio só para conversar um pouco comigo. Isso era um ótimo exemplo do que é gostar de alguém. Querer saber como a pessoa está, querer ouvir sua voz, nem que seja por um momento breve. A ideia de Mason pensando em mim e querendo essas coisas me fez sorrir e corar um pouco.

Uma hora e meia, mais um café e um rápido cochilo em pé, e finalmente chegou a vez de Daniel se apresentar. Ele deu um abraço apertado em mim e em Sabrina, agradeceu umas vinte vezes por esperarmos com ele e foi direcionado por um membro da produção até o palco. Os acompanhantes podiam esperá-lo ao lado do palco, a uma distância pequena dele e dos produtores. Era um total de três sentados numa mesa, como se fossem os jurados, mesmo. Quando ajeitaram o microfone na altura dele e fizeram silêncio em volta, finalmente caiu a ficha que ele realmente estava fazendo aquilo.

— Ai, meu Deus, estou nervosa por ele — comentei, sentindo borboletas no estômago. Era uma mistura de fome, cansaço e ansiedade.

— Eu também — Sabrina concordou, respirando fundo. — Mas ele vai se sair bem.

Assenti com a cabeça e prestei muita atenção no que os produtores falaram.

— Olá. — A moça do meio começou. — Qual é seu nome?

Daniel pigarreou e respondeu:

— Daniel. Daniel Young.

— E de onde você é, Daniel?

— De Boston. Estados Unidos.

— Uau, você viajou longe para estar aqui! — O produtor da esquerda falou. — Por que quis tentar o *Singin' UK*?

— Honestamente... — Ele sorriu, sem graça. — Aproveitei que estava aqui para fazer o teste. Mas isso é algo que eu sempre sonhei em alcançar. Me tornar um músico famoso.

— E você acha que tem o que é preciso para ganhar esse programa?

Ah, a pergunta de um milhão de dólares. Um milhão de libras esterlinas, no caso. Daniel pensou um pouco, depois respondeu:

— Tenho. Eu toco e canto desde pequeno. Até fiz parte de um programa de TV onde pude mostrar um pouquinho do meu talento. Não consigo me imaginar fazendo outra coisa. Vou até onde for preciso para realizar esse sonho.

Uau. Ele realmente falara com o coração. Estava decidido a passar naquele teste. Confiança nessas horas é algo muito importante. Fiquei feliz que Daniel estava acreditando em seu potencial. Ele merecia, porque além de talentoso, havia batalhado bastante.

Os três produtores lhe desejaram boa sorte, ele respirou fundo, preparou o violão e começou a dedilhar a melodia acústica de *21 Guns*, do Green Day.

*Do you know what's worth fighting for*
*When it's not worth dying for?*
*Does it take your breath away*
*And you feel yourself suffocating*
*Does the pain weigh out the pride?*
*And you look for a place to hide*
*Did someone break your heart inside*
*You're in ruins*

Apertei a mão de Sabrina involuntariamente por conta do nervoso, mas no decorrer da música, fui ficando mais aliviada ao perceber que ele estava indo bem.

*One, 21 Guns*
*Lay down your arms*
*Give up the fight*
*One, 21 Guns*

*Throw up your arms into the sky*
*You and I...*

O cover acústico de Daniel na música deu a ela um toque mais pessoal e sincero. Era algo lindo de ver e ouvir. Agora que eu conhecia mais músicas do Green Day graças ao meu querido Watson, pude observar que estava bem diferente da versão original. A de Daniel estava em um tom diferente e com mais nuances, já que os produtores precisavam ver o potencial de sua voz.

*Did you try to live on your own*
*When you burned down the house and home*
*Did you stand too close to the fire?*
*Like a liar looking for forgiveness*
*From a stone...*

Não queria tirar os olhos de Daniel durante aquela apresentação maravilhosa, mas dei uma conferida rápida na reação de Sabrina e dos produtores. Sabrina parecia uma mãe orgulhosa, com uma mão segurando o celular — sabia que ela iria filmar toda a música — e a outra cobrindo a boca, contendo um soluço de emoção. Já os produtores deviam querer se manter mais neutros para não influenciar a apresentação, mas a do meio não conseguia conter o sorriso, o da esquerda assentia de leve com a cabeça, interessado, e a da direita mal piscava. Meu coração se aqueceu como se eu tivesse tomado dez copos de café. Ele estava arrasando.

*One, 21 Guns*
*Throw up your arms into the sky*
*You and I...*

E ele terminou, sorrindo e abaixando um pouco a cabeça, em agradecimento. Agora era a hora da verdade. O momento que definiria se Daniel iria, de fato, fazer os testes quando o programa começasse.

— Daniel... — O primeiro a falar foi o produtor da esquerda. — Você fez bem em viajar, viu.

Daniel deu um risinho, sem graça.

— Foi maravilhoso. — A do meio disse, sorrindo. — Você canta com facilidade. Tudo flui muito bem. Realmente, não se imagine fazendo mais nada porque esse é seu caminho. Para mim, você está dentro.

— Para mim, também.

E faltou a produtora da direita, que passou o tempo todo calada. Ela se inclinou um pouco na mesa à sua frente, olhou Daniel de cima a baixo e disse:

— Acho que você vai passar mais tempo longe de Boston do que imaginava. Parabéns, Daniel. Você está dentro do *Singin' UK*.

Com essas respostas, Daniel não aguentou a emoção e levou as mãos ao rosto, em êxtase. Sabrina e eu demos gritinhos animados, assobiamos e batemos palmas. Ele precisou de alguns segundos para processar aquela informação, agradeceu várias vezes com as mãos no coração, depois correu até nós e nos abraçou com força.

Todo o cansaço de ficar aquele tempo todo em pé esperando a vez de Daniel parecia ter ido embora. Agora éramos só alegria e orgulho. Orgulho do nosso menino. Ele merecia aquilo mais do que qualquer um. Finalmente estava mais próximo de alcançar seu sonho, mesmo que fosse de um jeito que ele não imaginava que aconteceria, a princípio.

E no meio daquele abraço de urso, me toquei que, agora, Daniel era mais um que poderia ir embora e não voltar mais. Se tudo desse certo — e eu realmente torcia para que desse —, Daniel passaria meses em Londres e poderia até se mudar para cá se alcançasse uma posição boa no final do programa. Ou poderia se mudar para outro canto dos Estados Unidos, até mesmo Los Angeles. Mas Boston não era um lugar para aqueles que querem viver sendo artistas famosos, então sabia que estava fora de cogitação ele continuar morando tão perto. Era só mais um aviso de que eu teria que me acostumar com meu futuro em que não veria muitos de meus amigos próximos com frequência.

Talvez nenhum deles.

**Eu deveria me envergonhar** por ter zoado e julgado tanto as fãs de *Boston Boys* antes de conhecer os garotos. Eu agora me sentia exatamente como elas. Desesperada, aflita, animada, nervosa, à beira de um ataque de nervos e de um infarto fulminante. Tudo isso sem falar um pio.

O meu dia seguinte do teste de Daniel começou finalmente visitando a Baker Street. Iniciamos obviamente no endereço 221b, que era onde eu mais queria ir: no museu de Sherlock Holmes, que recriava perfeitamente a casa dele. Era uma casa pequena e toda decorada em estilo vitoriano. No térreo, a primeira coisa que víamos era a lojinha de souvenires. Haviam desde cachimbos, camisas, chapéus, bengalas, até baralhos, quadros, canetas, cadernos, livros e mais livros. Eu praticamente chorei sangue de tão lindas — e caras — que eram aquelas lembrancinhas.

Um mordomo nos guiou em direção às escadas — que rangiam de uma maneira adorável, remetendo a uma época antiga — e nas paredes havia inúmeros quadros e objetos, tudo pensado nos menores detalhes. A casa tinha três andares com diversos cômodos que pareciam ter saído diretamente de um túnel do tempo. Tive que controlar a emoção quando cheguei no quarto de Holmes, que era superbagunçado, mas com vários artigos que, na teoria, pertenciam a ele. Daniel e eu tiramos várias fotos caracterizados como Watson e Sherlock, e no final do passeio, não resisti e levei um caderninho cuja capa tinha a estampa de um cachimbo e de uma boina listrada, e embaixo escrito: "I love Sherlock Holmes".

Perto do museu também havia uma loja enorme toda tematizada dos Beatles. Outro motivo para eu não poder mais julgar as fãs de *Boston Boys*, já que também não consegui me controlar e comprei um pôster preto-e-branco com os rostos dos quatro integrantes estampados na frente da bandeira da Inglaterra. Pensando bem, os Beatles eram uma boyband também, não eram? É, definitivamente eu teria que morder a língua sempre que falasse ou sequer pensasse que as fãs de boybands eram loucas.

Mas nada disso foi o motivo do meu surto-mor. Claro, fiquei muito empolgada conhecendo a casa do meu detetive favorito e vendo a maior loja da Inglaterra de uma das minhas bandas preferidas, mas nada, *nada* se comparava à surpresa que eu tive no final do nosso passeio.

Pegamos o metrô em direção à estação Liverpool Street — onde estavam gravando a parte final do episódio especial — e quando estávamos quase lá, faltando umas duas estações, senti Piper fincando com força as unhas no meu braço e quase dei um grito de susto.

— Ficou louca? O que houve? — perguntei, esticando a manga do casaco e massageando o local atingido.

— Vamos saltar. Agora. — Piper respondeu, com os olhos dobrando de tamanho, enquanto encarava a tela do celular.

— Mas ainda faltam duas estações! — falei, sem entender o que estava acontecendo.

Ela não me deu ouvidos. Quando o trem parou, ela se levantou rapidamente e correu para fora do vagão.

— Piper! O que está fazendo?! — gritei.

— Se não vier, vai se arrepender! — Ela não diminuiu o passo.

Eu sabia que tinha no mínimo dez segundos até aquela porta fechar e eu seguir o caminho do metrô deixando Piper para trás, mas algo me dizia que eu deveria confiar naquela louca psicopata, para variar. Sem pensar muito, me levantei em um salto e corri até a saída, e Daniel e Sabrina vieram correndo atrás.

Subimos as escadas rapidamente e encontramos Piper já prestes a atravessar a rua. Eu estava me sentindo em um jogo do Mario, correndo atrás de uma loira que desaparece sem deixar explicações. Mesmo depois de alcançá-la, ela não parou de andar nem disse nada.

Depois de viramos algumas esquinas em ruas estreitas que eu não fazia ideia quais eram, e depois de quase atropelarmos uma criança de mãos dadas com a avó — e quase derrubarmos o churros em sua mão devido à correria —, paramos em frente a um café pequenininho, cujo letreiro e logo eram simples, sem chamar a mínima atenção. O que chamava a atenção era o grupo de umas trinta pessoas, todas com a cara grudada no vidro e dando gritinhos de animação.

— Pode nos dizer o que diabos estamos fazendo aqui?! — perguntei, me curvando um pouco para recuperar o ar.

Piper se enfiou no meio das pessoas, grudou o rosto no vidro do restaurante e fez sinal para que fizéssemos o mesmo.

— Para você ver quem está aqui.

Ainda sem entender, resolvi fazer logo o que ela disse e me aproximar do vidro, pedindo licença e me enfiando nos pequenos espaços disponíveis. E finalmente entendi porque ela nos tirou da rota assim, tão de repente. Ao ver quem estava ali, tomando um café tranquilamente na companhia da esposa e de um segurança, ninguém mais ninguém menos que BENEDICT CUMBERBATCH.

Não era brincadeira. Não era pegadinha nem um sósia. Era ele mesmo. Vestia uma camisa social branca, calças jeans e estava com a barba para fazer. Apreciava calmamente uma xícara de chá — não tinha ao certo como saber mas eu queria pensar que era chá — e parecia uma pessoa comum, nem parecia que era um ator superfamoso que precisava de medidas cautelares para afastar *stalkers* loucas atrás dele.

Todo o meu corpo pareceu congelar. Não consegui desgrudar daquele vidro. Precisei que Piper estalasse os dedos no meu ouvido para voltar ao planeta Terra.

— Piper... — balbuciei, com os joelhos tremendo. — C-como... como...? Não tinha como você saber que...

— Adams, nesse tempo todo que você me conhece, você duvida que eu tenha poderes sobre-humanos quando estamos falando de perseguir famosos?

Aquilo era verdade. Piper parecia ter saído direto dos quadrinhos dos X-Men. Será que existia uma rede social específica para *stalkers*? Tipo um Facebook, mas que o pré-requisito para você entrar era ter perseguido no mínimo três celebridades de categoria A? Um site onde vigilantes no mundo inteiro trocam informações sobre o paradeiro de artistas famosos que não conseguem escapar de seus olhos de águia?

Uau. Aquilo daria um bom episódio de *Sherlock*.

Mesmo vendo-o na minha frente e com meus próprios olhos, ainda não conseguia acreditar que Benedict Cumberbatch estava ali, a poucos metros de mim. Separado apenas por um vidro, algumas pessoas no café, mesas, cadeiras e um segurança que conseguiria me quebrar ao meio. Mas isso são apenas detalhes, certo?

— Acho que não podemos entrar, a porta está trancada — Sabrina falou, apontando para os fãs que tentavam abrir a porta, sem sucesso.

— Imagina só, Ronnie. Sherlock e Watson tirando uma foto com o Sherlock verdadeiro! — Daniel respondeu, animado. — Alguma hora ele tem que sair, não é?

Mesmo querendo entrar lá, abraçar aquele homem e sentir seu perfume delicioso — nunca havia o cheirado, mas ele era o tipo de cara que só de você olhar, você sabe que ele cheira bem, sabe? —, parecia que meus pés estavam colados no chão. Será que isso era ter um derrame?

Uma meia hora depois, os fãs começaram a se agitar, e eu sabia o motivo: ele havia se levantado e estava caminhando em direção à porta.

*OH, MEU DEUS. OH, MEU JESUS CRISTINHO.*

O problema era que, pequena e fracote do jeito que eu era, fui logo jogada para trás das pessoas, me afastando da porta. Nisso ele já estava quase alcançando a maçaneta. O segurança foi o primeiro a sair, afastando a pequena multidão com os braços e guiando o casal até um carro estacionado perto do restaurante.

Mas, por sorte, estava com Piper Longshock, que não se assusta com um mero grupo de umas trinta pessoas. Ela me deu a mão e, como uma topeira andando por debaixo da terra, me guiou até ficarmos quase grudadas na porta. Meu corpo inteiro tremia e cada vez mais eu sentia que estava perdendo o controle das pernas. O segurança não o deixou tirar fotos nem assinar autógrafos, mas ele acenou para nós e mandou beijos com a boca. Piper conseguiu me levar tão perto e tão rápido que logo antes de entrar no carro, ele esbarrou no meu ombro e pediu desculpas.

Benedict Cumberbatch esbarrou no meu ombro e pediu desculpas.

ELE ESBARROU NO MEU OMBRO E PEDIU DESCULPAS.

Ele não pediu desculpas a ninguém mais além de mim. Não esbarrou em ninguém além de mim. Aquele "Me desculpe" que durou cerca de dois segundos foi a frase mais linda que já ouvi em todo o universo. Aquele era o dia mais feliz da minha vida. Nem percebi que minhas pernas vacilaram, quando vi já estava ajoelhada no chão, só olhando para aquele carro que desapareceu nas ruazinhas da vizinhança.

O que me despertou do meu transe, em que fiquei pensando que nunca mais lavaria aquela parte do corpo, foi a câmera do celular de Piper apontada na minha direção.

— Agora, Adams... você perdeu o direito para sempre de fazer qualquer tipo de comentário sobre o amor incondicional de uma fã pelo seu ídolo. Estamos entendidas?

Apenas assenti com a cabeça, ainda boba. Retardada de amor e admiração. Mas ela tinha razão. Seria muito hipócrita da minha parte zoar o comportamento de uma fã, por mais bizarro que fosse. Pensando bem, eu já deveria não poder mais fazer isso há um bom tempo. Já lia as fanfics de Piper que envolviam pessoas reais, já estava apaixonada pelo cantor de uma boyband, e agora me sentia tocada pelo próprio Espírito Santo por causa daquele rápido momento que tive na presença de Benedict Cumberbatch.

Definitivamente, eu agora tinha *muito* respeito pelas fãs de *Boston Boys*.

Muita coisa aconteceu durante o pouco tempo que durou essa viagem para Londres. Corri atrás de um queijo no meio de um rinque de patinação, me reconciliei com minha melhor amiga que estava me odiando, um americano foi chamado para participar de um reality show britânico, Benedict Cumberbatch esbarrou em mim e pediu desculpas, um casal foi dissolvido e dois casais foram oficialmente formados. Pois é. Foi muita coisa. E tudo isso antes da virada do ano. Quer dizer, praticamente antes.

O dia 30 foi o último dia que os meninos passaram gravando o episódio especial em diferentes partes da cidade. Acabei passando a manhã com Daniel, Sabrina e Piper, e durante a tarde nos reunimos com todo mundo para assistir à gravação do episódio. Aproveitamos para visitar mais áreas turísticas, como a Tower Bridge, o Regent's Park e a Trafalgar Square. Voltamos mortos de cansaço para o hotel porque as gravações foram até de madrugada.

O dia seguinte era véspera de Ano-Novo e já podíamos aproveitar a cidade a passeio, sem nos preocuparmos com cronograma, gravações nem locação de espaço. Quer dizer, eu só acompanhava todo mundo, quem se preocupava mesmo com isso era mamãe e sua equipe reduzida.

Nunca havia passado o Ano-Novo em Londres, mas sempre ouvi histórias de Jenny que o show de fogos que saía da London

Eye às margens do Rio Tâmisa era sensacional. Apesar de todo o clima festeiro daquele dia, das pessoas à minha volta cheias de esperança para começarem bem o ano e atingirem suas metas, não estava conseguindo entrar naquele espírito. Eu acreditava no que Jenny dizia, que realmente deveria ser um show muito bonito de assistir... o meu problema era ouvir. Tinha pânico do barulho de fogos de artifício desde pequena. Devo ter tido algum trauma infantil, mas desde que me lembro, sempre que os ouvia estourando no céu, corria para tapar os ouvidos. Era sempre um estrondo e me deixava incomodada. Então eu quase nunca aparecia nas fotos de família em comemorações como Ano-Novo e 4 de julho. Como estávamos próximos de ouvir uma chuva de fogos muito em breve, não conseguia de jeito nenhum relaxar.

Meus amigos, percebendo que eu já estava apreensiva à medida que a meia-noite ia se aproximando, foram conversando comigo o tempo inteiro, tentando me distrair. Mas só de olhar para aquela roda gigante e imaginar a quantidade de fogos estourando deixava minha garganta seca. A única coisa que me distraiu um pouco da minha fobia foi a história que Daniel contou do dia anterior, quando vimos Benedict Cumberbatch.

— Veronica Adams, a maior *stalker* que Boston já conheceu! — Piper comentou, fazendo todos caírem na gargalhada.

— Podem rir o quanto quiserem, poucos de vocês podem dizer que já encostaram no ídolo de vocês.

Ao ouvir isso, Mary agarrou o braço de Ryan.

— Você não foi a primeira, maninha — Mary disse, dando língua.

— Não foi mesmo — Piper também respondeu, agarrando Mason.

*Touché*. Elas tinham razão.

— Ela já entendeu, Piper — Mason disse, tentando, sem sucesso, afastar sua querida fã, que agora estava grudada nele feito um carrapato.

Dei uma olhada discreta no meu relógio de pulso, que dizia que faltavam quinze minutos para a meia-noite. E todo o nervosismo voltou a tomar conta de mim. Não ia aguentar. Virei de costas, pedi licença para as pessoas que estavam atrás de mim — todos os espectadores do show já estavam em seus lugares nas margens do Tâmisa, esperando a contagem —, e comecei a caminhar em direção ao restaurante mais perto que encontrei de onde estávamos.

— Aonde você vai? — Mary perguntou.

— Vou ao banheiro. — O que não era mentira, já que meu plano era me trancar lá dentro até os fogos pararem.

Mary avisou que seria difícil nos encontrarmos antes do show se eu saísse daquele jeito, e falei que, qualquer coisa, os encontrava depois. Alguns protestaram, outros lembraram da minha fobia, entenderam e me deixaram ir.

Entrei no restaurante, que estava lotado. Pessoas todas caracterizadas com óculos que piscavam, chapéus com a bandeira do Reino Unido estampada e bandeirinhas nas mãos ocupavam a área do bar e das mesas, que acabou se misturando toda e virando uma grande festa. Fui me afastando da parte mais cheia até encontrar a escada que levava ao segundo andar. O barulho estava diminuindo, por sorte. Comecei a subir até que, quase no final da escada, uma dupla me impediu de passar.

— Opa! — falei, de automático, ao ver quem estava ali.

Nisso, Karen e Henry, que estavam no meio de um beijo demorado, sentados na escada, se afastaram e tomaram um susto comigo ali. Karen logo ajeitou o cabelo e se recompôs, e Henry limpou a mancha de batom da boca. Os rostos dos dois ficaram da cor das listras da bandeira inglesa. Foi engraçado de ver, até melhorou um pouco meu nervosismo.

— Desculpe, não queria atrapalhar — falei, sem graça, mas sorrindo involuntariamente.

Karen mordeu os lábios, envergonhada, mas depois deu um tapa no braço de Henry:

— Eu falei para irmos para um lugar mais afastado!

— Ué, você acha que eu ia prever que mais alguém viria para cá logo antes do show começar? — Henry cruzou os braços, se explicando.

— Ei, relaxem. — Dei risada. — Pelo menos sou eu. Já sei dessa história. Quer dizer... — Me apoiei na parede. — Não sei tudo o que aconteceu mas já sabia que vocês estariam juntos. Mas depois quero ouvir todos os detalhes! — Dei uma piscadela.

— Está bem, mas não comente nada com eles, ok? — Karen pediu.

— É. Meu término com a Nikki ainda é muito recente, e tal — Henry completou.

Ergui a mão direita e assenti com a cabeça.

— Tudo bem. Eu prometo.

Estava pronta para passar por eles e deixá-los em paz, quando ouvi uma voz conhecida me chamando do andar de baixo:

— Ronnie! Cadê você?

Desci alguns degraus e pude ver quem estava lá embaixo. Karen e Henry, ainda sentados, esticaram os pescoços e espiaram também.

— Ok, chega de ficar aqui — Karen bufou, se apoiando em Henry e levantando. — Daqui a pouco aparece todo mundo aqui, um paparazzi, várias câmeras e até o papa.

— Mas... — Henry, que parecia estar muito bem sentado naquela escada, tentou convencê-la de ficar, mas sabia que era inútil tentar convencer Karen Sammuel de qualquer coisa.

— Anda! Vamos ver os fogos! — Ela segurou a mão dele e puxou até o andar de baixo. Abri um sorriso. Estava feliz que eles finalmente deram certo.

O casal recém-formado desceu as escadas e desapareceu no meio das pessoas. Mas quem havia me chamado ainda estava ali, no mesmo lugar. Depois que Karen e Henry foram embora e ele viu que a escada estava vazia, subiu-a até parar quase no segundo andar, exatamente onde eu estava.

— Não tem a menor chance, a menor chancezinha de você voltar lá e assistir aos fogos? — Mason perguntou, com um sorriso amarelo.

— Desculpa. — Me sentei no degrau maior, onde Karen estava sentada. — Lembra de quando você viu o palhaço na festa de Halloween? É mais ou menos isso.

— Nossa, nem me lembra. — Ele colocou a mão sobre o próprio estômago. — Só de pensar naquele troço me dá ânsia até hoje.

— Então você entende. — Dei de ombros. — Mas não tem problema. Eu encontro vocês logo depois que acabar.

— Ok. — Dito isso, ele se sentou no degrau ao meu lado. — Nós os encontramos logo depois que acabar.

Arregalei os olhos.

— O que você está fazendo?

— Esperando dar meia-noite, ué? — Ele tentou se ajeitar confortavelmente no degrau.

Encarei-o, incrédula.

— Eu vou me sentir culpada, assim. Você quer passar o Ano-Novo com todo mundo e porque eu estou aqui, você acha que precisa me fazer companhia e...

— Ronnie — ele me interrompeu. — Eu estou aqui porque eu *quero*, não porque eu *preciso*. Além do mais, já passei dois dias inteiros gravando com eles, alguns minutinhos longe não vão matá-los de saudade. — Ele riu.

— Você tem certeza? — perguntei, ainda um pouco insegura.

Ele fez carinho na minha mão com a ponta do dedo polegar.

— Tenho.

Sorri, envergonhada. Levantei o olhar — que estava direcionado às mãos de Mason se entrelaçando nas minhas — e fiquei alguns segundos só olhando fundo naqueles olhos azuis. De repente, meu sorriso se esvaiu e meus olhos ficaram um pouco úmidos.

— O que houve? — Mason perguntou, preocupado.

— Ah, nada. — Sacudi a cabeça, tentando controlar as emoções. — É só que... Ano-Novo... me lembra que logo, logo você... — Fiz uma pausa e engoli o nó que começou a se formar na minha garganta. — Vai para Los Angeles. Mas eu estou feliz por você! — Tentei melhorar um pouco a situação. — Só que... vou sentir saudades.

Mason desfranziu o cenho e me envolveu em um abraço de lado, apoiando o queixo no topo da minha cabeça.

— Eu também vou. — Ele me deu um beijo na testa, depois envolveu meu rosto delicadamente com as mãos. — Mas a gente ainda tem tempo.

Aquilo era meio relativo. Sim, tínhamos tempo, se fôssemos parar para pensar. Mas mesmo assim, tinha um prazo de validade. Já ia fazer um ano que nos conhecíamos, e sinceramente, parecia que tudo havia passado em um estalo. Mason iria embora em poucos meses, e eu tinha certeza que eles também voariam. Eu sei que sou uma das pessoas que mais sofre por antecedência do mundo, mas a partir daquele momento era um fato que tudo iria ficar mais corrido. Teria que me preparar para entrar na faculdade, para as provas finais do último semestre da escola... e Mason também, para gravar os últimos episódios da série, acabar a escola e também se preparar para o próximo passo.

Me lembrei de quando Mason foi até o Room Escape para acertar as contas comigo, e logo depois, também no meu local de trabalho, quando Karen e os meninos descobriram que estávamos juntos. A primeira sensação que tive foi de medo e nervosismo, afinal, era mais fácil e menos pressão esconder nosso relacionamento. Mas logo depois senti alívio. Fiquei feliz que nossos amigos próximos sabiam sobre nós. Seriam menos pessoas de quem teríamos que esconder e mais oportunidades de demostrarmos carinho e afeto em público.

Me incomodava pensar que, quando voltássemos para Boston, teríamos que esconder para o mundo que estávamos juntos. Essa ideia não me agradava nem um pouco. Eu sabia que seria complicado namorar um cara famoso — sempre bati nessa tecla e teimei para que nunca tivesse que passar por isso —, mas queria aproveitar cada segundo que pudesse ao lado de Mason. Com câmeras apontadas para mim, fofocas em sites pouco confiáveis, ameaças de fãs, o pacote completo. Não queria mais me conter. Pensei no dia anterior, em que vimos Benedict Cumberbatch tomando um café com a esposa. Ela devia se incomodar que milhares de pessoas assediavam seu marido por dia? Com certeza. Ela preferiria esconder que estava com ele só para não ter que enfrentar os fãs? Claro que não.

— Mason... — sussurrei para ele, cujo rosto estava quase colado no meu. — Vamos parar de esconder.

— O quê? — ele perguntou.

Mas antes que eu pudesse explicar melhor, percebi que a algazarra do andar de baixo estava maior, porque já era quase meia-noite. Lá fora então, o povo estava em festa. Buzinas, assovios, luzes e gritos de animação tomaram conta de Londres. Para o meu terror, pequenos fogos — como se fossem testes — foram lançados no ar e explodidos, seguidos de aplausos e berros. Nem foram muito altos, mas já incomodaram. Tapei os ouvidos, fechei os olhos e enfiei a cara nos joelhos.

— Ei, relaxa. — Mason me abraçou. — Daqui a pouco passa. — Ele me puxou para perto e pressionou de leve meus ouvidos, para que eu ouvisse menos os estrondos. — Eu tô aqui.

Assenti com a cabeça e me ajeitei em seu peito.

— Olha para mim. Ronnie.

Abri os olhos e ergui a cabeça, encontrando os olhos dele.

— Eu também cansei de esconder — ele disse, sorrindo.

Meu coração deu um pulo no mesmo ritmo dos fogos de artifício. Mesmo com os ouvidos quase tapados, consegui entender claramente o que ele dissera. Eram muitas emoções ao mesmo tempo, tudo misturado com meu pânico ouvindo aqueles malditos fogos estourando. Não consegui desenvolver uma resposta decente, apenas assenti com a cabeça e disse:

— Ok, então.

Mason riu da minha resposta praticamente monossilábica. Ainda com as mãos em meu rosto — na verdade, em meus ouvidos —, me puxou para si e me beijou suavemente. Não quis arriscar e destapar os ouvidos completamente, mas estar ali com Mason já me deixava cem vezes mais aliviada. Por um breve momento, aquele barulho angustiante dos fogos estourando ficou fraco. Os gritos das pessoas fazendo a contagem regressiva agora pareciam sussurros. O clarão das explosões coloridas parecia uma luz fraquinha.

Eu estava nas nuvens.

# 27
# ABRIL

**Eu me sentia ridícula.** Não acreditava que havia chegado até aquele ponto. Queria parar, mas não tinha direito de escolha. Jenny estava me orientando naquele momento difícil em que qualquer movimento, por menos que fosse, poderia estragar tudo. Eu só queria que tudo acabasse, mas parecia estar presa àquilo como se tivesse feito um pacto de sangue.

— Jenny, não quero fazer isso — choraminguei.

— Mas tem que fazer. É para o seu próprio bem — ela respondeu, séria.

— Mas... é realmente necessário?

— Foi você quem quis isso, lá atrás. Agora não tem mais volta. Eu falei para você ter cuidado com o que desejasse.

Suspirei.

— Você tem razão. Foi uma escolha minha. Tenho agora que arcar com as consequências.

— Isso aí. Agora vai. Levanta esse celular, capricha no biquinho, tira logo essa *selfie*!

Revirando os olhos, fiz como ela orientou. Já havia tirado umas vinte fotos daquele jeito, e todas saíram horríveis. Eu não era de tirar *selfies*. Qualquer um que me conhece sabe disso. Mas, aparentemente, quando você namora um ator famoso e com uma certa influência nas redes sociais, você precisa ser ativo nelas também, senão os fãs dele não param de encher o saco do dito cujo porque querem saber sobre a minha vida também.

Jenny montou todo um cronograma do que eu deveria postar no Instagram. Sim, eu tinha isso agora. Relutei e resisti bravamente até o máximo que consegui, mas as fãs de Mason me pressionaram demais. A foto de hoje, aparentemente, precisava ser uma *selfie*, pois tinha que contrastar com a foto de comida do dia anterior, a de uma paisagem no outro dia e uma minha com meus amigos no início da semana. Essa de hoje era, de longe, a que eu mais detestava tirar. Não gostava de tirar fotos minhas, ainda mais tão de perto e fazendo essas poses. Mas não fazia aquilo pelas fãs chatas, fazia pelo meu namorado.

*Meu namorado.*

Mesmo depois de alguns meses tendo assumido meu relacionamento com Mason para o mundo, ainda era um tanto engraçado me referir a ele como meu namorado. Ainda soava meio estranho falar aquilo em voz alta. Mesmo assim, era um relacionamento bem mais tranquilo do que eu achava que ia ser. Aos poucos, o ódio que suas fãs sentiam por mim foram se transformando em curiosidade, depois respeito, e, por fim, uma pequena admiração. Acredite se quiser, depois de mais de um ano, eu finalmente consegui conquistar o coração delas.

— Pronto, doeu? — Jenny falou, finalmente ficando satisfeita na trigésima foto.

— Sim. — Abri e fechei a boca algumas vezes e massageei o maxilar.

Ela riu, depois pegou meu celular para postar a foto. Pelo menos essa parte ficava com ela, que sabia muito melhor as legendas e *hashtags* para usar.

— Postada! Agora é só esperar as curtid... — De repente, Jenny parou de falar. A expressão calma em seu rosto foi tomada por um susto que fez seus olhos arregalarem e seu queixo cair no chão.

— O que houve? — perguntei, me assustando com aquela súbita reação. — Você não postou nenhuma foto comprometedora minha por engano, postou?

Com a mão que segurava meu celular tremendo, ela apenas esticou o braço e fez sinal para que eu tomasse o aparelho.

— Ronnie... você recebeu um e-mail. De Harvard.

Ao ouvir aquela última palavra, senti todos os pelos do corpo se arrepiando. Harvard tinha sido a primeira faculdade que eu havia aplicado para estudar e a última a me dar a resposta. Claro que foi a última. Porque não basta você preencher zilhões de formulários e praticamente concordar que você aceita vender sua alma para essa universidade, ela quer te fazer sofrer aguardando ansiosamente sua resposta que ela vai dar quando bem entender, porque, afinal... é Harvard. Ela pode fazer o que quiser.

Respirei fundo, segurei a mão de Jenny e abri o e-mail. Era grande, mas a princípio não li desde o começo. Procurei a parte que me interessava, que era saber se eu havia passado ou não. Fui correndo os olhos fazendo uma leitura dinâmica pelas palavras até que cheguei no cerne de todo o e-mail, três palavrinhas na penúltima linha.

*Não foi aceita.*

O e-mail dizia muito mais do que isso, claro. Ele era cheio de firulas agradecendo pela minha inscrição e tudo o mais, mas no final nada disso importava.

— Ronnie... — Jenny encontrou a frase segundos depois de mim e me deu um abraço. — Sinto muito.

Desliguei o celular, encarei a tela preta por alguns segundos e não disse nada.

— É normal isso acontecer! E, olha... você sempre pode tentar de novo no ano que vem.

Assenti com a cabeça, de leve. Eu sabia que as chances eram mínimas de Harvard me aceitar. Mas mesmo assim... tem sempre um pedacinho nosso que acredita que a gente vai conseguir mesmo quando é praticamente impossível. E isso não era algo ruim. Eu precisava estimular meu lado positivo de ver as coisas. Jenny tinha um ponto. Eu podia aplicar no próximo ano. De qualquer forma, receber a resposta da faculdade que você mais gostaria de entrar dizendo que você não foi aceita não é a melhor sensação do mundo.

— Sabe o que podemos fazer? — Jenny falou, segurando meus ombros. — Depois da gravação de hoje, podemos sair para comer um doce bem grande e gorduroso! O que acha?

— Já vamos sair depois da gravação, boba. Esqueceu que hoje é um dia meio especial?

— Ah... — Ela mordeu os lábios. — É verdade.

Especial era uma boa palavra que descrevia como aquele dia seria. Iria ser feliz e triste ao mesmo tempo. Era o último dia de gravação de *Boston Boys*. Agora que namorava Mason, eu o acompanhava ao estúdio mais vezes, então acabei me acostumando com aquela rotina, bem mais do que antes. Mas já estava certo que iria acabar junto com o final da escola. Fazia sentido. Cada um do elenco já estava pronto para abrir as asas e voar para longe depois que se formassem e a série acabasse.

Uns mais longe do que outros.

— Todos prontos? — mamãe perguntou, enquanto descia as escadas e tirava da bolsa a chave com o chaveiro de tutu lilás.

Engoli o nó que se formou na minha garganta por causa daquele e-mail e tentei simular descontração.

— Jenny e eu estamos — respondi. Jenny me olhou um pouco preocupada, mas logo depois disfarçou também.

— Eu também! — ouvi a voz de Mary falando, dando passos rápidos até chegar atrás de mamãe.

— Por que não estou surpresa que só falta ele? — mamãe revirou os olhos. — MASON! VAMOS!

Depois de chamá-lo mais duas vezes, ele finalmente abriu a porta do quarto, ajeitando sua mochila por trás dos ombros.

— Calma, Suzie. Tava só amarrando o cadarço.

— Ah, tá. Só você demora meia hora para amarrar o cadarço — Mary comentou, rindo.

Mason desceu as escadas, deu língua para minha irmã e parou do meu lado, me dando um beijo na bochecha.

— Tudo bem, Adams?

Pisquei duas vezes.

— Eu?

— É. Parece meio... sei lá. Aconteceu alguma coisa?

*Claro que aconteceu. Estamos indo gravar o último episódio de Boston Boys. Daqui a pouco vou ter que ver você indo embora para Los Angeles e quase todos os meus amigos indo embora também. Minha melhor amiga vai para a Inglaterra. E para completar, a droga de Harvard jogou minha carta de aplicação no lixo e triturou em milhares de pedacinhos.*

— Não, estou bem. — Sorri, parecendo o mais natural possível. Um dom que aprendi a desenvolver com o tempo.

Antes que Mason pudesse contestar, mamãe nos apressou

para sairmos logo, porque tínhamos um longo dia pela frente. Tentei esvaziar a mente e pensar somente nas palhaçadas dos meninos que eu iria assistir, tipo eles errando as falas, começando a rir em momentos sérios, essas coisas bobas. Precisava me distrair.

Como de costume, fomos os últimos a chegar, graças à Mason e sua demorada "amarração de cadarços". Ele conseguia ser pior do que Karen na hora de se arrumar para trabalhar.

Falando em Karen, era muito cômico como os papéis haviam se invertido para ela. Ela ainda interpretava a personagem Ronnie na série, mas Marshall resolvera mudá-la completamente até chegar em um ponto em que a única coisa que ela tinha em comum comigo era meu nome. No final das contas, a personagem dela, que vivia em um triângulo amoroso entre Henry e Mason acabaria sozinha, sem um par romântico. Achei isso bem legal, para falar a verdade. Estava certo, ela era independente e não precisava de homem nenhum para ter seu final feliz. Um pouco hipócrita da minha parte pensar isso sobre a minha personagem, mas na vida real ficar com o protagonista da série? Talvez. Não me julgue.

Foi um final até interessante que eles pensaram para a série. Diferente da vida real (outra vez, porque a arte não necessariamente precisava imitar a vida, certo?), a banda fictícia ficava junta e saía mundo afora em uma superturnê, depois de fechar o contrato que tanto desejava com a maior gravadora do momento. Eles faziam um show final em Boston para se despedir da cidade que os acolheu desde o início de suas carreiras — o que já havia sido filmado há umas duas semanas — e a cena final era eles apagando a luz do quarto vazio do personagem Mason, onde os meninos se tornaram melhores amigos, tiveram a ideia para a banda e onde tudo começou.

Essa última cena foi um pouco difícil de assistir fingindo estar numa boa. Pelo menos, todos ao redor de mim estavam emotivos, então eu não precisava engolir todos os sentimentos que lutavam para sair para fora. Mas também não podia exagerar e gritar para que Mason não fosse embora e ficasse comigo em Boston. Tinha que achar um meio termo.

— Quem diria... — Mary comentou, cutucando meu braço. — Minha irmã mais velha, que jurava que jamais iria gostar desse "programa besta"... — Ela fez o sinal de aspas com as mãos — Chorando no último episódio!

— Cala a boca! — repreendi-a, limpando com rapidez a lágrima que escapou do meu olho esquerdo. — É diferente agora. Você sabe disso.

Marshall, que também não fez o menor esforço para conter a emoção, se levantou e falou:

— Pela última vez e com muita dor no coração... corta. Bom trabalho, pessoal.

E a equipe inteira, emocionada, começou a aplaudir. Mason, Henry, Ryan e Karen voltaram à cena e se abraçaram em grupo. Mamãe foi a primeira a correr até eles e abraçá-los também, o que encorajou todos os outros a fazerem o mesmo. Inclusive eu.

Que bom que o abraço foi demorado, porque eu não queria de jeito nenhum soltá-los. Parecia que no momento em que eu fizesse aquilo, todos eles iriam embora e eu não conseguiria alcançá-los. Mas uma hora tivemos que nos afastar, porque o abraço estava tão apertado que já estava dando dificuldade de respirar.

— Pessoal... — mamãe chamou a atenção de todos, que já estavam começando a se dispersar em conversas paralelas. — Eu tenho umas palavras para dizer.

— Oh-oh. — Jenny comentou, levando as mãos ao coração. — Preparem as lágrimas.

Sabendo o quanto minha mãe era emotiva e o quanto amava aquela série, tinha certeza que seria, de fato, um momento de choro. Apertei com força as mãos de Mason e Jenny, e escutei o que mamãe tinha a dizer com atenção e medo de não aguentar tudo o que estava segurando até o final do discurso.

— Quando eu era mais nova, tinha o sonho de me tornar atriz. Eu sempre gostei das apresentações da escola, de cantar, dançar, me expressar através da arte. — Ela sorriu, sonhadora, mas logo depois ficou séria. — Infelizmente, não recebi estímulos da minha família ou dos meus amigos para seguir esse caminho, então acabei fazendo um curso mais tradicional. Por ironia do destino, na faculdade desse mesmo curso, conheci uma pessoa que me fez acordar esse sonho adormecido. Alguém que reconheceu meu talento e me disse para não desistir, que mesmo não sendo naquele momento, eu conseguiria trabalhar com essa arte que eu tanto gostava. — Ela olhou para mim e para Mary, com os olhos umedecidos. — Esse alguém era Teddy Adams.

Os suspiros começaram. Ai, Deus. Mamãe já tinha que começar o discurso jogando logo essa carta? Era impossível não ficar emotiva quando ouvia falar qualquer coisa sobre meu pai. Ainda mais uma coisa linda dessas. Eu já sabia dessa história. Foi meu pai que a convenceu de entrar no clube de Teatro na faculdade e que sempre acreditou que um dia ela realizaria seu sonho.

Mason percebeu que lágrimas já ameaçavam cair pelo meu rosto ao ouvir o nome Teddy Adams, então chegou mais perto de mim, pegou minha mão e beijou-a com delicadeza. Era uma maneira de demonstrar que ele estava ali para mim. Ryan, que estava ao lado de Mary durante o discurso, abraçou sua pequena fã com um braço, também de um jeito acolhedor.

— E não só Teddy me lembrou de nunca desistir de lutar pelo que eu queria... ele me deu o melhor presente que eu poderia desejar no mundo inteiro. Minhas lindas Ronnie e Mary.

Abri um sorriso e olhei para Mary, que fez o mesmo comigo.

— E mesmo anos e anos tendo se passado com esse sonho adormecido... Eu finalmente encontrei o meu caminho e agora faço algo que realmente amo. — A voz de mamãe já estava ficando chorosa com os soluços que ameaçavam sair. — Não só isso. Nossa família, que tinha se tornado pequena desde que perdemos Teddy, aumentou de tamanho. Ganhou mais vida, mais luz. Tudo isso graças a vocês. Eu sou muito grata por ter cada um de vocês. Mesmo brigando, gritando, dando esporro, puxando orelha... — Todos nós rimos. — Eu amo vocês e faço de tudo para que vocês sejam felizes. Estou muito orgulhosa de tudo o que alcançamos juntos e desejo a vocês toda a sorte do mundo nos próximos passos.

Nós, os espectadores daquele discurso, irrompemos em palmas e assobios quando mamãe acabou de falar. Ela falou maravilhosamente. Mamãe podia ser meio louca e descontrolada algumas vezes — muitas, aliás —, mas amava os meninos como se fossem seus filhos. E eu tinha certeza que ela defenderia todos eles com unhas e dentes. Adorava isso nela.

Karen se sentiu inspirada pelo discurso e quis falar também. Mas em vez de ficar lá na frente e nós a assistirmos como plateia, mamãe deu a ideia de todos sentarmos em um grande círculo e cada um falar sobre o que tinham a agradecer pelo tempo que passaram juntos na série.

— Eu cheguei um pouco depois na série. Aliás, comecei com o pé errado com algumas pessoas. — Ela deu um risinho, dando uma piscadela para mim. — Mas eu aprendi muito nessa convivência. Mudei muito também.

Aquilo era verdade. Karen parecia uma pessoa completamente diferente de quando a conheci. Claro, nunca deixaria de ser a menina mimada e fútil que sempre foi, mas eu mesma aprendi que ela era muito mais que isso. Que mesmo não parecendo a princípio, ela tinha um coração grande e se importava muito com seus amigos.

— Agradeço a vocês por terem me acolhido, pela paciência que tiveram e por me fazer sentir parte da família, também. Obrigada, de coração. — Ela mandou beijos para todos de longe, só o de Henry que foi um beijo de verdade e seguido por vários "ooown....".

— Minha vez, né? — Henry perguntou, depois de beijar Karen. — Gente... — Ele passou a mão pelo cabelo. — Vocês são meus melhores amigos. Sem vocês eu não seria nada. Eu topei vir para essa cidade com vocês porque no fundo sempre soube que seríamos um time. Conforme mais pessoas foram entrando nele, mais unidos nós ficamos. Como qualquer família, nós brigamos várias vezes. Algumas vezes mais feias que outras.

Me lembrei da briga entre os três por causa daquele produtor que tentou tirar Mason da banda e convencê-lo a seguir carreira solo. Essa com certeza se encaixava na categoria das mais feias.

— E briguei mais vezes com certas pessoas do que outras. — Ele deu uma risadinha olhando para Karen. — Mas nada disso permitiu que a gente se separasse. Só nos fortaleceu. Eu vou morrer de saudades de ver vocês todos os dias e de ter o trabalho mais legal de todos. Mas saibam que não importa onde a gente esteja, contem sempre comigo. Obrigado por serem meus irmãos.

Mais palmas e assobios. O próximo da fila era Ryan, que estava ao lado do amigo.

— Hã... eu não sei falar essas coisas bonitas que vocês falaram, mas vou falar com o coração. A gente sempre passa por momentos difíceis na vida, né? — ele disse, olhando para o chão e murchando um pouco. — Eu há pouco tempo passei por um bem ruim e me senti muito mal por causa disso. Mas vocês me ajudaram a superar e me lembraram que eu deveria acreditar mais em mim mesmo e que não era o fim do mundo. E eu sei que em qualquer momento, seja bom ou ruim, posso contar com vocês. Obrigado por não desistirem de mim. — Ele olhou para mamãe e depois para eu e Mary — E estou muito feliz de ter conhecido vocês, meninas. Sem vocês, nada disso seria o mesmo. — Por fim, deu um beijo na cabeça de Mary. — E você, Pequenininha. Obrigado por sempre me fazer sentir especial. Você é e sempre vai ser muito especial para mim, também.

Mary, emocionada e controlando as lágrimas, abraçou o amor de sua vida com força.

Em seguida de Ryan, Mary, Marshall, e mais alguns membros da equipe falaram seus agradecimentos à série. Por fim, só faltavam Mason e eu. Pelo menos eu ainda tinha uns minutos para me preparar psicologicamente porque Mason ainda iria falar antes de mim.

— Então... — Mason cruzou os braços, provavelmente imaginando por onde começaria a falar. — Eu vou ser sincero. Alguns de vocês já sabem disso, mas enfim. Eu odiei a ideia de ter que vir para Boston quando descobri. Odiei mesmo. Pensei em desistir do programa e tentar atuar e cantar sozinho.

Felizmente, fui convencido a vir. — Ele olhou para Ryan e Henry. — E agora eu sei que se não tivesse vindo, teria cometido o pior erro da minha vida. — Ele se virou para Karen. — Karen, você disse que aprendeu muito e mudou bastante por causa de *Boston Boys*. Eu sinto que comigo foi assim também. Mesmo com toda a insegurança que eu sempre senti, mesmo sentindo saudades da minha mãe e sendo muito contra a ideia de morar com três estranhas... quer dizer, duas estranhas e a Suzie — ele se corrigiu, dando um risinho. — Eu nunca fui tão feliz quanto durante o tempo que passei aqui. Eu passei por muita coisa e, admito, enchi o saco de muita gente. — Ele esbarrou no meu ombro de brincadeira. — E mesmo assim vocês ficaram do meu lado. Vocês me mostraram que vale a pena se arriscar. Eu tenho pensado muito de uns tempos para cá em todos os momentos que vivi com vocês e o quanto eu vou sentir falta disso quando for para Los Angeles. Mas em vez de ficar triste por ter que me despedir, prefiro ficar feliz por lembrar de tanta coisa boa que aconteceu na minha vida graças a vocês. — Ele olhou para mim, ainda segurando minha mão. — E não importa onde eu esteja, vou estar com vocês sempre.

Mais choradeira, palmas e comentários amorosos por causa do discurso de Mason. Também foi um belo discurso. O de todos tinha sido, aliás. Assim que Mason terminou sua fala, comecei a suar frio. Não tinha como escapar. Eles não iriam deixar. Mesmo eu não fazendo parte da série, querendo ou não, a série fazia parte de mim. Os meninos faziam parte de mim. Seria injusto pular a minha vez só porque eu estava me sentindo pressionada.

Além da pressão e de todas as cabeças viradas para mim, o nó na minha garganta estava quase me engasgando. Sentia que se eu abrisse a boca, ia desabar de chorar. Logo eu que não me considero uma pessoa tão emotiva. Não estava entendendo. Todos estavam tristes por ter que se despedir um do outro, mas eu sentia como se estivesse me afogando.

Tentei focar no que Ryan disse. Que era melhor parar de pensar em algo especial para dizer e apenas falar com o coração. E foi o que eu fiz. Como já fizera outras vezes, deixei meu lado vulnerável à mostra, e assim que tomei a decisão de não erguer mais um muro por cima dos meus sentimentos, as lágrimas começaram a escorrer do meu rosto.

— Eu... não consegui entrar em Harvard.

A minha reação foi uma surpresa para todos. Dava para ver. Eu mesma fiquei surpresa de aquilo ter sido a primeira coisa que eu disse.

— Eu... estou triste. — Dei uma fungada e continuei. — Esse é um dos motivos. Estou triste também porque... nunca imaginei que sentiria tanto a falta de vocês. Nunca pensei que vocês seriam tão importantes para mim. Mas vocês são. Todos vocês. — Fiz uma pausa breve para respirar fundo. — Eu queria ser mais positiva, mas... — Lágrimas, lágrimas e mais lágrimas. — Ainda preciso melhorar um pouco isso. Eu... não me preparei para esse momento porque... nunca achei que me atingiria tanto como atingiu.

Mason e Jenny, assim que terminei de falar, me envolveram em um abraço carinhoso. Como eu fui a última, todos se juntaram para dar um grande abraço em grupo.

— Ok, eu posso ter exagerado um pouquinho quando disse que nunca gostaria de vocês — falei, descontraindo um pouco o ambiente. E deu certo, porque todos riram com aquele comentário.

Mesmo tento feito papel de boba chorando horrores na frente deles, acabou sendo melhor do que ter guardado tudo para mim, no final das contas. Foi muita emoção junta, ouvi falar sobre meu pai, ouvi os discursos de todos eles, cada um lembrando que em breve iria embora. Mas o que Mason disse me ajudou a pensar um pouco mais positivo. Eu deveria focar mais nos bons momentos que tive com eles do que na saudade que iria sentir.

Fiquei imaginando que, se eu pudesse escolher, assim como Mason escolheu quando ainda morava em Los Angeles, se viveria aquilo do jeito que vivi, com aquela banda caindo de paraquedas no meu colo, com um estranho vindo morar na minha casa, com todas as fofocas, boatos, crises, brigas, rivalidades e fugas de fãs loucas.

E a resposta era sim.

# 28

— **Senhorita Adams!** Senhorita Adams!

— É verdade que a senhorita odiava Mason McDougal no início de sua carreira?!

— Quanto tempo vocês esconderam seu relacionamento?!

— A senhorita está feliz com a escolha que fez?!

— Pode nos contar sobre o projeto novo de Mason?!

Essas e mais outras vinte e cinco perguntas eram gritadas todas ao mesmo tempo, acompanhadas por microfones sendo praticamente enfiados em minha goela e flashes vindo das câmeras dos paparazzi que nos cercavam em trezentos e sessenta graus.

Tentava desviar de todas as câmeras e jornalistas sedentos por qualquer informação que pudessem extrair de mim ou de Mason, enquanto o próprio me puxava pela mão tentando encontrar um caminho para fora daquela selva de gente.

— Vocês ainda estão namorando mesmo morando tão longe um do outro? — um dos rapazes da imprensa gritou lá de trás.

— E o escândalo que aconteceu recentemente?!

— A senhorita é capaz de perdoar uma traição?!

— Deseja voltar a ter a vida normal de antes?!

Cada vez mais os gritos se tornavam um só barulho, um zumbido irritante. Estavam me incomodando como fogos de artifício estourados no Ano-Novo. A multidão ia ficando cada vez mais perto até que se enfiou entre Mason e eu, e em cinco segundos perdi-o de vista. Os microfones e câmeras foram chegando tão perto que me senti sufocada e não aguentei mais. Dei um grito que ressonou em todo o ambiente.

De repente, a multidão desapareceu. Como em um piscar de olhos. Não estava mais usando óculos escuros e um boné tentando me esconder da mídia, e sim uma calça de agasalho azul e minha camiseta larga com o logo da NASA estampado. Em vez de agachada e tapando os ouvidos, agora estava deitada na cama de Mason com um lençol — que eu não lembrava de ter pego — me cobrindo. A única luz do quarto era a de seu abajur na mesa de cabeceira do lado direito, e em vez da bagunça que normalmente estava aquele recinto — com roupas, objetos e acessórios espalhados em todos os cantos possíveis —, ele se encontrava praticamente vazio. Esfreguei os olhos, me sentei, tateei pela cama a procura do meu telefone e vi na tela o relógio que marcava 4:45 da manhã.

— Pensei que você só iria acordar amanhã — ouvi a voz de Mason do chão. Ele estava sentado entre três caixas de papelão gigantescas, colocando seus últimos pertences na única que se encontrava aberta.

A última coisa da qual me lembrava — tirando aquele pesadelo — era de ter me oferecido a ajudar Mason a arrumar o que faltava para sua viagem. Ele iria viajar para Los Angeles no dia seguinte, então queria passar o máximo de tempo com ele que pudesse. Mas o que eu acabei fazendo, em vez do que havia planejado? Dormido!

— Por que você não me acordou? — perguntei, frustrada comigo mesma por não ter conseguido aguentar a arrumação até tarde.

— Porque você estava cansada, ué. Precisava descansar.

— Posso descansar depois que você for embora.

Ao ouvir isso, Mason apoiou o tênis que segurava nas mãos no chão, subiu na cama e se sentou do meu lado.

— Eu gostaria de poder ficar mais.

— Eu também — respondi, e mesmo triste, sorri. — Mas também quero que você vá realizar seu sonho.

— Sabe... — Ele passou o polegar pelas costas da minha mão. — Eu estou morrendo de medo. Ansioso, mas aterrorizado.

— É normal. Não se lembra de como Daniel ficou quando foi para Londres?

— Claro. Nunca pensei que alguém conseguia suar tanto naquele aeroporto. — Ele riu de leve. — Mas o caso dele é diferente. Ele foi para participar do *Singin' UK*. Uma hora o programa vai acabar e ele vai voltar.

— Não se ganhar — lembrei-o disso. E Daniel tinha chances de ganhar. Todos nós estávamos acompanhando os episódios, e ele sempre surpreendia os jurados com seu talento incrível.

— Tem razão. — Mason olhou para o chão e soltou um suspiro.

— Ei. — Fiz carinho em seu braço. — Você vai arrasar lá. Vai ser chamado para fazer outros mil filmes e séries. Vai ter a sua estrela na Calçada da Fama. Tenho certeza.

Mason olhou para mim e parecia que seus olhos haviam dobrado de tamanho.

— Você ainda podia vir comigo, sabe?

Aquele assunto de novo. Odiava ter que falar sobre aquilo. Não era a primeira vez que Mason me fazia essa proposta.

— Mason...

— Eu sei, eu sei. Você não quer tirar um ano de férias entre escola e faculdade. Mas pensa só... podia ser um ano para você aplicar para Harvard outra vez.

Também não era a primeira vez que ele usava a carta Harvard.

— Eu quero fazer Direito, Mason. Preciso ainda de quatro anos em uma graduação para depois entrar em uma escola de Direito. Um ano iria atrasar muito.

Mason deu de ombros.

— Tudo bem. Já imaginava.

Mordi os lábios.

— Nós podemos... tentar, não é? Mesmo com a distância e tudo.

— Claro que podemos. — Ele fez uma pausa, depois continuou. — Se fosse fácil, não seria a gente, não é, Adams?

Assenti com a cabeça. Com o coração apertado, estiquei o pescoço e beijei-o. Ele correspondeu, entrelaçando os dedos por trás da minha cintura e me puxando para mais perto. Tentei focar ao máximo meus pensamentos naquele momento maravilhoso em que Mason beijava meus lábios e pescoço e deixar de lado por um instante a tristeza que estava sentindo por ter que me despedir.

Depois de alguns minutos deitados um de frente para o outro, nos beijando e acariciando um o corpo do outro, nos afastamos um pouco e ficamos nos olhando sem dizer nada. Ainda estava perto o suficiente para sentir seu hálito quente e ouvir sua respiração.

— Mason — quebrei o silêncio, sussurrando.

— O quê? — ele perguntou, no mesmo tom baixo.

— Eu...

E de repente parei. Não era possível que eu iria dizer o que estava prestes a dizer. Nunca havia dito aquilo para ninguém antes que não fosse Jenny ou parte da minha família. Comecei a falar sem pensar e só fui raciocinar com a frase já começada. Argh! Logo agora aquilo resolveu escapar da minha boca?!

— Você o quê? — Ele piscou duas vezes, curioso.

Mas quando eu me dei conta de que estava prestes a falar, travei. Foi como um botão vermelho de emergência sendo acionado no meu corpo.

— Eu... vou sentir muita saudade sua.

— Oh. — Identifiquei uma sensação de confusão naquele "oh". Também, com aquele improviso, não poderia esperar uma resposta tão elaborada. — Eu também, senhorita Veronica.

Ainda deitados, nos abraçamos e ficamos um bom tempo sem dizer nada. Fiquei passando as mãos pelas costas de Mason enquanto ele fazia carinho no meu cabelo. Estávamos encaixados como peças de um quebra cabeça. A cena de Mason chegando pela primeira vez na minha casa, com seu sobretudo preto e abrindo um guarda-chuva na minha frente com medo que eu fosse uma fã histérica, passou pela minha cabeça e dei um riso involuntário. Como eu o detestava. Como queria que ele fosse embora no dia seguinte e me deixasse em paz. Engraçado como as coisas vão se desenvolvendo, não? Será que errei em não conseguir completar a frase original que iria dizer a ele? Será que ele responderia, ou tinha ficado aliviado e tentou disfarçar? Ah, não adiantava ficar remoendo aquilo.

Fiquei abraçada com Mason até perder a consciência. Não sei quanto tempo demorou. Provavelmente alguns minutos, nós estávamos mortos de cansaço. Mesmo sendo pouco tempo, a sensação era de que o tempo era infinito. Pelo menos eu gostaria que fosse.

Assim como quando Mason chegou em Boston há um ano, suas caixas não seriam levadas em sua viagem de avião, tinha uma série de processos que ele precisava seguir para enviar os pertences de volta a Los Angeles. No Aeroporto Internacional Logan, ele só levava consigo duas malas grandes e uma mala de mão. Ele não havia divulgado em nenhuma rede social que iria embora naquele dia e horário, mas de alguma forma muitas de suas fãs descobriram e foram até lá se despedir. Aliás, tinha quase certeza que Piper foi a culpada por espalhar a informação, porque comentei com ela e convidei-a a ir conosco. Mas não culpava as fãs, porque sabia exatamente como elas estavam se sentindo ao vê-lo partir.

Chegamos cedo para que Mason pudesse fazer o check-in e conferir se estava tudo certo com sua bagagem. Lilly ligara para ele naquela manhã dizendo que ela e Paul estariam o aguardando de braços abertos em Los Angeles. Aquilo me deu um pouco de conforto, saber que Mason não estaria sozinho quando voltasse. Quase esqueci que ele tinha uma vida inteira na Califórnia antes de vir morar na minha casa.

Além das fãs de Mason, era claro que Henry, Ryan, Karen e Jenny estavam lá para se despedir. Mas o que mais me deixou surpresa foi encontrar o senhor Aleine lá. Mason o havia visitado em Nova York algumas semanas atrás, então achava que se despedira lá. Foi legal da parte de seu pai vir até Boston só para ter certeza que Mason iria embora bem. O engraçado foi que era a primeira vez que ele estava em contato direto com as fãs de *Boston Boys*, que o encheram de perguntas e fotos. Felizmente, ele teve paciência com os hormônios em fúria das adolescentes.

Cada minuto que passava deixava o embarque de Mason mais próximo e dava uma martelada no meu coração. Não podia monopolizá-lo, nem seria justo. Seus amigos, que o conheciam há bem mais tempo que eu, também iriam sentir falta dele e queriam se despedir. Mesmo junto dele, tentei lhe dar um certo espaço para que pudesse dizer tchau a todo mundo.

— Tenho um presentinho de viagem para você — Karen disse, tirando da bolsa de escamas de cobra uma foto Polaroid dela e dos garotos se abraçando e sorrindo.

Pelos estilos de cabelo e rosto naquela foto, consegui identificar que ela era do comecinho da série, quando os meninos haviam acabado de se mudar e de conhecer Karen.

— Obrigado, Karen! — Mason sorriu.

— Eu lembro desse dia! — Henry comentou, apontando para a foto. — Foi o dia que ficamos gravando até de madrugada depois fomos para uma festa. Não lembro a casa de quem foi, mas lembro que foi bem divertida.

Todos concordaram, se sentindo nostálgicos. Até que Ryan se lembrou de um detalhe e resolveu compartilhar com o grupo:

— Ah, eu lembro! Foi o dia que vocês dois pularam na piscina e ficaram se agarrando! — ele disse, apontando para Karen e Mason.

A expressão no rosto de Henry foi de nostálgica para embasbacada. Karen e Mason automaticamente ficaram pálidos. Bati na testa. Jenny e Sabrina quase quebraram o maxilar de tão surpresas. Que momento para soltar aquela bomba...

— Vocês... o quê...? — Henry disse, com a garganta seca.

— Ah... — Karen riu de nervoso. — Foi uma vez só.

— Hã... duas. — Mason corrigiu, envergonhado. — Mas, ei, foi há muito tempo. Muuuito tempo! — Ele enfatizou o "muito", olhando para mim, com medo.

Surpreendentemente, não fiquei tão chocada. Claro, não sabia daquilo com detalhes, mas algo dentro de mim meio que sempre soube. Quando Karen não gostava de mim e disse que queria fazer de tudo para tornar a minha vida um inferno, tinha certeza que ela tentaria agarrar Mason. E ele, como não era de dispensar uma garota bonita, rica, famosa e doidinha para ficar com ele, não iria recusar. Olha só, meu lado que julgava absurdamente as pessoas da antiga Ronnie acabou amortecendo o impacto dessa notícia.

— Olha só a hora! — Mason apontou para o relógio em uma das televisões gigantes que indicava os números dos voos. O dele estava no topo da lista naquele momento. — Daqui a pouco já vou embarcar.

Aquela declaração serviu para mudar radicalmente o assunto, mas deu uma murchada em todo mundo, que foi o caminho inteiro do estacionamento até o portão de embarque conversando sobre momentos divertidos que passaram um com o outro. Mas era inevitável. Estávamos lá para aquilo, para dizermos adeus a Mason.

Já que Karen fora a primeira a dar o presente um tanto cabuloso de viagem para Mason — mas sei que ela fez aquilo com a melhor das intenções —, ela foi a primeira a abraçá-lo e desejar boa viagem, que tudo desse certo e que ele arrasasse. Depois dela foi Sabrina, e em seguida, Jenny.

— Adorei conhecer você como pessoa e não só como astro de *Boston Boys* — ela disse, sorrindo. — Ah, e ainda tenho guardada com carinho a camiseta que você autografou quando eu te conheci.

— Você é tiete das antigas, não é, Leopold? — ele brincou. — Também adorei te conhecer. Sucesso pra você lá em Londres.

— Sucesso para nós — ela respondeu, se desvencilhando. — Fico feliz que não precisei te bater se você fizesse a Ronnie sofrer.

Todos nós demos risada com aquele comentário. Tão Jenny. Iria morrer de saudade dela também. Mas pelo menos ainda poderia aproveitar o verão com ela antes de passar por esse sufoco de despedida todo outra vez.

— Você sempre vai ser bem-vindo lá em casa. — Mary disse, abraçando Mason com força. Emotiva do jeito que era — puxou mamãe — já não estava conseguindo segurar a emoção.

— Obrigado, baixinha. Também espero visitas suas lá em Los Angeles.

Mamãe foi a próxima, e além do abraço, deu vários beijos em sua cabeça de um jeito carinhoso e protetor.

— Você fez muito bem para nós, querido. Obrigada.

— Eu que agradeço, Suzie. — Ele correspondeu ao abraço. — Você foi uma mãezona para mim. Não teria conseguido sem você.

E o abraço mamãe-ursa foi substituído por um abraço de irmão mais novo só que mais alto e forte. *Bem* mais forte.

— Toda a sorte do mundo para você, cara — Ryan disse, também ficando emotivo. — Manda mensagem. Todos os dias. Tá bem?

— Tá bem, irmão.

— Vê se lembra dos amigos quando for zilionário com sua mansão e seu cachê de milhões de dólares — Henry brincou, também o abraçando.

— Pode deixar que te dou um presente generoso — Mason brincou também.

Piper, que mal se segurava para poder abraçar Mason e desejar-lhe boa viagem, também ficou emotiva de repente. Agora estava caindo a ficha que o ídolo responsável por sua mudança de casa há um ano e o astro de suas fanfics estava a deixando.

— Continue esquisita, Longshock — Mason disse. — Isso te faz única.

E isso foi o suficiente para fazê-la se debulhar em lágrimas e abraçá-lo como uma anaconda aperta seu jantar até sufocá-lo.

— Avise quando chegar, filho. — Foi a vez do senhor Aleine se despedir. — Estou muito orgulhoso de você.

— Obrigado, pai. — Mason deu um sorriso sincero, abraçando o pai.

Novamente, eu fiquei por último. Não estava chorando loucamente como no dia em que eles gravaram o último episódio de *Boston Boys*, aliás, não estava chorando, só com os olhos um pouco marejados. Já havia chorado o suficiente. Estava realmente feliz por ele e queria me concentrar nisso, em todas as oportunidades boas que o aguardavam. E também na promessa que fizemos de tentar fazer nosso relacionamento dar certo. Admito, meu abraço foi um pouco mais demorado do que o dos outros. Mas eu tinha direito, certo?

Naquele breve momento em que minha testa estava encostada em seu ombro, meus braços envolvendo suas costas e meu nariz sentindo o cheiro delicioso de seu perfume — esse moleque passava perfume até para viajar durante quase seis horas num avião —, lembrei da noite anterior em que adormecemos abraçados. E eu não tive colhão o suficiente para admitir o que queria dizer. Mas estar tão perto dele e saber que em breve ele estaria a milhares de quilômetros de distância fez toda a insegurança e dúvida sobre sua reação praticamente desaparecer.

Era agora ou nunca. Eu poderia estar fazendo um papel de idiota? Mason podia não dizer de volta? Com certeza. Mas eu nunca saberia se não falasse. Iria me arrepender todos os dias de não ter dito.

— Mason McDougal... — falei, me soltando do abraço e olhando fundo em seus olhos. — Eu te amo.

Tirando as fãs que tentavam entender o que estava acontecendo naquela rodinha de amigos íntimos de Mason, um silêncio sepulcral se instaurou naquele corredor próximo à sala de embarque. A única coisa que ouvi foi um gritinho que Jenny abafou.

Mason estava surpreso. Realmente não devia estar esperando aquilo ali, naquele momento. As fãs, inquietas, começaram a gritar perguntando o que estava acontecendo. Não havia uma gota de preocupação no meu corpo. Não me pergunte como. Foi um dos momentos em que a autoestima dava uma de Mulher-Maravilha, como Henry me ensinou do programa que sua tia assistia no Discovery Home & Health.

— Vocês não registraram? — Me virei para as fãs, falando em um tom mais alto. Os olhos de Mason se arregalaram. — Tudo bem, eu repito. MASON, EU TE AMO! EU TE AMO, EU TE AMO, EU TE AMO! — E comecei a rir.

E todas começaram a gritar, tirar fotos e filmar em seus celulares. Algumas estavam enciumadas, outras felizes. Tudo bem, a maioria ainda não gostava muito de mim, mas pelo menos o coração de algumas delas eu consegui ganhar. O da rainha delas, Piper Longshock, principalmente.

Mason precisou de alguns segundos e muitos gritos de "diz alguma coisa!" para retornar à realidade.

— Uau. Eu achava que você iria dizer isso ontem, mas desistiu. Pelo visto, não. — Ele deu um risinho. — Obrigado.

— Ele suspirou e puxou as malas para perto de si. — Bom, acho que vou indo.

O som das fãs e dos meus amigos abafando gritos de choque com aquela resposta foram a trilha sonora perfeita para a minha reação. Estava tão segura de que ele diria o mesmo para mim e ele me veio com aquela resposta porcaria?!

Segundos antes de eu entrar em um colapso nervoso e sair correndo procurando o buraco mais próximo para enfiar minha cara, Mason começou a rir e largou as malas.

— Brincadeira, Adams. Foi mal. Tinha que fazer uma última antes de ir embora.

Só não lhe dei um soco por me fazer passar aquela rápida vergonha porque assim que ele disse isso, segurou meu rosto com as mãos e disse:

— Eu também te amo. — Ele deu um sorriso de orelha a orelha e me deu um selinho. Depois olhou para cima, fechou os olhos e fez o mesmo que eu fiz antes. — EU TE AMO, RONNIE ADAMS! EU TE AMO, EU TE AMO, EU TE AMO!

E praticamente o aeroporto inteiro irrompeu em uma salva de palmas, assobios e berros. As fãs foram à loucura e nossos amigos também. No meio da gritaria identifiquei um "Finalmente!" vindo de Jenny, um "Boa, cara! Agora beija ela de jeito!" de Henry e "Meus bebezinhos!" de mamãe.

— Eu te amo — ele disse uma última vez, mais baixo, e me dando um beijo demorado e me erguendo do chão.

— Eu te amo — respondi, correspondendo.

Aquele momento foi um dos mais felizes da minha vida. E foi seguido por um dos mais tristes. Quando a multidão se acalmou, Mason me colocou no chão e soltou minha mão. Tirou da mochila o cartão de embarque e a identidade. Pegou as malas que estavam apoiadas no chão.

— Eu aviso quando chegar — ele disse, respirando fundo. — Mais uma vez, obrigado por tudo, pessoal. Eu amo todos vocês. Vou morrer de saudade.

— Vai lá ganhar o mundo, cara! — Henry respondeu.

— Vai ser um sucesso! — Karen comentou.

— Mal posso esperar para ver você na telona! — Mary complementou.

— Vai — falei, sorrindo. — Vai realizar seu sonho.

Ele agradeceu mais uma vez, se virou e apresentou o cartão de embarque para o responsável do aeroporto, que o direcionou para um corredor onde já não conseguiríamos mais vê-lo.

Ele acenou para nós e foi a última vez que vi seu sorriso antes de ele embarcar.

Aquele astro de TV mimado, egocêntrico, metido e estrelinha.

Que eu amava.

E nunca iria esquecer.

# 29
# QUATRO ANOS DEPOIS

— **O que nos levou a ingressar** na Boston University há quatro anos? Se voltarmos no tempo para nosso primeiro semestre de aulas, alguns responderiam empolgadíssimos e contariam sobre seus inúmeros planos e expectativas, outros seriam mais pragmáticos dizendo que queriam se tornar profissionais competentes e ingressar no mercado de trabalho. Mas agora, quatro anos depois, a resposta não é mais tão simples. Foram quatro anos de inúmeras disciplinas, incansáveis provas, trabalhos, desafios e noites sem dormir que nos prepararam para sermos o que somos hoje. Aprendemos coisas que foram muito além do ensino de uma disciplina acadêmica. Nos formamos não só como universitários, mas como seres humanos.

Era estranho ouvir aquelas palavras ditas em voz alta. Ainda mais sabendo que elas saíram de uma folha de rascunho do meu caderno com tema de Harry Potter. Enquanto o discurso rolava, olhava nos olhos da minha mãe, que me encarava com orgulho e emoção.

— O que nos faz acreditar que concluímos nosso curso aqui na BU? Nosso diploma? Nossa foto de turma usando nossas becas e segurando nossos canudos? Não entrar mais todo dia no campus com um copo de café e uma pilha de livros na mão, às vezes... quer dizer, muitas vezes atrasados para a aula? — Escutei risinhos da plateia à minha frente. — Há algo em cada pequena experiência que se materializa, que fica. Que nos transforma e inspira nosso modo de estar no mundo, mesmo que de maneira inconsciente. E é isso que vamos levar para nosso futuro, para a vida toda. Não sei que caminho cada um desses alunos vai levar. Talvez seja a última vez vendo alguns colegas, talvez nos encontremos anos depois, todos já com suas carreiras definidas, casados e com filhos, quem sabe? Mas sabem de uma coisa? É bom não ter certeza. O desconhecido, por mais que seja um pouco assustador, é emocionante. Eu mesma tinha todas as etapas da minha vida planejada, mas tudo, absolutamente tudo fugiu dos meus planos. E eu adorei cada segundo. Eu e todos os aqui presentes enfrentamos muitos desafios e improvisos na vida, mas com a ajuda dos amigos e família, estamos aqui hoje, e espero que estejamos deixando-os orgulhosos.

*Lá vem as lágrimas...*, pensei, dando um risinho ao ver mamãe tocando nos cantos dos olhos marejados com seu pó compacto e tentando se recompor.

— Não sei qual será o próximo passo, mas mal posso esperar. Agora é hora de crescer e seguir nosso caminho. E com todo o aprendizado que recebemos aqui, as amizades inesquecíveis e o carinho com o qual essa universidade nos acolheu, tenho certeza que nossos futuros serão brilhantes. Vamos conquistar o mundo? — Dito isso, todos os formandos se levantaram de suas cadeiras. — Obrigada.

Uma salva de palmas, gritos e assobios vieram da plateia enquanto jogávamos nossos chapéus para o ar. Entre esses gritos, um dos mais fáceis de se distinguir eram os de mamãe, que não parava de gritar: "É o discurso da minha filha!". Eu me sentia feliz e orgulhosa de mim mesma, mas os pais da Melanie Russo, a oradora da turma, não pareciam muito felizes com uma mulher berrando que sua filha não tinha feito nada além de ler o que outra pessoa escreveu. Mas enfim, que seja. De jeito nenhum eu iria subir naquele palco e ler um discurso para mais de duzentas cabeças. Lembra daquilo que eu disse que eu não era do tipo que brilhava, mas que ajudava os outros a brilharem? Pois é, mantive essa forma de pensar mesmo depois de quatro anos. Fazer o quê? Algumas coisas nunca mudam.

Logo depois do final do discurso e da festa que as famílias fizeram orgulhosas dos alunos, me despedi dos meus amigos de turma e desci do palco. Não foi nada difícil achar minha família, porque além de Susan Adams se debulhando em lágrimas, Mary e Henry estavam ao seu lado, cada um segurando uma ponta do cartaz que fizeram, que dizia: "Parabéns, Ronnie!" e com uma foto minha — que eu saí piscando, mas tudo bem — logo acima.

Mamãe foi a primeira a me envolver em seu abraço de ursa, ainda chorando compulsivamente. A segunda a me abraçar com vontade foi Mary, me fazendo subir na ponta dos pés — ainda era difícil de aceitar que aquela pirralha de dezesseis anos já estava mais alta do que eu... — e por último, Henry, cuja amizade foi a mais próxima das antigas que eu mantive durante o período da faculdade. Ele se mudou para Nova York porque fora aceito na universidade de Cornell, que ficava a algumas horas de Boston. No tempo livre, volta e meia vinha para Boston visitar a família e acabávamos nos encontrando. Numa das vezes em que fui visitá-lo, ele me mostrou algo incrível. Disse que de treze até dezoito horas os sinos da torre da universidade tocavam uma música escolhida por um aluno, e no dia em que eu estava lá, pedimos para os sinos tocarem "Beat It" do Michael Jackson, e eles tocaram!

Henry e eu acabamos nos aproximando não só pela distância mais curta um do outro, mas também porque fomos os únicos do grupo que não seguimos carreiras artísticas. Mason partira para Los Angeles para ser ator, Karen investiu no teatro em Nova York — que estava até mais próxima de mim do que Henry, porque ela acabou indo para NYU. Mas ela não tinha tanta vontade de voltar para Boston para visitar, sabe? —, Daniel e Jenny acabaram indo para a Inglaterra e não voltaram mais, depois de ele estourar por ter ficado em terceiro lugar no *Singin' UK* e ela começar os estudos na faculdade e ao mesmo tempo a gerenciar a carreira dele. Sabrina jurou que não iria nunca mais querer carreira alguma de estrelato, mas acabou encontrando sua vocação em outro tipo de arte: o desenho. Junto com Reyna, foi embora para São Francisco para se tornar designer.

— E aí? Meu discurso serviu para te inspirar a seguir a carreira de Letras? — Perguntei para Mary, erguendo as sobrancelhas.

Ela revirou os olhos e me deu língua.

— Você já sabe muito bem o que eu vou fazer depois de me formar na escola.

— Deixa eu adivinhar... A mesma coisa que o Ryan? — Henry perguntou, fingindo que aquilo fosse novidade e ela não falasse disso o tempo todo.

— Isso aí! — Ela deu uma piscadela.

Ao ouvir isso, as lágrimas de mamãe secaram e deram lugar a um olhar de reprovação.

— Não enquanto você morar sob o meu teto e eu te sustentar, mocinha.

— Eu vou te convencer. Ainda tenho dois anos para isso. — Mary deu um risinho.

Ah, sim, esqueci de comentar sobre Ryan. Ele acabou ficando tão inspirado pela história de Javier, o mochileiro que ficou seu amigo durante nossa viagem a Londres no Ano-novo há quatro anos atrás, que resolveu seguir seus passos. Aliás, foi ainda mais ousado. Assim que acabou a escola, juntou todo o dinheiro que recebera da série e da turnê, colocou uma mochila nas costas e saiu sozinho para explorar o mundo. Conheceu vários países da Europa, América do Sul, Ásia e até a Austrália. Como ele já tinha um certo poder de influência, no final de sua viagem, que durou cerca de um ano e meio e bombou nas redes sociais, ele foi convidado a participar de um programa de TV do National Geographic cujo tema abrange viagens pelo mundo, trilhas e mochilões, além de ter criado seu canal no Youtube chamado "Um idiota ao redor do mundo" que alcançou cerca de cinco milhões de inscritos. Pode-se dizer que ele realmente encontrou seu lugar.

Eu sentia falta daquele grupo. Mesmo nossa amizade demorando para se desenvolver, e de tantas loucuras que vivemos, me sentia nostálgica lembrando daquela época. Com meus dezesseis, dezessete anos, levando tudo tão a sério, achando que seria a pior coisa do mundo não conseguir estudar para uma prova de Matemática. Enquanto isso, tendo que dividir minha vida de adolescente normal com um astro de TV e a produtora do mesmo morando na minha casa, e de brinde mais um bando de malucos desse mundo da fama que vieram junto.

Foi difícil dizer adeus. Ver cada um deles tomando seu rumo. Curioso, não é? No início eu batia o pé afirmando que nunca iria me afeiçoar a nenhum deles e que tê-los na minha vida era uma enorme catástrofe. No fim das contas, cada um que foi embora levou um pedaço do meu coração junto. Foi ruim me separar deles? Bastante. Mas por outro lado, foi bom para que eu conseguisse focar em mim mesma, nessa nova fase da vida universitária. Acabei não indo para Harvard como era meu plano inicial, mas fiz da Boston University minha nova casa. Fiz novas amizades na faculdade e me senti mais livre para seguir o meu próprio caminho também. Mas que eles faziam falta, com certeza faziam.

— E aí, senhorita Formada? — Henry perguntou, me envolvendo em um abraço. — Foi tudo o que você sonhou? Se formar com honra ao mérito, a melhor da sua turma? A queridinha dos professores e com as melhores cartas de recomendação?

— Nem parece real, para ser sincera — respondi. — Mas sim. Acho que sim.

— Acha? — Ele ergueu uma sobrancelha.

Mordi os lábios.

— É... sei lá. Parece que falta alguma coisa.

Eu sabia muito bem e ele também o que era essa coisa que faltava. Nossos amigos. Sentia falta de todos eles.

— Ah, entendi. Acho que tenho uma ideia do que seja. — Ele deu um sorriso travesso. — e acho que você vai se sentir completa agora.

— Como assim?

Henry não disse nada, só riu e lançou olhares cúmplices para mamãe e Mary, que também entenderam o recado. Não estava entendendo nada. Henry, se divertindo com meu olhar confuso, apenas apontou com a cabeça para algo atrás de mim, e quando me virei, tudo fez sentido.

— RONNIE!

Avistei de longe uma massa de uns seis ou sete indivíduos — que pareciam ter vindo lá de trás das arquibancadas do campo onde foi realizada a cerimônia de formatura — correndo desembestados em nossa direção. Conforme eles se aproximavam e gritavam meu nome, consegui ver perfeitamente quem eram. E meu coração praticamente parou.

Meus amigos estavam lá.

Por um momento, achei que estava sonhando. Lá estavam eles. Jenny com um sorriso de orelha a orelha ao me ver, Daniel usando a camiseta da própria turnê que realizara pelos Estados Unidos no ano passado, Karen glamorosa e arrumada como sempre — parecendo que havia acabado de sair de uma sessão de fotos para a capa de uma revista— , Sabrina, que resolvera deixar o cabelo castanho com luzes crescer até os quadris e estava mais maravilhosa do que nunca, e acompanhada da namorada igualmente linda, e Ryan com seu novo visual de mochileiro aventureiro que adotou durante sua viagem — uma barba cheia, porém bem cuidada e o cabelo comprido preso em um coque.

Estava em choque. Não conseguia acreditar que cada um deles, que moravam em cantos distantes do país — ou do mundo, no caso de Jenny e Daniel —, estavam ali, no campo de futebol da Boston University. Como se fosse um dia normal em que mamãe chamaria sua equipe para gravar um episódio especial de *Boston Boys* nas universidades de Boston.

Percebi que só me movi quando tive que me apoiar para não cair, no momento em que Jenny voou no meu pescoço para me dar um superabraço, seguido por todos os outros. Ryan só não me abraçou antes porque Mary foi mais rápida do que eu, agarrando-o e demorando para largá-lo. Ela já não se pendurava mais nele como um macaquinho, estava mais contida, mas a alegria em seus olhos ao vê-lo era exatamente a mesma de quando era criança. Uma onda de calor e felicidade percorreu o meu corpo e nem reparei que meus olhos se encheram d'água.

— O que... — perguntei, depois de me recompor. — O que vocês estão fazendo aqui?!

— Viemos estar com você nesse dia especial! — Jenny respondeu. — Lembra que estávamos tentando nos reunir há um tempão, mas nunca todos podiam?

— Acabou que todas as nossas pequenas férias coincidiram com a sua formatura — Daniel completou. — Quer dizer... tive que pedir para minha agente mexer uns pauzinhos, mas felizmente ela foi fofa e conseguiu fazer isso. — Ele deu uma piscadela para Jenny.

— Fofa? Fui a Mulher-Maravilha, isso sim. — Ela deu língua para ele.

— Tem razão. Você é mesmo minha super-heroína. — Dito isso, ele se aproximou dela e lhe deu um beijo na bochecha, fazendo-a corar.

Era engraçado ver que agora Daniel estava se "escondendo" dos fãs, afinal, sua fama havia evoluído de ator de uma série que só teve uma temporada para ganhador da medalha de bronze do *Singin' UK*. Ele usava um gorro que cobria seu cabelo inteiro, um casaco largo por cima da camiseta da turnê e óculos escuros, mesmo o dia estando nublado.

Mamãe sugeriu que fossem todos lá para casa para comemorarmos com muita comida e bebida, em homenagem aos velhos tempos, às vezes em que ela levava Karen e os meninos para lá depois de passar o dia inteiro gravando. Ela sabia esse tempo todo que meus amigos viriam me ver na minha formatura e eu nem desconfiei. Nem minha irmã, que tinha dificuldades em manter segredos, deixou escapar uma dica sequer.

Saí daquele campus pela última vez como uma aluna da universidade e senti um leve aperto no peito. Era estranho imaginar que não iria mais passar horas do meu dia naquela biblioteca gigante, que não passaria mais noites fazendo maratona de séries inglesas com minha colega de quarto Abby e que meus amigos não me arrastariam mais para assistir aos jogos dos Boston Terriers, time esportivo oficial da BU. Pelo menos o curso que escolhi me dava a oportunidade de ter essa experiência universitária mais uma vez. Só que essa vez seria completamente diferente.

— E as malas, já arrumou? — Henry perguntou, descendo do Audi de mamãe, quando este estacionou na garagem de casa.

— Nossa, calma! Mal acabei minha primeira graduação e você já quer me expulsar de Boston? — Bati nele de leve, rindo.

— Tem razão. — Ele riu também. — Você tem um verão inteiro ainda para estar com tudo pronto. São, deixa eu ver... — Ele fez uma rápida conta com os dedos. — Dez semanas para se preparar. Aliás, não — ele se corrigiu. — Oito e meia. Porque dez desses dias você vai passar comigo em Nova York como prometeu.

— E promessa é dívida. — Apoiei a cabeça em seu ombro e sorri.

Uau. Oito semanas e meia. Era isso que me restava em Boston. Depois disso iria, como diz mamãe, "bater as asas para longe". Bem longe, se formos parar para pensar para onde eu iria estudar Direito. Ouvir aquilo de Henry me deu um frio na barriga, mas nada que eu já não estivesse sentindo desde que recebera minha carta de aprovação no início do ano.

— Você vai ficar em Nova York por dez dias?! — Karen perguntou, surpresa com a notícia. — Então agora você não tem desculpa nenhuma para não assistir à minha peça — ela disse.

— Ih, sei não — Henry falou, pensativo. — Talvez a gente tenha um compromisso superimportante, do tipo ir comer um cachorro-quente na Times Square e fazer compras na Barney's e não vamos ter tempo. — Ele deu de ombros.

Karen cruzou os braços e deu um sorriso sarcástico.

— Você não precisa ir. Só quero que ela vá.

— Ah, tá. — Ele riu. — Você sabe que eu sou o amuleto da sorte para suas peças. Se eu não for, vai ser um fracasso.

— Isso era uma brincadeira de quando a gente namorava, seu metido. — Ela torceu o nariz. — Não preciso de você para fazer sucesso.

— Não precisa, mas quer. — Ele deu um sorriso convencido.

— Não vou me importar se você se sentar na escada ou em cima da lata de lixo, desde que não incomode os espectadores importantes.

Depois dessa troca de farpas, os dois não aguentaram mais ficar sérios e começaram a rir. Nunca pensei que diria isso, mas eles eram o melhor casal de ex-namorados que já conhecera. Bem, talvez o motivo era que *ex* era uma palavra muito forte para eles. Durante esses quatro anos, eles terminaram e voltaram três vezes. Tinha certeza absoluta que era apenas uma questão de tempo até voltarem de novo. Talvez até minha visita a Nova York eles já estivessem em sua quarta edição do namoro. Estava contando com isso, pois foi a data que coloquei no bolão de apostas.

Mamãe e Mary haviam preparado tudo pelas minhas costas. Assim que chegamos, a mesa já estava toda posta com brownies, sanduíches, torta de morango e cachorro-quente. Logo sentamos e atacamos toda a comida enquanto colocávamos as novidades em dia.

Jenny falou sobre os estudos na University College London, onde ela planejava se especializar em Relações Públicas. Sua ideia inicial era estudar Cinema, mas quando acompanhou de perto a carreira de Daniel começando no *Singin' UK* e resolveu desenvolvê-la ela mesma, acabou mudando de curso depois. Sabrina e Reyna ostentavam cada uma um lindo anel de prata com um pequeno diamante e anunciaram que estavam noivas. Não consegui evitar de imaginar aquelas duas parecendo duas princesas em chiquérrimos vestidos de noiva desenhados pela própria Sabrina — que resolveu seguir o caminho de Design de Moda.

— Se não quiser responder, tem todo o direito. Só fiquei um pouco curiosa... — falei, mordendo os lábios. — Mas... sua mãe já sabe?

Me arrependi um pouco de fazer aquela pergunta, mesmo morrendo de curiosidade. Mas por sorte, Sabrina e Reyna não ficaram atordoadas com aquilo. Pelo contrário, estavam calmas.

— Depois de quase um ano sem nos falarmos, ela percebeu que foram as atitudes dela que causaram isso.

— Ela ligou várias vezes, mandou e-mails, mensagens... demorou para Sabrina voltar a falar com ela, mas... elas voltaram a se falar. Ela aos poucos foi abrindo a cabeça para tudo isso.

— Ela finalmente percebeu que nada iria me afastar da Reyna — Sabrina disse, segurando a mão da noiva. — Ela perguntou se poderia ir ao casamento... e eu concordei. — Ela deu de ombros.

Levei as mãos ao peito, emocionada. Aquilo era quase impossível de acreditar. Elena Viattora havia finalmente aceitado o relacionamento da filha. Não só isso, se esforçou para se reconciliar com ela. Já nem a odiava mais por todas as maldades que fizera comigo e com meus amigos, porque soube que ela passou por um bocado depois que *Boston Academy* foi cancelada. Demorou para conseguir arranjar um emprego, ficou endividada com a quantidade de processos contra ela, sua imagem de bruxa preconceituosa e louca se espalhou pela internet e sua filha se mudou para bem longe para fugir dela. Estava genuinamente feliz que ela conseguiu se tornar uma pessoa decente, no final das contas.

E falando em *Boston Academy,* Daniel contou que seu novo álbum seria lançado no Spotify em breve e até me mostrou uma prévia das músicas, que estavam ótimas. Era uma mistura de pop, rock e folk, que dava uma combinação bem interessante. Contou a história de uma fã louca dele que tentou invadir o hotel em que eles estavam em Manchester e acabou presa com a bunda de fora da janela.

— Essa aí precisava de umas aulinhas com Piper Longshock.

Piper Longshock. Outra que foi para longe encontrar seu rumo. Mudara de faculdade duas vezes ao longo desses anos pois nunca se sentia satisfeita. A última que resolveu se estabelecer ficava na Coreia do Sul, onde descobriu sua nova vocação: perseguir e fazer fanfics sobre astros de K-pop. De vez em quando ainda acompanhava suas histórias no blog que ela nunca desativou, mas lia uns nomes tão esquisitos que era complicado de acompanhar. E, claro, menos emocionante do que as fanfics de Henry e Ryan, que eram sua especialidade. Nesse mesmo dia em que recebi meus amigos de volta, ela me mandou um vídeo direto de sua faculdade, me parabenizando pela formatura e cobrando minha visita à Coreia.

Henry ainda tinha um ano de estudos em Cornell, e dizia querer trabalhar com Engenharia. Já Ryan parecia bem pleno com seu canal famoso no Youtube e seu novo programa de TV. Foi dando várias dicas de como fazer um mochilão para Mary, que escutava e anotava em seu celular com atenção, o que não deixou mamãe muito feliz. Karen também estava bem satisfeita estudando na New York University e animada com a peça que iria estrear no papel principal no verão.

— Agora falta você, Sherlock — Daniel disse, apoiando o cotovelo na mesa, depois de se empanturrar de cachorro-quente. — Acho que todos nós já contamos tudo que está rolando com a gente. E você? Animada para Stanford?

*Stanford.*

Ouvir aquele nome fez meu coração dar um pulo. Se eu estava animada? Estava subindo pelas paredes. Só Deus sabe o quanto eu me matei de estudar para entrar naquela faculdade, considerada uma das melhores do mundo tanto em Direito quanto no ranking geral. Foram muitas noites sem dormir, muitas festas que deixei de ir — tudo bem que isso não foi nenhum sacrifício — e muito, muito estudo e papéis amassados na minha lixeira para fazer a carta perfeita, ter as notas excelentes e as recomendações.

— Já quero chegar lá usando o moletom da Universidade — respondi, sorrindo.

— Sabe... — Jenny comentou, limpando os dedos sujos de chocolate em um guardanapo — Sei que isso não deve ser sua prioridade porque você está indo lá para estudar, mas...

Ela fez uma pausa e olhou fundo nos meus olhos. Já sabia o que ela ia falar. O que todos estavam pensando, aliás. Era o que eu pensava também, óbvio.

— Palo Alto fica a menos de seis horas de carro de Los Angeles.

Ninguém disse nada. Olhei para meu prato e mordi um brownie em silêncio. Depois de alguns segundos, respondi, sem olhar para ela:

— Eu sei.

— Então... — ela continuou. — Você podia se encontrar com ele. Faz o quê? Um ano que ele não aparece?

Lembrar que eu estaria a algumas horas de distância de Mason em vez de muitas horas de avião + uma passagem cara fazia meus dedos formigarem e minha garganta ficar seca. Ao mesmo tempo que me fazia feliz, não me deixava muito animada.

— Um ano e meio — respondi, encarando o prato.

Percebendo que meu humor havia murchado um pouco, Mary resolveu interferir:

— Bem... pelo menos ele explicou que não poderia vir, né? Nos feriados, aniversários... Ele não parou de trabalhar desde que foi para Los Angeles.

— Daniel também não, e olha ele aqui. E ele mora na Inglaterra — retruquei.

Ok, não era tão justo exigir que Mason estivesse mais presente considerando que agora ele estava gravando uma série e um filme ao mesmo tempo. Mas mesmo assim... ele fazia falta. Muita. Mesmo nosso relacionamento à distância não tendo dado certo. Ele ainda era importante para mim. Partiu meu coração vê-lo se afastando cada vez mais, a ponto de chegar onde estávamos agora, há quase dois anos sem nos vermos.

— Ei, não se preocupem comigo — falei, tentando melhorar o clima meio pesado que se instaurou na sala de jantar. — Eu estou bem. Estou formada, vou estudar Direito em Stanford, vou ter uma carreira brilhante numa universidade muito bem conceituada e meus melhores amigos vieram de longe para me ver. — Dei um sorriso sincero. — Estou mais feliz do que nunca. Obrigada por isso, pessoal.

E fui sincera com cada palavra que disse. A saudade de Mason ainda doía, mas o fato de eles estarem lá para mim, mesmo que poucas vezes, me ajudava muito.

Depois disso, a conversa voltou ao seu alto-astral outra vez. Melhor assim.

Infelizmente, uma hora eles tiveram que voltar cada um para sua casa, para suas vidas e compromissos. Mas não seria como nas vezes em que eles iam nos visitar, voltavam para suas casas que ficavam a poucos minutos de distância e nos encontravam no dia seguinte, fosse na escola, no estúdio ou lá em casa outra vez. Dessa vez todos tinham voos ou trens para pegar, cada um para sua cidade.

— Todo mundo está aqui? — Sabrina perguntou, fazendo uma conta rápida na sala antes deles irem. — Espera... estão faltando...

— Karen e Henry — Ryan concluiu.

Mary arregalou os olhos como se tivesse levado um choque. Ela se virou para trás, correu até a cozinha e pude ouvir de lá ela gritando: "YES! YES! YES!" seguido de um "EI!" do casal desaparecido.

Não demorou para que Mary voltasse para a sala fazendo uma caminhada da vitória, cantarolando a jogando as mãos para cima. Atrás dela vieram Karen e Henry ligeiramente envergonhados, tentando evitar contato visual um com o outro.

— Eu sabia. Sabia que não ia passar de hoje. Peguei os dois se agarrando no flagra. Podem pagar. — Ela ergueu a mão para cada um de nós, sorrindo com satisfação.

Ah, claro. Mary havia apostado que Henry e Karen voltariam a ficar juntos logo depois da minha formatura e antes de eu ir para Stanford. Droga. Quer dizer, ótimo que eles haviam voltado pela quarta vez, mas pena que eram menos trinta dólares no meu bolso.

— Vocês são ridículos. E ninguém disse que voltamos. — Karen resmungou.

— Aham — Mary comentou, com escárnio.

Foi um momento divertido, mas que não durou muito tempo. Todos já estavam prontos para ir. Já estava acostumada em vê-los partir um por um, então o coração já estava preparado. E eu sabia que em breve seria eu que embarcaria com todas as minhas malas e diria adeus para aquele lugar que foi minha casa durante toda a minha vida. O lugar onde aprendi a andar, falar, onde Jenny e eu fizemos incontáveis maratonas de filmes e séries, onde mamãe contou que havia se tornado produtora de *Boston Boys* e que Mason moraria conosco. Onde descobri que fui exposta e acusada de um monte de mentiras numa guerra besta de um site de fofocas. Onde dei vários beijos escondidos. Onde Jenny se apaixonou a primeira vista por Daniel no dia em que o conheceu, e mesmo ela e Daniel tendo namorado outras pessoas ao longo desses quatro anos, sabia que era uma questão de tempo até eles ficarem juntos também. Mesmo Jenny jurando que já o havia esquecido e que agora eles eram apenas bons amigos e parceiros de trabalho. Onde Henry e Karen se alfinetaram, Mary declarou seu amor por Ryan e eu preparei limonadas para Mason trocentas zilhões de vezes.

Observar meu quarto pela primeira vez quase completamente vazio me doeu. Foi quando a ficha caiu. Eu não iria viver mais em um campus a menos de uma hora de distância de casa. Não poderia correr para minha mãe quando estivesse em uma das minhas crises existenciais, ou quando quisesse comer um pouco de sua comida ou até para lavar roupa. Estava indo para o outro lado do país. Sozinha. E iria viver lá. Pela primeira vez.

Bem, não estava completamente sozinha porque tinha Sabrina e Reyna a pouquíssimo tempo de distância de mim. Se tivesse alguma crise de saudades, teria elas para me salvarem. Isso me reconfortava, e muito.

Mamãe não conteve as lágrimas quando viu as paredes do meu quarto sem nada, a cama sem lençóis nem bichos de pelúcia, o armário e as prateleiras praticamente vazios. Nem eu consegui segurar. Era uma mistura de saudade, medo e excitação.

Mary apareceu no quarto também e me abraçou por trás. Ela estava um palmo mais alta que eu. Que genética inacreditável.

— Papai estaria orgulhoso de você — ela disse, apoiando o queixo no meu ombro.

Assenti com a cabeça e sorri. Nunca cheguei a conversar com meu pai sobre qualquer faculdade porque ele se foi quando eu era bem nova, mas lembro vagamente dele dizendo que eu seria uma superestrela, não importava o que eu fosse fazer. Era bom saber que meu esforço havia valido a pena. Sabia que ele estava orgulhoso, onde quer que estivesse.

— Vou ficar com seu quarto, tá? — ela comentou, dando um risinho.

Ri também e apertei a lateral de sua barriga, fazendo-a dar um pulo.

— Tome conta dele.

Mamãe estava o tempo todo quieta, olhando em volta.

— Ei... — segurei a mão dela. — Eu vou ficar bem.

— Eu sei que vai — ela respondeu, com um sorriso triste. — Você já é adulta. Aliás, sempre teve um pouco disso em você. É madura, estudiosa e responsável. Mas mesmo assim... — Seu beiço tremeu. — Nunca ficou longe de mim desse jeito antes. Vou precisar de um tempo para me acostumar.

Puxei-a para um abraço forte e acariciei seu cabelo.

— Eu sei que posso não ter sido a melhor mãe do mundo escondendo de vocês sobre *Boston Boys* e passando tanto tempo fora... e às vezes posso ter trabalhado demais e ter ficado pouco tempo em casa...

— Você é perfeita — cortei-a, segurei com delicadeza suas bochechas e olhei fundo em seus olhos. — Não seria quem eu sou sem você. Você batalhou muito para me ajudar a chegar até onde eu cheguei. Você me apresentou a um mundo novo e me mudou completamente. Sem isso, não sei se estaria indo para Stanford agora. Obrigada, mãe. Por tudo. Eu te amo.

E novamente a cachoeira de choros veio e as três Adams se abraçaram como se nunca mais fossem se soltar.

Mas uma hora mamãe me soltou. Ela sabia que eu estava pronta. E eu realmente estava. Com medo, nervoso, ansiedade, dor de barriga... mas pronta.

Passei uma última vez como moradora de Boston no trajeto até o aeroporto e fui observando os pequenos detalhes que faziam daquele lugar a minha casa. O Andala Coffee — onde Jenny e eu sempre íamos tomar café e comer depois da aula —, o parque onde eu todo ano dizia para mim mesma que começaria a usar para praticar exercício físico sem sucesso, o prédio onde ficava o antigo estúdio de gravação de *Boston Boys*... Por um breve momento me senti a adolescente tímida e cabeça-dura que era quando jurava de pés juntos que não queria fazer parte do universo de câmeras e gravações de mamãe. Agora olha para onde eu estava indo, para o estado em que se localizava o foco mundial de todo esse universo. Irônico, não?

E lá estava eu, sentada no avião. Vendo de longe minha Boston se distanciando de mim e a Califórnia se aproximando. Por mais que Boston fosse fazer falta, mal podia esperar para ver o que essa nova vida iria me trazer.

Antes de desligar o celular como as aeromoças instruíram, dei uma última olhada na foto que tiramos em nossa viagem à Londres anos atrás. A foto em que estávamos todos juntos, alegres, amigos, mais próximos do que nunca. Agora, mais velha, conseguia entender que só estava me aventurando desse jeito por causa deles. Eles foram minha primeira grande aventura. Por causa deles minha cabeça ficou mais aberta e o desconhecido não parecia mais tão assustador.

*Obrigada, pessoal.*

— Tripulação, estamos preparando para o pouso no San Jose International Airport — ouvi a voz do piloto falando.

— Adeus, Boston... — falei, sorrindo e tocando a janela do avião ao meu lado. — Olá, Califórnia.

# EPÍLOGO

**Uma das coisas que eu** mais gostava de fazer quando estudava na Boston University era encontrar uma árvore no meio do enorme jardim do campus que tivesse uma sombra considerável e um tronco grosso o suficiente para eu apoiar minhas costas e poder estudar sossegada. Achava aquilo bem mais eficaz do que me trancar em um quarto com todas as luzes acesas e enfiar a cara nos livros. Ao ar livre sentia uma brisa soprando de leve nas folhas do meu caderno e a vitamina D me dava uma revigorada. Claro, o sol de Palo Alto era bem mais potente que o de Boston, mas por outro lado, conseguiria ficar mais tempo do lado de fora quando o inverno chegasse.

A semana havia começado bem. Já tinha uma tonelada de textos de diferentes livros para ler, as provas já estavam todas marcadas e o nível de exigência era bem alto, mas cada pedaço daquela universidade estava me encantando. Já sentia falta da minha família e meus amigos que estavam longe, mas por outro lado, me sentia livre também. Como se aquele campus inteiro fosse só meu.

Abri o livro de introdução ao Direito na Califórnia, me recostei sobre o tronco da árvore — encontrei uma perfeita perto do prédio da reitoria e longe do campo de esportes, então estava relativamente silencioso —, peguei meus marcadores de texto e comecei a ler os capítulos que o professor orientou que lêssemos para a aula seguinte.

Depois de mais ou menos dois terços do capítulo completo, dei uma espreguiçada e fui conferir o celular bem rapidinho, que havia deixado em silencioso. Eu seguia o Twitter da universidade porque eles sempre postavam novidades sobre atividades extracurriculares bem interessantes. Fui conferir se a palestra da professora e advogada conceituada, Gabriella Montez, estava confirmada para mais tarde, mas assim que abri o aplicativo e li o primeiro *tweet*, minha reação foi largar os marcadores de texto sobre meus tênis. Em seguida, larguei os livros.

*Recebemos uma visita do ator @masonmcdougal no nosso campus hoje! Ele fará uma palestra para os alunos de Teatro e Estudos de Performance sobre como desenvolver a carreira de ator. Acesse o link abaixo para saber mais detalhes!* E logo abaixo, uma foto tirada em um estúdio dele sorrindo.

Não. Aquilo não era real. Eu só podia estar sonhando. Pensei em me beliscar, mas seria uma cena bem ridícula. Não sabia como reagir, na verdade.

Bastou esse mísero *tweet* para que meu cérebro não conseguisse absorver absolutamente mais nada que eu lia no livro. Que ótimo.

O que ele estava fazendo lá?! Realmente tinha sido convidado para dar uma palestra e aquilo era só uma grande coincidência ou... ele tinha viajado aquelas horas só para...?

*Não, Ronnie. Nada de criar expectativas.*

Já que ele não havia falado nada comigo — como de costume, mal nos falávamos já havia um bom tempo —, não ia ser a primeira a mandar uma mensagem. Eu ainda tinha um pouco de orgulho.

Comecei a me distrair com tudo a minha volta naquele campus. Borboletas voando, universitários passando e conversando, até uma menina sentada como eu na árvore da frente comendo uma maçã havia se tornado mais interessante do que Introdução ao Direito da Califórnia.

Resolvi mudar de lugar para ver se o conteúdo entrava na minha cabeça com menos distrações. Juntei minhas coisas, limpei a grama da calça e segui em direção à biblioteca. Ela tinha uma mistura da arquitetura tradicional da universidade com um toque bem moderno do lado de dentro. A sala era bem iluminada, suas prateleiras cheias de livros eram de madeira, porém não tão altas, o chão era de carpete e as mesas de estudos eram de cor grafite com cadeiras giratórias em volta.

Antes de me sentar, aproveitei para procurar mais um livro que precisava para a aula de Direito Constitucional daqui a dois dias. Mesmo naquele ambiente silencioso e rodeada por nada além de livros, minha mente não parava de pensar em Mason. Ele estava em Stanford. Eu estava mais perto dele do que imaginava. Depois de tanto tempo. A chance de vê-lo na minha frente era gigantesca. Que loucura.

Quando achei a sessão do livro que estava procurando e estiquei a mão para pegá-lo, senti uma cutucada no ombro. Quando me virei, deixei o livro cair, o que fez um barulhão porque aquele negócio era mais pesado do que a Bíblia.

— Tinha a impressão de que iria encontrar você por aqui.

A voz de Mason ecoou nos meus ouvidos, me causando um leve infarto instantâneo. Então não era brincadeira. Não era um boato da internet. Ele estava ali mesmo. De boné, um moletom da Adidas, com um sorriso estampado no rosto e parecendo achar graça da minha cara de surpresa. Foi tão repentino e inesperado que nem pensei direito e a primeira coisa que saiu da minha boca foi:

— Você está... castanho!

Ele caiu na gargalhada. Entenda, não foi algo completamente do nada. Seu cabelo realmente estava castanho. Tipo, escuro. Não era mais o loiro natural — quer dizer, com alguns reflexos mais claros desde que ele se tornara um astro de Hollywood.

—Você reparou. — Ele tirou o boné e passou as mãos pelo cabelo recém-pintado. — E aí? O que achou?

— Hã... — Ainda não estava raciocinando direito e assimilando que ele estava ali, em Stanford, parado na minha frente. — Está... diferente.

— Ficou uma droga, pode falar. — Ele riu. — É para meu novo filme. Acabei de pintar. Pelo menos serve para me deixar um pouco mais invisível até antes da palestra hoje mais tarde.

É, realmente tinha ficado esquisito. Talvez porque eu já estivesse acostumada com Mason e seu cabelo loiro convivendo comigo por tanto tempo. Mesmo diferente daquele jeito, ele ainda era Mason McDougal. Seus olhos azul-piscina que causavam uma descarga elétrica em todo o meu corpo sempre que olhavam para mim, ainda eram os mesmos. Olhar para eles fez meu coração bater tão acelerado que era como se ele tivesse despertado de um coma. Meu corpo inteiro, aliás.

Apoiei o livro pesado na prateleira e respirei fundo. Tempo suficiente já tinha se passado para eu ter noção do que estava acontecendo.

— O que... você está fazendo aqui? — Olhei por trás do ombro dele para ter certeza de que alguém estava nos vendo, mas a biblioteca estava praticamente vazia. Pelo menos a sessão onde eu estava. Mesmo assim, preferi deixar o tom de voz baixo.

— Eu soube que você estava aqui. Você mesma falou, lembra? Da última vez que nos falamos você disse que tinha sido aceita.

— Meses atrás. — Quis enfatizar.

O sorriso dele se esvaiu.

— Me desculpe por não ter ido na sua formatura. E por ter sumido assim.

— Eu entendo. — Dei de ombros. — Você é um ator. Um ator famoso. De Hollywood. Tem filmes e séries para fazer, e tal.

— Já era um ator quando te conheci, Ronnie. E conseguia passar tempo com você.

— É, mas... as coisas mudaram. Você agora é muito mais ocupado, mais famoso...

— Mas ainda sou eu. — E seus olhos cravaram fundo nos meus. Ele nem piscava. — E apesar de toda essa loucura e correria... ainda penso em você. Sempre.

Precisei me apoiar na estante. Aquilo me atingiu como uma flecha. E o coração só *tu-dum, tu-dum*.

— Mas... e todas aquelas garotas? Das fotos, das revistas...

— Ah, Ronnie, por favor. Em quatro anos você também teve outros relacionamentos, não teve? E não se esqueça que minha vida é pública, então muita coisa a mídia adora exagerar.

Eu tecnicamente tive, sim. Depois que ficamos um ano tentando sem sucesso nosso relacionamento à distância, me forcei a tentar conhecer outras pessoas na Boston University. Fui em algumas festas, beijei dois ou três caras aleatórios e até saí por um tempo com um dos amigos de Abby, minha antiga colega de quarto. Mas nenhum deles me fez sentir um décimo do que sentia quando estava com Mason.

— A gente passou por tanta coisa... — ele continuou. — Às vezes, eu chego em casa depois de um dia inteiro gravando, sento no sofá e fico lembrando de quando morava com você. Fico pensando coisas do tipo "Aposto que ela mandaria eu tirar os pés do sofá". "Aposto que acharia o diretor do filme um cara metido e insuportável." — Ele deu um risinho. — Eu sinto sua falta. Desde que peguei aquele avião há quatro anos, desde que desistimos de tentar namorar morando cada um em um canto dos Estados Unidos, desde... — Ele deu um passo a frente. — A última vez que...

Ele não completou a frase. Já sabia do que ele estava falando. Em vez de falar, segurou minha mão e enroscou os dedos nos meus. Meu rosto ficou em chamas.

— Mason... — Mordi os lábios, alternando entre olhar para nossas mãos juntas e para ele. — O que você quer? Quer voltar? Mesmo sabendo que deu errado? Mesmo estando superocupado? Mesmo... — Soltei sua mão, sentindo uma pontada no coração só de lembrar. — Mesmo depois que eu levei esse tempo todo tentando esquecer você? Foi uma das coisas mais difíceis que eu já fiz.

Me lembrei do ano seguinte em que Mason foi para Los Angeles. No início estava indo tudo bem. Nos falávamos quase todos os dias por Facetime, fazíamos planos de um ir visitar o outro, prometíamos que íamos dar certo... mas a realidade não foi assim. Ele viajava de um lado para o outro, tinha que gravar, não tinha mais tempo para falar, nas férias ia para lugares exóticos com os colegas de elenco ou simplesmente não tinha férias nunca... Eu também tinha minhas provas, trabalhos e inscrição no curso de Direito para me preocupar. Pouco a pouco fomos nos afastando, até que chegamos a um ponto em que admitimos para nós mesmos que não dava para continuar. E a partir daí, só foi piorando. Como Mason disse, ele tinha uma vida pública, então eu conseguia saber qualquer detalhe simplesmente digitando no Google. Isso incluía suas novas namoradas ou casos. Ele parecia feliz. Pleno. Parecia que tinha me esquecido muito mais rápido do que eu estava tentando esquecê-lo. E isso me destruiu.

E agora lá estava ele. Anos depois, ainda conseguindo afetar cada um dos meus nervos. Arrepiando cada fiapo de cabelo. Não sabia se teria força o suficiente para passar por aquilo outra vez.

— Foi difícil para mim também, Ronnie. Você acha que só porque as fotos dos paparazzi e as entrevistas que eu dava me mostravam feliz e despreocupado, eu estava cem por cento bem de verdade? Eu também tentei te esquecer. Durante esse tempo que a gente mal se falou, eu meio que consegui deixar isso guardado. Mas nunca, nunca superei.

Um nó se formou na minha garganta, mas me proibi de começar a chorar naquele campus que eu mal havia acabado de me estabelecer. Um lado meu queria mandá-lo embora, mas o outro queria beijá-lo, abraçá-lo e nunca mais soltar.

— Ronnie, olha só onde você está! Em Stanford! Na Califórnia! A algumas horas de carro de Los Angeles! — Ele percebeu que se exaltou um pouco mais do que deveria e diminuiu o tom de voz. — Não acha que dessa vez pode ser diferente?

— Pode ser. Mas... e se não for?

Mason suspirou.

— Você não mudou nada. — Ele sorriu de leve. — Continua sempre esperando o pior. A rainha das tempestades em copo d'água.

— Você também não. Continua inconsequente e impulsivo.

— Tem razão. Exatamente como o que eu vou fazer agora.

E antes que eu sequer pudesse perguntar "o quê?" ou contestar, Mason me puxou pelas bochechas e me beijou. Uma descarga de adrenalina percorreu meu organismo. Não me movi, mas também não o impedi. Quem eu estava enganando? Desde a última vez que nos vimos só conseguia pensar no quanto sentia saudades de beijá-lo, de tê-lo tão perto de mim. Seus lábios estavam quentes e macios, e mesmo nossas bocas estando fechadas, só de ouvi-lo inspirando com o nariz para pegar ar enquanto me beijava me desestabilizou por completo. Se eu fosse um iceberg, já teria virado uma piscina no momento. Isso tudo por dentro, porque por fora não consegui mover um músculo.

Alguns segundos depois, me afastei, mas ainda estava perto o suficiente para sentir sua respiração. Havia uma mistura de pânico com saudade nos meus olhos. Pelo olhar preocupado de Mason, ele percebera.

Mas então parece que alguma válvula foi acionada no meu cérebro e me fez lembrar de uma vez só de todos os momentos felizes que passei com ele. Todas as piadas, alfinetadas, todas as vezes que estive lá para ele e ele esteve lá por mim. Todos os abraços demorados, os beijos — interrompidos e não interrompidos —, as vezes em que ele demonstrou carinho mesmo sem querer... o dia em que ele disse que me amava, logo antes de pegar o voo para Los Angeles. Mas mesmo assim, ainda havia uma questão não resolvida.

— Me desculpe — ele disse, baixinho. — Se você não quiser, eu...

Coloquei a mão em seu peito e afastei-o.

— Isso não muda as coisas — respondi, recuperando o ar. — Você ainda me magoou e eu não quero passar por isso outra vez.

De esperançoso, ele mudou para decepcionado. Ele franziu a testa e seus ombros caíram.

— Eu entendo. Bem, pelo menos eu tentei. Me desculpe, de novo. Não vou mais te incomodar.

Mason hesitou um pouco, depois virou as costas e começou a andar para fora daquele corredor, derrotado. Esperei que ele desse alguns passos, mas ainda estivesse perto o suficiente para dizer:

— Que sem graça.

Ao ouvir meu comentário, ele se virou de volta para mim, confuso:

— Hã?

— Essa sua reação. Madura demais. Pensei que ia presenciar um dos seus ataques de quando você tenta provar que você está certo, como nos velhos tempos.

Mason não pareceu mais esclarecido depois que expliquei. Ele parecia tão perdido que era como se estivesse tentando dividir 8572 por 123 na cabeça. Não consegui segurar a cara séria e deixei uma risada escapar. E foi nesse momento que ele entendeu.

— Muito esperta, Adams. Me fazendo provar do meu próprio remédio.

— Foi uma maneira de igualar todas as vezes que você me enlouqueceu só para o seu divertimento. — Dei de ombros.

Ele sorriu, aliviado.

— Tudo bem, eu mereci. Mas, então... — Ele deu um risinho envergonhado e coçou a cabeça. — Vamos com calma, certo? Ver aonde as coisas vão levar. Mas vamos tentar fazer funcionar, não é? Sem mais brincadeiras, por favor.

Em vez de apenas concordar, foi minha vez de ser inconsequente e impulsiva. Dei passos rápidos até ficar a poucos centímetros de distância dele, agarrei a parte de trás de sua cabeça e puxei-o para mim. Dessa vez, o beijo foi mais demorado, colado e intenso. E teve mais mãos percorrendo um o corpo do outro, também. Eu me sentia com dezesseis anos de novo, em Napa Valley, no casamento de Lilly e Paul, quando nos beijamos pela primeira vez. Aliás, me sentia melhor. Porque agora eu o amava. Não adiantava tentar esconder, reprimir, ignorar. Eu o amava. E ele me amava também.

Felizmente meu lado racional não desligou completamente enquanto o beijava, porque não esqueci de que estávamos no meio da biblioteca de Stanford, onde meus colegas de sala e meus professores poderiam estar caminhando e vendo tudo. Mesmo sem querer, me afastei de leve, ajeitei o cabelo e torci para minhas bochechas voltarem a sua cor normal.

— Certo — respondi.

— Então tá. — Mason olhou em volta. — Você quer... hã... tomar um café? Quero saber das novidades. Tenho um monte de coisas legais do novo filme para falar, também.

Olhei para o livro que deixei apoiado na prateleira, depois virei para a janela e olhei para o lado de fora do campus, pensativa. Voltei para ele, dando um sorriso travesso.

— Que tal uma limonada?

O sorriso que ele abriu de orelha a orelha foi o suficiente para eu entender que ele topava. Saímos da biblioteca e eu o guiei até um café bem charmoso no campus onde eu gostava de passar o tempo escrevendo. Ele colocou o boné e os óculos escuros, se tornando irreconhecível para qualquer um que não soubesse que ele havia pintado o cabelo, e me seguiu até ficar do meu lado. Pensei em segurar sua mão, mas depois desisti da ideia e só andamos um ao lado do outro, mesmo.

Toda a minha vida eu planejei detalhe por detalhe. Só comecei a deixar as coisas acontecerem naturalmente depois que Mason e os Boston Boys entraram na minha vida. E sentia que o melhor para mim era fazer isso agora. Parar de tentar ter o controle de tudo nas minhas mãos e seguir meus instintos. Aproveitar dia por dia.

Limonada por limonada.

# AGRADECIMENTOS

**Que jornada. Uau.** Jamais imaginei que uma história que começou sendo escrita em folhas de caderno na escola se tornaria essa série de livros. Comecei escrevendo Boston Boys com catorze anos, e hoje, dez anos depois, colocar um ponto final na história da Ronnie e dos meninos me trouxe muitos sentimentos variados. Alegria, orgulho, vontade de chorar descontroladamente..., mas o principal deles é gratidão.

Obrigada a minha família, que, desde que eu era pequena, estimulou minha mente criadora de histórias e sempre me incentivou a correr atrás desse sonho louco que é ser escritora.

Obrigada a minhas melhores amigas da escola para a vida toda, minhas leitoras-beta que puxavam setinhas nas folhas de caderno e colocavam comentários animados, com raiva, *shippando*... Graças a elas, momentos e personagens cruciais ao enredo (alô, Daniel!) surgiram.

Obrigada a minhas leitoras e leitores que me acompanharam desde a primeira publicação, esperaram pacientemente as sequências serem lançadas e me encheram de carinho e positividade durante momentos difíceis em que cheguei a duvidar de mim mesma.

Obrigada a todos que, assim como eu, acreditam na importância da literatura jovem no mundo. Boston Boys acabou, mas eu estou só começando.

Até os próximos livros!